마음에
대해
무신드라에게
물어보라

마음에 대해 무닌드라에게 물어보라

미르카 크네스터

류시화 옮김

연금술사

차 례

위대한 스승의 지도 아래 코브라와 함께 살기

추구의 길에서 아름다운 스승을 만난 이는 행복하다. 말과 행동이 일치하는 사람, 일생을 추구한 깊은 지식을 갖고 있으면서도 무한히 열려 있는 사람, 스스로를 구루나 스승이라고 여긴 적 없는 사람, 도움이 필요한 이들을 위해 새벽부터 밤까지 소박한 거처의 문을 열어 놓은 사람, 스승인 자신에게 헌신하는 것은 전혀 중요하지 않으며 제자들이 진리에 헌신하기를 원한 사람, 삶의 고통을 누구보다 깊이 인식하고 있으면서도 유머가 넘치고 너무 자주 웃어 어린아이처럼 보인 사람, 가식이 전혀 없어 그 앞에선 우리 자신도 꾸밀 필요가 없는 사람, 그러나 근원적인 의문을 느꼈을 때 맨 먼저 찾아가 대화하고 싶은 사람, 자연스러운 기쁨을 강조하고 자신의 삶에 대해 깨어 있으라고 가르친 사람, 미소 지으며 생을 마친 사람, 잘못 살고 있는 이들을 부끄럽게 하고 건강한 자극을 주는 사람…….

이제 우리는 그런 스승을 만나는 특별한 여행길에 나설 것이다.

그는 우리에게 '이 생을 충만하게 살라'고 말할 것이다. 그것이 이 책의 원제 *Living This Life Fully*이다. 또한 그는 '지금 이 순간, 있는 그대로 마음을 보라'고 촉구할 것이다. 이 순간에 존재하는 것을 알아차리는 것이 최고의 명상임을 우리는 배우게 될 것이다. 이 무상하고, 괴롭고, 실체 없는 세상 속에서 살아가는 법을 그는 보여 줄 것이다. 자애와 연민을 실천해야 하는 이유를. 그는 그 모든 것을 자신의 삶으로 보여 줄 것이다. 그에게서 우리는 큰 감화를 받고, 우리 자신도 그런 삶을 살아가겠다고 결의를 다질 것이다. 그리고 책의 마지막 장을 덮는 우리에게 그는 '어디에 있든 행복하라'고 축원을 보낼 것이다. 작별 인사를 하는 제자들에게 항상 그렇게 했듯이.

누군가가 한번은 그에게 왜 명상 수행을 하는지 물었다. 제자들은 높은 수준의 대답을 기대했지만 그는 말했다.

"나는 길가에서 자라고 있는 작은 보라색 꽃들을 알아차리기 위해 명상 수행을 한다. 그렇지 않으면 그것들을 놓치고 지나갔을 것이다."

보라색 꽃들을 알아차리기 시작할 때 우리는 자기 내면의 생각들을 알아차리기 시작하고, 다른 사람들도 그 꽃을 보기를 원하게 된다. 그들에게 위안과 기쁨을 주기 위해. 명상은 이러한 '알아차림'을 위한 것이다. 이 주의 깊은 알아차림을 '마음챙김'이라 한다.

미국 최초의 위빠사나 명상 교사이며 '통찰 명상 협회'를 공동 설립한 조지프 골드스타인.

불교 명상을 서양에 소개한 선구자 중 한 명이며 통찰 명상 협회와 스피릿록 명상 센터를 공동 설립한 잭 콘필드.

탁월한 자애 명상 교사로 전 세계를 돌며 학교와 기업체와 공동체들에서 수행을 지도하는 샤론 샐즈버그.

'감성지능EQ' 개념을 만들어 'IQ보다 EQ가 중요하다'고 역설해 교육의 패러다임을 바꾼 세계적인 심리학자 대니얼 골먼.

하버드대학 교수를 하다가 인도 여행 후 『지금 여기에 살라』를 출간해 미국 젊은이들에게 지대한 영향을 준 람 다스.

틱낫한과 숭산 스님에게 명상을 배우고 만성적 고통과 스트레스 관련 장애를 겪는 사람들에게 마음챙김 명상을 적용해 삶의 질을 높이는 데 크게 기여한 심리학자 존 카밧 진.

지면의 제약으로 여기에 더 소개하지 못하는 수많은 교수와 학자와 명상 지도자들이 있다. 이들은 명상 바람을 일으키며 서양의 정신세계와 불교계를 이끌어 온 대표적인 인물들이다. 각자 인도를 비롯한 동양의 영적 스승들과 불교 스승들의 제자로 입문해 명상을 배웠지만, 이들에겐 공통된 한 가지가 있다. 이들 모두 "내 마음속의 진정한 스승은 무닌드라이다."라고 대답한다는 것이다. 이들은 애정 어린 마음을 담아 '무닌드라 선생님'이라는 뜻의 '무닌드라지'라고 부른다. 추구의 길에서 훌륭한 스승을 만난 사람은 그 만남을 통해 자신의 인생을 바꾸고 세상을 변화시킨다.

아나가리카 무닌드라(1915~2003)는 인도 벵골 지역 출신의 불교 스승이며 학자이고 20세기의 중요한 위빠사나 명상 스승이다. 이름 앞에 붙은 '아나가리카'는 출가 승려와 속인의 중간 상태에 머무는 사람을 가리키는 말로 '집 없는 자'라는 뜻이다. 오로지 수행에 집중하기 위해 절이나 가정, 신분과 거처를 갖지 않고 방랑 생활을 하는 실천적 불교 수행자를 의미한다.

무닌드라는 현재의 방글라데시에 속하는 동뱅골 주 치타공의 바루아 집안에서 태어났다. 바루아 가문은 11세기 이슬람 집단의 침략 때문에 동쪽으로 이주한 인도 본래의 불교도 후손이다. 서른다섯 살 때 그는 붓다가 최초의 가르침을 편 사르나트의 마하보디 협회에서 일했다. 마하보디 협회의 목적은 인도 대륙에서 불교를 부활시키고 불교 성지들을 복구하는 일이었다. 10년 만에 사르나트 불교 유적지를 성공적으로 개선시킨 공로로 무닌드라는 붓다가 깨달음을 얻은 보드가야의 마하보디 사원 관리 책임자로 임명된다. 인도에서 불교가 거의 사라졌기 때문에 그때까지 마하보디 절은 근처 힌두교 사원의 주지가 관리하고 있었다. 무닌드라는 마하보디 사원을 관리하게 된 최초의 불교도였다.

보드가야에서 일하며 무닌드라는 비록 자신이 성스러운 유적지에서 지내고 있지만 붓다가 가르친 진리에 다가가지 못했음을 느꼈다. 그래서 위빠사나 명상을 지도하는 마하시 사야도의 초청을 받고 미얀마로 떠났다. 마하시 명상 센터에서 9년간 집중수행을 한 그는 마침내 마음의 본질을 깨닫는 결실을 맺었다. 또한 붓다의 가르침이 기록된 빠알리 대장경을 완전히 공부했다.

배움을 마친 뒤 무닌드라는 미얀마 전역을 여행하며 25명의 다른 스승들과 함께 수행했다. 그는 모든 방법이 '마음을 관찰하고 통찰 지혜를 얻는' 점에선 차이가 없음을 알았다. 이것은 훗날 인도와 미국에서 그를 찾아온 이들에게 종파나 계파에 구애받지 않고 수행을 실천하도록 격려하는 계기가 되었다. 그는 자주 제자들에게 위빠사나 말고 다른 명상법을 찾거나 다른 스승들과 함께 수행할 것을 권유했다. 한 가지 방법에만 사로잡히는 것을 옳다고 여기지 않았기 때문이다. 참선 수행이든 티베트 명상이든 진리의 본질을 이해한다면 그 가르침들은 동일하며, 따라서 진리를 가져다준 수레가 다르다고 배척할 이유는 없다고 말했다.

인도 보드가야로 돌아온 무닌드라는 그곳에서 명상을 가르치기 시작했다. 진리에 대한 그의 열정과 지혜, 그리고 불교 경전에 대한 해박한 지식은 많은 서양인들을 끌어당겼다. 그들 중에는 히피도 있고 진지한 구도자도 있고 약물 중독에 빠진 인생 패배자도 있었다. 그는 누구도 차별하지 않고 받아들였다. 미얀마에서 함께 공부한 S. N. 고엔카가 인도에 위빠사나 명상 센터를 열었을 때 무닌드라는 수많은 제자들을 그곳으로 보냈다. 그만큼 열린 마음의 소유자였다. 그의 지원으로 고엔카는 1,300명의 명상 교사를 배출한 세계적인 위빠사나 스승이 되었다.

동서양의 수많은 사람들에게 진리를 전했지만 무닌드라는 자신의 절, 자신의 명상 센터, 자기 소유의 거처를 가진 적이 없었다. 다른 절, 다른 명상 센터에서 가르치고, 다른 이가 제공한 작은 공간들에서 평생을 살았다. 그가 머무는 곳, 그의 작은 방이 곧 가르침의 장소였다. 그리고 자신이 가르친 대로 살았다. 그래서 가는 곳마다 사람들에게, 심지어 만난 적 없는 이들에게도 영향을 주었다. 한 권의 책도 쓰지 않았다. 눈앞에 마주한 사람을 직접적으로 가르치고 변화시키는 데 온 에너지를 쏟았다. 그럼에도 그에게서 배운 제자들을 통해 그의 가르침은 전 세계로 퍼져 가고, 그들이 쓴 수많은 명저들로 탄생했다.

무닌드라는 결코 비범하거나 특출나거나 완벽한 척하지 않았다. 그는 성자가 아닌 단순히 잘 지내는 사람이었다. 오류를 범하기 쉬운 별난 성격을 갖고도 구도의 길을 걸었으며, 다른 사람들도 그렇게 걸을 수 있게 도왔다. 그에게 영적인 삶은 침묵 속에 명상하거나 절에서 생활하거나 집중수행에 참가하는 것에 국한되지 않았다. 그는 새로운 사고, 어느 종파에도 속하지 않는 열려 있음, 가식 없고 으스대지 않는 태도를 잃지 않았다.

인도의 구루들이 풍기는 성스러운 인상과 강한 카리스마를 전혀 갖지 않았으며 두세 벌의 흰 수도복을 입고 평생을 살았지만, 무닌드라는 진리를 어떻게 현실에 적용할 수 있는지 보여 준 실천가이자, 자애로운 스승이며, 위대한 인간의 본보기였다. 생애의 마지막 순간도 콜카타에 있는 친척 집의 작은 방에서 평온하게 맞이했다. 운명하기 하루 전 그는 조카에게 자신의 삶이 내일 끝날 것이며, 완전히 치료될 것이라고 말했다.

'영적 스승이 가르치는 오직 한 가지'를 말하라면 '자신의 마음에 깨어 있으라'는 것이다. 붓다가 중점적으로 가르친 것도 그것이다. 마음에 대해 깨어 있기 위해 붓다는 사마타(집중 명상)와 위빠사나(통찰 명상) 수행을 했으며, 제자들에게도 이를 가르쳤다.

생각은 허상이고 느낌은 자기 환상에 불과함에도 우리는 마음을 방치하여 좋거나 나쁘거나, 즐겁거나 고통스러운 것들에 사로잡힌다. 우리가 이 괴로움에 시달리는 근본 이유는 '나'라는 것을 가지고 있기 때문이다. 몸과 마음 안에서 일어나는 생각과 느낌들을 '나'라고 여기기 때문이다. '이것이 나이다, 이것이 나 자신이다. 이것은 나의 것이다'라고 하는 것이다. '지나가는 쇼'에 불과한 이것들에 집착하는 것을 붓다는 괴로움의 첫째 원인으로 보았다.

마음에 끌려다니는 상태에서 벗어나기 위해 명상은 '앉아서 너의 마음을 관찰하라'고 가르친다. 그리고 그것을 위해 먼저 자신의 호흡에 집중할 것을 권한다. 숨이 코를 통해 들어와 다시 나갈 때까지 놓치지 않고 주의를 집중하는 것이다. 호흡하는 동안 아랫배가 오르내리는 것에 집중하기도 한다. 이렇듯 명상은 자신의 호흡을 놓치지 않고 알아차리는 것에서 시작된다. 그렇게 하면 마음이 생각과 생각들로 건너뛰며 방황하는 것을 막을 수 있기 때문이다. 모든 자세에서 마음이 호흡과 머물고 호흡을 알아차리는 것, 다시 말해 마음의 거주처를 호흡에 두는 것, 이 고도의 집중이 사마타, 혹은 사마디 명상이다.

위빠사나는 이 집중 명상을 통해 훈련된 마음으로 내면에서 일어나는 생각과 감정을 알아차리는 일이다. 일어나는 그대로 생각을 관찰하고, 비난이나 판단을 하지 않는 순수한 주의를 기울이는 것이다. 아무 집착함 없이 모든 현상의 끊임없는 일어남과 사라짐을 지속적으로 주시하며 그 자체로 알아차리는 것이 위빠사나 명상이다. 생각과 느낌의 일어남과 사라짐을 주시해 알아차리면 집착과 갈망이 줄어든다. 또한 마음이 외부의 것들을 좇아 몰두하지 않게 막을 수 있다. 알아차림을 잊으면 그것을 빠르게 깨닫고 즉각 알아차림으로 되돌아온다. 이것이 붓다가 궁극적인 깨달음을 얻은 수행법으로 초기 불교부터 중요시되어 왔다.

마음을 주시하는 수행에 대해 태국의 위빠사나 스승 아잔차는 코브라의 비유를 든다. 코브라를 주시할 때처럼, 자신이 좋아하거나 싫어하는 다양한 생각과 느낌들을 주시해야 하기 때문이다. 코브라는 맹독을 지닌 뱀이어서, 일단 물리면 사망할 확률이 높다. 코브라의 독은 우리의 기분에 비유될 수 있다. 우리가 좋아하거나 싫어하는 기분들은 독과 같다. 그것들은 우리의 마음이 자유로워지는 것을 방해한다. 우리가 건드리지 않으면 코브라는 순순히 자기 갈 길로 가 버린다. 따라서 맹독을 지닌 코브라일지라도 아무해가 되지 않는다. 가까이 가거나 붙잡지 않는다면 물지 않기 때문이다. 코브라는 자신의 본래 성질대로 행동한다. 그것이 코브라의 있는 그대로의 모습이다. 현명하다면 코브라를 가만히 내버려 둘 것이다. 코브라를 건드리려 하지 않는 것처럼 좋은 것은 좋은 것대로, 좋지 않은 것은 좋지 않은 것대로 다만 주시할 뿐이다. 그러면 물리지 않는다. 이것이 마음챙김이고 알아차림이다(아잔차 『위빠사나, 있는 그대로 보는 지혜』 중에서).

붓다는 마음의 명료함을 흐리게 하는 욕망과 혐오감과 어리석음 같은 번뇌를 인도의 우기에 닥치는 '넓고 깊은 홍수'와 같다고 표현했다. 그 홍수를 건너는 길이 사마타이고 위빠사나이다.

붓다는 빠알리어 경전에서 또 다른 비유를 든다. 어느 곳에 물이 맑고 수련이 핀 큰 연못이 있었다. 손이 더러운 여행자가 그곳을 지나갔다. 연못에 씻으면 손이 깨끗해진다는 걸 알고 있었지만, 그는 손을 씻으러 연못으로 가지 않았기 때문에 손이 여전히 더러운 상태였다. 그는 연못을 지나쳐 여행을 계속했다.

이 비유를 말한 뒤 붓다는 다음과 같은 물음을 던진다.

"만일 그 사람이 더러운 채로 있다면 누가 비난받아야 하는가? 연못인가, 여행자 자신인가?"

물론 비난받을 사람은 여행자 자신이다. 그는 연못에서 더러움을 씻어 낼 수 있다는 사실을 알고 있었지만 그렇게 하지 않았다. 번뇌와 괴로움의 원인인 생각과 감정에 이끌리지 않는 방법이 있음에도, 그것을 시도하지 않는다면 누가 비난받아야 하는가? 그 방법도, 그것을 가르친 스승도 아니다. 바로 우리 자신의 책임이다.

이 책은 그러한 마음챙김 수행에 대한 이야기이며, 열정을 다해 그것을 가르친 아름다운 스승 무닌드라에 관한 이야기이다.

류시화

이 생을 충만하게 살기

내가 무닌드라를 처음 만난 것은 스물세 살 때의 일이다. 그 두 해 전에 나는 태국에서 평화봉사단의 자원봉사자로 일하다가 불교를 소개받았다. 그러나 집으로 돌아와 혼자 명상 수행을 하려고 시도했지만 얼마 가지 않아 마음속 혼란을 뚫고 지나가도록 도와줄 스승이 필요하다는 것을 깨닫게 되었다. 그 시대에는 붓다의 가르침이 서양에 덜 알려져 있었기 때문에 나는 길을 안내해 줄 누군가를 찾아서 동양으로 돌아가기로 결심했다.

티베트 명상 스승 트룽파 린포체가 매우 적절하게 '우연으로 가장한 필연'이라고 불렀지만, 나는 여행 도중에 붓다가 깨달음을 얻은 특별한 장소인 보드가야로 발길을 향하게 되었다. 마하보디 사원 건너편의 어느 찻집에 앉아 있는 동안 나는 미얀마에서 9년 동안 수행하다가 이제 막 돌아와 위빠사나 명상을 가르치기 시작했다는 한 스승에 대해 들었다. 나는 곧 그를 만나러 갔고, 정통한 명상 스승이자 뛰어난 학자이며 인습 타파적인 깔야나미따, 즉 영

15

적인 벗인 아나가리카 무닌드라와 평생 동안 이어질 관계를 시작하게 되었다.

우리가 처음 만났을 때 무닌드라가 나에게 말해 준 것들 중 하나는, 만약 마음을 이해하기 원한다면 앉아서 마음을 지켜봐야 한다는 것이었다. 이토록 아주 간단하고 실용적인 조언은 내 안에 깊은 울림을 주었다. 거기에는 믿으라는 교리도, 반드시 지켜야만 하는 의식 절차도 없었다. 그보다는 우리를 자유롭게 하는 지혜는 인간 각자의 체계적이고 꾸준한 조사와 탐구로부터 자라날 수 있다는 이해가 담겨 있었다.

진실로 이것은 무닌드라의 삶과 가르침이 지닌 탁월한 특성이었다. 그는 늘 혼자 힘으로 대상의 실체를 시험해 보기 원했다. 단순히 다른 사람들이 말하는 것을 믿지 않고 직접적인 체험으로 대상을 알기 위해. 그가 모든 제자들에게 권유했던 것이 바로 그 특성이었다. 불교의 다양한 계보와 전통, 수행법과 명상 기법들을 고려할 때 무닌드라의 열린 마음은 우리 자신이 진리 여행을 펼쳐 나가는 데 강력한 영향을 미치게 되었다.

『마음에 대해 무닌드라에게 물어보라Living This Life Fully— Stories and Teachings of Munindra』는 통찰력 있는 입문서이자 이 특별한 스승에 대한 경이로운 기록이다. 저자 미르카 크네스터는 한 장의 아름다운 천을 짜 나가듯 무닌드라의 수많은 제자들이 기억하는 것들을 한데 엮었다. 스승의 놀라운 따뜻함과 호기심, 그의 예리한 지혜와 연민에 강조 표시를 하면서.

이 이야기들은 그 자체로 한 위대한 스승이 어떻게 삶의 모든 상황들을 마음에 대한 이해를 깊어지게 하기 위한 수단으로 삼았는지 보여 주는 진리의 가르침이다. 그리고 이 책은 완전한 삶을 산한 인간에 대한 증언이다.

조지프 골드스타인

1
단순하고 편안해져라

마음챙김과 알아차림 _ 사띠

마음챙김이 있는 곳에 모든 아름다운 특성들이 가까이 있다.

—무닌드라

온 마음으로 주의를 기울여 현재의 순간을 놓치지 않고 자각하는 '마음챙김'과 주관적인 판단을 개입시키지 않는 '알아차림'은 불교 수행의 핵심이다. 아나가리카 무닌드라에게 마음챙김은 신비한 상태가 아니라 누구나 할 수 있고, 어떤 순간에도 해야만 하는 일상적인 행위였다.

그는 제자들에게 강조했다.

이 수행 안에서는 모든 것이 명상이다. 심지어 먹고, 마시고, 입고, 보고, 듣고, 냄새 맡고, 맛보고, 만지고, 생각하는 동안에도. 그대가 무엇을 하든, 모든 행위를 깨어 있는 마음으로 역동적이고 전체적으로 완전하게 행해야 한다. 그때 그 행위들은 중요하고 의미 있는 명상이 된다. 명상은 생각에 사로잡히지 않고 순간에서 순간으로 경험하는 것이며, 순간순간 살아 있는 것이다. 집착도 비난도 판단도 없이. 어떤 평가나 비교도 없이. 그것은 선택하거나 분별하지 않는 알아차림이다. 명상은 그저 앉아 있는 것이 아니다. 명상은 삶의 방식이다. 명상은 삶 전체와 하나가 되어야 한다. 실제로 명상은 완전한 알아차림 속에서 보고, 듣고, 냄새 맡고, 먹고, 마시고, 걷는 법을 배우는 일이다. 마음챙김을 키우는 것은 깨달음의 과정에서 가장 중요한 요소이다.

많은 제자들에게 무닌드라의 최고의 가르침은 명상 홀 밖에서 일어났다. 인도에서 무닌드라에게 명상을 배운 대니얼 골먼(감성지수EQ 개념을 만든 세계적인 심리학자)은 말한다.

"무닌드라의 가장 멋진 점 하나는 가르치는 방법이 더없이 평범하다는 것이었다. 우리는 그와 함께 시장에 가고 우체국에 가곤 했다. 그는 언제나 마음챙김, 즉 대상에 온 마음으로 주의를 기울이는 완벽한 본보기였다."

아카사 레비(스리랑카 밀림에서 6년간 수행한 뉴욕 출신의 승려. 캘리포니아 산타모니카의 '웃는 부처 수행 공동체'의 명상 교사)에게 무닌드라의 존재는 진리 추구의 길에서 연장자가 된다는 것, 그리고 완전한 인간이 된다는 것이 무슨 의미인지 보여 주는 완벽한 예였다. 아카사는 회상한다.

"무닌드라는 늘 세세한 것들을 가리켜 보였다. 시장에서 그는 말하곤 했다. '레몬들이 어떻게 쌓여 있는지 알아차리라. 노점상이 그것을 어떻게 하는지 보라. 나쁜 레몬을 어디에 놓고 좋은 레몬을 어디에 두는지.' 우리는 계속 걷고 있었고 내 마음은 다른 곳으로 달려가곤 했다. 그러면 그가 말하곤 했다. '아, 이것 좀 봐! 이 작은 꽃을 봐!' 그는 몸을 구부려 꽃을 보며 말하곤 했다. '이걸 봐, 이렇게 피었어.' 그는 가볍게 꽃을 만지곤 했다. 나를 머리 밖으로 데리고 나와서 땅으로 돌아오게 하고, 현재의 그 자리로 돌아오게 하면서. 그가 내 주의를 흩뜨려 현재의 순간으로 돌아오게 했다고 말할 수도 있다. 그는 그렇게 하는 데 뛰어났으며, 또한 매우 부드럽게 그렇게 했다. 그는 말하곤 했다. '주의를 기울이라. 모든 세세한 것들에 온 마음으로 깨어 주의를 집중하라.' 그는 자신이 말하는 모든 문장들 속에 '온 마음으로 깨어 *mindfully*'라는 단어를 넣곤 했다."

세상을 살아가는 방법을 알려 주는 전형적인 예를 떠올릴 때면 지니 모건(어린이 환자들을 위한 놀이 치료자. 미주리 주의 쇼우 미 다르마 센터 명상 교사)도 무닌드라와 함께한 시간들을 기억한다.

"벼룩시장을 돌아다니며 물건을 사면서 그것을 하나의 법문으로 전환시키는 누군가와 함께 있다는 것, 그렇게 왔다 갔다 하면서 그 모든 행위들을 한 장의 영적인 천처럼 엮어 나가는 사람과 함께하는 것은 실로 감동적인 경험이었다."

통찰 명상 협회(무닌드라의 제자들인 잭 콘필드, 조지프 골드스타인, 샤론 샐즈버그 등이 매사추세츠 주 배리에 공동 설립한 명상 센터)에서 잠시 무닌드라의 수행원을 담당했던 마이클 리벤슨 그레디는 덧붙인다.

"무닌드라는 일상의 평범한 경험들을 포함해 모든 것에서, 모든 장소에서 진리를 보는 능력이 있었다. 이런 태도는 일반 수행자에게 많은 도움이 된다. 나의 가장 생생한 기억은 그와 함께 식사를 하던 때이다. 나는 그가 먹는 모습을 지켜보곤 했다. 그는 건강한 식욕을 갖고 있었으며 음식을 먹을 때 그토록 온 마음으로 현재의 순간에 있었다."

꾸

마음과 마음챙김은 서로 다른 것이라고 무닌드라는 설명하곤 했다.

마음은 본래 색깔이 없다. 그것이 욕망으로 물들 때 우리는 그것을 '탐욕스러운 마음'이라 부른다. 분노가 일어나는 순간 그것은 '화내는 사람' 혹은 '화내는 마음'으로 불린다. 마음챙김이 없으면 마음은 이 분노에 영향을 받는다. 분노는 마음을 오염시키는 본성을 갖고 있다. 그것은 독을 만든다. 그러나 마음은 분노가 아니며 분노는 마음이 아니다. 마음은 탐욕이 아니고 탐욕은 마음이 아니다. 이것을 기억하라. 마음은 좋아하거나 싫어하는 본성을 갖고 있지 않다. '마음'은 단지 '아는 능력', '인식하는 능력'을 의미한다.

그런 다음 그는 사띠(마음챙김)를 설명하곤 했다.

마음챙김은 깨어 있음이고, 알아차림이고, 기억하는 것이고, 기민하게 주의를 기울이는 것이다. 지금 무슨 일이 일어나고 있는지 잊지 않고, 단지 알아차리고, 대상에 온 마음으로 주의를 기울이는 것을 의미한다. 예를 들어, 강 위에 놓인 좁은 대나무 다리 위를 걸으라는 요구를 받는다고 하자. 그때 그대는 모든 걸음마다에 주의를 기울여야 할 것이다. 생각에 사로잡혀 잊어버리면 추락할 가능성이 매우 높다. 그 상황에선 마음챙김을 놓치면 다치거나 죽을 수도 있다. 따라서 마음챙김은 지금 이 순간에 생각과 말과 행동 속에서 무슨 일이 일어나고 있는지 망각하지 않는 것을 의미한다.

마음은 언제나 그 자리에 있고, 언제나 기능하고 있지만 우리가 늘 마음을 챙기지 않고 있다고 무닌드라는 말했다.

"자주 마음이 그대와 함께 있지 않고, 그대가 마음과 함께 있지 않은 것을 볼 것이다. 음식을 먹는 과정이 마음챙김 없이, 온 마음으로 주의를 기울임 없이 기계적으로 일어나는 동안 마음은 다른 어딘가에 있고 생각도 다른 어딘가에 있다."

무닌드라에 따르면 모든 행위를 하는 방법은 오직 한 가지 길밖에 없다. '순간순간 알아차림'이 그것이다.

❧

무닌드라는 단순함과 편안함을 강조했다.

"단순하고 편안해져라. 오는 대로 받아들이라."

무닌드라에게 7년간 명상을 배운 조지프 골드스타인(미국 최초의 위빠사나 지도자 중 한 사람으로 통찰 명상 협회 공동 설립자)은 무닌드라가 그 말을 수천 번은 반복했을 것이라고 전한다. 그렇지만 그것은 어려운 도전이다. 수행 초기의 사람에게는 특히 그렇다. 무닌드라가 한번은 마이클 스타인(보드가야에서 무닌드라를 처음 만난 후 여러 수행 장소에서 함께 생활했다)을 부드럽게 지적한 적이 있다.

"수행은 단순한데 그대가 그것을 복잡하게 만든다."

때로 제자들은 무닌드라가 사용한 '단순함'이란 단어를 잘못 이해하곤 했다. 무닌드라가 고작 땅콩 한 봉지를 사기 위해 열정적으로 값을 깎는 것을 보고 제자들은 의문을 제기하며 그에게 상기시켰다.

"당신은 우리에게 단순해지고 편안해지라고 말했습니다. 그런데 지금 무엇을 하시는 건가요?"

무닌드라는 잠시 멈춘 뒤 말했다.

"나는 단순해지라고 했지 바보가 되라고 하지 않았다."

로이 보니(사진작가)는 그것을 이렇게 이해한다.

"근본적으로 내가 그 일화로부터 배운 것은, 수행을 하면서 세상의 진실을 인식하는 것은 중요하지만 세상 속에서 바보가 되진 말라는 것이었다."

참된 명상은 마음을 새롭게 하고 긴장을 풀어 주는 효과가 있다고 무닌드라는 가르쳤다.

마음이 고요한 상태가 될 때, 그때 우리는 기운을 다시 회복한다. 명상은 자신을 강요하거나 무리하게 마음에 부담을 주는 것이 아니다. 그것은 전 존재와의 조화로운 작업이지 갈등이나 싸움이 아니다. 명상의 과정을 이해하면 명상은 매우 단순하다. 이해하지 못하면 명상은 매우 어렵다. 왜냐하면 마음은 집착하지 않고 비난하지 않고 판단하지 않고 그저 그 순간에 있는 그대로 존재하는 훈련이 되어 있지 않기 때문이다. 그러나 일단 명상을 이해하면, 그때 그것은 가장 단순해진다. 그때 그것은 삶의 방식이 된다. 마음챙김, 즉 '온 마음으로 주의 기울이기'를 발달시키면 얼마 뒤 그것은 스스로를 돌본다. 그때는 노력 없이 자동으로 이루어진다.

그 말은 래리 로젠버그(통찰 명상 협회의 명상 교사)에게 치료제가 되었다.

"무닌드라의 가르침들은 단순하고 자연스러우며 평범했다. 그것은 '단지 일어나는 일을 알아차리라.'라는 것이었다. 그는 그 알아차림을 강조했다. 그것은 나에게 있어 모든 것이었다. 핵심은 결국 '깨어 있는가 아닌가'라는 걸 그는 꿰뚫고 있었다. 전에 나는 선불교의 스승들, 티베트 불교의 스승들에게 배운 적이 있는데 그곳에는 엄청난 규모의 문화가 있었다. 그런데 무닌드라는 진리 추구의 길에 문화의 짐 가방을 전혀 가져오지 않았다. 알아차림은 그냥 알아차림이었으며, 그것은 누구에게나 열려 있었다."

마티아스 바르트(심리치료사. 스위스 담마 그룹 공동 설립자)가 무닌드라의 특별한 점으로 발견한 것이 이 '놀라운 알아차림'이었다.

왜냐하면 그것은 가장 일상적인 상황들에서도 그의 존재를 통해 분명하게 드러났기 때문이다.

"현재의 순간에 온전히 존재하는 그에게는 런던 지하철역에 열차가 도착한 것도 하나의 사건이 되었다. 처음엔 거의 알아차릴 수 없는 열차 소리, 열차가 다가옴에 따라 점점 커지는 소리, 그 앞으로 밀려오는 바람, 기다리고 있던 사람들의 움직임—이 모든 것이 그의 전염성 있는 마음챙김의 장 안에서 활기를 띠었다. 그와 함께 있는 것은 순간순간 알아차리고, 지금 여기에 열려 있고 깨어 있는, 살아 있는 수행이었다."

🪝

위빠사나—마음챙김 명상. 통찰 명상. 일어나는 일을 명료하게 자각하는 수행법—의 많은 방법들 중에서 무닌드라는 '올바른 방법 한 가지'를 결코 주장하지 않았다. 인도에서 무닌드라를 처음 만난 잭 엥글러(심리학자이며 하버드 의대 교수)는 말한다.

"감각되어지는 것에 대한 주의 집중이든, 혹은 감각의 문 중 어느 하나를 대상으로 한 주의 집중이든, 그것이 온 마음으로 주의를 기울이기인 한 무닌드라에게는 아무 차이가 없었다."

에릭 쿠퍼스(샌프란시스코 민들레 댄스 시어터 공동 설립자. 안무가, 무용가)는 미소 지으며 회상한다.

"나는 무닌드라에게서 어떤 파벌주의도 느끼지 못했다. 그에게는 '어떤 것에 가입해야 한다'거나 '어떤 것에 가입해선 안 된다'와 같은 것이 없었다. 단지 철저히 현실적인 방식으로, 그 순간 살아 있는 진리에 대해 가르칠 뿐이었다."

무닌드라가 다양한 방식의 수행을 받아들인 것은 그의 수용적인 천성과 함께 미얀마에서의 경험 때문이다. 마하시 사야도(미얀마의 승려로, 동서양의 위빠사나 명상 전파에 큰 영향을 미쳤음) 밑에서 집중적인 수행을 한 뒤 무닌드라는 마하시의 허락을 받아 다른 형태의 통찰 명상을 가르치는 스승들 밑에서 공부했다. 훗날 그는 말했다.

나는 이 모든 수행 방식들이 모순되지 않고 상호보완적이라는 것을 알았다. 이 모든 방법들은 진리를 체험하기 위한 것이다. 그것들은 수단이지 목적이 아니다. 한 가지 방법으로 마음을 훈련하고 완전히 이해하면, 그때 다른 방법들은 어렵지 않다. 어떤 종파나 학파에 속해 있든, 마음을 열어 두면 언제나 도움이 된다. 어느 한 가지에 집착할 이유가 없기 때문이다.

자신이 동의하지 않는 행위들에 대해서조차 무닌드라는 열린 자세를 가지고 마음챙김을 조언했다. 보드가야(붓다가 깨달음을 얻은 북인도 비하르 주의 성지. '부다가야Buddha-Gaya'라고도 하지만 인도 공식 지명은 '보드가야Bodhgaya')에 처음 여행 왔을 때 미르코 프리바(스위스에서 위빠사나 명상을 가르치는 체코 출신의 심리학자. 불교 승려)는 그것을 배웠다. 마하보디 사원(붓다가 보리수 아래서 깨달음을 얻은 장소에 지어진 불교 사원)을 구경한 뒤 미르코는 사원 입구로 이어지는 계단 옆 작은 찻집에 앉아 있었다. 그때 샛노란 승복을 입은 삭발한 승려가 담배를 피우고 있는 것이 시야에 들어왔다. 미르코가 그 승려를 나무라며 말했다.

"당신의 스승은 당신이 담배 피우는 것에 대해 뭐라고 하는가?"

승려가 대답했다.

"나의 스승님은 이렇게 말씀하십니다. '온 마음으로 주의를 기울여 입술에 담배를 가져가라. 그런 다음 온 마음으로 주의를 기울여 담배가 입술에 닿는 감촉을 알아차리라. 그런 다음 온 마음으로 주의를 기울여 연기를 빨아들이고, 그런 다음 온 마음으로 주의를 기울여 그 느낌을 알아차리라…….'"

미르코는 승려에게 그 스승을 소개해 줄 것을 부탁했고, 승려는 미르코를 데려가 무닌드라를 만나게 해 주었다.

꿈꿈

무닌드라는 결코 수행에서 바보 같은 짓을 권장하진 않았지만, 그의 열린 마음에 제자들은 깊은 인상과 감명을 받았다. 무닌드라의 자유로운 접근에 감사해하며 샤론 샐즈버그(미국을 대표하는 불교 명상 지도자이며 저자)는 말한다.

"무닌드라는 명상에 대한 시각이 매우 넓었다. 온 마음으로 주의를 기울여 산다면 우리가 짜이(우유와 향료를 넣고 끓인 인도식 홍차) 한 잔을 마시러 시장에 간다 해도 좋다. 어떤 상황에서든 무닌드라는 진리가 무엇이고 진리로 가는 길이 무엇인가에 관한 나의 감각을 계속 넓혀 주었다. 그의 표현대로 '삶을 사는 것'에 대한 매우 넓은 감각을 나에게 심어 주었다. 수행에 대해 너무 미리 규정하거나 형식과 방식에 치우치지 않고, 그 대신 그것의 근본을 이해해 마음을 탈바꿈시키는 감각을 갖게 해 주었다."

라마 수리야 다스(뉴욕대학 졸업 후 인도를 여행하다가 티베트 불교를 만나 출가했다. 미국 족첸 센터 설립자)도 동의한다.

"내가 언제나 기억하는 것은 앉아서 하는 명상이 전부이거나 가장 중요한 것이 아니라는 사실이다. 걷기 명상이나 일상생활에서의 마음챙김도 더없이 중요하다. 무닌드라는 정말로 그런 명상의 모델이었다. 그는 단지 눈 감고 침묵하는 명상만을 강조하지 않았다. 그는 내가 살아 있는 진리에 대해, 마음챙김 수행과 진정한 알아차림에 대해 더 이해할 수 있게 도와주었다. 진리를 일상생활에 합치시키는 법, 나날의 삶 속에서 온 마음으로 깨어 있는 법에 있어서 그는 탁월한 스승이었다."

어렸을 때 할머니를 따라 콜카타의 마하보디 협회를 방문했다가 무닌드라를 만나 명상을 배운 사이발 탈룩바르는 그것을 이렇게 표현한다.

"무닌드라에게는 삶과 진리가 언제나 연결되어 있었다."

그레이엄 화이트(호주 블루마운틴 통찰 명상 센터 공동 설립자. 명상 교사이면서 도매 사업 병행)에게 무닌드라가 미친 가장 큰 영향은, '수행은 삶의 전체적인 방식이 되어야 한다'는 것을 볼 수 있게 도와준 것이다.

"무닌드라가 한 일은 10일간의 집중수행이 그 수행 장소가 아니라 삶 속에서 계속 진행되어야 한다는 걸 나에게 보여 준 것이다."

무닌드라가 반복해 말했듯이, 우리는 어느 때든 수행할 수 있다. 그레이엄은 덧붙인다.

"그것이 나의 긴장을 덜어 주었고, 이해가 깊어지면서 나는 훨씬 편안해졌다. 그렇게 되기까지 시간이 걸렸지만 일단 그것을 배우자 명상 수행이 특별한 형식을 취해야 한다거나 며칠간의 집중수행으로 제한되어야 한다고 생각하지 않게 되었다. 그것은 내게 최고의 선물이었다. 어떤 상황에 있든 온 마음으로 주의를 기울이는 법을 배운다면 다 괜찮은 것이다."

잭 콘필드(서양의 대표적인 명상 지도자이며 불교학자로 통찰 명상 협회 공동 설립자. 캘리포니아 우드에이커의 스피릿록 명상 센터 공동 설립자)는 그것을 간결하게 표현한다.

"무닌드라는 삶과 명상을 구분하지 않았다."

그것이 무닌드라가 동서양 사람들에게 중요한 수행자상이 된 이유이다.

⟨⟩

무닌드라의 최초 미국 방문 때 만나 제자가 된 카말라 마스터즈(하와이 마우이 섬의 위빠사나 메따 파운데이션 공동 설립자)는 일상생활의 모든 행위들 속에서 마음챙김을 실천하는 무닌드라의 접근법에서 많은 도움을 받았다. 젊은 엄마로서 세 아이를 키우기 위해 씨름하느라 카말라는 정식으로 명상을 하거나 집중수행에 참가할 수가 없었다. 무닌드라는 그녀의 가정 환경이 방해가 되지 않게 했다. 그녀가 설거지하는 데 많은 시간을 쓴다는 걸 알고 그는 즉시 기회를 잡아 부엌 싱크대에서의 마음챙김을 가르쳤다. 그는 그녀에게 설거지를 할 때 전반적인 알아차림을 유지하도록 가르쳤다. 손의 움직임, 물의 따뜻함과 차가움, 그릇을 들어 올리기, 그릇에 세제 칠하기, 그릇 헹구기, 그릇 내려놓기 등등의 알아차림을. "지금 다른 어떤 일도 일어나지 않고 있다. 다만 설거지를 하고 있을 뿐." 이라고 그는 말했다. 그런 다음 카말라에게 그녀 자신의 몸의 움직임을 자각하라고 일렀다. 그는 천천히 움직이라거나 모든 순간에 모든 세세한 것들을 관찰하라고 주장하지 않았다. 대신 설거지를 하는 동안 일어나는 일들에 대해 전반적으로 알아차리는 연습을 하게 했다.

카말라 옆에 서서 무닌드라는 묻곤 했다.

"지금 무슨 일이 일어나고 있는가?"

카말라가 "은행 대출금 갚는 것에 대해 걱정했어요."라고 말하면 그는 제안했다.

"단지 자신이 '걱정하고 있음'을 알아차리고 다시 설거지에 주의를 기울이라."

그녀가 그에게 "저녁에 무슨 음식을 할지 계획하고 있었어요."라고 말하면 그는 되풀이해 말했다.

"단지 자신이 '계획하고 있음'을 알아차리라. 왜냐하면 그것이 지금 이 순간 일어나고 있는 일이기 때문이다. 그러고 나서 다시 설거지로 돌아오라."

무닌드라는 카말라에게 정식 명상 수련에 관해선 그다지 심각하게 생각할 필요가 없다고 조언했다. 그의 가르침에 따라 열심히 수행함으로써 그녀는 곧 그것의 이점을 깨달았다. 그녀는 말한다.

"의식적으로 주의를 기울이며 평범한 일들을 수행하는 것은 내가 많은 것들을 좀 더 분명하게 알아차리는 데 큰 도움이 되었다. 변화하는 신체 감각, 생각과 감정의 흐름, 그리고 나를 둘러싼 환경 등이 한층 더 살아 있게 되었다. 이 수련은 마음을 한곳에 모아 너무 흩어지지 않도록 하는 데 도움이 되었다. 또한 더 많은 인내심과 참을성, 겸손함, 분명한 의도, 그리고 나 자신에게 솔직할 것 등을 가르쳤다. 이것들은 결코 사소한 것이 아니다. 단지 설거지하는 행위에서 그것들을 배운 것이다! 일상생활과 함께 더 온전히 현재의 순간에 존재하는 것이 가져다주는 기쁨은 이 세상에서 얻기 힘든 보물이다."

무닌드라가 카말라에게 마음챙김으로 설거지하는 법을 가르친 것은 수행의 일부였다. 무닌드라는 카말라가 매일 침실에서 거실로 난 복도를 여러 번 지나간다는 것을 알아차렸다. 그래서 그는 그곳이 걷기 명상을 하기에 이상적인 장소라고 제안했다. 그는 다음과 같이 알려주었다.

"침실 문의 문지방을 넘어 복도로 발을 내딛을 때마다, 단순히 걷는다는 사실과 함께 현재의 순간에 존재할 수 있는 기회로 그 시간을 사용해 보라. 단지 걷기만 하는 것이다. 어머니나 아이들에 대해 생각하지 않고……. 단지 몸이 걷는 것을 경험하는 것이다. 모든 발걸음을 '고요한 마음의 표기법'으로 만드는 것이 그대에게 도움을 줄 것이다. 모든 걸음마다 고요히 마음속으로 '한 걸음, 한 걸음, 한 걸음'이라고 말할 수도 있다. 이것은 그대의 주의력을 '단지 걷기'라는 목적에 계속 연결시키는 데 도움이 된다. 만약 마음이 다른 것들에게로 가서 방황하고 있다면 마음이 방황하고 있음을 알아차리자마자 '방황하는 마음'이라고 차분히 마음에 새기라. 판단이나 비난, 비평 없이 그렇게 하라. 단순하고 쉬운 방식으로, 단지 걷는 것에 다시 주의를 돌리라. 복도에서의 이 수행은 놀라운 훈련이 될 것이다. 그것은 주위 사람들에게도 도움이 될 것이다. 왜냐하면 그대는 더욱 생기를 되찾을 것이기 때문이다."

카말라는 그것이 그렇게 큰 영적 수행처럼 느껴지진 않았지만 매일 어떤 일을 하려고 가는 중에 그 복도를 왔다 갔다 걸으면서 마음이 분명히 현재에 머무는 순간이 몇 분은 있었다고 회상한다. 그 소중한 열 발자국 동안, 서두르지 않고 걱정 없이 삶에 대해 편안해졌다. 그녀는 이 마음챙김 수행을 빨래, 다림질, 걸레질 등 모든 집안일로 확대해 나갔다. 이것이 몇 해 동안 그녀의 주된 수행이 되었다.

ॐ

마음챙김에 관한 무닌드라의 관점이 특별한 장소에 제한되어 있지 않듯이, 그것은 또한 느린 속도를 요구하지 않았다. 무닌드라는 기민하게 움직였지만 언제나 온 마음으로 깨어 움직였다. 에릭 크누드 한센(다양한 불교 수행을 체험하고 한국에서 1년간 참선 수행을 한 불교 강사)은 말한다.

"무닌드라는 가만히 있을 때보다 움직이고 있을 때 더 탐구자 같았다. 나는 그가 이른 새벽에 개인적으로 명상을 했다고 생각한다. 그는 자기 시간이 나면 고요히 앉아 있었고, 낮 동안은 돌아다녔다. 그를 지켜보면서 나는 몸의 속도가 반드시 마음이 진리를 보는 것을 방해하도록 주의를 딴 데로 분산시키는 게 아님을 배웠다. 불교를 가르쳐 온 지난 20여 년 동안 나는 어떤 특정한 몸의 자세나 정신적 자세와 관계없이 진리를 보는 것이 필요함을 많이 느꼈다. 진리는 어느 순간에도 진리인 것이다. 하지만 어떤 사람들은 명상할 때 느림 속에 묶이고 싶어 한다는 걸 무닌드라는 이해했다."

에릭은 계속해서 말한다.

"무닌드라가 말하는 수행의 범위에 대해 몇몇 사람들은 이렇게 반응하곤 했다. '그것은 수행이 아니다. 그것은 단지 살아 있는 것이다.' 그러나 진리를 살고 있는 사람은 앉아 있든, 서 있든, 이야기를 하든, 디즈니랜드를 걷든, 아니면 명상 홀을 걷든 구분하지 않는다. 무닌드라가 직접 보여 준 예와 가르침은 특별한 수행에만 기초해 진리를 보는 것이 아니라 마음 그 자체의 진리를 보는 것이었다. 그는 현재의 순간에 살아 있을 자유, 내 얼굴 바로 앞에 있는 사물들을 바라볼 자유를 가르쳤다."

보드가야에서 무닌드라를 처음 만난 로버트 샤프(버클리 소재 캘리포니아대학 불교학 교수)는 말한다.

"기본적으로 무닌드라의 메시지는 우리가 하고 있는 수행 방식이 무엇인지는 중요하지 않다는 것이었다. 우리가 그것을 온 마음으로 깨어서 하는가, 그렇지 않은가가 중요하다. 우리가 그것을 온 마음으로 깨어서 한다면 혜택들이 있을 것이다. 온 마음으로 깨어서 하지 않는다면 그것은 아무 유익함이 없을 것이다."

무닌드라는 말했다.

온 마음으로 주의를 기울일 때 일을 더 잘 할 수 있다. 그것은 영적인 면에서 이로울 뿐만 아니라 육체적인 면에서도 유익하다. 그것은 또한 정화의 과정이다. 마음이 정화될 때, 몸과 마음의 많은 병들이 자동적으로 치유된다. 그때 자신의 분노, 미움, 질투를 이해할 수 있다. 마음에서 일어나는 이 모든 불건전한 요소들의 대부분을 우리는 이해하지 못하고 있다. 우리가 무의식적으로, 혹은 감정적인 반사 작용에 의해 축적해 온 그토록 많은 몸/마음의 질병들은 통제될 수 있다. 하지만 이는 억압과는 다르다. 가까이 다가가 그것들을 들여다봄으로써 많은 육체적 질병, 정신적 질병으로부터 자유로워질 수 있다. 그때 그것들은 더 유연해지고 더 다루기 쉬워진다.

보드가야에서 무닌드라를 만나 함께 수행한 마거릿 워드 맥거비(인도 불교 성지 가이드)에게 마음챙김이 준 혜택은 분명하다. 무닌드라의 가르침과 위빠사나 수행 경험으로부터 몸과 마음에 대한 더 큰 감사의 마음이 일어났다. 마거릿은 말한다.

"무닌드라는 손바닥의 간지러운 느낌이나 목 안의 느낌에 주의를 집중하는 것에 많은 시간을 쏟아 가르쳤다. 그것은 정말 중요한 방식으로 나를 내 몸에 착륙시켰다. 명상하는 동안 내 마음속에 일어나는 생각과 느낌들을 단순히 알아차리고 그것들에 이름표를 붙이라고 그가 지도하던 방식이 아직도 기억난다. 그는 '생각, 생각.' 또는 '가려움, 가려움.' 하고 이름표를 두 번씩 반복했다. 그는 '단지 그 느낌을 지켜보라.'라고 말하곤 했다. 그것은 지금 내 안에 녹아들어 있다. 만약 내가 어떤 중요한 일에 늦어서 공황상태가 되거나 짜증이 나면, 그때 나는 단순히 알아차림으로 돌아가 그 감정과 기분들이 단지 하나의 생각일 뿐임을 자각한다. 그렇게 되면 그것들은 내 삶에 훨씬 덜 영향을 미친다. 만약 발가락을 찧어 통증을 느낀다면, 나는 즉시 그것은 단지 신경 활동과 감각일 뿐이라는 걸 알아차린다. 그렇게 함으로써 분노와 좌절감이 가져다주는 모든 파급 효과를 끊어 그것의 공함(텅 빔)을 볼 수 있다."

무닌드라는 이것이 어떻게 작용하는지 설명했다.

불쾌한 감정이 우리에게 가장 눈에 띈다. 왜냐하면 우리는 유쾌한 감정을 경험할 때는 신경 쓰지 않기 때문이다. 불쾌한 감정을 경험할 때 우리는 그것을 좋아하지 않고 비난한다. 그 감정을 관찰해야 한다. 그 감정을 꿰뚫어 보고 관통해야 한다. 그 감정을 이해해야 한다. 그 감정에 주의를 기울일 때, 그때 그대는 그것이 고정적이지 않음을 볼 것이다. 그 감정은 일시적인 과정이며 곧 사라진다. 그러나 그것이 오거나 사라지기를 기대하지 말라. 만약 기대하게 된다면, 그 기대하는 마음을 알아차려야 한다. 집착하지 않고, 비난하지 않고, 바라지도 않아야 한다. 무엇이 일어나든 좋아하거나 싫어하지 말고, 이 순간에 있는 그대로 그것을 주시해야 한다. 만약 그대가 그것을 좋아하면 그대는 그것에 욕망을 공급할 것이다. 그대가 그것을 싫어하면 그것에 미움을 공급할 것이다. 양쪽 모두 마음은 균형을 잃고, 건강하지 않으며, 건전하지 않다. 대상 그 자체에는 좋고 나쁨이 없다. 좋거나 싫다고 색깔을 부여하는 것은 우리의 마음이다. 그때 우리는 그것에 영향을 받고, 반응이 일어난다. 일어나는 모든 것에 부드러워지라. 마음을 균형 잡힌 상태로 유지하라. 우리는 '중간의 길'을 따르고 있다. 완전히 깨어 있어야 한다.

무닌드라를 자신의 첫 번째 영적 안내자로 여기는 히더 스토다드(파리의 '동양 언어와 문명 협회INALCO'의 티베트학 소장)는 말한다.

"완전히 깨어 있는 걸 배우는 것은 매우 단순하고 직접적이었다. 거기엔 종교의식이나 장식이 전혀 없었다. 우리는 단지 그곳에 가서 하루 24시간 동안 이 알아차림 수행을 했다."

히더는 덧붙인다.

"그것은 자전거 타기나 수영하는 법을 배우는 것과 같다. 그것을 직접 경험하지 않고선 우리는 그것에 대해 아무것도 알지 못한다. 그리고 일단 그것을 경험하면, 즉 마음의 기능을 자각하면, 우리는 그것을 잊어버리거나 그것이 우리 삶의 매 순간에 영향을 미치지 않게 할 길이 없다. 몸과 마음과 호흡을 지속적으로 주시하는 위빠사나 수행을 매일 따르면서, 보드가야에서 무닌드라와 함께 지낸 그 3주 동안 나는 집이나 학교에서 보낸 18년 동안보다 더 많은 걸 배웠음을 느꼈다."

마음챙김은 '어느 순간이든 주어진 그 순간의 진리'를 경험하는 것이라고 무닌드라는 반복해서 전했다. 그는 오렌 소퍼(자신의 스승 S. N. 고엔카를 따라 인도 불교 성지 순례를 갔다가 무닌드라를 처음 만났다)에게 말했다.

"일어나고 있는 것이 진리이다. 만약 그대의 마음이 산만해져 있다면, 이 순간에는 그것이 진리이다. 그것을 받아들여야 한다."

이 충고는 지젤 비더히엘름(오리건 주에서 무닌드라가 지도한 집중수행 참가자)이 집중수행 중에 느낀 등의 극심한 통증을 다스릴 수 있게 해 주었다. 어느 날 밤 강의에서 무닌드라는 통증도 주의 집중의 대상으로 사용해 그것과 더불어 살 수 있다고 말했다. 지젤은 회상한다.

"통증과 대면함으로써 나는 정말로 그것을 배웠다. 때로 우리는 일어나고 있는 일을 직시하지 않는다. 그러나 통증을 마주함으로써 그것은 더 이상 통증이 아니었으며, 그것이 그 고통을 해결하는 길이었다. 3일이 걸렸지만 통증은 사라졌다. 믿을 수 없는 일이었다. 그다음 주를 통증 없이 보냈기 때문이다."

마음챙김을 통해 얻는 또 다른 소득은 더 많은 에너지를 갖게 된다는 것이다. 왜냐하면 주의가 분산되지 않기 때문이다. 무닌드라와 함께 인도, 미국을 여행한 그레그 갤브레이스(상좌부 불교를 공부하다가 무닌드라를 만나 1년간 함께 생활)에 따르면, 무닌드라는 어떤 일을 할 때 그 일에 완전히 집중했다.

"음식을 먹을 때 무닌드라의 주의는 온전히 먹는 일에 있었다. 이야기를 하고 있을 때 그는 이야기를 했다. 그가 다른 많은 것들에 주의를 분산시키는 걸 우리는 한 번도 본 적이 없다. 그는 단지 그 순간에 존재하는 특성을 갖고 있었다. 만약 그에게 유럽 여행 티켓을 사 주려고 하면 그는 그것에 깊은 관심을 기울였다. '비용은 얼마인가? 어디에서 머무나? 얼마나 오래 머물 건가?' 그는 소소한 세부 사항을 다 알고 싶어 했다. 그리고 다 마치면 그것에 대한 생각을 멈추었다."

한번은 그레그가 무닌드라에게 물었다.

"세상 속에서 신경 써야 할 일들이 많은데 어떻게 항상 그 순간에 존재할 수 있습니까? 우린 미래에 대해 생각해야 합니다. 학교에 가려면 등록을 해야 하고 이런저런 일을 해야만 합니다."

무닌드라는 그레그에게 말했다. 그것이 무엇이든 단순히 그것을 하라고. 여행 계획이든 저녁 식사든. 그러나 일단 그 일이 끝나면 그것에 대해 생각하는 데 시간을 낭비하지 말라. 다음 일로 넘어가라.

෴

'온 마음으로 대상에 주의를 기울이는' 마음챙김은 모든 걸 새롭게 경험하는 좋은 기회이다. 마이클 리벤슨 그래디(통찰 명상 협회 교사)는 석 달간의 집중수행 중에 있었던 특별한 시기를 기억한다.

"그 무렵 나는 모든 것이 너무 허무하고 재미없어 보였다. 명상에 대한 의욕이 침체되고, 마음은 더 방황하기 시작했다. 그때 무닌드라가 내게 호흡에 주의를 기울이라고 제안했다. 마치 그것이 첫 번째 호흡이자 마지막 호흡인 것처럼. 어떤 이들에겐 이것이 좋은 조언이 아닐 수 있겠지만 나에겐 완벽했다. 그 제안을 통해 나는 무닌드라에게서 항상 목격한, 현재의 순간에 신선함을 가져오는 것이 얼마나 중요한지 깨달았다."

네 살 때 부모가 이혼한 후 여러 가정을 거치며 고통스런 유년시절을 보낸 샤론 샐즈버그에게 이 가르침은 단지 매 호흡과 관련해서뿐만 아니라 인도에서의 수행 초기에 특히 도움을 주었다. 샤론은 자신의 저서 『세상만큼 넓은 가슴 *A Heart as Wide as the World*』에서 썼다.

"나는 그런 식으로 모든 걸음과 함께, 모든 소리와 함께, 모든 맛과 함께 존재했다. 그 정신으로 수행하는 것은 내게 명상의 매 순간마다 충만감과 신속한 주의력을 가져다주었다. 그것을 통해 내 자아의 분열된 조각들이 하나로 합쳐졌다. 나는 더 이상 현재의 순간을 과거에 일어난 일과 비교하려는 유혹에 시달리지 않았다. 왜냐하면 만약 이것이 나의 첫 번째 호흡이라면 과거가 어디에 있겠는가? 그리고 만약 이것이 나의 마지막 호흡이라면 나중에 더 좋은 일이 일어나리라는 희망에 빠져서 호흡에 완전한 주의를 기울이는 걸 미룰 순 없었다. 나는 판단을 하면서 현재를 경험하는 쪽으로 그다지 기울지 않게 되었다. 과거나 미래로 데려가지 않는다면 지금 통과하고 있는 것을 어떻게 판단할 수 있겠는가? 이것은 아름답고 강력한 수행이다. 뿐만 아니라 아름다운 삶의 방식이고 죽음의 방식이다."

~

무닌드라는 제자들에게 생각과 명상은 같은 것이 아님을 자주 상기시켰다. 그는 묻곤 했다.

"그대는 생각하기 원하는가, 아니면 명상하기 원하는가?"

그는 두 세계를 구별하며 말했다. 하나는 관념의 세계이고, 다른 하나는 실제 세계라고. 그는 말하곤 했다.

"사람들은 주로 관념의 세계에 살고 있다. 진리와 명상 수행은 실제 세계에서 사는 것이다."

오렌 소퍼에게 이 가르침은 다음을 의미했다.

"삶은 너무 짧다. 우리가 순간순간 실제로 경험할 수 있는 것은 매우 짧고 순식간이다. 일어나고 있는 일에 대해 생각과 관념에 사로잡혀 시간을 보내는 것은 우리를 진리와 실체로부터 멀어지게 만드는 미친 짓이다."

무닌드라는 제자들에게 물었다.

만약 자신의 마음을 관찰한다면 그대는 무엇을 발견하겠는가?

마음이 끊임없이 과거의 어떤 것을 생각하거나 미래에 대해 계획하고 있음을 우리는 발견한다. 과거는 실제가 아니다. 이미 지나가 버렸다. 미래 또한 실제가 아니다. 아직 오지 않았다. 진짜로 실재하는 것은 현재 상태이다. 우리는 오직 현재의 순간을 살고 있을 뿐이다. 현재의 순간이 진실이다. 따라서 우리는 이 삶을 온전히 활기 있게, 사물과 현상을 이 순간에 존재하는 그대로 바라보며 살아야 한다.

생각하는 마음은 명상을 할 수 없다. 마음이 생각을 멈추지 않는 한 그대는 명상할 수 없다. 명상은 생각하는 것이 아니며, 상상하는 것이 아니다. 명상은 마음을 침묵시키는 과정이다. 마음이 고요해지지 않는 한, 그곳에 어떤 진실한 경험도 없고 명상도 없다.

제자들이 이 말의 의미를 더 잘 이해할 수 있도록 그는 다음의 예를 들었다.

어머니에 대한 생각이 그대의 마음속에 나타난다. 그대는 결코 그 생각을 초대하지 않았다. 그것은 그냥 왔고, 그대는 그것을 알아차린다. 그러나 그 생각은 어머니가 아니다. 그것은 단지 어머니에 대한 생각 혹은 이미지이다. 그것은 꿈과 같다. 꿈속에서 그대는 배고픔을 느끼고 자신에게 제공된 음식을 먹는다. 잠에서 깨면 그대는 그것이 실제가 아니라 꿈이었음을 안다. 그대는 꿈속에서 음식을 먹었고 맛보았다. 꿈속에 있는 동안 그것은 진짜처럼 보였다. 그러나 잠에서 깨었을 때 그것이 진짜가 아니었음을 그대는 안다.

무닌드라는 마음챙김이 진리 수행에 절대적으로 중요한 것임을, 즉 핵심임을 분명히 했다. 그는 단언했다.

"45년 동안 붓다는 인도의 여러 지역들에서, 다양한 환경에 있는 다양한 수준의 서로 다른 사람들에게 진리를 가르쳤다. 그는 84,000번의 설법을 했다. 그 모든 가르침은 한 마디로 요약될 수 있다. 압빠마다(한역으로는 '불방일不放逸'. 게으르지 않음. 잊지 않고, 끈질게 잡고 있고, 가볍게 넘기지 않는 것)―즉 마음챙김, 주의를 기울임, 잊지 않음이다."

압빠마다는 사띠, 즉 마음챙김과 동의어이다. 이 메시지가 무닌드라의 강의 속에서 '태엽장치처럼' 반복되었다고 대니얼 테일러(블루 마운틴 통찰 명상 센터의 명상 교사)는 회상한다. 강의를 할 때 무닌드라가 왜 '모든 곳에서 장황하게' 이야기하는지 대니얼은 궁금했다.

"그렇지만 무닌드라는 언제나 같은 것으로 돌아왔다. 정확히 시간에 맞춰 그는 다음과 같이 말했다. '그대가 이것들 중 어떤 것을 어렵게 느낀다 해도 그것은 정말로 중요하지 않다. 그대가 기억해야 할 유일한 한 가지가 있다. 유일한 한 가지 의무가. 그것은 마음챙김, 즉 지금 이 순간에 온 마음으로 주의를 기울이는 것이다.' 그는 늘 이 말로 가르침을 마쳤다."

대니얼은 무닌드라에게 배운 것을 이렇게 말한다.

"너무 많이 분석하면 우리 자신이 매듭들에 묶여 버린다. 결국 모든 것을 조화롭게 만드는 것은 마음챙김을 유지하는 일이고, 그것이 가장 중요한 일이다. 우리는 모든 지적인 것들에 대해 걱정할 필요가 없다. 단지 매 순간 온 마음으로 깨어 있으면 된다."

마음챙김의 중요성을 강조하며 무닌드라는 붓다의 말을 인용했다. '사띠 삽밧틱까—마음챙김은 모든 경우에 유익하다.' 예를 들어 그는 말했다.

가슴과 머리, 감정과 지성, 믿음과 지혜 사이에 균형이 있어야 한다. 그러면 어떻게 균형을 이루는가? 이 사띠, 즉 마음챙김이 둘 사이에 균형을 가져온다. 둘 다 필요하다. 너무 많은 노력은 인간을 쉬지 못하게 만든다. 너무 많은 사마디(사념을 떠나 오직 하나의 대상에만 고도로 정신을 집중함으로써 얻는 고요한 선정 상태)는 졸리게 만든다. 얼마나 노력해야 하는지, 얼마나 많은 집중이 필요한지 어떻게 아는가? 그것이 마음챙김의 기능이다. 마음챙김은 노력과 집중 사이에 균형을 가져다준다.

마음챙김은 반대되는 것들의 조화를 이루는 근본적인 역할을 할 뿐 아니라, 어두운 장소에 밝은 불빛을 제공한다. "빛이 있는 곳에 어떤 어둠도 있을 수 없다. 마음챙김은 언제나 건전하며, 언제나 빛을 밝히는 요인이다."라고 무닌드라는 말하곤 했다. 그 이유를 그는 이렇게 설명했다.

모든 먼지들이 우리의 무의식과 잠재의식 속에 쌓여 있으며, 우리는 그 먼지들을 데리고 한 생에서 다음 생으로 살아간다. 따라서 그대가 침묵할 때 온갖 종류의 생각들이 표면에 떠오를 것이다. 누군가가 그것들을 우리에게 보내는 것이 아니다. 그것들은 우리 삶의 일부이다. 그대는 순간순간 그 생각들에 붙잡힌다. 이를테면 누군가가 과거에 그대를 꾸짖었지만 그대는 그것을 억누르고 있었다. 그러나 마음이 고요해져서 어떤 이야기도 하지 않고 분주하지도 않으면 그것이 떠오를 수 있다. 그때 그대는 알아차림 때문에 그것을 본다. 마음챙김의 빛은 정신 영역 전체를 비추기 때문에 마음챙김을 권유하는 것이다. 어떤 것이 오자마자 그대는 곧 그것들을 있는 그대로 본다. 그것들이 어둠 속에서 나타날 때는 그것들은 먹이를 보충한다. 빛이 있을 때 그것들은 먹이를 얻지 못하고 영양분을 공급받지 못해 사라진다. 우리가 할 일은 단지 관찰하는 것이다. 수동적인 관찰자이다. 그대가 할 일은 없다. 이 보이는 것, 혹은 이 들리는 소리, 혹은 이 생각을 뒤쫓고 있을 때 그대는 에너지를 낭비하고 있는 것이다. 그렇지 않은가? 그때 마음은 지친다. 그러나 그대가 수동적인 관찰자라면 어떤 것이 일어나도 그대는 마음챙김의 빛 안에서 그것을 보며, 그때 그것은 사라진다.

따라서 마음챙김은 '불순물, 오염, 부정적인 것으로부터 마음을 지키는' 보호 기능이 있다고 무닌드라는 말했다.

여섯 감각의 문을 모두 관찰함으로써 그대는 휘말리지 않을 것이다. 그러나 그대가 그 생각과 감정들을 비난하면, 그대는 다시 조건에 길들여진다. 집착할 때, 다시 조건에 길들여진다. 경험하면서 그것과 동일시되지 않을 때, 집착과 비난이 없을 때, 이것을 정화, 즉 '조건에서 벗어남'이라 부른다. 그때 정화의 과정이, 펼침의 과정이 일어난다. 마음챙김은 세 가지 악의 근원인 세상에 대한 욕망, 혐오감, 어리석음을 제거하는 주된 요인이다.

카말라 마스터즈가 한번은 무닌드라에게 화가 난 적이 있는지 물었다. 무닌드라는 카말라에게 말했다.

화가 올 때 거기 하나의 조짐, 신호가 있다. 느낌이 있다. 그것은 심적인 불편함이다. 따라서 그 신호가 있을 때 그것(화)이 입 밖으로 나오게 하지 말라. 그것이 활동을 시작하게 하지 말라. 그저 그것이 지나가게 하라. 온 마음으로 주의를 기울이라. 그것을 지켜보라. '화가 일어난다, 화가 일어난다, 화가 일어난다.' 하고.

무닌드라는 분노가 불변하는 감정 덩어리가 아님을 분명히 했다. 되풀이해서 화가 나는 것에 대해 말하는 누군가에게 무닌드라가 조언한 내용을 케이트리오나 리드(캘리포니아 남부의 만자니타 빌리지 수행 센터 공동 설립자)는 기억한다.

"분노에 주목하라. 그리고 그것이 동일한 분노가 아닌 것에 주목하라. 그대는 계속 화가 나고 있다고 말한다. 그러나 주의 깊게 주목해 보라. 그러면 그대는 그것이 매번 다른 분노라는 걸 보게 될 것이다"

마음챙김은 정신의 모든 층들을 통과해 마음 깊은 곳까지 뚫고 들어가는 성질이 있기 때문에 과거, 현재, 미래를 새로운 방식으로 바라보는 기회를 제공한다. 무닌드라는 말했다.

거듭된 수행을 통해 우리의 온전한 내적 존재가 의식 차원으로 나온다. 그때는 어떤 것도 숨어 있지 않게 된다. 이것이 자아 발견의 과정이다. 그대가 더욱 더 깊이 들어감으로써 나날의 삶에서 행동과 반응에 의해 축적된 느낌과 감정들이 표면 차원으로 올라와 하나씩 소멸된다. 때로는 행복하고 때로는 불행하며, 때로는 좋고 때로는 나쁘며, 때로는 산만하고 때로는 집중된 모든 순간에 우리가 할 일은 어떤 현상에 빠지거나 반응하는 것이 아닌, 단지 주의를 기울여 그 생각과 감정들을 온전히 알아차리는 일이다. 붓다는 온 마음으로 지금 이 순간의 대상에 주의를 기울이고 평온하라고 언제나 말했다. 알아차림과 평정, 이 두 요소는 함께 간다.

무닌드라의 단순한 가르침은 세월이 흐른 지금도 제자들을 지탱

해 주는 강력한 힘이다. 보드가야에서 무닌드라를 만나 여러 해 동안 명상을 배운 에리카 폴켄슈타인(뉴욕 국제 개발 협회 근무)은 말한다.

"스트레스를 받을 때면 나는 무닌드라가 '순간에서 순간으로'라고 말하는 소리를 듣는다. 그러면 집중하는 데 도움이 된다."

대학생일 때 보드가야에서 무닌드라를 만난 맥스 쇼어(계간지 〈Good〉의 창간 멤버이자 발행인)에게도 비슷한 일이 일어났다.

"무닌드라는 놀라운 스승이었다. 만날 때마다 그는 사람들에게 더 많은 마음챙김을 심어 주곤 했다. 그가 걷는 모습, 그토록 신중하고 남을 배려하고 확연하게 연민이 넘치며 자기 자신에 대해 깨어 있는 그를 보는 것만으로도 나는 강한 영향을 받았다. 지금도 그를 생각할 때마다 내 안에 조금 더 마음챙김이 일어난다."

오렌 소퍼는 강의를 한 뒤 방을 떠나기 전에 무닌드라가 들려준 간곡한 권고를 회상한다.

"단지 이것을 기억하라. 모든 행위는 온 마음으로 깨어 있는 상태에서 행해져야 한다."

무닌드라에게 있어서 마음챙김은 닙바나(산스크리트어의 '니르바나'에 해당하는 빠알리어. 수행을 통해 망상과 집착을 끊고 모든 속박에서 벗어난 대자유의 경지)로 가는 분명한 방향을 비춰 주는 수행이었다.

만일 우리가 현재의 순간을 온 마음으로 주위를 기울여 맑게 사는 법을 안다면, 그때 다음 순간은 다 잘 될 것이고 그것을 통해 우리는 미래를 만들어 나갈 것이다. 이런 식으로 일하고 중도의 길을 걷는 것은 우리를 생과 사의 수레바퀴로부터 해방시켜 완전한 자유로 이끈다.

이것은 존재의 정화,

슬픔과 애통의 극복,

고통과 비탄의 사라짐,

진정한 길의 획득,

닙바나의 실현을 위한 직접적인 길이다.

이름하여, 마음챙김이다.

ㅡ붓다 『맛지마 니까야(중간 길이의 경)』

*

사띠*sati*는 '기억하다, 염두에 두다'라는 뜻의 '스므르*smr*'에 어원을 두며, 흔히 '마음챙김'으로 번역된다. '마음챙김'이라는 번역에 이의를 제기하는 이들은 '알아차림', '깨어 있음', '마음지킴'을 쓰기도 한다. 가장 단순하고 정확한 의미는 '관찰하는 마음', '순수한 주의를 기울여 깨어 있음'이다. 중국에서는 일찍이 사띠를 '념念'이라 번역했는데, 이는 '마음心'이 '지금今'에 있다는 의미이다. 마음이 다른 곳으로 달아나지 않고 지금 이 순간에 머물러 있는 것이다. 그래서 몸과 생각의 모든 과정이 어떻게 일어나는지 관찰하고, 마음이 일으키는 연극 같은 현상에 휩

쏠리지 않으며, 일어나는 그대로를 허용하면서 객관화해 바라보는 것이다. 이때 실체를 분명하고 고요하게 볼 수 있다. 즉, 번뇌의 침입에 물들지 않고 마음이 지금 이 순간의 대상을 챙긴다는 의미에서 '마음챙김'인 것이다. 대상을 놓치지 않고 마음을 챙기는 것, 대상에 순수한 주의를 기울이는 것, 생각을 개입시키지 않고 대상을 있는 그대로 알아차리는 것, 이 순간에 깨어 있는 것이 '사띠'의 의미에 내포되어 있다.

2
몸 안에서 행복하지 않으면

마음을 하나로 집중하기_사마타

기적적인 능력은 중요하지 않다. 자유가 중요하다.

　　—무닌드라

처음으로 서양을 여행하며 가르치기 시작했을 때, 무닌드라는 그레그 갤브레이스의 초청으로 미주리 주 중부의 컬럼비아 시에 갔다. 그곳에서 그는 그곳에 사는 지니 모건의 집에 머물렀다. 붓다의 가르침을 나누려는 열망으로 무닌드라는 자신에게 질문할 불교도들을 모아 달라고 제안했다. 그때 그 지역에는 불교 수행 단체나 절이 없었다. 그러나 지니의 요청으로 지역 라디오방송은 '영적 스승이 지니 모건의 집에 머물고 있는데, 누구나 와서 1시간 동안 대화를 나눌 수 있다.'라고 방송해 주었다.

지니는 회상한다.

"아니나 다를까 몇몇 사람들이 나타났다. 그들 중 한 명은 겨드랑이에 카를로스 카스타네다(야키 족 인디언 노인을 만난 이야기 『돈 후앙의 가르침』으로 현대 문명 정반대편의 초월적 지식을 전달한 미국 인류학자)의 책을 옆구리에 끼고 온 16세 소년이었다. 소년은 그중 가장 귀엽고 가장 열린 사람이었다. 다른 사람들은 무닌드라의 모습에 어느 정도 겁을 먹었지만 이 소년은 그에게서 눈을 떼지 못했다. 소년은 최대한 가까이 다가와 앉았다. 무닌드라가 '다른 질문은 없나요?' 하고 묻자 이 소년이 말했다. '질문 있어요. 난 내 몸을 떠나는 법을 알고 싶어요.'"

무닌드라가 소년을 보며 말했다.

"몸을 떠나고 싶니?"

그러자 아이는 말했다.

"네, 당신도 보다시피 난 행복하지 않아요. 내 삶 전체가 비참해요. 일 분도 더 이 삶을 견딜 수 없어요. 떠나고 싶어요."

지니에게는 그것이 놀라운 말이었다. 왜냐하면 소년의 표정은 전혀 비참해 보이지 않았기 때문이다. 흥미를 가지고 있었고, 즐거워 보였으며, 에너지가 넘쳤다.

무닌드라는 소년을 바라보며 소년의 무릎을 토닥였다. 그러고는 말했다.

"몸 안에서 행복하지 않으면 몸 밖에서도 행복하지 않단다."

소년은 헉 하고 숨을 들이쉬며 말했다.

"아, 그런데 카를로스 카스타네다가 말하기를……."

무닌드라는 소년의 무릎을 다시 토닥이며 말했다.

"나도 이 남자를 안다. 그도 행복하지 않다. 내 말을 들으면 넌 많은 수고를 덜게 될 거야. 그래, 그런 종류의 신비한 일들은 가능하다. 하지만 넌 그 힘에 사로잡힐 것이고 많은 생애를 돌고 돌아야 할 것이다. 부디 지금 내 말을 들어라. 그러면 많은 수고를 덜게 될 거야. 평범한 사람이 돼라. 결혼하고, 아이를 낳고, 아침을 해 먹고. 네 삶 속에 존재하거라."

⌒

깊은 선정, 즉 고도의 집중 상태에서 일어나는 이른바 초능력에 매혹된 사람들이 그것에 대해 무닌드라에게 묻곤 했다. 1980년대 초 마하리시 마헤시 요기(인도 출신의 구루로 초월 명상법 창시자)는 서양에서 제자들에게 공중을 나는 법을 가르치고 있었다. 반떼 위말라람시(미국 출신의 명상 교사이며 불교 승려. 미주리 주의 담마 수카 수행 공동체 대표)는 무닌드라에게 그것에 대해 어떻게 생각하는지 물었다. 무닌드라는 그 명상 코스의 비용이 얼마인지 알고 싶어 했다. 위말라람시가 2천 달러 정도 든다고 하자 무닌드라는 재치 있게 말했다.

"나는 2천 달러를 내고 전 세계를 날 수 있다."

위말라람시가 말했다.

"알겠습니다. 당신이 그것에 대해 어떻게 생각하는지 알 것 같군요."

무닌드라는 그 금액이 현실적이지 않을 뿐 아니라 궁극적으로 그런 능력이 중요하지 않음을 지적한 것이다. 제자들에게 나는 법을 가르칠 것이냐는 질문을 받자 무닌드라는 말했다.

"아, 물론이지. 나는 그것을 가르칠 수 있다. 그러나 비행기 표를 사는 편이 더 쉬울 것이다."

무닌드라는 그런 초능력의 원천인 고도의 집중 상태가 소용없거나 불필요하다고 생각한 것은 아니다. 다만 집중 명상은 방법이지 목적이 아니라고 가르쳤다. 보드가야에서 무닌드라를 만나 강의 진행을 도운 데니스 틸은 말한다.

"무닌드라는 전생이나 내생에 대해 말하고 싶어 하지 않았다. 그는 이 모든 초능력과 신통력을 좋아하지 않았다. 그는 말했다. '그 것들은 가는 도중에 만나는 길의 일부일 뿐이다. 그것들을 모두 잊으라. 그대가 들어간 고도의 집중 상태를 내려놓으라. 길의 본질은 자유에 이르는 것이다.'"

빠알리 성전(붓다가 사용한 빠알리어로 기록된 경전. 붓다의 가르침인 경장, 불교 교단의 규칙인 율장, 가르침에 대한 해석인 논장의 세 부분으로 구성되어 있어서 '빠알리 삼장'으로도 불린다)을 공부하면서 무닌드라는 붓다가 두 종류의 명상에 대해 말하고 가르쳤다는 것을 발견했다. '집중 명상(사마타)'과 '통찰 명상(위빠사나)'이 그것이다. 무닌드라는 말했다.

시작을 위해서는 먼저 집중이 필요하다. 우리는 영혼이 육체의 욕망에 지배되어 쾌락과 고통을 받는 감각 차원의 존재들이다. 일반적으로 우리의 마음은 산만하고 흩어져 있다. 여섯 종류의 대상, 즉 보이는 것, 소리, 냄새, 맛, 촉감, 생각과 끊임없이 접촉하기 때문이다. 우리의 마음은 한 대상에서 다른 대상으로 순간순간 돌아다닌다. 사마타(집중 명상. 빠알리어로 고요, 평온, 맑음을 의미하며 한자로는 지止로 번역함. 반면에 마음 상태를 주시하는 위빠사나는 관觀으로 번역한다) 수행은 마음을 한 곳에 집중시켜 고요하게 만드는 하나의 수단이다. 붓다는 시각화와 만트라 암송처럼 집중 명상을 위한 많은 방법들을 이야기했다.

일반적으로 '주의'라는 것은 마음이 대상과 온전히 함께 있음을 의미한다. 우리는 흔히 산만한 마음 상태에서 벗어나기 위해 다른 대상들을 모두 무시하고 특정한 대상 하나에 온전히 주의를 붙들어 매려고 노력할 때가 있다. 이것들도 '마음을 한 곳에 집중하기one-pointedness of mind'를 수반하지만 이것은 완전히 다른 것이다. 예를 들어, 싸우고 죽이고 도둑질하는 것에 주의를 집중시킨다고 해 보자. 그것은 부적절한 주의라고 불린다. 그것은 잘못된 형태의 집중이다. 따라서 마음챙김이 필요하다. 마음챙김이 집중과 손을 잡으면 곧바로 모든 요소들이 맑게 정화된다. 마음챙김은 언제나 유익하며, 마음 구석구석에 빛을 비추기 때문이다.

인간 존재로서 우리는 모든 종류의 행복, 모든 종류의 차원 높은 체험을 얻을 잠재력을 지니고 있다. 그러나 감각과 관념의 세계에 사로잡혀 있는 한 어떤 힘들이 우리를 무너뜨린다. 그런 힘들을 불교에서는 '다섯 가지 장애(빤짜 니와나라. 정신적 향상을 방해하는 장애들)'라고 부른다. 감각적 욕망, 악의, 나태와 무기력, 흥분과 걱정, 그리고 의심이 그것이다. 마음을 모으기 위해 명상을 시작하자마자 이 장애들이 중간에 나타난다. 그러나 집중력이 고도로 길러지면 고요한 상태, 지복 상태를 체험하는 단계가 온다. 그때 다섯 가지 정신적 장애는 진압되어 밑바닥으로 가라앉는다.

무닌드라는 장애를 차단하는 힘을 가진 선정(禪定. 고도의 집중 상태, 정신통일을 의미하는 산스크리트어의 '디야나', 빠알리어의 '자나')의 다섯 가지 요소를 설명했다. 즉, 마음챙김은 돌아다니는 마음을 멈추게 한다. 황홀감은 짜증을 멈추게 한다. 행복감은 걱정과 불안을 멈추게 한다. 일관된 생각은 의심을 멈추게 한다. 그리고 정신 집중은 게으름과 무기력을 멈춘다.

이 선정 상태는 무엇인가? 그것들은 계속 더 높이 올라갈 수 있지만 그것들 모두 길들여진 것이고, 세속적인 것이지 탈세속적이거나 초월적인 것이 아니다. 그러나 이러한 몰두는 마음을 모으고 가다듬는 데 도움이 되며, 도중에 나오는 부정적인 힘들을 억누르는 데에도 유용하다.

제자들이 더 잘 이해할 수 있도록 무닌드라는 다음의 비교를 했다.

우리가 어떤 것을 위로 던지고 싶다 할지라도 우주의 중력 때문에 그것은 아래로 내려온다. 그러나 로켓의 엄청난 힘은 중력을 능가해 무중력상태가 된다. 이때 중력은 로켓을 떨어뜨릴 수 없다. 만약 그대가 더 높이 올라가면, 그때 더 높은 행성의 힘이 그대를 그쪽으로 끌어당긴다. 이와 마찬가지로, 우리가 이 일상적인 차원에 있는 한은 그 '장애들'의 중력을 느끼지 못한다. 그러나 우리가 마음을 집중하려고 하자마자 곧 이 부정적인 힘들이 나타난다. 따라서 끊임없는 노력, 끊임없는 마음챙김은 마음을 강하고 예리하게 만든다. 그때 이 장애물들이 진압된다. 정신을 몰두하게 하는 선정 요소들은 마음으로 하여금 이런 상태들을 진압하게 만든다. 그 몰두와 몰입의 상태가 더 높은 차원으로 올라가면 그 상태가 지배적이 되고 마음이 강해진다. 그때 깊은 관심이 거기에 있고, 열정이 거기에 있다. 마음은 모든 것이 더 쉬워진다.

그럼에도 불구하고 무닌드라는 제자들에게 그런 변경된 의식 상태에 대해 경고했다.

이 선정 상태 자체는 깨달음이 아니다. 그것은 단지 부정적인 힘들, 장애들을 뛰어넘었다는 의미에서의 자유이다. 무한한 의식을 체험할 수 있는 더 높은 선정 상태 역시 깨달음은 아니다.

명상을 가르칠 때 무닌드라는 마음챙김과 집중을 두 가지 별개의 것으로 구별했지만, 그 둘이 완전한 자유에 이르는 지혜와 통찰을 얻도록 돕는 상호보완적인 방법이라고 설명했다. 사마디 혹은 사마타(마음을 한곳에 집중하여 고요한 상태를 유지하는 마음 집중)는 그 길을 편하게 해 줄 수 있다. 무닌드라는 깨달음에 이르는 세 가지 길을 이야기했다. 첫째, 사마타 수행을 해 그 고요하게 모아진 마음을 위빠사나(통찰 명상. '관觀'으로도 번역)에 적용하기. 둘째, 사마타 수행과 위빠사나 수행을 함께 하기. 셋째, 오직 위빠사나 수행만 하기.

그대가 큰 강을 건너고 싶어 한다고 가정하자. 그대는 헤엄을 쳐서 건널 수도 있지만 배를 이용할 수도 있다. 배는 훨씬 쉽고 더 즐겁다. 만약 그대가 사마타와 위빠사나를 다 알고 수행한다면 그대는 배를 타고 빠르게 이 강을 건널 수 있다. 그러나 만약 사마타를 알지 못한다면 그대는 손과 발을 이용해야 한다. 사마타 수행이 없으면 그것을 메마른 위빠사나(숙카 위빠사나)라고 부르는 이유이다. 둘 다를 아는 것이 좋다."(선정이나 정신 집중의 준비 과정 없이 바로 위빠사나를 닦는 수행법을 『청정도론』 등의 문헌에서는 '건관乾觀'이라고 했다. 사마타, 즉 고요함 없이 통찰의 지혜는 쉽게 얻어지지 않는다.)

오랜 가르침의 기간 동안, 붓다와 마찬가지로 무닌드라는 깊은 집중 상태에서 얻어지는 '초능력'을 키우라고 권하지 않았다. 붓다는 제자들이 일반인들 앞에서 예지력, 초인적인 청력, 몸을 안 보이게 하는 능력, 그리고 순간이동에서부터 전생의 기억에 접근하는 능력에 이르기까지 다양한 신통력이나 특별한 영적 능력을 펼쳐 보이는 것을 금지했다. 또한 완전히 깨닫지 않았다면 그런 능력을 사용하는 것을 금했다. 붓다 자신은 초월적인 능력을 모두 가졌지만 보여 주기 위해서가 아니라 오히려 사람들에게 다가가고 그들을 진리로 데려가기 위한 목적에 썼다. 깨달음의 차원을 체험한 사람이 아니면 그가 가진 영적 능력을 신뢰하기 어렵다. 무닌드라는 말했다.

"사마타, 즉 고도의 집중 명상은 잘못 사용될 수 있다. 생각의 힘으로 살인을 할 수도 있고 도둑질을 할 수도 있다. 많은 잘못된 일을 할 수 있다. 사마타는 마음을 일시적으로 정화시킨다. 그것은 통찰 지혜를 키우고 긍정적인 면을 발달시키는 데 유용하다."

무닌드라가 미얀마에서 수행하는 동안 그의 성취와 성실성을 인정한 스승 마하시 사야도는 무닌드라에게 인도로 돌아가기 전에 이런 초월적인 지각 상태를 배워 보라고 제안했다. 인도는 초능력의 나라이기 때문이었다. 그러나 마하시는 이미 무닌드라에게 양곤(미얀마의 가장 큰 도시이며 옛 수도)에 사는 방글라데시인, 네팔인을 포함한 동양인들에게 명상을 가르치라고 맡겼었다. 따라서 무닌드라에게는 사마타 수행에 필요한 시간도 한가로움도 없었다. 그러나 그는 가장 수준 높은 제자들과 함께 실험해 보기로 했다.

무닌드라는 "우리는 그런 것들을 배울 수 없다. 그것들은 이제 사라졌다. 다음 붓다가 오기를 기다려야 한다."라고 말하는 시대의 관습적인 생각에 도전해 보고 싶었다. 그런 의심이 그의 흥미를 자극해 그는 무엇이 진실인지 알고 싶었다. 그가 어렸을 때도 사람들은 붓다 시대 이래로 누구도 깨달음을 얻은 적이 없으며 얻을 수도 없다고 말했었다.

내가 붓다의 가르침을 철저히 공부했을 때, 붓다가 말한 진리를 나 스스로 체험했을 때, 나는 그런 생각이 옳지 않음을 알았다. 붓다는 이런 방식으로 수행하는 사람이면 누구든 언제라도 진리를 체험할 수 있다고 말했다. 사람들은 진리를 철저히 공부하지 않고 또 대부분의 시간 동안 전적으로 수행하지 않기 때문에 잘못된 이야기를 하는 것이다. 그들은 주로 보시와 계율에 대해 이야기하고 수행에 대해선 그렇게 많이 이야기하지 않는다.

현대에는 부처가 되는 일이 불가능하다고 믿는 이런 관점은 20세기 후반까지는 일반적인 것이었다. 무닌드라는 한 가지 실험을 통해 그런 생각을 바꾸는 데 참여했다. 우선 가슴의 순수성을 기준으로 몇 명의 제자들을 선정했다. 그는 사람들이 무엇보다 먼저 진리를 완전히 깨달아야 한다고 말했다. 왜냐하면 진리에 깊이 뿌리내리지 못한다면 정도에서 벗어나 소위 '마술적인 힘'이라 불리는 것에 지나치게 끌릴 수 있기 때문이었다. 그가 선정한 제자들은 그런 상태에 빠져 자신의 에고를 부풀릴 염려가 없는 사람들이었다.

악용될 여지를 무릅쓰고 무닌드라는 말했다.

고도의 집중 명상인 사마타를 이해하는 것, 즉 그것이 무엇이고 어떻게 하는 것인지 이해하는 것은 나쁜 일이 아니다. 붓다는 이 모든 힘을 가졌었다. 그대는 마음을 가지고 놀 수 있다. 첫 번째 선정에서 두 번째 선정으로 갈 수 있다. 두 번째 선정에서 여덟 번째 선정으로 갈 수 있다. 여덟 번째 선정에서 다시 첫 번째 선정으로 올 수 있다(선정 수행에는 여덟 가지의 단계가 있다). 마음을 갖고 놀 수 있는 것이다. 그것은 축복이다. 그러나 집중 명상은 오직 통찰 지혜를 완전히 터득하기 위한 도구일 뿐이다. 선정은 오염된 것, 부정적인 것들─온갖 종류의 욕망, 혐오감, 어리석음을 제거할 수 없다. 우리가 과거에 한 것은 무엇이든 남아 있다. 그것들은 정신 집중이나 계율에 의해 깨끗해질 수 없다. 오직 통찰 지혜에 의해서만 깨끗해질 수 있다. 마음이 고요할 때 오염된 것들이 표면에 떠오른다. 그것들이 떠오르자마자 그대는 그것들을, 그 어둠의 요소들을 있는 그대로 주시한다. 그대의 마음이 환하게 빛난다면, 그것들이 떠오르는 순간 그것들은 먹이를 얻지 못하고 소멸돼 버린다. 따라서 이런 식으로 모든 과거가 깨끗해진다.

무닌드라는 사마타 수행을 해 온 몇몇 제자들의 수련 결과를 점검했다. 그는 기본적으로 인도 불교학자 붓다고사가 쓴 15세기 상좌부 불교의 대표적 수행 지침서 『청정도론(위숫디막가)』(계율의 청정, 마음의 청정, 견해의 청정, 수행의 청정 등을 논한 책)을 따랐다. 어떤 단계의 선정에 드는가에 따라 수행자들은 다른 영역이나 시간대를 방문할 수 있었다. 왜냐하면 '마음은 어디든 여행할 수 있고 무엇이든 볼 수 있으며', 동시에 여러 가지 일들을 할 수 있기 때문이다. 무닌드라는 명확히 했다.

"마음이 깊은 선정 상태에 들면, 그때 그대는 육체의 의식 너머로 간다. 누군가가 그대를 찔러도 고통을 느끼지 않는다. 어떤 소리도 듣지 않는다."

어린 두 아이와 남편을 잃고 혼란에 빠져 있다가 미얀마에서 무닌드라에게 위빠사나 명상을 배워 깨달음의 행복을 체험한 인도 출신의 여성 수행자 디파 마는 무닌드라가 여덟 가지 선정 상태와 특별한 영적 능력에 접근하도록 지도한 제자 중 한 명이었다. 잭 엥글러가 디파 마와 한 인터뷰에 따르면, 그녀는 한번은 3일 8시간 3분 20초 동안 8번째 선정에 들어가 머물기로 결심했다. 정확히 그 시간이 지난 뒤 그녀는 선정에서 나왔다. 또한 다섯 가지 초능력을 발휘할 수 있었다. 예를 들어, 양곤의 마하시 사야도 명상 센터에 있는 자신의 방에 있던 무닌드라는 나무 꼭대기 근처의 공중에 디파 마가 떠 있는 것을 알아차렸다. 그녀는 공기 원소를 흙 원소로 변형시켜 하늘에 만든 방에서 놀고 있었다. 또 한 번은, 그녀는 자신의 여동생 헤마 프라바 바루아와 함께 자발적으로 무닌드라의 방에 개인 면담을 위해 나타났다. 디파 마는 닫힌 문이나 가장 가까운 벽을 통과해 떠날 수 있었다. 그녀는 손에서 불 원소를 나오게 해 요리하는 법을 배웠으며, 밤에 혼자 걸어야 할 때는 자신과 함께 동행할 사람을 갖기 위해 자신의 육체를 복제했다.

인간의 이런 능력을 입증하는 한편 또 보드가야의 마가드대학에 근무하는 매우 의심 많은 고대인도사 교수의 의혹을 해소시켜 주기 위해 무닌드라는 간단한 실험 한 가지를 준비했다. 교수는 대학원생들을 시켜 무닌드라의 방에서 명상 중인 디파 마를 지켜보게 했다. 전혀 자리에서 일어나 떠나지 않았지만 디파 마는 바로 그 시간에 수 킬로미터나 떨어진 교수실에 나타나 교수와 대화를 나누었다.

무닌드라는 또한 시간을 거스르거나 앞서 가는 디파 마의 힘을 시험했다. 예를 들어, 미얀마의 외교관 우 탄트가 유엔 사무총장 임명 수락 연설을 유엔 본부에서 하기로 되어 있다는 걸 알고 디파 마에게 미래로 가서 그의 연설 내용을 알아 오라고 요청했다. 무닌드라는 그녀가 말하는 것을 받아 적었고, 나중에 우탄트의 연설 때 비교해 보았다. 정확히 똑같았다.

디파 마는 이런 일들뿐만 아니라 훨씬 더 많은 초능력들을 발휘할 수 있었다. 그러나 그녀는 잭 엥글러에게 분명하게 말했다. 그것들은 전혀 중요한 것이 아니라고. 왜냐하면 그것들은 마음을 정화시키거나 해방시켜 주지 않기 때문이다. 이해하게 해 주거나 고통을 끝내 주지도 않는다. 그로부터 수십 년 후 샤르다 로겔(미국 출신의 명상 교사)이 집중 명상에 대해 더 많이 알고 싶어 하고 디파 마가 초자연적인 능력을 어떻게 가졌는지 이해하고 싶어 할 때, 무닌드라가 샤르다에게 강조한 것이 그것이다. 무닌드라는 샤르다에게 설명했다.

그것은 정말로 그렇게 중요한 것이 아니다. 그것은 그대가 시간을 쏟을 최선의 길이 아니다. 내가 인도로 돌아왔을 때, 선정에 들어 몇 가지 초능력을 가졌던 여러 제자들이 말했다. '이 힘이 사라져 버렸습니다. 더 이상 그것을 할 수 없습니다.' 디파 마는 집중수행 중 오직 깊은 선정 상태에 있을 때만 초자연적인 능력을 발휘했다. 그런 힘들을 밖에서는 지속시킬 수 없었다. 나는 디파 마에게 말했다. '그대는 그런 것들이 행해질 수 있으며 인간이 신통지(여섯 가지 초자연적 능력들)를 훈련받을 수 있다는 것을 배웠다. 그러나 그것들에 대해 신경 쓰지 말라.'

무닌드라는 선정 체험의 한계를 다음과 같이 설명했다.

마음의 장애 요소들은 진압될 수 있지만 그것들은 내면 깊은 곳의 무의식 차원에선 사라지지 않는다. 선정에 머물러 있는 동안은 이 부정적인 힘들로부터 자유롭다. 그러나 완전히 자유롭지는 않다. 인간으로서 그대는 그곳에 오랫동안 머물 수 없다. 왜냐하면 몸이 물질적 차원에 속해 있기 때문이다. 따라서 그대는 돌아와야 한다. 돌아와서 감각 대상과 접촉할 때 그때 그대는 기쁨을 주는 것에 집착한다. 매달리고 비난한다. 짜증이 오고 화가 오고 미움이 오거나 탐욕이 온다. 이해가 없고 지혜가 없으면 선정에서 다시 추락할 가능성이 크다. 그때 그대는 슬퍼진다.

선정, 즉 고도의 정신 집중과 달리 통찰 명상(위빠사나)은 속박과 오염과 장애 같은, 모든 내재하는 잠자고 있는 힘들을 한 걸음씩 소멸시켜 무의식 차원에서 완전히 뿌리 뽑는 힘을 갖고 있다.

✦

　무닌드라 자신은 집중적인 사마타 수행 과정을 거치지 않았다. 그의 주된 수행은 전 생애에 걸쳐 위빠사나, 즉 통찰 수행에 초점이 맞춰져 있었다. 그럼에도 불구하고 그는 명상 중에 굉장한 집중력을 발휘했다. 몇 시간 동안 앉아 있을 수 있었으며 그것을 일상 생활에 적용했다.

　"무닌드라와 함께 살면서 우리는 명상이 가져다주는 집중의 힘과 그 혜택들을 경험할 수 있었다."라고 우페 담보르그(심리요법과 마음챙김 명상을 접목한 네덜란드의 심리학자. 1968년부터 8년 동안 보드가야에서 무닌드라에게 배웠다)는 말한다. 무닌드라는 설명했다.

　"일상의 삶 속에서 마음챙김, 즉 '온 마음으로 주의를 기울여 알아차리기'를 확장시켜 감으로써 집중 능력을 발달시킬 수 있다."

　타파스 쿠마르 바루아(무닌드라의 남동생의 아들. 화학 분야의 박사학위 소지자. 수단의 정유회사에서 일함)는 학생일 때 날마다 걱정에 휩싸였으며 그것이 일상생활에 지장을 주었다. 삼촌 무닌드라가 타파스에게 간단한 해결책을 제시했다.

　"마음의 한 가지 틀 안에서 네가 많은 일들을 하려고 하는 것은 충분히 있을 수 있는 일이다. 그래서 마음의 반은 여기에, 반은 저기에 있다. 그렇게 하지 말고 마음을 한 가지에 집중해 보라. 즉각 그 장점을 발견할 것이다."

무닌드라의 조언과 안내는 다른 사람들에게도 도움이 되었다. 미얀마의 명상 센터에서 집중수행 중에 승려 킵빠빤뇨(미국에서 통찰 명상을 가르치는 명상 교사. 불교 승려)는 하복부가 오르락내리락하는 것을 충분히 의식하지 않으면 완전한 집중 명상에 들지 못한다는 걸 깨달았다. 하복부에 초점을 맞추라는 무닌드라의 가르침을 기억하자 명상이 달라졌다. 킵빠빤뇨는 말한다.

"그때 나는 깊은 선정에 들어갔다. 그리고 아무런 혜맴도 사념도 없었다. 그래서 나는 명상을 하며 앉아 있을 때면, 그리고 나의 명상이 잘되지 않을 때면 보드가야에서 처음 무닌드라를 만났을 때 그가 내게 해 준 말을 생각한다. 그러면 명상이 빠르게 자동적으로 이루어진다. 자동차의 엔진처럼. 나는 열쇠를 돌린다. 그러면 집중이 된다."

디파 마와 똑같은 초능력을 보이진 않았지만 무닌드라의 집중 수준은 매우 높아서 제자들의 마음속에서 무슨 일이 진행되는지 다 느끼는 것처럼 보였다. 미주리 주에서 지니 모건은 무닌드라와 함께 차 안에서 있었던 기이한 경험을 회상한다. 그때 그녀는 뒷좌석에 있었는데 운전사가 어떤 말을 했다. 그 말을 들으면서 그녀는 운전사가 무신경한 사람이라는 걸 알았다.

"나는 뒤에 앉아서 생각했다. '윽, 이 남자는 정말 예의가 없군.' 그때 무닌드라가 몸을 돌려 나를 바라보며 말했다. '지니, 무슨 생각을 하고 있지?' 나는 그를 보며 미소 지었다. 그가 손을 저으며 말했다. '아니야, 대답하지 마. 단지 그대의 마음속에 괴로움이 있다는 것만 알면 돼. 그것은 그 누구의 마음도 아닌, 오직 그대의 마음에서 일어나고 있을 뿐이야.' 나는 생각했다. '쳇! 딱 걸렸군.' 나는 그저 웃었다. 그러자 그도 웃었다."

무닌드라는 텔레파시로 의사소통한다고 주장한 적이 없지만 놀라운 경험을 한 사람이 많다. 디파 마의 조카 다우 탄 뮌뜨는 어머니 헤마 프라바 바루아와 함께 매일 저녁 그들의 집에서 멀지 않은 마하시 명상 센터에 있는 무닌드라를 방문하는 습관이 있었다. 다우 탄은 기억한다.

"몸이 피곤하거나 또는 수행에 대해 보고할 새로운 것이 아무것도 없을 때면 나는 어머니에게 말하곤 했다. '오늘은 가지 말아요. 내일 아침에 일찍 가요.' 그러나 때때로 어머니와 나는 집에 그대로 있을 수가 없었다. 어머니는 아무 말도 하지 않았지만 나는 어머니에게 '오늘 갈까요?' 하고 묻곤 했다. 그럼 어머니는 '난 이미 갈 준비가 됐어.' 하고 말했다. 그러고 나서 우린 떠났고, 무닌드라가 우릴 기다리며 언덕 꼭대기를 걷고 있는 것을 발견하곤 했다. 어쩌면 그가 마음속으로 우리를 부르고 있었던 것 같았다. 몇 번 동일한 일을 겪은 뒤 어머니와 나는 그런 의심이 들어 한번은 그에게 물었다. '무닌드라지, 당신이 우리를 불렀어요? 우린 사실 오늘은 오지 않으려고 했었어요. 그런데 갑자기 와야만 했거든요.' 그는 부정도 긍정도 하지 않았다. 다만 '아, 그건 단지 그대의 믿음일 뿐이야.' 하고 말했다."

다우 탄 뮌뜨는 이것이 다른 사람들에게도 자주 일어났다는 것에 주목한다. 한번은 번역에 다소 어려움을 느낀 무닌드라가 벵골어를 미얀마어로 번역할 수 있는 인도인과 상의하고 싶어 했다. 하지만 그 남자는 명상 센터에서 15킬로미터나 떨어진 곳에 살았다. 무닌드라는 집중수행 중이었기 때문에 그를 만나러 떠날 수가 없었고 연락할 전화도 없었다. 그런데 다음 날 일찍 그 남자가 와서 무닌드라의 방문을 두드리며 말했다.

"난 왠지 그냥 오고 싶었습니다."

무닌드라는 전생이나 내생에 대해 말하는 것도 삼갔다. 아마도 세간의 관심이 많은 주제이고 자칫하면 사람들의 입에 오르내릴 수 있기 때문이었을 것이다. 하지만 그의 동양인 제자들 몇몇은 전생을 볼 수 있었고 자신들이 전생에서 무닌드라와 함께 지냈다고 확신했다. 무닌드라는 종종 현실의 다른 세계와 다른 차원들에 열려 있었다. 보드가야에서 지낸 처음 몇 년을 회상하며 존 트래비스(캘리포니아의 마운틴 스트림 명상 센터 설립자)는 말한다.

"나는 무닌드라가 때로는 두 시간 동안이나 아주 자세하게 설명하는 것을 들었다. 그가 들려주는 불교의 우주론에 대해 우리는 믿을 수 없을 정도로 흥분되는 걸 느꼈다. 우리는 천신들과 온갖 보이지 않은 존재들에 실제로 둘러싸여 있는 것을 느꼈다. 그는 보이지 않는 것들에 대해 눈을 반짝거렸다. 그것은 그에게는 단순한 신앙 체계가 아니었다."

그러나 무닌드라는 평범함을 지향했으며 제자들에게도 평범함을 권했다. 그의 목표는 초능력이 아닌 '통찰 지혜'였다. 그리고 그는 깊이 집중하는 능력을 가지고 있었다. 이러한 점들이 모여 그를 비범하게 만들었다. 로이 보니는 그것을 이렇게 설명한다.

"무닌드라의 재능은 그의 '비범한 경험'을 표현하는 그의 '평범함'에 있었다."

무닌드라의 오랜 제자들 중 몇몇은, 어떤 스승들은 방으로 걸어 들어올 때 사람들이 감지할 수 있는 강력한 힘의 파장을 보냈다고 말한다. 그러나 무닌드라가 지나갈 때는 아무런 특별한 일도 일어나지 않았다. 그러나 그 안에 끌림이 있었다. 그레이엄 화이트는 말한다.

"그것이 내가 무닌드라를 좋아한 점이다. 그가 평범했다는 것. 그것이 그가 많은 사람들을 끌어모으지 못한 이유 중 하나이다. 그는 아주 단순한 유형의 모습을 가졌다. 달라이 라마가 '나는 그저 단순한 승려simple monk이다.'라고 말한 것처럼. 그것이 무닌드라의 모습이었다."

이 성스러운 삶은 그 혜택을 위해
이익과 명예와 명성을 갖지 않는다…….
또는 그 혜택을 위해 집중 명상을 시도하지 않는다…….
이 흔들리지 않는 마음의 구원,

그것이 이 성스러운 삶의 목표이며, 핵심이고, 끝이다.

—붓다 『맛지마 니까야(중간 길이의 경)』

*

사마타 *samatha* 혹은 사마디 *samadhi* 는 일반적으로 마음이 하나의 대상에 고정된 것을 가리킨다. 마음의 작용을 멈춰 고요하고 맑은 상태를 유지하는 것이기 때문에 한자로는 '지止', 즉 '멈춤'으로 번역된다. 사마디는 고요한 선정 상태에 이르기 위해 흩어지지 않고 한 곳으로 집중하는 명상이다. 이때 마음은 감각 대상에 의해 변하거나 흔들리지 않으며 동요되지 않고 현혹되지 않은 상태로 머문다. 마음이 흐트러지거나 움직이지 않을 때 우리는 진리, 즉 '지금 이 순간의 실체'를 바로 볼 수 있다. 따라서 마음의 고요한 집중은 대상을 있는 그대로 관찰하는 위빠사나 수행의 중요한 기초이다. 마음은 끊임없이 이어지는 상념으로 분주하기 때문에 마음이 여러 가지로 흔들려 집중이 이루어지지 않으면 대상의 실체를 있는 그대로 볼 수 없다. 대상을 있는 그대로 보면 실체를 보는 지혜가 드러난다.

3
깨어남은 가능하다

믿음과 확신_삿다

나는 가능하지 않다는 것을 믿지 않는다.

―무닌드라

20세기의 대부분 기간 동안 상좌부 불교(남방 아시아 불교를 가리키는 말. 붓다가 사용한 고대 인도어인 빠알리어로 기록된 경전을 채택한다) 신도들은 인간이 깨달음에 이를 수 있다는 생각을 신화 같은 것으로 여겼다. 비록 빠알리 경전이 '흐름에 들어간'(빠알리어로 '소따빳띠'. 완전한 자유에 이르는 4가지 초월적 단계의 첫 번째) 제자들의 일화를 줄줄이 이야기하지만, 대부분의 사람들은 그런 성취는 호랑이 담배 피던 시절에나 있었던 일이고 오늘날의 일은 아니라고 가정해 왔다.

19세기 중반, 미얀마에서는 영국 식민 통치에 대한 반발로 위빠사나 수행이 다시 등장하면서 그런 태도가 조금씩 바뀌기 시작했다. 무닌드라는 이 운동의 혜택을 받았다. 집안에서 내려온 불교 신앙의 토대 위에 서 있었지만 그는 신앙심만으로는 채울 수 없는 무엇인가가 빠져 있음을 느꼈다. 마침내 그는 그것을 미얀마에서 발견하게 되었다.

～

　무닌드라가 어렸을 때 독실한 불교도인 부모는 가족 수행을 통해 붓다가 가르친 진리에 대한 믿음을 심어 주었다. 새벽에 어머니는 흙집을 물로 깨끗이 닦고, 물그릇을 제단에 올리고, 좋은 향기가 나도록 향 몇 개를 피웠다. 세수를 한 뒤 무닌드라의 형제들은 작은 뜰로 나가 불단에 바칠 꽃을 꺾어 오곤 했다. 그런 뒤 부모와 아이들이 함께 앉아 기도문을 암송했다. 기도와 경전 암송이 끝나면 남자 아이들은 어른들에게 존경을 표하며 절을 올렸고 어른들의 축복을 받았다. 오후에 학교에서 돌아왔을 때도 이 의식을 반복했다.

　무닌드라가 여덟 살 무렵, 아버지는 친척이 벵골어로 번역한 아비담마 삐따까(빠알리 대장경의 세 번째 부분으로, 붓다의 가르침에 대한 철학적 심리학적 해석을 모은 것)의 앞부분을 무닌드라에게 소개했다. 너무 어린 나이여서 내용은 이해하지 못했지만 무닌드라는 무척 관심을 가졌고 그 책을 좋아했다.

　소년이었을 때부터 붓다의 깨달음을 믿긴 했지만 흔들리지 않는 확신(삿다)은 마흔 살이 될 때까지 여물지 않았다. 미얀마에 가기 전에는 진리에 대한 약간의 불확실함이 여전히 그의 마음속에 남아 있었다. 왜냐하면 그 자신이 아직 그러한 것을 직접 체험하지 못했기 때문이었다. 그러던 것이 미얀마에서 마하시 사야도와 함께 수행하는 동안 명상에서의 첫 번째 돌파구와 더불어 변화가 찾아왔다. 이때를 회상하며 무닌드라는 말했다.

"내가 처음으로 진리를 맛보았을 때 나는 진리를 있는 그대로 볼 수 있었다. 그때 내 마음은 진리에 대한 열정과 확신과 믿음으로 넘쳐났다. 이 진리는 내가 갖고 있던 많은 의심들을 해결해 주었다."

무닌드라는 그 이후의 생을 다른 사람들이 진리를 따르도록 안내해 주고 영감을 주었다. 그에게 있어서 확신은 특정 종교에 대한 맹목적인 믿음이 아니라 마음을 정화시키고 자유를 주는, 붓다의 길이 지닌 가치에 대한 깊은 확신이었다. 직접적인 체험을 통해 그는 무엇을 할 수 있는지 알았다. 캘리포니아 산호세의 위빠사나 명상 센터에서 자원봉사를 하다가 무닌드라를 만난 데이비드 존슨(실리콘밸리에서 활동하는 비즈니스 분석가)은 말한다.

"무닌드라는 존재의 세 가지 속성인 무상함(아니짜), 괴로움(둑카), 무아(아나따)에 대해 말하곤 했다. 그는 마치 방금 하나의 발견을 하고서 자신이 발견한 것이 얼마나 놀라운 것이며 그것을 스스로 찾을 수 있는 방법이 무엇인지를 모두에게 말해야만 하는 과학자 같았다."

ु

무닌드라는 주장했다.

"만약 붓다 시대에 깨닫는 것이 가능했다면 왜 지금이라고 가능하지 않겠는가?"

그는 붓다가 가르친 진리에 매우 헌신적이었기 때문에 동서양의 일반인들에게 평범한 일상 중에도 진리를 수행하고 깨닫도록 영감을 불어넣을 수 있었다. 그들 중 몇몇은 수행을 계속해 무닌드라를 도왔으며, 또 어떤 이들은 무닌드라가 한 것과 같은 일을 했다. 예를 들어 디파 마는 명상 센터의 평화로운 환경을 누릴 기회가 없는 콜카타 지역의 가정주부들에게 가르침을 폈다. 디파 마는 또 서양인 수행자들에게도 많은 영향을 주었다.

카말라 마스터즈는 설명한다.

"무닌드라는 닙바나, 즉 '망상과 집착을 끊은 대자유의 경지'에 이르기 위해 특별한 방식으로 수행해야 하는 건 아니라는 자각을 내 안에 심어 놓았다. 그는 나에게 밥을 먹거나 양치질을 하는 중에라도 어느 때든 그것(닙바나)을 경험하는 사람들의 예를 들곤 했다. 이를 통해 나는 형태나 형식을 넘어선 가능성을 느꼈다. 나는 동양에 가 본 적 없는 수행자들, 명상 교사가 되려는 생각조차 없는 주부들이 무닌드라의 가르침을 통해 그것을 실천하는 것을 봐 왔다."

무닌드라는 조카 수브라 바루아(무닌드라의 남동생 딸로, 빠알리어 박사학위 소지자)에게도 그런 사람들에 대한 이야기를 통해 영감을 주었다. 수브라는 회상한다.

"오늘날에도 이 세상에서 진리를 깨닫고 괴로움을 소멸시키는 것이 가능하다고 삼촌은 내게 말했다. 그것이 가능하니까 명상을 하라고 늘 격려했다."

지금 시대에도 소다함(빠알리어로 '소따빳띠 팔라'로, '흐름에 든 자'라
는 의미. 절대 자유의 첫 번째 단계에 들어선 자. 앞으로 일곱 번 이상 윤회하
지 않으며 그 기간 안에 절대 자유에 이를 수 있기 때문에 '흐름에 든 자'라
는 뜻의 '예류자'라고도 함), 사다함('사까다가미 팔라'. 두 번째 경지로, 앞
으로 최소한 한 번밖에 윤회하지 않으며 그 안에 깨달음에 도달할 수 있기
때문에 '일래자'라도 함), 아나함('아나가미 팔라'. 세 번째 경지로, 다시는
세상에 돌아오지 않기 때문에 '불환자'라고도 함)의 경지에 도달한 사람
이 있는지 질문을 받을 때마다 무닌드라는 깨달음의 가능성에 대
한 회의론을 반박했다. 그는 진실로 그런 사람들이 존재하지만 깨
달음을 보여 주는 표시나 표식, 후광이 없을 뿐이라고 말했다. 이
것은 많은 수행자들이 인내심을 갖고 계속 수행하게 하는 자극이
되었다.

조지프 골드스타인이 보드가야에서 처음 무닌드라를 만나 수행
할 때 두 사람은 함께 마을을 산책하곤 했다. 조지프는 무닌드라
가 그의 제자들인 소박한 마을 사람들을 가리켜 보이던 것을 기억
한다. 그들 중 많은 이들이 서로 다른 단계의 깨달음에 도달한 이
들이었다. 조지프는 말한다.

"그 사람들을 보면서 나는 큰 자극을 받았다. 왜냐하면 겉모습
으로 판단하면 그들의 영적 성취를 전혀 추측할 수 없었기 때문이
다. 그들은 자기 일을 하고 있는 단순한 마을 사람들처럼 보였다.
나는 깨달음이 사회 배경이나 교육 환경에 달린 일이 아니라는 진
리를 직접 목격했다."

무닌드라가 그런 상태에 대해, 특히 디파 마가 성취한 것에 대해 많이 이야기했기 때문에 조지프는 느꼈다.

"그것은 최고의 열망이 내 안에 계속 살아 있게 해 주었다. 그것들 모두가 나에게도 정말 가능해 보였다."

우페 담보르그도 의견이 일치한다.

"바로 그곳이 내가 궁극의 깨달음을 향해 가고 있다고 믿는 지점이다. 어쩌면 이 생에선 아닐 수도 있지만, 난 내 삶이 방향성을 갖고 있으며 이 목표가 성취 가능하다고 굳게 확신한다. 이 확신은 내가 무닌드라와의 관계에서 경험한 일종의 심리적, 영적 친밀감에서 온다."

붓다가 가르친 진리에 대한 흔들림 없는 확신을 가진 무닌드라의 존재 자체가 어떤 사람들에게는 필요한 전부였다. 데이비드 겔레스(파이낸셜 타임스 기자)는 그것을 '영양가 있는 진정한 격려'라고 부른다. 무닌드라의 권유로 데이비드는 담마기리 명상 센터(인도 뭄바이 근처 이갓뿌리에 S. N. 고엔카가 설립한 위빠사나 명상 센터)에 수행하러 갔다. 그는 회상한다.

"무닌드라는 이갓뿌리에 대한 미래의 계획들을 모두 이야기하면서 나와 함께 명상 센터 안을 걸었다. 그는 매우 낙관적이고 진보적이었다."

데이비드는 담마기리에서 집중수행을 하는 데 어려움을 느꼈고 신체적 감정적으로 고통스러운 날들을 며칠 보냈다. 그러나 그는 말한다.

"그 수행을 끝마친 것은 내 인생에서 가장 행복한 날들 중 하나였다. 그 이유를 나는 알지 못한다. 사실 그때 이후 나는 어떤 대단한 경지에 도달하지도 못했다. 하지만 나는 온 마음을 다해 수행했고, 무엇보다 그곳에 무닌드라가 있었다. 무닌드라는 자주 나와 함께 명상 센터 안을 걸었다. 그는 매우 긍정적이고 진보적이었다. 나는 마치 그를 내 개인의 책버팀(책이 쓰러지지 않게 양끝에 세우는 것)으로 가진 것과 같았다. 내가 그곳에 들어갔을 때나 나왔을 때나 그가 내 손을 잡아 주었다."

피터 마틴(시애틀의 커뮤니티 칼리지 비교문화학과 교수)은 S. N. 고엔카(미얀마의 인도인 가정에서 출생해 14년간 사야기 우 바 킨 밑에서 명상을 배운 뒤 인도로 이주해 담마기리를 포함해 많은 명상 센터를 세웠다)의 제자이자 보조 강사 중 한 명이었지만, 담마기리에서 함께 지낸 무닌드라의 존재는 피터에게 일종의 시금석 역할을 했다. 긴 집중수행의 '평탄치 않은' 날들 동안 그것은 특히 위안이 되었다. 피터는 말한다.

"무닌드라는 그런 존재였다. 그는 대단히 현실에 기반을 두고 있었으며, 매우 실질적이었다. 나는 그의 꾸띠(개인 수행 오두막) 앞을 지나가곤 했는데, 몇 켤레의 슬리퍼가 밖에 있거나 때로는 그의 흰 수도복이 빨랫줄에 널려 있곤 했다. 내가 새벽 4시에 일어나 명상을 하러 나갈 때나 밤늦게 돌아갈 때 그의 오두막엔 늘 불이 켜져 있었다. 그가 거기에 있다는 것이 언제나 내게 깊은 안도감을 심어 주었다."

피터는 계속해서 말한다.

"때로는 긴 집중수행이 평탄치 않았다. 그 순탄치 않은 기간 동안 나는 무닌드라의 오두막 앞을 지나가면서, 단지 여기에 이런 존재가 있어서 의심할 여지 없이 명상을 하고 있고 자애를 실천하고 있으며 자신의 선한 생각과 선한 기원들을 주위의 모든 존재에게 보내고 있다는 사실만으로도 안심이 되었다. 나는 그가 언제나 그렇게 하고 있음을 알았다. 그와 같은 사람과 함께 한 공간에 있다는 것, 그것이 정말 나를 안심시켰다."

무닌드라는 전통에 확신의 고리를 제공했다. 피터는 덧붙인다.

"그는 붓다의 가르침을 현실에서 구체화시킨 인물이었으며 내가 향하고 있는 세계와 내가 걷기로 선택한 길을 대표했다. 그는 자신이 말하는 것에 의해서가 아니라—당시 나는 그의 법문을 들은 적이 없다—사람들과 함께 있는 방식, 행동하는 방식, 말하는 방식을 통해 스승이 되었다. 그는 신뢰할 만하고, 항상 솔직했으며, 세속적인 것의 포기, 자기희생, 연민 같은 특성들을 삶에서 그대로 보여 주었다. 나에게 그 모든 것들은 매우 중요하며 내 수행이 나아가는 방향이다. 그는 그 특성들을 수행을 통해 키웠다."

카말라 마스터즈도 궁극의 목표에 도달할 때까지 그 길을 걸을 수 있게 하는 확신을 무닌드라가 불어넣었다고 느낀다. 그녀는 말한다.

"왜냐하면 무닌드라가 하는 말들은 그저 책에서 나오는 것이 아니라 그의 삶 자체가 그가 가르치는 것을 실제로 보여 주었기 때

문이다. 존경, 친절, 배풂, 자비, 그리고 내적 고요와 심오한 지혜가
그에게서 분명하게 드러났다. 내가 아는 한 무닌드라는 자신이 말
하는 대로 실천한 사람이었다. 누군가에게서 가르침이 구체화되고
육화된 모습을 볼 때마다 그 살아 있는 존재는 우리도 똑같은 가
능성을 지니고 있다는 확신을 우리 안에 불어넣는다. 그리고 그
확신이 수행을 통해 우리를 하나로 연결시킨다. 무닌드라의 예는
내 안에 나 자신의 영적 갈망을 실현하겠다는 의지와 확신을 불러
일으켰다. 이것이 무닌드라를 나의 진정한 영적 스승으로 인정하
게 된 이유이다."

콜카타에서 처음 무닌드라를 만난 마니샤 탈룩바르(전직 영어 교
사)는 말한다.

"설교하는 것은 쉽다. 누구라도 그것을 할 수 있다. 하지만 무닌
드라는 진리가 구체화된 살아 있는 화신이었다. 삶을 사는 법, 올
바른 길을 따라 나아가는 방법을 보여 주는. 그는 우리에게 영감
의 원천이었다. 지금도 언제든 문제에 부딪쳤을 때 나는 그를 떠올
린다. 그러면 문제에 직면할 힘과 용기를 얻는다. 그는 모든 것을
언제나 매우 단순하게 만들었으며, 그를 통해 우리는 진리의 삶을
사는 것이 가능하다고 믿게 되었다."

이타마르 소퍼(캘리포니아 버클리의 위빠사나 명상 교사. 청소년 재소자
들에게 마음챙김 명상을 가르친다)는 말한다

"무닌드라는 늘 제자들이 이런 자신감을 갖고 나아가게 했다.
'그렇다, 그렇다, 진리는 지금 여기에 있다. 그것은 아주 먼 곳에 있
지 않다.'라고."

하와이대학 재학 중인 2002년 보드가야에서 무닌드라를 만난 레베카 쿠신스(매사추세츠 주의 배리 불교학 센터 임원)는 무닌드라에 게서 다음의 것을 배웠다.

"내가 진정으로 내 삶의 모든 세부 사항들을 보기 원하고, 살아 있다는 것이 무엇이며 이 신비 속에서 일어나고 있는 일이 무엇인 지 이해하기 원한다면, 다시 말해 내 마음을 이해하기 원한다면 나는 정말로 그렇게 할 수 있었다. 무닌드라의 존재에서 나는 내가 진정으로 원하는 모습을 발견했다. 그를 보며 나 자신의 성실함을 발견했고 계속할 힘을 얻었다. 내가 잠에서 깨어나는 것이 정말로 가능하다고 그가 말했을 때 나는 그것을 조금도 의심하지 않았다. 어떤 것을 굴리면 관성의 법칙에 의해 계속 굴러가듯이, 그가 나 를 힘껏 밀어 주어서 지금도 내가 계속 굴러가고 있다는 느낌이 든다."

무닌드라의 메시지는 우리가 멀리 나아갈 수 있다는 것이었다. 대니얼 테일러는 무닌드라에 대해 이렇게 말한다.

"그는 진리 추구를 계속해 나아감을 상징한다. 그는 우리가 얼마 나 멀리 갈 수 있는지 보여 주는 예이다. 진리에 대한 이 경이로움 은 끝이 없으며, 다음 순간에 대해 열려 있어야 한다는 것을 그에 게서 배웠다."

대니얼은 무닌드라가 준 영향에 대해 자신이 이해한 바를 설명 한다.

"누군가가 한 순간일지라도 당신을 보고 있다고 느끼면, 그가 당신을 그의 전파망에 포착한다는 느낌이 있다. 이것은 당신에게 확신을 준다는 면에서 깊은 의미가 있다. 나는 무닌드라에게서 그 느낌을 많이 받았다. 그리고 그가 내게 보낸 편지에서도 그것을 느꼈다. 무닌드라와 함께 지낸 경험은 나 자신조차 알지 못하는 사이에 복원력(외부의 힘이 작용해 평형상태가 깨졌을 때 다시 평형상태로 되돌아가려는 힘)을 키워 주었다."

대니얼은 덧붙인다.

"그것은 자전거 경주와 약간 비슷하다. 자전거 선수들이 펠로톤(자전거 경기에서 한데 몰려다니는 무리를 말함. 앞 선수 뒤에 바짝 붙으면 뒷 선수는 바람에 대한 공기 저항을 줄여 약 40퍼센트 정도 에너지를 절약할 수 있다)이라 불리는 대형을 이룰 때 한 사람이 맨 앞에서 바람막이를 하면서 먼저 가면 나머지 사람들이 그 뒤에서 달린다. 슬립 스트림(고속 주행 중인 경주 자동차 뒤에 생기는 저압 부분)이 있기 때문에 그 선두 주자 뒤에서 자전거를 달리는 것이 훨씬 쉽다. 무닌드라가 그 슬립 스트림을 제공했기 때문에 사람들은 무중력 상태에서 앞으로 나아갈 수 있다고 느꼈다."

히더 스토다드는 보드가야에 처음 여행 갔을 때 그런 식으로 '끌어당겨진' 일을 기억한다. 히더는 이미 불교에 많은 관심이 있었고 불교에 대해 읽고 있었기 때문에 자신의 방식으로 명상하기 위해 보리수 아래 앉았다. 히더는 회상한다.

"얼마가 지났을 때 이 남자가 다가왔다. 온통 흰색 옷을 입었고 머리엔 흰 수건이 얹혀 있었다. 그가 나에게 말했다. '나와 함께 가자.' 그래서 나는 일어나서 갔다. 그처럼 간단했다. 나는 따라가서 아주 잠깐 동안 그와 이야기를 나눴다. 그가 말했다. '3주 동안 집중수행에 들어가는 것이 좋겠다.' 그래서 나는 '그래요, 좋아요.' 하고 말했다."

히더는 웃으며 말한다.

"인도에선 대개 알지 못하는 남자를 그냥 따라가지 않는다. 그러나 무닌드라를 따라가는 것은 더없이 자발적이고 자연스러운 일이었다. 어떤 장애물도 없었다. 수행은 매우 부드럽게 진행되었다. 나는 그 3주 동안 내 전 생애를 통해 배운 것보다도 더 많은 것을 배웠다. 그 후 나는 다시는 그를 만나지 못했지만 그의 안내를 받은 것은 매우 중요하고 놀라운 일이었다."

무닌드라가 알고 있는 것들을 자신들도 알고 싶다는 강한 호기심을 많은 사람들이 느끼곤 했다. 무엇이 그를 그토록 기쁘고 고요하고 사랑 넘치는 사람으로 만들었을까? 무닌드라도 어렸을 때부터 붓다에 대해 비슷한 호기심을 느꼈었다. 오렌 소퍼는 '그는 깨달았는가? 그가 정말로 궁극의 깨달음을 경험했을까? 그것은 실제로 가능한 것일까?'를 궁금해한 호기심 많은 서양인들 중 한 명이었다. 어느 날 오렌은 무닌드라에게 깨달음을 얻었는지 직접적으로 물었다. 무닌드라는 앞으로 몸을 기울여 오렌과 눈을 맞추고 말했다.

"설령 내가 깨달았다 할지라도 어떻게 그것을 그대에게 말할 수 있겠는가?"

오렌은 기억한다.

"나는 그의 말이 진짜이며 그의 마음속엔 그것에 대해 전혀 의심이 없다는 내적 확신을 갖게 되었다. 마치 그가 나에게 이렇게 말하는 것 같았다. '아니다, 나는 그대에게 말할 수 없다. 그대 스스로 발견해야만 한다. 깨달음은 어느 순간이든 일어날 수 있다.' 나는 그의 말에서 높은 가능성의 느낌을 받았다. 그것은 내게 깊은 영감을 주었다."

집중수행 참가자들은 때로 깨달음이 무엇인지 안다고 생각했다. 제프리 팁(시애틀의 블루 헤론 참선 공동체의 명상 교사. 가정 문제 상담사.)은 통찰 명상 협회에서 무닌드라와 명상 체험에 관한 대화를 나누고 나서 영적 확신의 의미가 무엇인지 맛보았다. 무닌드라에게 자신이 경험한 것을 설명한 뒤 제프리는 물었다.

"이것은 진정한 열림이었을까요? 이것이 나 자신의 불성을 본 걸까요?"

그러자 무닌드라가 대답했다.

"아니, 아니, 그렇지 않다."

제프리에게 그것은 하나의 전환점이 되었다.

"그는 그만큼 간단하게 그것을 다른 경험으로 돌렸다. 그러나 친절한 태도로 매우 명확하고 확실하게 그것을 말했다. 그것은 정말로 나에게 어떤 것을 가르쳐 주었다. 내 안에 일어난 현상에 대한 나의 집착을 끊어 주었으며, 내가 도달하고자 하는 것의 무한한 깊이를 인식하게 해 주었다. 그 깊이는 그때까지 내가 한 어떤 경험으로도 이해할 수 없는 것임을 자각하게 했다. 즉, 그것을 통해 나의 기대치가 높아졌다. 나는 깨닫기 시작했다. '아, 난 정말로 열심히, 나 자신을 바쳐 수행해야겠다. 왜냐하면 그것은 내가 상상했던 것 저 너머에 있기 때문이다.'"

무닌드라로부터 나온 그 단순한 반응은 하나의 '비법 전수' 같은 것이었다고 제프리는 말한다.

"무닌드라가 그것을 나에게 말하기 전에는 나는 깨달음이 무엇이고 깨달은 사람은 무엇이며 불성의 경험은 무엇이라는 확고한 생각을 갖고 있었다. 나는 많은 책을 읽었다. 게다가 7, 8년 동안 수행을 계속해 오고 있었고, 그 이전에는 초월 명상 교사이자 가톨릭 수사였다. 나는 내가 이미 많은 수행을 했다고 자부했고, 내가 어디를 향하고 있는지 안다고 느꼈었다. 그러나 무닌드라와의 만남은 내가 실제로 해답을 갖고 있지 않으며 깨달음을 얻은 스승의 안내에 의지할 필요가 있음을 보여 주었다."

제프리는 이어서 말한다.

"우리가 대화를 나눈 것은 아주 짧은 시간이었다. 그러나 무닌드라는 의심 없고 완전한 확신이 있는 곳으로부터 와서 단지 자신의 경험에서 나온 것을 직접적으로 말하고 있었다. 그것은 물을 마시고 물이 차갑다는 걸 아는 것과 동일했다. 그것은 그런 종류의 참된 앎이었으며, 그가 말하는 것 속에 담긴 신뢰할 만한 많은 것들을 전해 주었다. 그는 내가 말하는 것에 즉시 모든 관심을 집중시켰다. 그는 내 마음 상태에 대해 이해했고, 그것이 정말로 어떤 실체를 깨닫기 이전의 상태임을 알았다. 내가 스승의 또 다른 역할을 받아들이기 시작한 것이 그 순간이었다. 스승은 단순히 법문을 하거나 수행을 지도하는 사람만이 아니라 실제로 우리를 내면의 길로 안내할 수 있는 사람인 것이다. 그것은 책에는 적혀 있지 않은 안내이다. 그것이 살아 있는 진리이다."

무닌드라의 확신은 열정적이고 전염성이 있었다. 사라 쉐들러(샌 프란시스코의 환경 단체 '지구의 친구들'에서 일하는 환경운동가)는 진리에 대한 무닌드라의 완벽에 가까운 헌신이 조건과 틀에 얽매인 자신의 마음에 문제 제기를 했다고 말한다. 사라는 설명한다.

"무닌드라는 거만하거나 솔직하지 않거나 과장된 방식이 아니라 매우 단순한 방식으로 그렇게 했다. 신앙은 다루기 힘든 것이다. 특히 내 가족에겐 그러했다. 왜냐하면 나의 아버지는 젊었을 때 정통 기독교를 떠났기 때문이다. 무닌드라는 천신이나 다른 차원의 존재계를 이야기하곤 했다. 그러면서 말했다. '이것은 사실이다. 그러나 내 말을 그대로 믿지 말라.' 그의 믿음에는 가벼움이 있었다. 그것은 내게 익숙한 종류의 신앙이 아니었다. 내게 익숙한 신앙은 무거웠고 지옥 불과 유황으로 이루어져 있었다. 그의 확신은 전혀 다른 것이었다."

진리에 대한 치열하고 열정적인 사랑으로 무닌드라는 몇 시간 동안 계속해서 말할 수 있었다. 몇몇 제자들은 그의 얘기를 듣는 것이 자신들의 인내심을 시험한다는 걸 알았다. 그러나 마티아스 바르트는 말한다.

"그의 이야기를 듣는 것은 아름다운 경험이었으며 해방감을 주었다. 그는 어디서부턴가 자연스럽게 시작하면 금방 광범위하면서도 정확하게 붓다가 가르친 진리의 핵심으로 탐구해 들어갔다. 방에 있던 우리 모두는 그가 우리 개개인에게 따로 말한다고 느꼈다. 붓다가 가르친 진리에 대한 그의 확신은 듣는 이들에게 깊은 영감을 주었다."

로버트 비에티(명상 교사. 오리건 주 포틀랜드의 통찰 명상 공동체 설립자)는 무닌드라의 넘치는 열정을 '좋은 모델'로 여긴다. 로버트는 무닌드라가 여러 차례 굉장한 열정으로 토로하던 특별한 문장 하나를 기억한다.

'빛은 보드가야에서 뿜어져 나와 전 세계로 퍼진다.'

하워드 콘(스피릿록 명상 교사 모임의 초기 회원이며 명상 교사)은 말한다.

"가장 많이 드는 생각은 무닌드라가 붓다가 가르친 진리의 구체적인 모델이라는 것이다. 그의 자애, 감화, 격려, 명확성, 그리고 동시에 그의 단순한 삶이 그러했다. 붓다가 가르친 진리에 대한 그의 애정은 어떤 특별한 법문보다도, 그리고 그가 내가 속한 위빠사나 수행 전통의 일원이라는 사실보다도 더 영향력 있었다. 나는 그를 그런 식으로 생각하며 그와 함께 공부한 것을 큰 축복으로 여기고 나 자신이 그것의 일부인 것처럼 느낀다. 그것은 내게 안도감과 자신감을 심어 주었다."

붓다가 가르친 진리에 대한 무닌드라의 확신은 단순히 눈을 감고 앉아 명상하는 것이 아니라 훨씬 더 큰 그림으로 옮겨졌다. 잭 엥글러가 한번은 "무닌드라지, 붓다가 가르친 진리가 무엇입니까?" 하고 묻자 무닌드라는 망설이지 않고 인도식 영어로 대답했다.

"붓다가 가르친 진리는 이 생을 충만하게 사는 것이다."

대학생 때 무닌드라를 만난 데이비드 브로디는 보드가야에서 진리에 대한 무닌드라의 매우 넓은 시각을 접하고, 그것이 어떻게 자신에게 본질적인 변화를 촉발시켰는지 설명한다.

"나는 그가 사념이 정지한 상태로 들어가는 것에 대해 말한 것을 기억한다. 그는 나의 할아버지만큼 나이가 들었고 스무 살인 내가 수많은 이유들 때문에 할 수 없었던 집중수행을 하고 있었다. 그곳에서 나는 내가 생각했던 것보다 훨씬 많은 것들이 그곳에 있다는 걸 배웠다. 불교가 가진 가능성들은 내가 상상할 수 없을 만큼 컸다."

데이비드는 계속해서 말한다.

"무닌드라는 사람들에게 많은 영감과 감명을 주었다. 그와의 첫 접촉에서 그가 살아가는 기쁨, 그의 존재의 밝음이 분명하게 느껴졌다. 그와 함께 있으면 진리에 바탕을 둔 삶을 사는 것이 고귀한 길이며, 많은 사람들이 수천 년 동안 그렇게 해 오고 있고, 그것은 참된 원칙들에 바탕을 두고 있기 때문에 계속 이어지리라는 걸 저절로 깨닫게 되었다."

데이비드는 무닌드라가 한 다음의 말을 기억한다.

"일단 그대가 '고통에 대한 첫 번째 고귀한 진리'를 완전히 받아들인다면 그대는 이전으로 돌아갈 수 없다. 다시 말해, 진리를 진정으로 경험한 사람은 무지로 되돌아갈 수 없다. 설령 그대가 그것에서 멀어진다 해도 그대는 그것을 전혀 몰랐던 때로 되돌아갈 수는 없다."

무닌드라의 폭넓은 시야는 미얀마에서 마하시 사야도와 함께 수행하면서 깊어졌다. 무닌드라는 스승의 허락을 받고 미얀마의 많은 위빠사나 수행 센터를 방문했다. 수행 센터마다 서로 다른 명상법을 가르쳤다. 최소한 4~50개의 통찰 명상 기법에 익숙해지자 무닌드라는 진리가 오직 한 가지 수행 방식에만 한정되지 않는다는 것을 알았다. 그는 모든 방법이 핵심에서는 통찰 지혜에 이를 수 있다고 믿었다. 아마도 이것이 그가 경쟁하지 않고, 다른 스승이나 전통에 제자들을 잃을까 불안해하지 않은 이유일 것이다.

샤론 샐즈버그가 언급했듯이 1960년대 말 서양의 구도자들이 인도에 도착하기 시작했을 때 인도는 온갖 다양한 유형의 구루(힌두교, 불교, 시크교에서 자아를 깨친 영적 지도자를 일컫는 말)와 영적인 길들이 넘쳐 났다. 물론 지금도 그렇지만, 선택의 여지가 지나치게 많은 것이 어떤 구도자들에게는 망설임과 갈등을 야기할 수 있었다. 이런 상황은 자신들의 추구에 마침내 해답을 줄 누군가를 희망하며 계속 찾아다니게 만들었다. 제자들은 무닌드라에게 위빠사나 말고 다른 수행법을 찾아보거나 다른 스승들을 만나러 떠나고 싶다고 말하곤 했다. 그것에 대해 무닌드라는 일관되게 열려 있었으며 그렇게 하라고 격려했다. 종종 그의 반응에 깜짝 놀라며 제자들은 그에게 왜 그렇게 느긋한지 물었다. 무닌드라는 차분하고 고요하게, 개인의 삶을 변화시키는 진리의 힘에 대한 무한한 확신을 갖고 말하곤 했다.

"진리는 비교당하지 않는다."

진리와 진리의 스승들은 어떤 것이든 누구든 소유하려고 해선 안 된다. 한번은 무닌드라가 오렌 소퍼에게 말했다.

"이것은 나 무닌드라의 진리가 아니다. 이것은 붓다의 진리이다. 나는 무닌드라의 진리를 가르치지 않는다. 진리는 하나이다."

그레그 갤브레이스는 말한다.

"그가 느끼기에 잠재 가능성이 있는 누군가가 있으면 그는 그들을 방문하고 싶어 했고 사람들에게 말하곤 했다. '가서 그들이 말하는 것을 들어 보라.' 이런 식 혹은 저런 식으로 배워야 한다거나 가르침에 대한 지배권을 주장하기보다 무닌드라는 그 반대였다. 그는 정말로 모든 진리의 배를 띄우고 싶어 했다. 마하시 사야도의 수행 방법을 열심히 가르치긴 했지만 무닌드라는 한 가지 방법에 사로잡히는 것을 옳다고 여기지 않았다. 참선 수행을 하든 티베트 불교 수행을 하든, 아니면 그 무엇을 하든, 만약 당신이 진리의 본질을 이해한다면 그때 그 가르침들은 어디서든 같으며, 따라서 우리에게 진리를 가져다준 운송 수단이 다르다고 혼란스러워할 이유는 없다고 그는 믿었다."

조지프 골드스타인은 바로 이 주제에 대해 쓴 책 『하나의 진리 *One Dhamma*』에서 무닌드라로부터 '모든 명상 기법들은 잘 만들어진 수단들'이라는 것을 배웠다고 말한다.

무닌드라는 자신의 스승에게서 그것을 배웠다. 미얀마에서 다른 수행 센터들에 가는 것에 대해 허가를 요청했을 때 마하시 사야도는 무닌드라에게 말했다.

"일단 그대가 마음의 본성, 진리의 본질을 이해한다면 그것은 그대에게 어려운 일이 아니다. 가서 모든 스승들을 만나는 것이 좋다. 다른 각도에서 진리를 아는 것은 좋은 일이다."

그레그 갤브레이스는 말한다.

"내가 무닌드라에게 얻은 것 중 하나는, 자기 자신 안을 들여다보고 그곳에서 진리를 발견해야 한다는 것이다. 그가 어디로든 사람들을 보내 배우게 함으로써 고정관념이나 이미 조건 지어진 것들에 얽매이지 않게 한 이유가 거기에 있다. 나에게 그것은 큰 도움이 되었다. 왜냐하면 대부분의 구도자들처럼 나 역시 해답과 올바른 길을 찾고 있었으며 대개 해답은 복잡한 전통과 종교의식과 교리 안에 숨겨져 있었기 때문이다. 우리는 그 모든 것들로부터 배울 수도 있지만 꼭 그런 것만은 아니라고 무닌드라는 나에게 가르쳤다. 붓다가 '스스로 등불이 돼라.'라고 말한 것처럼 무닌드라는 형식에 구애됨 없이 직접적으로 그것을 가르쳤다. 왜냐하면 그는 사람들 안에서 빛을 끌어내고 좋은 것을 끌어냈기 때문이다. 그의 곁에 있으면서 자기 자신에 대해 더 좋게 느끼지 않기는 어려운 일이었다. 그는 잘난 체하지도 판단하지도 않았기 때문이다."

⟆

무닌드라는 사람들 사이에서 행동할 때 남의 눈을 의식하지 않았다. 진리에 대한 확신 역시 그런 방식으로 드러냈다. 에릭 크누드 한센은 이 점을 분명히 말한다.

"나는 무닌드라가 '영적인 사람'인 것처럼 연출하는 모습을 한 번도 본 적이 없다. 내가 그에게서 받은 강한 영향은 진리에 대한 확신이나 수행에 대한 올바른 신념을 갖는 데 자유로웠다는 것이다. 이것은 자기 외부의 무엇인가가 '넌 너 자신을 억제해야 한다. 넌 행동을 바르게 해야 한다.'라고 말하는 것에 방해받지 않는 자유로운 선택과 나아감을 의미한다. 그 면에서 나는 무닌드라에 대해 깊은 존경심을 가졌다. 그는 주위에 있는 것들을 검열하지 않았으며, 자기 자신도 외부의 것에 통제당하지 않고 자발적으로 움직였다."

에릭에게 무닌드라는 '진리에 대해 말하기를 두려워하지 않는 사람'이었다. 심지어 사람들이 그의 긴 강의에 참을성이 없어질 때도 무닌드라는 그렇게 했다. 에릭은 웃으며 말한다.

"그의 신념은 만일 그것이 사람들이 통과해 갈 것이라면 괜찮다는 것이었다. 그는 사람들의 필요에 부응했지만 그렇다고 사람들의 기호에 맞추려고 하지는 않았다. 그는 '진리에 대해선 더 많이 들을수록 좋다.'라는 신념을 가지고 있었다."

제임스 바라즈(스피릿록 명상 센터 공동 설립자)가 덧붙인다.

"그 자신만의 단순하고 순진한 방식으로 무닌드라는 엄청난 용기를 갖고 있었다. 다른 사람들이 생각하는 것 때문에 단념하지 않았다. 왜냐하면 어떤 한 사람에 대한 확신보다 진리에 대한 확신을 더 많이 갖고 있었기 때문이다. 그는 다른 사람들에 대해 높은 존경심을 가지고 있었다. 어디에서 진리를 발견하든 그것이 진리이면 상관없는 것이다."

제자들이 자기 자신에 대한 확신이 부족할 때조차도 무닌드라는 그들의 능력을 믿음으로써 진리의 힘에 대한 확신을 보여 주었다. 인도를 여행하던 피터 미한(영화배우 폴 뉴먼이 설립한 식품 회사 뉴먼즈 오운 오르가닉스의 CEO)은 보드가야의 국제 명상 센터에서 개인적으로 집중수행을 하고 있었다. 피터는 그 당시 무닌드라가 와서 자신과 대화를 나누곤 하던 일을 회상한다.

"나는 이런 식으로 말하곤 했다. '난 이것에 대해 잘 모르겠습니다.' 그러면 그가 말했다. '그것에 대해 걱정하지 말라. 이것은 그대에게 좋은 일이다. 계속하라.' 그는 다른 스승들이 서양에서 하는 것처럼 항상 설명을 하진 않았다. 하지만 그런 확신이 나를 계속 나아가게 만들었다."

그러던 어느 날 카렌 설커(세계은행 사회개발 전문가)와 피터가 보드가야의 미얀마 절에 있는 무닌드라의 방에 앉아 있을 때 무닌드라가 열정적으로 두 사람을 껴안았다. 양곤의 마하시 사야도 명상 센터에 있는 서양인 제자로부터 편지를 받은 그는 피터와 카렌에게 난데없이 말했다.

"그대들은 미얀마로 가야 한다."

깜짝 놀란 피터가 말했다.

"무닌드라지, 내가 이제 막 명상 수련을 시작했다는 걸 잊었습니까? 내가 왜 미얀마에 가야 하죠?"

전혀 흔들림 없이 무닌드라는 말했다.

"아냐, 바로 이거야! 이건 굉장한 기회야! 그대들은 가야만 해! 나는 이것이 가능한 일이라는 걸 안다!"

피터는 말한다.

"우리는 너무 순진했고, 그는 너무 믿음이 가는 사람이었다. 그래서 우리는 말했다. '아마도 우린 미얀마에 가야 할 것 같습니다. 그래요, 우린 미얀마에 가겠습니다!' 그는 그럴 정도로 전염성 강한 열정을 가지고 있었다."

무닌드라의 격려는 미얀마까지 따라왔다. 피터는 회상한다.

"당시 나는 나 자신이 한심하기 짝이 없는 초보자라고 느꼈다."

피터는 한 스님에게 무릎이 '불타는 듯'해서 수행 기간 내내 앉아 있을 수 없다고 말했다. 그러다가 우연히 다른 수행자들이 '4시간 동안 서서 하는 명상'에 대해 말하는 걸 들었다. 그때 무닌드라의 미소와 확신이 떠오르고, 그가 하는 말이 들리곤 했다.

'모든 것이 다 잘 될 것이다. 다만 계속하라. 그런 것들에 대해 걱정하지 말라.'

피터와 카렌이 보드가야로 돌아왔을 때 무닌드라는 그들을 보고 신이 났다. 그들이 미얀마에서 힘들어도 끝까지 집중수행을 마쳤기 때문이다.

무닌드라를 자신의 첫 번째 불교 수행의 멘토로 여기는 그레고리 파이(하와이 오하우의 불교 강사)는 말한다.

"누군가가 어떤 종류의 의구심, 의심, 의문, 장애를 갖고 있든 무닌드라는 그것들을 간단히 자르고 지나가는 놀라운 능력을 갖고 있었다."

카말라 마스터즈는 설명한다. 무닌드라가 다른 사람들 안에 있는 의심을 떨쳐 버린 일은 그렇게 많지 않지만 그는 흔들림 없는 확신을 통해 많은 사람들에게 자신감을 심어 주었다.

"사람들은 심지어 그가 무엇을 말하는지 머리로는 이해하지 못할 때에도 그의 확신에 의지했다. 그것은 그들에게 혼자 힘으로 탐구할 시간을 주었다."

무닌드라는 제자들이 계속 나아가도록 부드럽게 격려할 뿐 아니라 갑자기 공개적으로 강의를 맡김으로써 제자들에 대한 믿음을 나타내었다. 프레드 폰 알멘(스위스 비텐베르그 명상 센터 공동 설립자)은 무닌드라가 보드가야에서 지도한 몇 번의 집중수행들을 기억한다.

"무닌드라는 한 달 혹은 6주 동안의 집중수행을 지도했는데 시작하고 나서 2, 3일 뒤 말하곤 했다. '자, 의문 나는 사항이 있으면 조지프 골드스타인에게 묻도록 하라.' 그래서 어떤 면에서 조지프는 공식적으로 혹은 공개적으로 가르치기 시작하게 되었다. '순수한 주의(생각이나 욕구 없이 대상에 순수한 주의를 기울이기)'와 같은 것들에 대한 조지프의 첫 강의를 듣게 된 것이 그렇게 해서였다."

만약 무닌드라가 그렇게 하지 않았다면 조지프는 아마도 훨씬 훗날까지 가르치지 못했을 것이라고 그레이엄 화이트는 말한다.

앨런 클레멘츠(국제적인 불교 강사이며 영적 활동가)가 승려가 되어 미얀마에서 콜카타로 왔을 때 무닌드라가 어느 날 신도에게서 보시 받는 행사—이 경우에는 점심 식사—에 앨런을 초대했다. 그들이 그 장소로 들어갔을 때 무슨 일이 일어났는지 앨런이 전한다.

"나는 동양에서 종교에 헌신적인 많은 신도들을 보았지만 그곳에서 꽃잎을 던지고 있는 500명의 사람들을 보면서 깊은 감명을 받았다. 무닌드라는 신들의 영역에서 존경을 받았다. 우리가 자리에 앉자 음식이 제공되었다. 음식을 먹고 나면 관례적으로 고참 승려가 어떤 형태로든 법문을 하게 되어 있었는데, 무닌드라가 나를 보며 '그대가 법문할 차례이다.' 하고 말하는 것이었다."

앨런은 그때까지 법문을 한 적이 한 번도 없었다.

"온 몸에 두드러기가 나고, 손톱 발톱에도 땀이 나는 것 같았다. 나는 말했다. '무닌드라지, 보이는 것보다도 더 전 벵골어 실력이 형편없습니다.' 그러자 그는 미소와 함께 자신을 가리키며 말했다. '나보다 더 좋은 통역자는 없다.' 그리하여 무닌드라 덕분에 불가능한 일을 할 기회가 나에게 주어졌다. 고백하건대, 그것은 가장 불안한 경험 중 하나였으며, 미얀마에서 2년간 집중수행을 하면서도 건드리지 않았던 나 자신의 한계를 간단히 부수었다. 내가 도달했다고 생각한 것이 어떤 단계였든 그것은 이런 두려움의 장벽을 돌파한 것이 결코 아니었다. 그것이 계획되어 있던 건지, 아니면 그가 그것을 중요한 것이라고 느꼈는지 모르지만, 나는 나의 그 첫 번째 법문을 무닌드라에게 바친다."

무닌드라는 여성 수행자에 대해서도 똑같은 확신을 보였다. 크리스티나 펠드먼(영국 데본의 국제 수행 센터 가이아 하우스 공동 설립자. 통찰 명상 협회 명상 교사)은 말한다.

"무닌드라는 여성 수행자들에 대해서도 완전히 공평하게 다가갔다."

보드가야의 간디 아쉬람에서 무닌드라에게 명상을 배운 로빈 선빔(캘리포니아 출신의 양호 교사)도 덧붙인다.

"나는 무닌드라 주위에서 이류라고 느낀 적이 한 번도 없었다. 그는 나를 전도유망한 수행자처럼 대했다."

사실, 무닌드라와 가장 가까운 두 명의 인도인 수행자는 여성이었다. 높은 성취를 이루었고 그녀 자신이 존경받는 스승인 디파마, 그리고 10년 동안 무닌드라와 함께 여행하며 가르침을 편 크리슈나 바루아가 그들이다.

붓다가 가르친 진리에 대해 열정에 찬 확신과 숭배의 마음을 지닌 무닌드라는 그것을 나누기 위해 세상 여러 곳을 여행했다. 그는 그것이 모든 사람에게 도움이 될 수 있다고 진심으로 믿었으며, 종교적인 성장 배경을 가리지 않고 누구하고든 대화하는 것을 망설이지 않았다. 제자들에 대한 확고한 믿음이 있었기 때문에 그는 제자들도 가르침을 통해서든, 출가 수행자를 위한 사찰 건립이나 일반인을 위한 수행 센터 설립을 통해서든 진리를 전파하도록 용기를 북돋았다.

에릭 크누드 한센은 말한다.

"조지프 골드스타인, 샤론 샐즈버그 같은 무닌드라의 제자들이 불교의 진리와 명상에 사람들이 관심을 갖도록 영향을 미친 것은 분명한 사실이다. 그것의 많은 부분은, 인도에서 무닌드라를 발견한 사람들이 돌아가 자신들의 경험을 다른 이들과 공유하도록 돕고 후원한 무닌드라의 열정이 있었기에 가능했다. 무닌드라는 진리에 헌신했고, 사람들은 자연스럽게 그에게뿐만 아니라 진리에 헌신했다. 그에게는 진리가 중요했다. 스승인 자신에게 헌신하는 것은 전혀 중요하지 않았다."

무닌드라는 자신의 노력에 의해 통찰 지혜를 얻었기 때문에 다른 사람들도 혼란으로부터 나올 수 있다고 확신했다. 마이클 리벤슨 그레디는 자신의 의구심을 떨쳐내는 데 무닌드라가 얼마나 중요한 역할을 했는지 기억한다.

"나는 전형적인 노력가 타입이었다. 이것은 많은 면에서 긴장을 만들어 냈고 또한 많은 의심도 만들어 냈다. 명상 방석에 앉아 있을 때의 나의 경험들이 방석 밖에서 일어나는 내 삶의 경험과 너무 달랐기 때문이다. 여러 가지 면에서 나의 영적인 길에는 많은 분열과 갈등이 있었다. 통찰 명상 협회에서 행한 무닌드라와의 수행은 이 상황을 전환시키는 데 많은 도움이 되었고 진리에 대한 믿음을 새롭게 하는 데 영감을 주었다. 비록 무닌드라는 마하시 사야도의 수행법 안에서 가르쳤지만 수행과 삶에 대한 그의 접근법은 훨씬 더 편안했고, 그것이 내가 그 당시 필요했던 바로 그것이었다."

무닌드라는 분명함을 강조했다.

"그대는 수행에 대해, 그리고 그대가 수행을 하는 이유에 대해 아주 분명해야 한다. 만일 수행과 그대가 하고 있는 것에 대해 어떤 의문이라도 있다면 그대는 분명히 말해야 한다. 그대 마음 안에서 수행에 대해 어떤 의심도 없어야 한다."

무닌드라는 말했다.

"나는 가능하지 않다는 것을 믿지 않는다. 나는 붓다가 가르친 진리를 많은 측면에서 시도해 보았기 때문에 그것들이 진리이며 깨어남이 가능하다는 사실을 알았다. 만약 그대가 진실로 열정적이라면, 만약 그대가 진리를 체험하기 원한다면, 길이 있다. 바로 이 삶에서 그것은 가능하다. 이것은 다시 배우는 것이고, 다시 교육받는 것이다. 붓다는 말했다. 이 길의 모든 것이 너무도 분명하기에 의심할 여지가 없다고."

특히 인생의 마지막 몇 해 동안 무닌드라의 격려 속에는 영적인 절박함(삼웨가. 급박함)이 있었다. 그는 자신의 체험을 통해 붓다가 한 다음의 말이 진리임을 알았다.

'여덟 가지 고귀한 길에 대한 확신을 가진 자들은 가장 좋은 것에 대한 믿음을 가진 것이다. 그리고 가장 좋은 것에 대한 확신을 가진 자들에게는 가장 좋은 결과가 그들의 것이 될 것이다.'(『앙굿따라 니까야(주제 숫자별로 묶은 경전)』)

그래서 그는 자기 자신과 다른 사람들을 위해 열렬한 의도를 가지고 있었다.

나는 진정으로 수행하는 사람, 진지하게 수행하는 사람을 원한다. 그들은 직접 진리를 체험해야만 한다! 그때 그들은 제대로 된 길에 오를 것이다. 삶이 매우 쉽고, 단순하고, 놀라운 것이 될 것이다. 그리고 세상을 위한 자산이 될 것이다. 그것이 내가 원하는 것이다. 그들이 가르침을 따른다면 짧은 시간 안에 그 일이 일어날 수 있다. 시간은 중요하지 않다. 모든 발걸음이 그대를 목적지에 더 가까이 데려다줄 것이다. 이 순간에 사는 법을 이해해야만 한다. 이것을 기회로 활용해야 한다. 이 삶을 낭비하고 기회를 놓쳐선 안 된다. 인간의 삶은 더없이 소중하다. 일단 뒤로 퇴보하면 앞으로 나아가기가 매우 어렵다. 그것이 이 삶에서 갖고 있는 시간을 최상으로 사용해야 하는 이유이다.

~

많은 생애에서 쌓은 카르마와 그것이 초래하는 영향들을 서양인들은 이해하기 어려울 수 있지만, 무닌드라에게는 그것이 어렵지 않았다. 그것들은 그가 숨 쉬는 공기의 일부였다. 불교적인 배경을 가진 동양인 제자들 역시 서양인들이 갖는 회의론적인 생각을 품지 않았다.

스리랑카 캔디에 있는 자신의 집을 방문한 무닌드라와 처음 만난 담마루완 찬드라시리(스리랑카 출신의 명상 지도자)는 말한다.

"무닌드라는 전생에 우리가 친구였다는 것에 대해 아주 강한 믿음을 갖고 있었다. 그는 의심하지 않았다. 나도 의심하지 않았다."

어렸을 때 담마루완은 전생에 친구였지만 지금은 인도에 살고 있는, 보리수 근처에 온통 하얀 옷을 입은 사람이 있다고 부모에게 말하곤 했다. 담마루완의 아버지는 보드가야로 가서 무닌드라를 발견했다. 아들이 설명한 모습 그대로였다.

무닌드라는 보드가야와 그곳에 있는 대탑의 중요성을 강하게 믿었다. 데니스 틸은 말한다.

"무닌드라는 늘 말하곤 했다. 보드가야에 오는 것이 우리의 삶에 어떤 영향을 미칠지 우린 결코 알 수 없다고. 우리가 그곳에 올 때마다 그것은 우리의 카르마를 완전히 변화시킨다고. 그곳에 올 때마다 어떤 형태로든 마음의 정화가 일어나고 가치 있는 요소들을 발달시키게 된다고."

보드가야는 붓다 자신이 깨달음을 이룬 장소이기 때문에 모든 불교도들에게 우주의 중심이며 신성한 장소이다. 무닌드라는 데니스에게 말했다.

"수백 수천 년 전에는 이곳 깨달음의 장소에 오기 위해 고군분투하다가 도중에 많은 사람들이 목숨을 잃었다. 그러나 우리는 기차나 버스를 타고 여기에 도착한다. 누구든 여기에 온다는 것은 특별한 일이다. 이곳에 오기 위해선 많은 좋은 카르마와 행운이 필요하다."

아마도 부분적으론 그것 때문에 무닌드라가 그곳에 온 많은 외국인들과 그토록 다정한 관계를 맺었을 것이다. 그는 그 렌즈를 통해 그들을 바라보았음에 틀림없다. 그들에 대해 전생의 업에 의한 연결을 느끼며 그들을 안내할 책임감을 갖고 만났을 것이다.

불교 철학과 우주론을 배워 나갈수록 무닌드라는 그것을 더 마음에 받아들이게 되었다. 그는 제자들에게 여러 차원의 우주를 길고 자세하게 설명하곤 했다. 영적인 믿음과 실증적인 과학 사이의 간격을 느끼며 서양인 제자들은 무닌드라가 종교적인 환상 세계를 묘사한다고 상상했다. 하지만 무닌드라 자신은 확신을 갖고 말하곤 했다.

"그대들이 믿어야만 하는 것은 아니지만, 이것은 진실이다."

캘리포니아 유카 밸리에서 열린 집중수행 때 무닌드라를 처음 만나 함께 미국과 인도를 여행한 조지프 디나르도(뉴욕 주 변호사)는 말한다.

"무닌드라와 함께한 경험 중에서 최고의 것은, 그가 우주에 대한 자신의 시각에 대해 지적 확신이 아닌 완전한 확신을 가진 가장 드문 사람이라는 것이었다. 그는 가슴으로 확신했다. 즉, 붓다가 말하고 가르친 모든 것들이 그에게는 실제였다. 그리고 그는 모든 연민과 지혜가 드러나는 방식으로 자신의 삶을 건설했다. 아니면 그의 삶이 그런 식으로 펼쳐졌다."

무닌드라는 존재를 탈바꿈시킬 수 있는 진리의 힘에 대한 분명한 확신을 10억분의 1초조차도 버린 적이 없다. 그는 모든 존재를 위해 그것을 미래로 투영하며 이렇게 말했다.

이 우주적 진리, 그것은 되살릴 수 있다. 그것은 다시 수행될 수 있다. 그것은 모든 존재들에게 좋다. 그것은 더 나은 사회, 더 나은 세계, 더 나은 지구 행성이 되도록 놀라운 역할을 할 수 있다. 이 행성뿐만 아니라 다른 행성들을 위해서도……. 그것은 조화와 통합을 가져다줄 수 있다. 모든 이들이 행복하고, 건강하고, 평화로울 수 있으며 오랫동안 서로 도와가며 살 수 있다. 모든 나라들은 서로를 도울 수 있다. 모든 사람들, 모든 국가들을 위한 하나의 진리, 똑같은 진리 아래서.

그의 믿음에도 불구하고, 혹은 어쩌면 그 믿음 때문에 무닌드라는 현실을 직시하며 덧붙였다.

그러나 그것은 시간이 걸릴 것이다. 그것을 위해서는 모든 이에게 역할이 있다. 모든 이에게 책임이 있다. 빛으로 환하게 빛나게 된 한 사람이라도 자기 자신에게, 사회에, 세상 전체에 자산이 된다. 따라서 이것이 모든 가르침의 핵심이다. 우주적 사랑과 선함, 아름다움, 풍요로운 건강, 행복, 번영…… 마음이 순수할 때 사랑이 있다. 그대는 무엇이 좋은지, 무엇이 나쁜지 본다. 그대 스스로 본다.

> 믿음은 씨앗이고 수행은 비다.
> 그리고 지혜는 나의 멍에이며 쟁기이다…….
> 마음챙김은
> 나의 쟁기 날이자 막대기이다.
>
> ─붓다 『상윳따 니까야(주제별로 모은 경전)』

*

삿다saddha는 '삼sam(잘)'과 '다dah(놓다, 정착하다)'의 합성어이다. 실제로는 진리에 대한 확고부동한 자신감 혹은 확신이다. 종종 '믿음'으로 번역되지만, 특정 종교에 대한 맹목적인 믿음과는 다르다. 그것은 검토되지 않은 무조건적인 믿음이 아니라 조사와 이성적 사유에 따른 합리적 믿음이며 이해를 바탕으로 한 내적 확신이다. 삿다는 특히 붓다가 설한 괴로움과 괴로움의 소멸로 가는 길에 대한 확고한 믿음을 의미한다. 삿다는 괴로움의 경험을 자유의 길로 바꾸는 촉매제이다.

4
최고의 선물은 진리의 나눔

나눔과 베풂_다나

감사합니다. 이제 나는 다른 사람들에게 줄 수 있습니다.

　　—무닌드라

붓다는 베풂을 '자유로 가는 길'의 최우선으로 삼았다. 붓다는 말했다.

'만약 내가 알 듯이, 주는 것과 나누는 것의 결과를 안다면 세상 사람들은 주지 않고는 먹지 않을 것이고, 인색함의 얼룩이 그들의 마음을 사로잡아 뿌리내리지 못하게 할 것이다. 만약 함께 나눠야 할 누군가가 있다면, 설령 그것이 그들의 마지막 한 입이고 마지막 한 모금일지라도 나누지 않고는 먹지 않을 것이다.'(『이띠붓따까(여시어경)』)

무닌드라의 문 앞에 도착한 사람은 누구나 완전한 베풂과 맞닥뜨리곤 했다. 주어야만 하는 것이 무엇이든 그는 어김없이 나누었다. 음식이든, 시간이든, 지식이든, 돈이든, 정신적인 지원이든, 접촉이든, 배려의 말이든, 혹은 영적인 우정이든. 그리고 무엇보다도 진리의 나눔을 사랑했다. 그는 그것이 모든 것 중에서 최상의 선물이라 여겼다. 그리고 밖으로 나타나는 무닌드라의 행위들은 건전한 내적 동기의 표현임이 분명했다. 자애와 연민이 그로 하여금 주게 만들었다.

한번은 로버트 프라이어(불교학 교수. 보드가야에서 행해진 미국 안티오크대학 불교 프로그램 창시자)가 잘 아는 사이인 폴 최(정신과 의사) •를 통해 콜카타의 가족들 집에 머물고 있는 무닌드라에게 몇 가지 선물을 보낸 적이 있었다. 그해 가을 무닌드라는 건강이 좋지 않아 보드가야에서 가르칠 수 없었다. 붓다가 가르친 진리에 생소했던 폴 최는 무닌드라가 누구인지 잘 알지 못했고, 그와 함께 지내는 것에도 큰 관심이 없었다. 오히려 도시에서 관광객으로 돌아다니려는 마음이 컸다. 하지만 전혀 예상치 않았던 무닌드라의 친절한 본성을 경험하고 오랫동안 잊히지 않는 인상을 받았다.

폴은 회상한다.

"우리는 간단히 담소를 나누었는데 무닌드라가 나에게 말했다. '아, 그대는 주말에 나와 함께 머물러야 한다. 우리는 함께 명상 수련을 할 것이다.' 지금 나는 후회하고 있다. 왜냐하면 다시 그 기회를 갖게 된다면 생각해 볼 것도 없이 당장 할 것이기 때문이다. 하지만 그 당시 나는 붓다가 가르친 진리에 대한 이해와 존경심조차 갖고 있지 않았었다. 나는 생각했다. '이 남자는 대체 누구지? 왜 내가 그와 함께 주말을 명상으로 보내야 하지?' 그래서 나는 말했다. '아닙니다. 말씀만으로도 감사합니다.' 그러자 그가 말했다. '그렇다면 최소한 오늘 밤만이라도 머물러야 한다. 그러면 우리는 함

께 명상을 할 것이다.' 그리고 나는 말했다. '아녜요, 아녜요. 싫어
요, 싫어요.' 그는 말했다. '그럼 좋다. 최소한 오후엔 머물러야 한
다. 그러면 우리는 붓다가 가르친 진리에 대해 이야기할 수 있다.'
다시 나는 관심이 없다는 뜻을 전달했다. 그는 그저 미소 지으며
말했다. '좋다, 그럼 내가 그대에게 음식을 대접하게 해 달라.' 나는
매우 또렷이 기억한다. 그의 식탁에 앉은 나를 그가 얼마나 세심하
게 돌보았는지. 그는 내가 잘 먹는지 일일이 확인했다. 나는 그 일
을 회상할 때마다 울기 시작한다. 그는 그토록 친절하고 따뜻하며
너그러운 마음으로 내 접시에 음식을 덜어 주기 위해 계속 서 있
었다."

폴과 무닌드라의 교류는 거기까지였다. 폴은 말한다.

"비록 나는 그를 다신 만나지 못했지만, 너무 놀랍게도 그 이후
내가 불교에 대한 탐구를 계속해 나갈수록 그를 향한 나의 사랑
이 커져 갔다. 특히 집중수행을 하고 있을 때면 그 기억이 돌아오
곤 했다. 그것은 때로 나를 웃게 하고, 때로는 큰 기쁨으로 나를 채
운다. 왜냐하면 그것이 그의 깨달음, 사심 없는 이타적인 마음과
베풂을 말해 주는 예라고 느꼈기 때문이다. 오늘날에도 나는 그렇
게 느낀다."

폴은 이어서 말한다.

"무닌드라는 '내가 누구인지 이 친구는 알지 못하나?'라고 생각
하는 흔적이 전혀 없었다. 적어도 나는 그것을 느낄 수 없었다. 내
가 느꼈던 것은 그가 단지 나를 시중들기 위해 할 수 있는 모든 일
을 다 하고 있었다는 것이다. 그것이 내 일생을 통해 계속 마음속

에서 반향을 불러일으켰다. 명상 코스를 가르치기 전이나 심지어 환자를 보러 가기 전에 나는 정기적으로 그것에 대해 깊이 생각해 보곤 한다. 나는 지금 정신과의사로서 수련을 받고 있기 때문이다. 그에게 깊은 감사를 느낀다."

무닌드라와 오랜 세월 동안 교류한 앨런 클레멘츠도 무닌드라가 놀라울 정도로 베푸는 마음을 가졌다는 폴의 감상적인 생각에 공감한다. 앨런은 말한다.

"무닌드라와 함께 있을 때면 사람들은 어김없이 그의 봉사를 받았다. 사람들은 자신이 그의 공간에 속한다고 느꼈다. 그는 그들이 먹었는지, 마셨는지, 편안한지 살피곤 했으며, 그들이 그곳에 있는 바로 그 이유에 응답하곤 했다. 그는 아름답게 자기 자신을 주었으며, 아름답게 자신의 몇 안 되는 소유물들을 주었다."

✧

주는 데는 다양한 차원과 이유가 있다. 예를 들어 요청에 의해 베푸는 것과 남이 시키지 않았는데 베푸는 것이 그것이다. 나누거나 화답해야 한다는 압박감 때문에, 혹은 기부자로서 좋은 명성을 얻고 싶어서 요청에 응해 마지못해 돈을 기부할 수도 있다. 혹은 그렇게 하는 것이 좋다고 느끼기 때문에 동정하는 마음을 갖고서 필요하다고 생각되는 상황에 반응해 자발적으로 줄 수도 있다. 마지막으로는 진정한 베풂이 있다. 주는 데 어떤 제한도 두지 않는, 가족이나 좋아하는 사람들이나 혹은 특별한 경우에만 국한하지 않는 베풂이다. 붓다가 말했듯이 그런 식으로 '왕답게 주는 것'은 마음을 고귀하고 아름답게 만들며, 가슴을 기쁘게 하고, 희열이 일어나게 한다.

무닌드라는 자신이 가진 것을 남에게 내어 주라는 설득이 필요한 사람이 전혀 아니었다. 그는 마지못해 준 적이 없는 사람이었다. 자발적으로 주는 것은 뇌의 '좋은 기분을 느끼는' 부위와 '도덕'과 관련된 부위에 불이 켜지게 만든다는 신경과학 분야의 최근 연구 결과를 전혀 알지 못하면서도 무닌드라는 베풂을 생활화했다. 그 것으로부터 큰 기쁨을 얻고, 그것이 카르마에 미치는 결과를 이해했기 때문이다. 자애(메따. 모든 존재의 행복을 바라는 마음)와 연민(까루나. 모든 존재가 괴로움에서 벗어나기를 바라는 마음)이 그의 성품인 베풂(다나)과 불가분하게 연결되어 그는 아낌없이 주었다. 가족들에게 하듯이 낯선 사람에게도 친절하고 다정했으며 연민을 가지고 베풀었다.

승려 킵빠빤뇨는 무닌드라가 미얀마에서 인도로 돌아온 것과 비슷한 시기에 베트남에서 인도로 왔다. 무닌드라는 그에게 위빠사나 명상을 가르쳤을 뿐 아니라 보드가야에 있는 미얀마 절에서 자신과 함께 살 수 있게 해 주었고 매일 음식을 제공했다. 또한 당시 킵빠빤뇨가 겪고 있던 극심한 감정들을 통과할 수 있도록 안내했으며, 그의 경제적 어려움에 대해 알고는 그가 계속 수행할 수 있게 후원자가 되어 주었다. 킵빠빤뇨는 말한다.

"그의 가슴은 내 어머니의 가슴과 같았다. 매우 부드러웠고 나에 대해 많은 연민을 갖고 있었다. 나는 심지어 나의 아버지보다 무닌드라와 더 가깝게 느꼈다."

몇 년 뒤 무닌드라가 여러 가지 건강상의 문제를 겪을 때 킵빠빤뇨는 무닌드라의 치료 비용을 대기 위한 기금을 모았다. 연민에서 우러나온 베풂은 그것과 동일한 더 많은 보상으로 이어진다.

무닌드라는 다나빠띠, 즉 '왕답게 주는 자'였다. 책과 수도복을 제외하고는 자신을 위해 아무것도 지니지 않았다. 남이 준 선물까지도. 담마루완 찬드라시리는 말한다.

"많은 사람들이 무닌드라를 만나기 위해 스리랑카에 있는 우리 집에 왔다. 한번은 한 남자가 그에게 보리수 잎사귀 모양의 놋쇠 그릇을 선물했다. 어린 소년이던 나는 말했다. '그릇이 너무 멋있어요.' 그러자 무닌드라는 그 자리에서 말했다. '네가 그걸 가지렴.' 그렇듯이 그는 한 손으로 받고 다른 손으로 주었다. 그 일은 나에게 무닌드라의 성품을 보여 주었다. 그가 어떤 것에도 집착하지 않는다는 것을. 때로 사람들은 선물을 받으면 얼마 동안 탁자 위에 올려두었다가 다른 이에게 선물로 준다. 그러나 무닌드라는 받는 즉시 주었다."

무닌드라의 막냇동생 고빈다 프라사드 바루아(전직 콜카타 전화국 공무원)는 무닌드라에 대해 이렇게 말한다.

"나의 형은 사람들로부터 받은 많은 것을 필요한 사람들에게 나눠 주었다. 자신에게 오는 사람이 누구이든 그는 항상 주었다."

카말라 마스터즈가 무엇을 줄 때마다 무닌드라는 그것이 단지 그 자신만을 위한 것이 아님을 분명히 했다. 그는 말하곤 했다.

"감사하다. 이제 나는 다른 사람들에게 줄 수 있다."

무닌드라와 40년 이상 가까운 친구였던 S. N. 고엔카는 말한다.

"무닌드라는 매우 겸손하고 돈, 돈, 돈을 원하는 동양의 몇몇 스승들처럼 탐욕스럽지 않았다. 나의 스승 사야기 우 바 킨이 '나는 오직 주는 자로 끝날 것이다. 받는 자로 끝나는 것이 아니라. 사람들을 오게 해 진리를 가져가게 하라.'라고 말했듯이 무닌드라도 똑같이 주는 자로 끝났다. 그는 돈을 모으려는 욕심이 없었다. 그가 돈을 모아야 할 이유가 무엇이겠는가?"

한번은 무닌드라가 람 세바크(12살 때 보드가야에서 무닌드라를 만나 무닌드라가 세상을 떠날 때까지 정신적 지주로 삼았다)에게 말했다.

"나는 담배를 피우지 않는다. 나는 술을 마시지 않는다. 심지어 차도 레몬을 탄 물 외에는 마시지 않는다. 나는 지출이 없다. 왜 돈을 써서 그것들을 사는가? 대신에 나는 다른 사람들에게 그만큼을 나누어 줄 수 있다. 내 매일의 습관은 담배 대신 담마(붓다가 가르친 진리)를 주는 것이다."

그레그 갤브레이스는 말한다.

"무닌드라는 매우 검소했으며, 너무 많이 돈을 쓰지 않는 것에 확고했다. 그는 남에게서 착취한 것은 받지 않았다. 그러나 정말로 필요로 하는 사람들에겐 약했다. 그는 다른 사람들에 대해 생각하는 일에 많은 시간을 보냈다. 자기 자신을 더 나아지게 할 가능성을 지닌 사람들, 그리고 풍요로운 삶을 원하지만 가난 때문에 주저앉은 사람들에게 희망을 주려는 동기가 컸다. 살아가기 위해 힘들게 노력하는 좋은 사람을 알게 되면 그는 자주 베풀었다. 그의 개인적인 필요는 작았으며, 불교도 제자들과 함께 있을 때만큼이나 마을 사람들 속에 있는 것을 좋아했다."

무닌드라는 특히 교육의 기회를 주고 싶어 했다. 벵골어가 그의 모국어였지만 사르나트(붓다가 깨달음을 얻은 후 최초로 가르침을 편 장소인 우타르프라데시 주의 마을)에 사는 동안 무닌드라는 힌디어를 배웠고, 그래서 학교에 다니기엔 너무 가난한 노동자들과 그들의 자녀들을 가르칠 수 있었다. 얼마의 돈이 생길 때마다 책을 사도록 그들에게 주었다. 왜 이런 사람들을 가르치는 데 시간을 쓰는가 묻자 무닌드라는 말했다.

"이 사람들은 시골 출신이다. 그들은 붓다가 가르친 진리를 알지 못한다. 단정함과 청결함도 알지 못한다. 하지만 그들은 좋은 사람들이다. 이 배움은 그들의 성품과 좋은 행동에 힘을 줄 것이다. 그들을 돕는 것은 나의 의무이다."

보드가야에 머물 때도 무닌드라는 나이든 여성들에게 음식과 옷을 기부했고 걸인들에게는 음식과 돈을 건넸다. 특히 여자아이들이 학교에 다닐 수 있도록 돕는 일에 관심을 기울였다. 그렇게 하지 않으면 결혼 지참금을 마련하느라 교육받을 기회를 빼앗길 것이기 때문이었다. 조카 타파스 쿠마르 바루아는 삼촌의 직간접적인 혜택을 받은 가야, 바라나시, 콜카타, 방글라데시 출신의 여러 학자들을 포함해 많은 학생들을 안다. '모든 사람이 기초적인 교육을 받도록 노력하는 것'에 깊은 관심을 가졌지만 무닌드라는

결코 자신이 하는 일을 세상에 알리고 싶어 하지 않았다고 타파스
는 말한다.

～

무닌드라는 탐욕이 어떻게 베풂을 막는지 설명했다. 세 종류의
느낌(웨다나. 육체가 아닌 마음의 감각 혹은 느낌. 한역에서는 자극 따위를
받는 수동적 의미에서 '수受'로 번역한다)이 있다. 유쾌함과 불쾌함, 그
리고 중립이다. 그러나 무닌드라는 웨다나의 어원적인 의미는 순간
순간의 '경험'이라고 말한다. 대상(풍경, 소리, 접촉, 냄새, 맛, 생각)과의
여러 형태의 접촉(시각, 청각, 촉각, 후각, 미각, 정신)에 반응해 느낌이
일어난다. 그것이 유쾌할 때 탐욕과 애착이 따라오기 쉽다. 그것이
불쾌할 때 혐오감이 일어나기 쉽고, 그리하여 비난이 일어난다. 마
지막으로 중립적인 감각은 대개 망상을 일으킨다. 왜냐하면 그것
은 마음에 충분한 인상을 만들지 않는 경우가 많고, 따라서 분명
하게 관찰하거나 이해하기 어렵기 때문이다. 즉 주의를 기울인 알
아차림이 없는 것이다.

"이것들이 모든 악의 세 가지 근원이다. 욕망은 애착을 부르고,
혐오감은 미움을 부르며, 어리석음은 더 많은 무지를 가져온다."라
고 무닌드라는 말했다.

"탐욕은 그대가 주고 나누는 것을 허락하지 않을 것이다. 긍정적
인 면에서 무욕은 베풂이 된다. 그때 그대는 나눌 수 있고 줄 수
있다."

그리고 작든 크든 진정한 마음으로 주는 한 베풂은 탐욕의 마음을 정화시킨다고 그는 가르쳤다.

～

무닌드라는 자발적으로 베풀었지만, 주는 것은 시기적절해야 하며, 안목을 갖고 상황에 반응하면서 인색함이 없어야 한다는 붓다의 충고를 지켰다. 카말라 마스터즈는 이것을 인도의 기차역에서 관찰했다. 한 걸인이 카말라를 성가시게 하며 옷을 잡아당기자 무닌드라는 걸인에게 저리 가라고 말했다. 그들이 그 지점을 떠난 뒤 무닌드라는 자신의 가방에서 바나나를 하나 꺼내 한 아이에게—그 아이가 아까의 그 걸인이었는지는 잘 모른다—다가가 그것을 주었다. 그는 다가오는 모든 사람에게 주지 않았다. 카말라는 분명히 말한다.

"그는 올바른 시간에, 우리가 서두르지 않을 때 주었다. 거기엔 어떤 연관성이 있는 것처럼 보였다."

주는 것은 상황에 적절해야 하며 신중하게 해야 한다고 무닌드라는 조언했다. 하와이 마우이 섬으로 카말라를 방문했을 때 그는 카말라가 가진 명상 서적들에 대해 묻곤 했다. 한번은 카말라가 한탄하며 말했다.

"내 책들을 빌려주었는데 돌려받지 않았어요."

그러자 무닌드라는 그녀를 꾸짖었다.

"그렇게 하지 말라. 그대의 책들은 그대에게 중요하다. 그대는 그대의 책을 잘 간수해야 한다. 사람들에게 그 책의 제목과 내용을 말해 주는 것이 더 좋다. 그래서 그들이 그 책을 구하러 가게 하라. 그때 그들은 그것을 위해 에너지를 쏟아야 할 것이고, 그렇게 되면 그 책을 읽는 것에 더 관심을 갖게 될 것이다."

타당한 행동을 하지 않는 방문객에게 베풂을 실천한 또 다른 제자에게도 무닌드라는 무분별하게 주지 말고 다음과 같이 그것의 유용성에 대해 깊이 생각해 볼 것을 제안했다. '누구에게 주고 있는가? 무엇을 위해 주고 있는가? 왜 주고 있는가?' 선물이 위대한 결실을 맺는 곳에 주어야 한다고 붓다는 말했다.

무닌드라는 또한 남이 주는 것을 받아야 할 때와 그렇지 않은 때를 알았다. 레이먼드 리포프스키(캐나다 출신의 금속공예가)는 콜카타에서 죽은 한 남자의 불교식 장례식에 무닌드라와 함께 초대받아 간 일을 기억한다.

"우리가 그 장소에 앉아 있는데 매우 가난한 그곳 사람들이 우리에게 가장 좋은 음식을 대접했다. 그들은 우리가 그곳에 있다는 것을 영광으로 생각했고, 우리에게 그 모든 놀라운 음식을 제공했다. 과부가 된 여인은 무닌드라에게 돈을 기부하려고 계속 시도했다. 무닌드라는 그녀가 형편이 어렵다는 것을 알고 있었다. 그는 그 돈을 받기를 거절하며 그녀에게 돌려주었다. '아닙니다, 아니에요. 난 받을 수 없습니다. 우린 단지 돕기 위해 이곳에 온 겁니다.' 하고 그는 거듭 말했다."

그러나 또 다른 경우에, 카말라 마스터즈는 두 명의 친구와 함께 사르나트에서 무닌드라를 따라 짜이 왈라(차 파는 노점상)의 누추한 집에 갔다. 이때 배운 교훈은 달랐다.

"그곳에서 나는 무닌드라에게서 배웠다. 만일 누군가 주고 싶어 한다면 싫다고 말하지 말라는 것이다. 왜냐하면 그것은 그 사람의 바라밀(빠알리어로는 '빠라미'. 어리석음과 집착에서 벗어난 최고의 경지에 이르고자 하는 수행의 총칭. 여기서는 선한 업의 완성)을 방해하는 것이기 때문이다. 그러니 받으라. 그러나 우리는 우리 모두를 위해 저녁 식사를 제공하는 것이 그 가족에게 쉬운 일이 아님을 알았다. 그래서 친구들과 나는 그들에게 어느 정도의 돈을 기부하기로 그 자리에서 동의했다."

카말라는 회상한다.

"그들에겐 우리가 앉을 의자도 없었다. 그래서 그들은 그들의 나무 침대를 갖고 나왔고 우리는 그 위에 앉았다. 우리는 바깥에, 별 아래에 있었고 아름다웠다. 온 가족이 모였으며, 우리가 저녁을 먹은 뒤 무닌드라는 그들의 언어로 법문을 했다. 정식으로 둘러앉아서 매우 공손하고 행복하게 듣고 있는 사람이 약 10명쯤 되었다. 이것은 무닌드라가 어떻게 가르치러 다녔는지 보여 준다. 사람들이 그에게 가르침을 들으러 오도록 포스터를 만들거나 대대적인 광고를 하지 않았다. 그는 그런 사람이었다."

무닌드라의 막내 동생의 아들 트리딥 바루아는 덧붙인다.

"무닌드라 삼촌은 자신이 머무는 장소의 가난한 지역이나 시장을 방문하는 습관이 있었다. 낮은 신분 때문에 그에게 다가올 수 없는 부류의 사람들을 만나기 위해서였다."

보드가야의 한 승려가 이 마을 저 마을로 돌아다니며 '쓸모없는 사람들과 말을 섞는' 무닌드라를 못마땅해했다. 그러나 무닌드라는 그들을 알기 위해 먼저 다가가는 것을 좋아했다. 결코 그들을 가치 없다고 여기거나 시간 낭비라고 생각하지 않았다. 카말라 마스터즈는 무닌드라와 함께 사르나트에 있을 때 이것을 직접 목격했다.

"우리는 마을의 신작로를 걷곤 했는데 시간이 아주 오래 걸렸다. 매번 무닌드라를 오래전부터 알아 온 걸인들을 포함해 그에게 다가오는 사람들과 이야기하기 위해 걸음을 멈추었기 때문이다. 그는 그들과 만나는 것을 진정으로 행복해했다."

꿈

무닌드라는 스스로 물건 살 형편이 못 되는 사람들에게 주기 위해 많은 물건을 원했다. 서양에서 가르칠 때 그는 때때로 쇼핑을 너무 많이 해서 제자들을 어쩔 줄 모르게 만들었다. 카말라 마스터즈는 마우이 섬의 롱즈 대형 마켓에서 쇼핑하는 것에 무닌드라가 큰 관심을 가졌던 경우를 회상한다. 그녀가 이런저런 일들을 처리하느라 바쁜 동안에는 무닌드라는 눈을 감고 조용히 쉬면서 그녀의 차 안에 앉아 있었다. 그러다가 그들이 롱즈 마켓의 주차장에 도착한 것을 알면 갑자기 깨어나 기민해져서 쇼핑할 준비를 서둘렀다.

"한번은 우산이 필요하다고 그가 내게 말했다. 그는 마켓에 있는 우산들을 살폈고 여러 개의 우산을 골랐다. 내가 그에게 물었다.

'이 우산들 중 하나를 원하세요?' 그는 그것들 전부를 원한다고 말하며 설명했다. '생각해 보라. 내가 살고 있는 곳에는 물건이 필요한 많은 아이들이 있다. 많은 어린아이들이. 그래서 나는 내가 갖다줄 수 있는 전부를 그들에게 갖다주고 싶다.' 그는 자신을 위해 모든 종류의 멋진 물건들을 원한 게 아니었다. 그는 그렇게 많이 사용하지도 않았다. 우리가 인도를 여행할 때 그는 입이 넓은 플라스틱 컵 한 개만 지참하고 있었다. 미국에 왔을 때도 그것과 똑같은 컵을 갖고 다녔다. 그는 다소 누더기처럼 보이지만 깨끗한 천 속에 그것을 보관했다. 우리가 어디에 있든 매일 새벽 4시에 물을 마셔야만 했기 때문이다. 한 인간이 그렇게 사는 걸 볼 때 우리는 그가 사고 싶어 하는 모든 물건들이 진실로 그 자신을 위한 것이 아님을 안다."

무닌드라는 늘 모든 이들을 위해 최상의 품질을 원했다. 탁자 위에 과일이 있으면 그는 앞에 앉은 사람에게 주었다. "좀 먹어 보지 않을래요?" 그리고 만약 그 사람이 더 작은 조각을 집으면 그는 말했다. "당신은 더 큰 것이 보이지 않나요? 왜 더 작은 조각을 가져가나요?"

반떼 위말라람시는 무닌드라가 베풂과 동시에 자애의 살아 있는 본보기였다고 덧붙인다.

"우리가 함께 음식을 먹고 있으면 그는 가장 좋은 과일을 발견하곤 했다. 그리고 늘 그것을 다른 사람의 접시 위에 올려 주었다. 특히 다른 사람들과 함께 먹고 있을 때 나누는 것이 얼마나 중요한 일인지 그는 말하곤 했다."

무닌드라는 자신이 갖고 있는 것이 무엇이든 타인에게 기여해야 한다고 믿었을 뿐만 아니라 어떤 것에도 부족함이 없어야 한다고 생각했다. 그는 충분히 갖지 않는 것은 불행하다고 생각했다. 왜냐하면 인간은 다른 사람에게 줄 수 있어야 하고 나눌 수 있어야 하기 때문이다.

비록 붓다는 물질적 부를 고상한 목표라고 여기지 않았지만 무닌드라는 지적했다. "붓다는 결코 가난을 장려하지 않았다. 왜냐하면 좋은 카르마는 풍요를 가져오기 때문이다." 그리고 풍요로움은 훨씬 더 좋은 카르마를 만들며 큰 베풂을 가능하게 한다고 말했다. 이 가르침은 『아디야 숫따』(붓가 주는 혜택을 설한 경전)에서도 발견할 수 있다. 그곳에서 붓다는 정당하게 획득한 부로부터 얻을 수 있는 다섯 가지 유익함을 논한다. 여기에는 자기 자신과 부모, 배우자와 자녀들, 일꾼들과 친구들과 관계자들에게 기쁨과 만족을 제공할 뿐만 아니라 성스러운 삶을 따르는 사람들을 후원하는 것이 포함된다.

무닌드라는 선물을 사러 벼룩시장에 가는 것을 특히 기뻐했다. 지니 모건은 무닌드라와 함께 매사추세츠 주의 작은 벼룩시장에 갔던 일을 들려준다.

"무닌드라가 아이들을 위해 작은 피아노 키보드를 사고 싶어 해서 우리는 한 부스로 갔다. 판매대 뒤에 있는 남자는 힘든 밤을 보낸 것처럼 보였고 아침인데도 아직 정신을 못 차린 상태였다. 무척 피곤해 보였고 계속 눈을 문지르고 있었다. 무닌드라가 그 장난감을 들어 올리며 물었다. '이것은 얼마입니까?' 그 남자가 그를 보며 말했다. '10달러요.' 무닌드라가 말했다. '5달러는 어떻겠습니까?' 그러자 남자가 말했다. '미쳤소? 포기하쇼. 난 그렇게는 팔 수 없어요.' 무닌드라는 그 장난감을 내려놓으며 말했다. '제발요. 나는 인도의 아이들에게 이것을 가져다주고 싶습니다.' 그러자 남자는 '오, 이런.' 하고 손바닥으로 자신의 이마를 치면서 카운터 뒤를 왔다 갔다 하더니 마침내 무릎을 꿇고서 상자 안을 이리저리 파헤쳤다.

무닌드라는 참을성 있게 기다렸다. 남자는 마침내 건전지 두 개를 찾아 키보드 위에 올려놓으며 무닌드라에게 그 장난감을 넘겨주었다. 그리고 말했다. '내가 무슨 짓을 하는지 모르겠소만, 5달러 내시오. 건전지는 덤으로 주는 거예요.' 그러고 나서 그는 나를 돌아보며 말했다. '숙녀분, 당신은 자신에게 필요한 물건을 사기 위해 이 사람을 데려온 것이 틀림없군요.' 무닌드라는 기도 자세로 손을 모으고 남자를 바라보며 말했다. '당신이 행복하고 평화롭기를. 당신이 평안하고 건강하기를. 그리고 당신이 고통으로부터의 완전한 자유를 알게 되기를.' 그 순간 나는 붉은 홍조가 남자의 목에서 얼굴로 퍼지는 것을 보았다. 그는 정말로 충격을 받은 것 같았다. 그는 나를 돌아보며 말했다. '숙녀분, 우린 바로 이런 게 필요합니다.' 나는 말했다. '그래요. 우리 모두는 이것이 필요하죠.' 그때 옆 부스에 있던 여자가 달려오며 '세상에, 간디가 오셨네요!' 하고 소리쳤다."

무닌드라의 물건 모으는 행동은 종종 버거운 일이었다. 무닌드라와 함께 북미와 유럽을 함께 여행한 비비언 다스트(상좌부 불교수행자)는 회상한다.

"무닌드라는 시애틀의 싸구려 시장에서 찾아낸 중고 옷들을 여행 가방에 가득 밀어 넣었다. 유럽 여행 내내 친구와 나는 그가 인도로 가져갈 모든 것들이 담긴 짐 가방들을 끌고 다녀야 했다. 나는 무닌드라를 들볶곤 했다. 왜냐하면 그 짐들을 온갖 교통수단과 비행기에 옮겨야 했기 때문이다. 나는 말하곤 했다. '인도에서도 이것들을 살 수 있잖아요.' 그러면 그는 말했다. '아니다. 똑같은 품질의 상품은 없다.' 나는 물었다. '도대체 이 모든 것이 누구를 위한 거예요?' 그는 친구들과 주변 사람들에게 선물을 주고 싶어 했다. 특히 보드가야의 많은 가난한 아이들에게."

때때로 무닌드라는 그가 습득한 물건들 때문에 비행기에도 간신히 올라탈 수 있었다. 데이비드 버먼(매사추세츠의 통찰 명상 협회 직원)이 한번은 보스턴 공항에서 어떤 일이 일어났는지 설명한다. 무닌드라가 탑승 수속을 밟을 때 그의 짐이 너무 무거웠다. 벼룩시장에서 너무 많이 모았고 게다가 많은 책을 갖고 있었다. 이 초과 중량에 대해 항공사가 물린 추가 요금은 수백 달러나 되었다. 데이비드는 말한다.

"무닌드라는 늘 하던 대로 그것이 가난한 아이들을 위한 것이라고 말하기 시작했다. 그러나 그것은 공항에서보다 벼룩시장에서 더 효과가 있었다. 공항에선 협상이 되지 않았다. 나는 수중에 그

만한 현금이나 신용카드가 없었다. 우리는 그저 그곳에서 꼼짝 못하고 있었다. 우리는 물건들을 버리지 않을 것이고, 인도의 배고픈 아이들을 걱정하는 것은 항공사 직원의 업무가 아니었다. 바로 그때 크리스틴 예디카(통찰 명상 협회 운영위원. 노인들을 위한 마음챙김 수행을 지도하는 노인학자)가 무닌드라를 배웅하기 위해 나왔다가 급히 신용카드를 꺼냈다. 그렇게 해서 크리스틴은 기쁘게 자신의 스승을 구하고 문제를 해결했다."

베풂의 의도가 진심 어린 것이긴 했지만 무닌드라는 그것을 늘 완전하게 수행하진 못했다. 그가 인도에 도착했을 때 세관원들이 상자와 여행 가방을 열었고, 그들은 자신들이 원하는 물건들을 다 집어 갔다.

～

이런 힘든 과정들에도 불구하고 무닌드라의 제자들은 그를 나눔과 베풂의 화신이라고 애정을 듬뿍 담아 기억한다. 베푸는 마음은 다른 사람들의 애정과 우정을 끌어당긴다. 무닌드라가 통찰 명상 협회에서 집중수행을 이끌 때 수행원 역할을 했고 인도에서도 함께 지낸 서니 우튼은 말한다.

"무닌드라는 함께 있기에 좋은 사람이었다. 너그럽고, 친절하고, 영혼이 다정했다. 그는 모든 사람들 안에서 최상의 것을 보았으며, 나에게도 최상의 것을 주었다. 그는 나에게 무엇이든 주곤 했다. '그대는 이것을 갖고 싶은가? 저것을 갖고 싶은가? 그냥 전부 가져라.' 그는 늘 그런 식이었다."

무닌드라의 조카와 결혼한 드리티 바루아(콜카타의 영어 교사)는 말한다.

"무닌드라는 말린 생선으로 조리한 특정한 요리를 무척 좋아했다. 하루는 그가 내게 물었다. '이 요리를 좋아하는가?' 나는 그렇다고 대답했다. 그러자 그 후 우리 집에 머물 때마다 그는 요리사에게 지시했다. '조금 잘라서 그것을 고마(며느리)를 위해 남겨 두라. 마누(드리티의 애칭)를 위해 조금 남겨 두라.' 그는 나중에 와서 '그것을 먹었는가? 내가 널 위해 조금 남겨 두었다. 맛이 있었는가?' 하고 꼭 묻곤 했다."

음식을 제공하는 것은 어디에 있든 무닌드라가 자동적으로 한 일이었다. 아카사 레비가 보드가야의 간디 아쉬람에 머물 때 아침에 예고 없이 찾아가면 무닌드라는 종종 방 밖에 웅크리고 앉아 레몬을 주의 깊게 자르고 짜서 아카사를 위해 레모네이드를 만들곤 했다. 아카사는 말한다.

"그것은 마치 일본의 다도처럼 보였다. 그릇에는 물에 불린 익히지 않은 병아리콩이 담겨 있었다. 그는 작은 차받침에 그것들을 담아 나에게 주었다. 그는 매번 이 신선한 젖은 콩 조금과 레몬수가 담긴 작은 컵을 내 앞에 내려놓았다."

매년 보드가야에서 진행된 미국 안티오크대학 해외 불교 프로그램 때문에 사람들이 끊임없이 무닌드라의 방문을 드나들었다. 데니스 틸은 말한다.

"무닌드라는 무척 따뜻하게 우리를 환영했다. 우리는 그에게 먹을 걸 가져다주곤 했는데, 그는 그것들 전부를 탁자 위에 쌓아 두었다가 방에 들어오는 누구에게든 과일과 비스킷을 건넸다."

뭄바이 근처 이갓뿌리에 있는 담마기리 명상 센터에서도 똑같이 했다. 배리 래핑(S. N. 고엔카의 보조 강사. 매사추세츠 주의 담마다라 위빠사나 명상 센터 임원)은 말한다.

"그는 사람들에게 언제나 먹을 것을 주었다. 그는 건강을 중요히 여겼다. 파파야를 갖고 가서 씻고, 자르고는 함께 나눠 먹기 위해 파파야가 담긴 그릇을 갖고 나오곤 했다."

'주고 나누고 돕는 것'에는 두 종류가 있다고 붓다는 말했다. 물질로서 베푸는 것과 진리를 널리 전하는 것이 그것이다. 이 두 가지 중에서 진리의 나눔이 가장 중요하며 으뜸가는 베풂이다. 첫 깨달음을 얻은 순간부터 죽는 날까지 무닌드라는 진리라는 최고의 선물을 함께 나누고, 가능한 한 많은 사람들이 깨달음으로 나아갈 수 있도록 돕는 데 생애를 바쳤다. 그의 가르침에 누구나 다가가고 참여할 수 있었던 것은 가히 전설적이다. 라마 수리야 다스는 회상한다.

"무닌드라는 모든 방법으로 아낌없이, 자발적으로 주었다. 자신이 제공하는 시간이나 지식에 대해 요금을 청구하지 않았다. 등록시키거나, 개종시키거나, 기금을 걷거나, 자기를 선전하거나, 세력을 확장하지 않았다. 무닌드라는 그토록 열려 있었기에 어떤 것도 구축할 필요가 없었다. 언제나 흘러나오고 있었기 때문이다."

첫 콜카타 여행 중에 대니얼 테일러는 문가에 앉아 있던 무닌드라와 우연히 만났던 일을 기억한다.

"나는 모든 사람과 기꺼이 대화하는 그의 모습에 감명 받았다. 그와 함께 있는 것은 너무도 쉬웠고, 따뜻하게 환영받았으며, 즉각적인 베풂이 느껴졌다. 그는 전에 나를 만난 적이 한 번도 없었다. 그런데도 그토록 유명한 사람에게 접근하는 것이 조금도 어렵지 않아서 나는 무척 놀랐다."

무닌드라는 개인과 상황에 맞추었다. 자신의 놀라운 성취에도 불구하고 어떤 계급의식이나 거리를 두지 않고 말이 없거나 수줍음 타는 수련 참가자에게 다가가곤 했다.

보드가야에서 무닌드라에게 명상을 배운 승려 수일(한국에서 6년간 불교 승려로 지낸 미국 출신의 수행자)은 기억한다.

"내가 질문을 하지 않으면 그가 나에게 묻곤 했다. 그는 어떤 면에서는 내가 조사와 문의를 시작할 수 있도록 그런 식으로 먼저 정보를 제공하고 나섰다. 그것은 자신이 아는 것을 나누고 싶어 하고 기꺼이 그렇게 하기 위해 앞으로 나서는 일종의 베풂이었다. 내가 말없이 있을 때면 그는 성찰로 이어지는 매우 유용한 대화를 시작하곤 했다."

디파 마의 조카 다우 탄 뮌뜨는 미얀마에서 받은 무닌드라의 지도 방식을 설명한다.

"그는 우리가 어느 때든 그에게 의견을 말하는 걸 허락했다. 그래서 우리는 그를 만나러 하루에도 몇 번씩 찾아갔다. 명상을 하다가 어떤 새로운 발견을 하면 우리는 그에게 가서 말하곤 했다. 그것은 우리가 앞으로 나아가는 데 큰 도움이 되었다. 왜냐하면 어떤 어려움에 대해서 어느 순간에든 그에게 말할 수 있었기 때문이다. 우리가 한 단계에 너무 오래 머물지 않도록 그는 그것을 극복하는 법, 혹은 그것에 주의하는 법을 보여 주었다."

눈물을 글썽거리며 다우 탄 뮌뜨는 계속해서 말한다.

"그의 문은 항상 열려 있었다. 그는 언제든 시간을 내어 우리를 돕고 가르쳤으며, 늘 미소를 잃지 않았다. 그는 자신의 지식을 우리에게 쏟아 붓기를 원했고, 기회를 보며 기다리고 있었다. 그래서 우리는 그에게서 많은 것을 배울 수 있었다. 그것은 우리에게 매우 유익했다. 이것은 나를 포함해 그에게서 배운 모든 사람이 경험한 일이다."

피터 미한은 무닌드라가 바쁘거나 반대쪽 방향으로 걸어가고 있을 때조차도 멈춰 서서 자신을 위해 시간을 내주었다고 말한다. 80세가 넘고 건강이 나빠졌을 때도 무닌드라는 여전히 안티오크 대학의 젊은 학생들을 가르치기 위해 보드가야로 돌아갔다. 이 베풂의 수혜자 중 한 사람인 오렌 소퍼는 "그가 자신을 돌보지 않고 너무 많이 주는 것에 우리는 가끔씩 좌절감을 느꼈다."라고 말할 정도이다. 오렌은 무닌드라에게 가르침을 멈추고 잠시라도 쉴 것을 종종 권했다.

"그는 매우 열의에 차서 진리에 대해 계속 이야기했다. 내가 보기에 그는 몹시 피곤한 상태였다. 그래서 나는 말하곤 했다. '무닌드라지, 이제 주무실 시간입니다. 여러분, 우린 이제 그만 물러갑시다.' 그렇게라도 하지 않으면 그는 잠도 자지 않고 계속해서 가르칠 것이기 때문이었다."

무닌드라는 언어적인 가르침 이상의 것을 제자들과 나누었다. 그는 붓다의 삶에서 중요한 곳이었던 보드가야 주변의 장소들을 보여 주기 위해 제자들을 데려가곤 했다. 프레드 폰 알멘은 그때를 회상한다.

"그 겨울 집중수행들이 끝나고 날씨가 정말로 더워지면 무닌드라는 우리를 보드가야의 여기저기로 데려가곤 했다. 마을 소녀 수자타가 강가에서 붓다에게 우유죽을 준 장소로 우리를 데려간 뒤 그곳에서 붓다의 삶에 대해 이야기했다. 그리고 붓다가 고행을 한 산비탈의 동굴로 우리를 데려갔다. 마하보디 사원의 대탑 경내로 우리를 데려가고, 붓다가 깨달음을 얻은 후 머물렀던 여러 장소에 대해 설명했다."

무닌드라는 또 다른 방식으로도 진리의 나눔을 실천했다. 다섯 가지 계율(살생하지 말 것. 도둑질하지 말 것. 간음하지 말 것. 거짓말하지 말 것. 술 먹지 말 것)을 지킨 일이 그것이었다. 해로운 일을 삼감으로써 그는 사람들에게 두려움 없음과 안도감이라는 선물을 주었다. 카말라 마스터즈는 그것이 진리의 '세 기둥'인 도덕적인 삶(빠알리어의 '실라'. 계율을 지킴. 지계), 베푸는 삶(다나. 보시), 수행하는 삶(바와나. 명상 수행)을 강화시키는 데 필수적이라는 무닌드라의 말을 기억한다. 그렇지 않으면 다리 하나가 없어 똑바로 서 있을 수 없는 의자처럼 수행의 토대가 안정적이지 않을 것이다. 무닌드라의 가르침을 만나면서 카말라는 베풂이 서양의 수행자들에겐 그다지 강조되지 않고 있음을 깨달았다. 계율을 지키는 일도 마찬가지였다. 서양의 명상계에서 강조되는 것은 베풂과 계율이 아니라 주로 수행이나 명상이었다.

무닌드라는 또한 다른 스승들을 아낌없이 지원했다. 제자들에게 집착하기보다 그들이 S. N. 고엔카, 디파 마, 미얀마의 사야도(큰스님)들, 심지어 자신의 서양인 제자들에게 가서 수행하고 배우도록 안내했다. 무닌드라는 앨런 클레멘츠에게, 가르침을 청해도 좋을 스승들의 명단을 주었다. 명단에는 마하시 사야도, 사야도 우 수자따, 사야도 우 자와나, 그리고 사야도 우 빤디따(미얀마 양곤에서 태어나 어려서 출가해 마하시 사야도에게 배웠으며, 해외에 위빠사나 명상을 전하는 데 앞장섰다) 등이 포함되어 있었다.

"무닌드라는 사야도 우 빤디따가 서양에 소개되는 데 큰 역할을 했다. 그는 이 진리의 전통이 이어지는 데 매우 중요한 자리를 차지한다."

이타마르 소퍼는 덧붙인다.

"무닌드라는 그토록 겸손한 사람이었다. 그는 모든 제자들에게 고엔카의 명상 코스에 참가해 보라고 추천했다. 많은 스승들은 그렇게 하지 않는다. 그들은 제자들을 자기 밑에 모으려고만 할 것이다. 하지만 무닌드라는 고엔카에게 높은 찬사를 보냈다. 그것은 매우 감동적이었다."

무닌드라는 다른 사람들이 가르침을 펴고 자신감을 가질 수 있도록 기회를 제공하곤 했다. 도입부만 설명하고 옆으로 비켜서 있거나, 혹은 실제로 그가 떠나 있거나 조용히 앉아 있는 동안 다른 사람이 가르침을 대신하게 했다. 루스 데니슨(캘리포니아 조수아트리에 위치한 사막 명상 센터인 담마 데나 설립자)은 처음 명상을 지도하기 시작했을 때 무닌드라의 도움을 받았다. 자신이 가르치는 수행에 '마음챙김 걷기' 명상을 포함시킴으로써 루스는 자신의 스승인 우바 킨(미얀마의 위빠사나 스승으로, 국제 명상 센터를 설립해 수많은 외국인과 일반인들을 지도했다)이나 그의 제자 고엔카의 방법을 엄격하게 따르지 못했다. 그리고 그것 때문에 자신의 스승들과 약간의 긴장 상태를 겪어야만 했다. 무닌드라는 루스의 많은 질문에 자세히 대답해 주었고, 또한 왜 그녀가 마음챙김 걷기를 포함시키는지 이해했다. 그녀를 안심시키며 무닌드라는 말했다.

"새로운 문화에서 가르치는 것은 매우 예민하게 행해야 하며, 그 문화와 가까이 연결되어야 한다고 붓다는 말했다."

～

마우이 섬의 카말라 마스터즈의 집에 머문 '베푸는 손님' 무닌드라는 카말라와 매일 아침 붓다가 가르친 진리를 나누었다. 카말라는 말한다.

"왜냐하면 무닌드라는 그것이 자신이 줄 수 있는 가장 가치 있는 일이라고 여겼기 때문이다. 매일 아침 나는 그의 방으로 몇 가지 안내와 가르침을 받으러 갔다. 진리의 가르침을 나누고자 하는 그의 열의는 매우 놀라웠다. 때로 나는 그에게 단순한 질문을 했고, 그는 그 대답으로 전날 일어난 여러 가지 상황을 이용해 붓다가 가르친 진리를 설명하곤 했다."

심지어 수술에서 회복하고 있을 때도 무닌드라는 병상에 누워서 계속 그녀에게 가르침을 주었다.

데렉 리들러(캐나다의 가정 문제 카운슬러)가 보드가야에서 무닌드라와 함께 보낸 시간 중에 가장 기억에 남은 것은 시장에서 물건을 산 일이었다.

"우리는 집중수행을 위해 필요한 물품들을 구해야 했다. 나는 작은 바나나 한 손을 포함해 몇 가지 음식을 샀다. 그런데 그곳에 열두세 살쯤 된 어린 소녀가 있었다. 그 아이가 나한테 와서 돈을 원했다. 나는 그녀에게 그 바나나를 주었다. 무닌드라 스승은 곧바로 내게 와서 말했다. 그것은 순수한 베풂이었다고. 왜냐하면 억지로 꾸미지 않았기 때문이다. 나는 그가 말한 것을 정확히 기억하지는 못한다. 그러나 '친절함과 열린 마음에서 나온 베풂의 힘'에 관한 내용은 내 마음에 깊이 박혔다. 왜냐하면 그때 그는 매우 개인적인 의미에서 나와 교류했기 때문이다. 그것은 어떤 추상적인 가르침이 아닌 자연스럽게 일어난 상황에 대한 즉각적인 반응이었다."

무닌드라와 함께한 초기에 조지프 골드스타인도 자연스러운 베풂에 대해 비슷한 가르침을 경험했다. 레이먼드 리포프스키는 조지프가 들려준 경험담을 기억한다.

"무닌드라는 모든 사람을 돌보고 먹였다. 조지프는 갑자기 깨달았다. '잠깐만. 여기에 우리에게 음식을 주는 작은 동인도 남자가 있어. 그리고 우린 모두 돈을 갖고 있는 서양 젊은이들이야. 그는 어떻게 이렇게 할 수 있지?' 그래서 그는 무닌드라에게 물었다. '당신은 이 일에 도움이 필요합니까? 우리가 당신에게 돈을 지불해야 하나요?' 무닌드라가 말했다. '만일 그대가 그러고 싶다면 그렇게 하라. 그것은 그대에게 달린 일이다.' 조지프가 물었다. '그런데 왜 당신은 요청하지 않나요?' 그러자 무닌드라가 말했다. '왜냐하면 때가 되면 적절하게 일어날 것이기 때문이다.' 남이 시키거나 부탁하지 않은 베풂이야말로 진정한 가르침이라는 의미로 나는 이해했다. 베풂이 분명히 필요한 적절한 때라는 깨달음이 들 때가 있다. 그때 자연스럽게 베풂이 일어난다. 우리 모두는 집중수행의 마지막에 보시금 이야기를 듣는다. 수행 참가비가 없는 대신 다음 참가자들의 수행을 위해 기부금을 내 달라는 안내이다. 그러나 무닌드라는 그것에 대해선 별로 말을 하지 않았다. 그는 스스로 베풂을 실천했다. 그의 자세는 이러했다. 만약 그것이 진실하다면 그것은 일어날 것이다. 그리고 일어나지 않는다면 그것은 좋다. 그는 보시에 대해 생각조차 하지 않았다."

몇 년 뒤 무닌드라는 그 일을 로버트 프라이어에게 들려주면서, 조지프가 자신의 수입 일부를 그에게 나눠 주었다고 말했다. 제자들에게 어떤 것도 요청하지 않는 것은 자신이 재가 독신 수행자이기 때문에 그렇게 할 권리가 없기 때문이라고 무닌드라는 설명했다. "자연스럽게 오는 것만 받았다."라고 그는 말했다.

무닌드라는 자신의 삶을 진리에 바쳤다. 사람들에게 가르치는 것이 무엇이든 어떤 수익금도 받지 않았다. 자신을 위해선 어떤 것도 지니지 않았다. 어디서든 진심으로 주었다. 어느 곳에 가든, 누구에게 가르치든, 열린 가슴으로 모든 것을 주었다. 그에게 인색함이나 주저함은 없었다.

무닌드라의 헌신과 베풂은 불교 역사에 대한 예리한 자각에서
나온 것이었다.

고타마 싯다르타는 인도에서 붓다가 되었지만 그 전통은 인도에
서 사라졌다. 나는 이것이 나눠야 할 가장 좋은 것이라고 생각했
다. '삽바다남 담마다남 지나띠—최고의 선물은 진리의 나눔이
다.'(『담마빠다(법구경)』) 그것은 더 나은 시민, 더 나은 인간, 더
나은 개인을 만든다.

담마기리 명상 센터에서 무닌드라를 방문했던 기억을 떠올리며
브라이언 터커(인도, 유럽, 이스라엘, 미국 등지에서 활동해 온 명상 교사)
는 무닌드라의 '놀라운 친절과 너그러움'에 감명받았다고 말한다.
"그는 그렇게 하지 않고는 배기지 못했다. 진리를 나누는 것은
그의 본성이었다. 그는 사람들에게 말 그대로 모든 것을 주곤 했
다. 또한 자신의 방으로 나를 초대하면 가능할 때마다 음식을 주
었다. 내가 그와 함께 지낸 그 며칠 동안 그는 무척 노쇠했음에도
불구하고 여전히 나 같은 사람이나 자신을 찾아온 다른 사람들에
게 가르침을 중단하지 않았고, 주는 것을 멈추지 않았다. 그는 친
절과 베풂이 예외적인 마음 상태가 아니라 훨씬 더 정상적인 상태
임을 느끼게 했다."

죽어 가고 있을 때 무닌드라의 마음은 미래에 대한 두려움으로
걱정하지 않았다. 전 생애를 통한 베풂 덕분에 그는 자신이 다른

사람들에게 보여 준 많은 친절을 떠올릴 수 있었다. 진리를 가르치고, 다른 이들에게 물질적 도움을 주었으며, 계율을 지켰고, 좋은 행위의 가치를 나누었다. 마음속 욕심을 정화시키고 자신이 붓다의 조언을 열심히 따랐음을 알고 마음이 평화로웠다.

이 세상에서는 주는 사람에게 세 가지 가치 있는 것이 있다.

주기 전에, 주는 사람의 마음은 행복하다.

주는 동안, 주는 사람의 마음은 평화롭다.

주고 나서, 주는 사람의 마음은 날아오른다.

—붓다 『앙굿따라 니까야(주제 숫자별로 묶은 경전)』

*

다나*dana*는 '주다, 분배하다, 나누다'를 뜻하는 '다*da*'에서 나온 말이다. 불교의 '보시'에 해당하는 말로, 단순히 주는 것이 아니라 타인의 혜택을 위해 세속적인 물건이나 자신의 육체에 대한 집착과 욕망을 포기하는 것을 의미한다. '연잎에 달라붙어 있지 않고 굴러떨어지는 한 방울의 물'에 비유된다. 다나는 중생을 피안에 이르게 하는 열 가지 바라밀 중 첫 번째이다. 나눔과 베풂은 단순히 어떤 것을 넘겨주는 외적 행동이 아니라 수행의 첫 번째 필수적인 단계이다. 베풂은 탐욕의 해독제이며, 계율과 수행보다 앞서는 덕목이다. 금전만이 아니라 자신이 경험하거나 얻은 좋은 것들을 다른 사람과 공유하는 것도 여기에 해당된다. 이것은 오랜 기간 축적된 자기중심적인 습관들을 제거해 주는 역할을 한다. 전 세계 위빠사나 수행 센터들에서는 정해진 금액을 받지 않으며 참가자들이 다른 사람들의 수행을 위해 자발적으로 내는 '다나'에 의해 운영된다.

5
진리가 너를 돌볼 것이다

도덕적 실천_실라

좋은 카르마를 행하고 가슴을 순수하게 함으로써 세상 사람들에게 축복이 되라.

−무닌드라

서양인들은 일반적으로 명상을 통해 붓다의 팔정도(고통의 원인을 제거하고 자유로를 얻기 위해 실천해야 하는 8가지 길)에 입문해 왔다. 그러나 동양 사회에선 전통적으로 베풂과 함께 계율(실라)이 어린 시절부터 교육받는 첫 단계이다. 무닌드라의 경우는 더욱 그러했다. 신앙심 깊은 그의 부모는 둘 다 바루아(문자 그대로는 '고귀한'의 의미) 가문 출신이다. 이 가문은 인도에서 이어져 온 정통 불교도 가문의 후예이다. 무닌드라의 어머니는 다정하고 애정 어린 성품으로 자녀들을 가르치고 가족을 보살폈다. 아버지는 무닌드라의 형제들을 계율 속에서 도덕적으로 살도록 가르쳤다. 무닌드라는 말했다.

"나는 좋은 부모에게서 태어났다. 우리는 어려서부터 계율을 지키고, 정직하고, 남을 속이지 않는 좋은 사람이 되도록 훈련받았다."

좋은 사람이 되지 않으면 어떻게 이런저런 불행에 이르게 되는지 무닌드라는 평생에 걸쳐 목격하고 체험했다. 생애 초기에 일어난 중요한 사건은 누구에 대해서도 나쁘게 말하지 않겠다는 의지를 심어 주었다. 무닌드라의 아버지는 출가해 사미승(행자 생활을 마치고 정식 승려가 되기 전의 단계)이 되었음에도 절에 가지 않고 집에서 살며 가장의 책임을 계속했다. 뱅골 지역의 시골 사람들은 이것 때문에 그를 위선자라고 비난했다. 이로 인해 식구들은 마음에 상처를 주는 온갖 말들과 주민들의 배척으로 고통을 겪었다. 무닌드라는 죽을 때까지 다른 사람들에게 상처를 주지 않으려고 의식적으로 노력했다.

~

불교의 다섯 가지 기본 계율(빤짜실라. 오계)은 특별히 살인, 도둑질, 간음, 거짓말, 음주를 금하라고 말하지만 그 모든 것에 담긴 핵심 의도는 '다른 존재에 해를 입히지 말라.'라는 것이다. 무닌드라가 어떻게 계율을 지켰는지는 그가 언어적으로나 신체적으로 아주 작은 생명체들을 포함해 다른 존재들을 대한 방식을 보면 명백히 알 수 있다.

우페 담보르그는 "무닌드라는 결코 파리를 해치지 않았으며, 모기도 절대 죽이지 않았다."라고 기억한다.

무닌드라는 아무리 사소한 것일지라도 우리가 하는 어떤 행위나 말은 큰 영향을 미칠 수 있다는 붓다의 메시지를 가슴으로 알았다. 절제된 행동은 기분 좋은 결과를 가져다줄 것이다. 반면에 서투른 행동은 불행한 결과를 낳을 것이다. 계율은 이 생에서나 다음 생에서나 불행한 결과를 불러오는 카르마를 피하도록 도와준다.

곤충들이 소중한 물건을 못 쓰게 만들었을 때도 무닌드라는 그들을 눌러죽이지 않았다. 마이클 스타인은 여름 우기에 보드가야에서 있었던 가슴 아픈 사건을 기억한다.

"무닌드라는 미얀마에서 가져온 온갖 종류의 불교 서적들을 갖고 있었다. 그의 유일한 소유물이었다. 그런데 작고 하얗고 꿈틀거리는 벌레들이 그 책들 중 몇 권을 갉아먹기 시작했다. 그는 눈물을 흘렸다. 그것은 정말 감동적인 장면이었다. 그는 단지 벌레들을 떼어내 놓아주고 책을 닦기 시작했으며, 그런 다음 너무 눅눅하지 않은 다른 장소에 그 책들을 옮겼다."

무닌드라는 다른 사람들도 계율을 지키도록 도왔다. 이타마르 소퍼는 무닌드라가 담마기리 명상 센터에서 생활할 때 누구보다 먼저 일어나 통행로를 쓸곤 했다고 전한다. 새벽 4시에 일어난 수행자들이 명상 수행을 하러 법당으로 갈 때 나뭇잎을 밟지 않도록 하기 위해서였다. 나뭇잎 밑에 있는 곤충들이 으스러지기 때문이었다.

그러나 누군가가 자신만큼 주의를 기울이지 않아도 무닌드라는 그 사람을 나무라지 않았다. 그는 독선적으로 자기만 도덕적인 사람이 결코 아니었다. 계율들이 하나의 '훈련 단계'이고 배우는 과정이라는 것을 그는 이해했다. 예를 들어, 계율을 암송할 때 우리는 말한다. '나는 어떤 살아 있는 생명체도 죽이는 것을 삼가고, 주어지지 않은 것을 취하는 것을 삼갈 것을 서약합니다.' 그래서 제자들이 실수를 했을 때 비판하고 질책하기보다 연민을 더 많이 나타내었다.

로빈 선빔은 보드가야에 있는 동안 자신이 계율을 어겼을 때 무닌드라가 보인 반응을 기억한다.

"어느 날 아침 잠에서 깬 나는 이마가 온통 모기 물린 자국으로 가득하고 화끈거리는 걸 알았다. 모기장 안에 내 피를 빨아먹어 빨갛게 충혈된 게으른 모기 한 마리가 느긋하게 붙어 있었다. 내 안에서 분노가 일었고, 나는 그 벌레를 짓눌러 피투성이가 되게 했다. 그때까지 나는 매우 성실하게 자애 수행을 실천해 왔으며, 어떤 살아 있는 것에도 절대로 해를 끼치지 않으려고 노력했었다. 몹시 당황한 나는 무닌드라에게 달려갔다. 왜냐하면 계율을 어기고 살아 있는 생명을 죽였기 때문이다."

무닌드라는 모기를 죽이는 것이 나쁘지만 개를 죽이는 것만큼 나쁘진 않다고 설명했다. 그리고 개를 죽이는 일은 나쁘지만 소를 죽이는 것보다는 나쁘지 않다고 말했다. 소를 죽이는 것 또한 나쁘지만 사람을 죽이는 것보다는 나쁘지 않다. 그리고 사람을 죽이는 것은 나쁘지만 부처를 죽이는 것만큼은 아니다. 그는 로빈에게 말했다.

"만약 우리가 우리의 모든 카르마의 돌들을 짊어지고 건너편 해

안가로 헤엄쳐 건너가야 한다면 우리는 즉시 바다에 가라앉을 것이다. 계율은 카르마라는 돌을 짊어진 우리를 저쪽 해안으로 데려다 주는 배와 같다."

무닌드라는 많은 곤충을 죽인 누구도 꾸짖지 않았다. 부엌 수납장에 흰개미들이 우글거리자 어쩔 줄 몰라 하던 한 여성은 개미들을 모두 박멸하고는 울음을 터뜨렸다. 그녀가 그 일을 보고했을 때 무닌드라는 실질적인 성격에 의지해 말했다.

"그대는 가족의 안녕과 건강을 생각해야 한다. 벌레들이 그대의 집을 먹어치우게 놔둘 순 없다."

꾸

무닌드라에게 첫 번째 계율인 살생 금지의 준수는 여러 가지 것에서 비롯되었다. 그는 생명의 소중함을 깊이 인식했으며 모든 존재에 대해 자연스러운 공감을 갖고 있었다. 그는 『담마빠다(법구경)』의 충고에 주의를 기울였다.

모든 존재는 폭력을 무서워한다.
모든 존재는 죽음을 두려워한다.
생명은 누구에게나 소중하다.
스스로에게서 그 비슷함을 보고
죽여서도 안 되고
죽이게 해서도 안 된다.

무닌드라는 아무리 사소한 것일지라도 폭력을 행하는 대신 사랑과 친절을 베풀었다. 계율은 동전과 같기 때문이다. 동전의 한쪽 면은 자기 훈련과 건전하지 못한 것 버리기이고, 다른 쪽 면은 선행 쌓기와 긍정적인 것 표현하기이다. 무닌드라는 자신의 행동이 아무리 좋은 의도를 가졌다 해도 누군가에게 상처가 되는 걸 원하지 않았다.

기타 케디아(S. N. 고엔카의 보조 강사)는 담마기리 명상 센터에서의 또 다른 사례를 이야기한다.

"무닌드라는 수행자들이 수행하는 방에서 먼지와 쓰레기 더미를 보고 생각하곤 했다. '누구도 청소하는 사람이 없지만 내가 누군가보다 앞서서 청소하면 그들은 내가 그곳을 청소하고 있다는 것에 감정이 상할 수도 있다.' 그래서 어느 날 그는 아주 일찍 일어나 쓰레기를 치웠다. 누군가에게 부끄러움을 안겨 주는 대신 그의 행동은 흥미로운 결과를 낳았다. 사람들이 날마다 그 장소를 청소하기 시작한 것이다."

오렌 소퍼는 쓰레기와 관련된 보드가야에서의 일을 기억한다. 어느 날 오렌과 무닌드라는 무닌드라가 머물고 있는 건물 뒤편을 걷고 있었다. 논을 바라보다가 오렌은 쓰레기 더미를 알아차렸고 쓰레기를 보는 것이 얼마나 속상한지 이야기했다. 그러자 무닌드라가 말했다.

"저것은 우리 마음의 반영이다. 생각으로, 말로, 그리고 행동으로 우리는 환경을 오염시킨다. 그것은 무엇보다 우리의 마음이 오염되었기 때문이다."

무닌드라의 계율 지키기는 또한 깊은 감사의 표현이었다. 그는 믿었다. 우리가 받은 모든 것에 대한 보답으로 우리는 사회에 자산이 되어야 하며 좋은 카르마를 행함으로써 세상 사람들에게 축복이 되어야 한다고.

나는 어머니 지구에 감사한다. 우리는 이 행성에 얼마간의 빚을 지고 있다. 자연은 경이롭게도 우리에게 그토록 많은 아름다운 것들, 음식과 연료 같은 모든 것을 주고 있기 때문이다. 우리에게 그것들을 받을 자격이 있는가? 우리는 어머니 지구의 좋은 시민이라 할 수 있는가? 우리의 생각과 행동과 말에 의해 세상에 도움을 주고 있는가? 만일 그렇게 하고 있지 않다면 우리는 어머니 지구에 어울리지 않는 자녀들이며 그것들을 받을 자격이 없다.

어머니 자연뿐 아니라 무닌드라는 특별히 자신의 어머니를 비롯해 모든 여성들에게 깊이 감사해했다. 그는 말했다. "붓다의 가르침에는 임신과 출산 후 아이를 돌보는 일 때문에 어머니가 아버지보다 우월하다는 말이 있다." 한 나라의 복지와 번영을 위하고 쇠퇴를 막기 위한 7가지 조건 중 하나는 여성을 잘 대하는 것이라고 그는 말했다.

나는 어린 시절 여성들로부터 큰 혜택을 입었다. 내 어머니뿐 아니라 나를 아들로 받아 준 많은 여성들로부터. 나에게는 벵골 어머니, 티베트 어머니, 미얀마 어머니, 스리랑카 어머니, 일본 어머니, 시킴 어머니, 부탄 어머니, 미국 어머니, 중국 어머니 등 많은 어머니가 있다. 나의 가슴은 여성들에게 매우 약하다. 나는 그들에게 깊은 애정을 갖고 있다. 어느 곳에서든 여성들이 모욕받고 고통받으면 나는 그들에 대해 큰 미안함을 느낀다.

공감의 마음은 무닌드라로 하여금 그들을 위해 행동하게 했다. 보드가야의 여자아이들이 교육을 받을 수 있게 했듯이 그는 직접적인 가르침이나 물질적 수단들을 통해 도움을 주었다. 그는 설명했다.

비하르 지역에서 여자아이들은 무시당하고 매우 좋지 않은 대우를 받는다. 남자아이들과 아버지들이 모든 음식을 먹는다. 내 눈으로 직접 그것을 보았다. 나는 이 모든 것에 몹시 충격을 받았다. 사람들은 내가 보드가야에서 여자아이들을 돕는 것을 비난한다. 나는 그들이 무슨 말을 하는지 안다. 그러나 상관하지 않는다. 가슴이 순수하다면 비난받을 것은 아무것도 없다. 이것은 나의 어머니와 자매들로부터 받은 빚을 되갚는 일이다.

무닌드라는 몸, 음식, 옷, 집, 학교 교육, 명상 공부 등 살아오면서 자신이 받은 혜택들에 대해 부모님뿐 아니라 스승들과 그의 삶에 도움을 준 많은 다른 사람들에게 부채 의식과 사회적 책임감을 느졌다. 그는 말했다.

우리는 이것들에 감사해야 하며, 또한 그들을 위해 좋은 공덕을 쌓아 나가야 한다. 내가 어디서 어떤 좋은 공덕을 쌓든 그것을 내가 빚진 모든 사람들과 나누는 이유가 거기에 있다. 어떤 식으로도 사회에 해악을 끼치지 않고, 우리가 행하는 좋은 카르마를 통해 우리는 그 빚을 갚는다. 그렇게 해서 서서히 빚에서 벗어나는 것이다.

꘍

계율을 지키기로 자발적으로 약속하는 것에는 조화를 이룬다는 가치가 담겨 있음을 무닌드라는 인식했다. 계율을 존중하는 것은 다른 사람들에 대한 마하다나, 즉 '위대한 선물'이다. 믿음과 존경과 안전함의 분위기를 창조하기 때문이다. 그것은 우리가 다른 인간의 삶이나 번영, 가족, 권리 혹은 안녕에 아무 위협도 가하지 않음을 의미한다.

피터 마틴은 말한다.

"담마기리 명상 센터가 있는 뭄바이 근처의 시골 마을 이갓뿌리에 사는 사람들과 무닌드라의 관계에서 내가 알게 된 것은 모든 사람이 그를 알고 좋아한다는 점이었다. 그들 모두 무닌드라에게 존경을 표했다. 그가 수도복을 입은 스승이기 때문만이 아니라 정직하고 솔직한 사람이었기 때문이다. 그들은 그가 부정한 방법으로 어떤 것을 얻으려 하지 않는다는 걸 알았다."

무닌드라는 또한 부정직한 행위를 눈감아 주는 것을 허용하지
않았다. 계율을 지키는 것은 단지 조화를 창조하기 위한 것만이
아니다. 그것은 현실적인 것을 수반한다. 많은 서양인 제자들은 무
닌드라가 시장에서 음식이든 옷이든 다른 생필품이든 구입할 때
마다 정당한 가격에 사기 위해 가게 주인과 실랑이하는 것을 지켜
본 기억이 있다.

우유 배달이 오면 그가 비중계를 갖고 밖으로 나가는 것을 제자
들은 알아차렸다. 검사를 해서 우유보다 물이 더 많이 섞여 있지
않은지 확인하기 위해서였다. 붓다의 길을 걷고 계율을 따르는 것
이 다 알면서도 스스로 이용당하게 내버려 두는 것을 의미하진 않
는다. 무닌드라는 종종 제자들에게 말했다. 단순해지는 것은 바보
가 되는 것과 동일한 것이 아니라고.

누군가가 바가지 쓰는 걸 모르고 있으면 무닌드라는 나서서 도
왔다. 조카 타파스 쿠마르 바루아의 기억에 따르면, 무닌드라와 몇
몇 외국인 제자들이 함께 마하보디 사원 주변을 걷던 중 여성 제
자 한 명이 근처 가게에 진열된 기념품들에 관심을 갖게 되었다. 가
게 주인이 그녀에게 제시한 지나친 가격을 우연히 들은 무닌드라
는 힌디어로 그에게 이의를 제기했다.

"왜 당신은 그토록 높은 가격을 요구하는가? 그녀가 외국인이
고 당신의 언어를 알아듣지 못하기 때문인가? 당신이 요구한 가
격은 터무니없다. 사람들을 속이려 하지 말라. 오직 합리적인 가격
만 받으라."

기회 있을 때마다 무닌드라는 부당한 행동은 진리 추구에 도움이 되지 않는다는 것을 사람들이 알게 하려고 노력했다. 시바야 케인(샌프란시스코 출신의 수행자)은 두 번째 계율인 '도둑질하지 않기'에 대한 무닌드라의 현실적인 시각을 말해 주는 개인적인 일화를 이야기한다. 보드가야에 있는 시바야의 거처에 자주 오는 사람이 있었다. 그 남자는 방문할 때마다 무엇인가를 집어 갔다. 또 때로는 무엇인가를 남겨 두었다. 예를 들어 맥가이버 칼을 가져가고 실뭉치를 남겨 두었다. 하루는 시바야가 이 일에 대해 이야기하자 무닌드라가 물었다.

"그런데도 그대는 여전히 그 사람을 오게 하는가?"

시바야는 자신이 돈과 소유물로부터 멀어진 걸 느낀다면서, 이 상황이 재미있으며 아마도 그 남자는 가져간 물건이 필요했을 수도 있다고 말했다. 그러자 무닌드라가 시바야에게 말했다.

"그를 집에 오게 하지 말라! 누구도 자신에게 주지 않은 걸 취해선 안 된다. 그대는 그에게 그 물건들을 주지 않았다. 그는 그것들을 그대의 집에서 가져갈 권리가 없다. 그가 그 장소에 무엇을 남겨 두는 건 중요하지 않다. 그렇게 해도 그는 진리의 길을 따르는 것이 아니다."

진리를 깨달은 이는 완벽할 것이라는 기대 때문에 몇몇 서양인들은 몇 가지 이유에서 무닌드라의 행동을 비판했다. 그는 저녁에 음식을 먹었으며, 따라서 8가지 계율(앗따실라. 앞의 5계에 3가지를 더해, 높고 넓고 화려한 평상에 앉지 않음, 기름을 바르거나 머리를 꾸미지 않고 춤추고 노래하는 것을 보고 듣지 않음, 정오가 지나면 먹지 않음이 포함됨)을 어겼다. 그는 쇼핑에 열심이었고, 미국에서 여성 제자의 집에 머물곤 했다. 또한 넘치는 호기심과 순진함 덕분에 조사하지 않고 놔두는 것이 더 좋을 수도 있는 것들을 탐구했다. 어떤 이들은 그가 거짓말과 자기기만에 빠져 있다고 비난했다. 카말라 마스터즈는 말한다.

"제자들은 오늘날까지도 나에게 묻는다. '무닌드라가 어떻게 여성인 당신 집에서 머물 수 있었나요?' 하고."

아마도 서로 다른 문화 차이 때문에 몇몇 서양인 제자들과 동양인 제자들이 무닌드라를 이상적인 인물로 여기지 않고, 그의 몇 가지 개인적 습관이나 행동 등을 비난했는지도 모른다. 그들은 '아나가리카'와 승려의 차이를 이해하지 못한 것이다. 빠알리어에서 '아나가리카'는 '집에 거주하지 않는 자', 혹은 '집이 없는 자'를 뜻한다. 붓다가 가르침을 펼 당시의 제자들처럼 좀 더 금욕적인 삶을 따르기 위해 집을 떠난 사람들을 일컫는다. 그러나 마하보디 협회를 설립한 스리랑카의 아나가리카 다르마팔라는 평신도와 승려 사이의 중간 상태, 즉 집과 가정생활을 포기했지만 절이 아니라 여전히 세상에서 살아가는 사람을 나타내는 의미로 그 단어를 채택했다. 또한 아나가리카는 승려의 평신도 수행원을 가리키기도 하는데, 돈을 다루거나 차량을 운전하는 것 같은, 승려에게 금지된 특정한 일들을 대신 수행할 수 있다(상좌부 불교에서는 승려가 돈을 만지거나 차를 운전하는 것을 금한다).

다우 탄 뮌뜨는 승려와 관련된 엄격한 규칙들과 비교하면서 아나가리카에게는 고정적이지 않은 경계선이 존재한다고 설명한다. 아나가리카는 자발적으로 '집 없는 자'가 되기로 결심한 평신도로, 계율을 지킬 수도 있고 어느 때라도 깰 수 있다. 그들은 흰 옷을 입고 절 짓는 일에 종사하거나, 절을 관리하거나, 아니면 단순히 숲에 혼자 있거나 할 수 있다. 다시 완전한 평신도로 돌아가 세상 속에서 생활할 수도 있다. 이와는 대조적으로 정식 승려는 띠삐따까(율장, 경장, 논장으로 구성된 빠알리 삼장. '3개의 광주리'라는 의미로, 경전을 광주리 3개에 나누어 간직한 데서 붙여진 이름)라고 하는 빠알리 대장경의 세 가지 주요 부분 중 첫 번째인 위나야(계율) 전부를 지켜야만 한다. 위나야는 남녀 수도자들의 생활을 단속하는 규칙들을 포함한 규율 체계이다. 승려 공동체를 비롯해 평신도 후원자들의 조화로운 생활을 유지하기 위해 정한 절차와 예의 규범도 명시되어 있다.

무닌드라는 12년 동안 인도와 미얀마에서 8가지 계율을 지켰다. 기본적인 다섯 가지 계율과 더불어 정오가 지나면 먹는 것을 삼가고, 춤과 노래와 음악과 공연을 삼가며, 화환과 향수와 화장품과 장식품과 호화로운 침대를 사용하는 것을 삼가는 것이 포함되었다. 마하시 사야도 문하의 승려였던 그 기간 동안 무닌드라는 상좌부 불교의 절의 규율을 철저히 준수했다. 그러나 미얀마에서 다시 인도로 돌아갔을 때 무닌드라는 더 이상 승려가 아니었으며, 다시 아나가리카가 되었다. 그리고 병이 났고 의사들과 친구들은 그에게 저녁에 먹을 것을 권했다. 그때부터 다섯 가지 계율만 지키게 된 것이다.

무닌드라가 계율을 지키는 데 잠깐의 이탈이 있었다 해도 헌신적인 제자들에게는 그것이 불신의 원인이 되지 않았다. 그들은 아나가리카의 유동적인 경계선을 알고 있었으며, 그는 그들의 삶에 큰 혜택을 준 사람이었다. 오히려 그들은 그의 인간적인 면을 인정했다. 그가 아직 통찰 지혜의 마지막 단계에 도달하지 않았으며, 그래서 여전히 실수하기 쉽다는 것을 그들은 이해했다.

디파 마의 딸 디파 바루아(빠알리어 박사. 보드가야 국제 명상 센터 임원이며 콜카타의 인도 마하보디 협회 운영위원)는 분명히 말한다.

"아나가리카는 아나함(아나가미. '다시 돌아오지 않는 자'라는 뜻. 감각적 욕망과 해로운 마음의 족쇄를 끊은 자)이나 아라한(아라한뜨. '대접과 존경을 받을 만한 분'의 뜻. 번뇌라는 적을 다 부순 자)이 아니다. 무닌드라는 학문적으로도 종교적으로도 자질을 인정받은 좋은 사람이지만 우리와 동일한 인간이다. 나의 어머니 디파 마는 늘 나에게 충고했다. 세상의 그 누구도 완벽하게 좋지 않고 완벽하게 나쁘지 않다고. 누구나 조금씩 섞여 있다고."

디파는 덧붙인다.

"무닌드라가 나의 어머니와 나에게 준 도움은 실로 컸다. 어머니는 언제나 '오직 무닌드라의 가르침과 조언을 통해 나는 남편과 두 아이를 잃은 충격과 슬픔, 고통, 애통함과 비통함, 그리고 육체의 병으로부터 벗어났다.'라고 말했다."

누군가가 무닌드라에 대해 부정적인 이야기를 하면 디파 마는 반박했다.

"어쩌면 그는 자기 나름대로 잘못을 했을 수 있다. 어쩌면. 나는 모를 수도 있다. 내 눈으론 보지 못했으니까. 그러나 그는 당신에게 해로운 일을 하지 않는다. 그가 좋은 카르마와 나쁜 카르마를 행했을 때 그는 그것에 대한 결과를 얻을 것이다. 붓다는 '먼저 너 자신을 보라.'고 말했다. 당신은 그를 판단할 권리가 없다. 당신은 자신 안에 많은 잘못된 것들을 갖고 있다."

무닌드라가 완벽하지 않았다는 바로 그 사실이 카말라 마스터즈에게 감명을 주었다. 특히 어떤 불건전한 상태가 때때로 자신의 마음에 일어났음을 그가 말해 준 때를 카말라는 기억한다. 마음챙김 수행을 통해 그는 자신 안에 욕심이나 분노가 일어나는 것을 보았다. 변명 대신 그는 선뜻 인정했다. "나의 추구는 아직 끝나지 않았다."라고. 카말라는 그것을 그의 마음과 가슴 안에서 욕망과 혐오감과 어리석음을 정화시키는, 계속 진행 중인 작업으로 이해했다. 그는 아직 완전한 깨달음에 이르지 않은 것이다. 그녀는 말한다.

"그가 한 말은 나에게 인간이 되는 것을 허락했고, 나 자신이 완벽한 존재가 되기를 기대하지 않게 해 주었다."

무닌드라는 다른 사람들 역시 완벽하기를 기대하지 않았다. 다른 사람들의 행동을 통제할 수 없었기 때문에 때때로 그들이 계율을 어기는 걸 참아야만 했다. 람 세바크에 따르면 보드가야의 간디 아쉬람에 50살 된 인도인 남성이 있었다. 그는 무닌드라에게 돈을 빌려 달라고 간청하며 두 달 안에 갚겠다고 약속했다. 곧 그의 불순한 의도가 드러났다. 돈을 빌린 남자는 어느 날 밤 아무 말 없이 떠났다. 무닌드라는 나중에 그 남자가 아쉬람에서 알게 된 15살 된 고아 소녀와 눈이 맞아 함께 달아나기 위해 그 돈이 필요했다는 걸 알았다. 무닌드라는 남자에게 2통의 편지를 썼지만 답장을 받지 못했다. 그는 남자를 직접 만나기로 마음먹었다. 그래서 차를 빌려 마을에 갔고 그 남자가 사는 집을 알아냈다. 남자는 무닌드라의 목소리를 듣고 즉각 문을 닫았다. 무닌드라는 어쨌든 안으로 들어갔으며, 그곳에서 행방불명된 소녀를 발견했다. 돈을 갚을 것을 요구했지만 남자는 "지금은 돈이 없어요." 하고 말했다. 보드가야로 돌아온 무닌드라는 남자에게 다시 편지를 썼지만 아무 소용 없었다.

"왜 사람들은 이런 짓을 하는가? 살인과 도둑질 같은?"

무닌드라는 묻곤 했다.

"욕망 때문이다. 욕망은 마음을 눈멀게 한다. 욕망, 혐오감, 그리고 어리석음—이 세 가지는 우리를 어둠으로 이끄는 모든 악의 근원이다. 그것들에 빠지면 어두운 길로, 앞으로가 아닌 뒤로 후퇴하는 길로 향하게 된다."

그것들 대신 우리가 해야 하는 것은 '사랑, 자애, 좋은 수련'이라고 그는 지적했다.

돈을 곧 갚지 않을 것이 명백해지자 무닌드라는 그 남자의 절도 행위를 자신의 베푸는 행동으로 바꾸기로 결심했다. 마지막 편지에서 무닌드라는 돈은 더 이상 갚지 않아도 된다고 썼다. 대신에 그것을 그 남자에게 기부한 돈으로 명시했다. 그리고 다시는 어느 누구도 속이지 말 것을 강력하게 말했다. 무닌드라는 다른 사람들이 자신에게 베푼 친절을 그 남자에게 베풀었다. 그럼으로써 근심, 두려움, 후회가 사라진 마음을 갖는 혜택을 직접 경험했다.

미얀마에서의 첫 번째 집중수행에서 무닌드라는 자신이 생애 초기부터 돈에 쪼들린 일들이 있었다고 말했다. 한번은 학교에 다니던 어린 시절 견과류를 조금 외상으로 샀지만 돈 주는 걸 잊어버렸다. 인도를 떠나기 전에는 어느 승려에게서 빌린 사전을 돌려주는 걸 잊었다. 이 도덕적 실수에 대한 기억이 명상을 하는 동안 그의 마음을 괴롭혔다. 마하시 사야도와 상의한 뒤 무닌드라는 견과류 상인의 이름으로 기부를 했다. 또한 그 승려에게 편지를 써서 어떻게 하면 책을 돌려줄 수 있을지 물었다. 승려는 곧 답장을 보내 왔다. 이미 그 책을 무닌드라에게 기부했으니까 걱정을 내려놓고 대신 떳떳한 마음을 갖고 명상에 집중하라고. 이런 장애물들을 제거하며 무닌드라는 다시 수행에 몰두해 처음으로 '자유에의 심오한 열림'(깨달음의 네 단계 중 첫 번째 단계)을 경험했다.

무닌드라는 말했다.

"만약 우리가 계율을 지키지 않는다면, 만약 우리가 생명을 죽이고 싶어 하고 도둑질하고 싶어 하며 온갖 말도 안 되는 일들을 하고 싶어 한다면, 그리고 또한 수행하지 않는다면, 그때 궁극적인 자유는 결코 일어나지 않을 것이다. 그 둘은 서로 다른 것들이기 때문이다."

스승 마하시 사야도는 그에게 말했었다.

"계율을 지키는 사람은 마음이 정화되어 어떤 염원이든 이룰 수 있다. '그대가 진리를 돌보면 진리가 그대를 돌볼 것이다.' 이것은 우주의 법칙이다."

제자들은 다양한 방식으로 표현된 이 조언을 기억한다. 명상 교사이면서 도매업을 병행하는 그레이엄 화이트는 말한다.

"무닌드라의 주된 가르침 하나는 '진리가 보호한다.'라거나 '만일 그대가 진리를 돌보면 진리가 그대를 돌본다.'라는 것이었다. 계율과 수행에 대해 말한 것이다. 내가 그에게서 배운 것은, 만약 내가 계율을 따르고 베풂을 실천한다면 그 모든 것이 내게 되돌아온다는 것이다. 사업을 해 오면서 나는 그 원칙들을 지키려고 노력해 왔다. 그래서 수행자들에게 음식을 제공하는 등등의 일을 한다. 사업은 계속해서 더 나아지고 있다. 너무 성공적이어서 때로 나는 이렇게 말한다. '너무 주문이 밀리고 바빠서 수행자들에게 음식 제공하는 일을 잊어버렸어!' 우리가 진리를 실천하면 그때 우리의 마음은 보호받을 것이다. 그것이 무닌드라가 말한 것이다."

무닌드라는 길게 말하는 것으로 알려져 있지만 오직 그것이 붓다가 가르친 진리에 대한 것일 때만 그렇게 했다. 이타마르 소퍼는 담마기리 명상 센터에서 있었던 그와의 첫 만남을 설명한다.

"그는 평범한 대화를 하지 않았다. 그는 즉시 붓다가 가르친 진리로 들어갔다. 그는 내 삶에 대해 몇 가지 질문을 했다. 내가 어디서 왔는지. 그런 뒤 근본적인 것으로 되돌아갔다. 수행은 어떠한지, 얼마나 오래 수행을 했는지."

하와이에서 처음 무닌드라를 만난 팻 마스터즈(하와이대학 교무처장)는 말한다.

"무닌드라와 함께 앉아 단지 잡담만 하는 경우는 결코 없었다. 대화는 언제나 어떤 진리의 가르침이나 붓다가 가르친 진리와 관련된 이야기였다. 그것은 너무나 중요해서 어떤 의미에선 시간을 낭비할 수가 없었다."

반떼 보디빨라(방글라데시 출신으로 어린 시절에 승려가 되었으며, 마하보디 사원의 주지승 역임)는 덧붙인다.

"그를 만날 때마다 나는 어떤 세속적인 이야기도 들어 본 적이 없다. 오직 붓다가 가르친 진리에 관련된 이야기만 들었다."

소위 세속적인 이야기들은 붓다가 제자들에게 '올바른 말'(삼마와짜. 정어正語)을 설명할 때 포함시킨 것이 아니다. 붓다는 제자들에게 거짓말과 고자질과 거친 말과 어리석은 주절거림을 삼가라고 촉구했다. 만약 말할 만한 것이 없다면 그때는 침묵을 지켜야 한다고 했다.

흥미롭게도 무닌드라의 이름 또한 붓다의 충고를 반영하고 있다. '무니'라는 말은 본래 '침묵하는 것' 혹은 '침묵의 맹세를 하는 것'을 의미했으나 나중에 '현자'로 번역되었다. 어느 쪽이든, 침묵은 지혜와 상통한다. 무닌드라는 자신의 이름이 붓다의 많은 명칭 중

하나라고 말했다. '석가모니(샤카무니)'는 문자 그대로 '샤카족의 침묵하는 자'로 번역된다. 또한 '기쁘게 침묵하는 기품 있는 자'로 이해된다.

무닌드라는 의도적으로 침묵을 지켰다. 사람들이 그에 대해 좋지 않은 소문을 퍼뜨리거나 나쁜 말을 할 때가 있었다. 상황의 진실을 알기 때문에 그는 주위의 어떤 험담도 자신의 '올바른 말' 실천을 방해하지 못하게 했다. 또한 보복하지 않았다. 보다가야에서 진행된 안티오크대학 해외 불교 프로그램 공동 창시자인 타라 도일(에모리대학 종교학과 교수. 인도 다람살라의 에모리대학 티베트 연구 프로그램 소장)은 무닌드라를 포함해 몇 명의 위빠사나 스승들에 관한 세간의 비난을 들은 적이 있었다. 어떤 스승의 제자들이 의도적으로 퍼뜨린 얘기였다. 타라는 말한다.

"무닌드라가 다른 스승들에 대해 나쁘게 말한 적이 한 번도 없다는 사실은 그가 우리에게 준 큰 선물이었다. 그래서 나는 한 가지를 좋다고 하고 다른 것은 나쁘다고 하지 않으면서 위빠사나 수행을 할 수 있었다. 무닌드라는 결코 누구에 대해서도 불쾌한 말을 하지 않았다."

무닌드라는 반격하지 않았을 뿐 아니라 자신을 비판하는 스승에게 가서 배우고 수행하라고 제자들에게 권하는 것을 중단하지 않았다. 몇 년 후 무닌드라는 로버트 프라이어에게, 어떤 스승이 사람들에게 무엇을 가르치고 있는지 직접 가서 확인하지도 않고 잘못 비판함으로써 상처를 주는 것은 옳은 태도가 아니라고 충고했다.

카말라 마스터즈가 한번은 인도의 대중매체로부터 혹평을 많이 받는 특정한 스승에 관해 질문했을 때 무닌드라는 그에 대해 별다른 말을 하지 않았다. 단지 이렇게 언급했다.

"불완전한 사람도 완벽한 장미를 선물할 수 있다."

람 다스(전직 하버드대학 교수, 『지금 여기에 살라』의 저자)는 말한다.

"무닌드라는 누구에게도 상처 주지 않으려는 듯 자신의 말에 신중을 기하고 자신이 할 말을 숙고했다. 그는 사람들을 아주 많이 사랑했다."

까다로운 개인들에 대해서도 그렇게 했다. 그레그 갤브레이스는 무닌드라가 신경질적인 한 남자를 가까이했던 일을 회상한다. 그 남자는 '거칠고 화 잘 내며 때로는 부정직하기까지 한' 사람이었다. 그러나 무닌드라는 누구에게도 악인이라거나 가망 없는 사람으로 딱지를 붙이고 그 사람에 대한 정체성을 굳혀 버리는 것을 거부했다. 그 개인을 지목하는 대신 잘못된 행위 그 자체를 이야기했다. 그레그가 예를 든다.

"만약 릭샤 운전사가 우리를 몰아세우며 바가지를 씌우려 하면 무닌드라는 사실에 입각해 말하곤 했다. '그것은 정직하지 않다. 그것은 옳지 않다. 그가 요구하는 대로 지불해선 안 된다.' 그는 부정직하고 무가치한 행동에 초점을 맞출 뿐 그 사람 자체를 비난하지 않았다."

무닌드라는 제자들에게 말했다.

"세상 사람 누구도 불쾌하고 거칠고 무례한 말을 듣고 싶어 하지 않는다. 누구도 야단치는 말을 듣고 싶어 하지 않는다. 모든 사람은 다정하고 부드러우며 위로해 주는 말을 듣고 싶어 한다."

～

무닌드라가 캘리포니아를 방문했을 때 그에게 명상을 배운 크리슈나 바루아는 푸나(뭄바이 근처 소도시)에서 촬영된 브하그완 스리 라즈니쉬(후에 '오쇼'라는 이름으로 개명)에 대한 다큐멘터리를 보기 위해 몇몇 도반들과 함께 갔다. 인도에서 라즈니쉬에 대해 들은 무닌드라는 그의 아쉬람에 대해 좀 더 알고 싶어 했다. 샤르다 로겔(스피릿록 명상 센터의 명상 교사)은 무닌드라의 주의를 사로잡은 특정한 장면을 설명한다.

"그것은 그룹 치료 과정을 보여 주었다. 치료사는 참가자들에게 감정이든 느낌이든 욕망이든 혐오감이든 마음속에 떠오르는 것은 무엇이든 실제 행동으로 옮기도록 유도했다. 그래서 사람들은 싸우고 성관계를 맺고 단지 주변을 서성거리기도 했다. 일종의 연극 같았지만 그것은 실제 상황이었고 진짜였다. 무닌드라는 그것에 사로잡혔다."

샤르다는 계속해서 말한다.

"그곳을 떠난 뒤 무닌드라는 정말로 속상해했다. 나는 그가 충격을 받았다고 생각한다. 그렇게 될 줄 몰랐던 것이다. 그는 말했다. '저것은 진리의 길이 아니다. 저것은 우리가 가르치고 있는 것이 아니다. 잘못 안내된 것이고 자유를 잘못 이해한 것이다. 우리가 가르치는 것은 실제로 그 반대이다. 감정을 따르지 말라. 욕망을 따르지 말라. 생각들을 그냥 따르지 말라.' 무닌드라는 우리에게 놀라운 가르침을 주었다. 중요한 것은 현명한 자제력이며, 마음을 따르는 것이 아니다. 그러나 그는 라즈니쉬를 비난하지 않았다. 다만 그곳에서 일어나고 있는 일을 비판하고 있었다. 그는 그것은 진리의 길이 아니라고 가리키고 있었다. 어떻게 그것이 우리를 어떤 식으로든 자유에 더 가까이 가게 해 줄 수 있는지 그는 이해할 수 없었다."

무닌드라는 진정한 자유는 통제가 전혀 없는 것이 아니라 자기 조절에서 나온다고 가르쳤다. 맹목적으로 생각과 감정을 따르는 것은 '어두운 길'로 인도할 수 있다.

아지트 로이(보석 디자이너)는 무닌드라에게서, 감정이 상할 때는 조용히 앉아 거리를 두었다가 나중에 말하는 것이 최상이라는 걸 배웠다.

"나는 그에게서 나의 분노를 표현해선 안 된다고 배웠다. 그것은 나에게 해롭기 때문이다. 많은 사람들이, 심지어 좋은 사람들, 멋진 사람들도 감옥에 있다. 왜냐하면 어느 날 그들은 열이 뻗쳤고 그 순간 불꽃이 튀어 나쁜 행동을 했기 때문이다. 그래서 여생을 감옥에서 보내고 있다."

분노를 다루는 데는 어려움이 따른다. 특히 아나따, 즉 무아에 대한 경험적 이해 없이는 더욱 그렇다. 무닌드라는 설명했다.

분노는 쉽게 의인화된다. '나의 분노! 그가 나를 화나게 만들었어!' 하고. 그때 복수와 반응이 있다. 분노와 동일시되어 분노에게 먹이를 주면서 그대는 자신에게도 상처를 입힌다. 그리고 그대 주변에 있는 사람들은 그 분노를 먹는다. 또한 그대는 환경을 오염시킨다. 도처에 그 생각들, 생각의 파동들을 보내면서. 그대의 입 전체가 비순수해진다.

그런 이유에서 무닌드라는 모든 이에게 행동의 세 가지 문, 즉 말과 육체와 마음에 주의를 기울이라고 충고한다. 그것들 중 어떤 것을 통해서든 해로운 것과 좋은 것이 나타날 수 있다. 계율은 오염된 외적 표현을 중단시키고 모든 종류의 고결한 특성들을 세우는 기초이다.

어렸을 때부터도 계율을 지켰지만 스승 마하시 사야도와 함께 수행하는 동안 '자발적으로 마음과 가슴이 열린' 후로 무닌드라는 계율을 지키는 성향이 깊어졌다. 무닌드라는 말했다.

"어떤 나쁜 생각이나 나쁜 에너지가 올 때, 부정적인 성향이 일어날 때, 그것은 그대에게 신호를 준다. 분노가 올 때 그대는 심적 불편함을 느낀다. '아, 분노가 오는구나.' 그대는 그것을 본다. 그대가 그것을 보자마자 그것은 자취를 감춘다. 이 모든 부정적 성향, 오염된 것들은 어두운 시간에만 온다. 그것들은 알아차림의 빛 속에선 나타날 수 없다."

～

무닌드라는 '자신이 사랑하는 일을 하라'는 것을 보여 주는 걸어 다니는 광고판이었다. 그는 다른 사람들을 도와주는 것에서 큰 기쁨을 얻었다.

"어린 시절부터 나는 늘 교사였다. 마을에서 그리고 학교에서. 보드가야와 사르나트에 왔을 때도 나는 언제나 가르쳤다. 내가 어떻게 배웠는지 나는 모른다. 날 때부터 나는 배운 상태에서 태어난 것 같다. 어떤 심령술사들은 내가 전생에서 여러 번 교사였다고 말했다."

무닌드라가 사는 마을에는 교사가 부족했기 때문에 주목받는 학생이었던 무닌드라는 벵골어와 영어, 지리, 그리고 그 밖의 과목들을 가르쳐달라는 요청을 받았다. 집을 떠나 콜카타에 가서는 빠알리 대장경 연구 센터에서 승려들에게 벵골어와 영어를 가르쳤다. 사르나트에서 생활할 때는 다른 사람들에게서 요가를 배우고 책의 도움으로 수련한 뒤 직접 요가를 가르치기도 했다. 또한 그곳의 마하보디 협회에서 일할 때는 학교 교육을 받지 못한 글을 모르는 노동자 자녀들을 가르쳤다. 그들 중 몇몇은 훗날 대학교수, 의사, 장군, 장관, 과학자가 되었다.

미얀마에서 무닌드라는 스승 마하시 사야도의 요청에 따라 붓다가 가르친 진리를 전하는 교사가 되었다. 그는 남은 생의 모든 깨어 있는 순간을 그것에 헌신했다. 오로지 남이 자발적으로 주는 보시에 의지해 먹고 살았다. 무엇이든 기부받은 것으로만 살았다. 집이든 돈이든 개인적인 물건이든 음식이든 기차표든 비행기 표든 책이든.

무닌드라는 가르치는 것을 좋아했을 뿐 아니라 제자들을 깊이 사랑했고 제자들도 그 사랑에 화답했다. 초기 시절을 회상하며 그는 말했다.

"남자아이든 여자아이든 나를 형제처럼 아주 많이 사랑했다. 그들은 나를 존경했다. 나는 결코 누구도 때린 적이 없으며 누구도 꾸짖은 적이 없었다. 내가 학교에 가지 않으면 학생들은 우리 집에 찾아와 왜 내가 학교에 오지 않았는지, 무슨 일이 있는지 물었다. 그들의 가족은 나를 자신들의 집으로 초대하곤 했다. 나는 좋은 교사로 평가받았다."

그는 잘난 체하지 않으며 말했다.

"무엇을 가르치든 나는 건성이 아니라 온 마음을 담아 가르친다. 만약 그대가 다른 사람에게 좋은 사람이라면 그것은 그대 자신에게도 좋다. 우리는 우주 전체의 작은 부분들이다. 단 한 사람이 빛을, 진리를 얻는다 해도 그는 세상 사람들에게 좋은 자산이 된다."

무닌드라는 몇몇 제자들에게 그들 자신도 붓다가 가르친 진리를 전하는 교사가 될 것을 권했지만, 모두가 그것을 올바른 생계 수단으로 삼을 순 없었다. 그는 다른 많은 직업들에 대해서도 열린 마음을 가졌다. 사람들이 찾아오면 무닌드라는 그들의 생계 수단에 대해 묻곤 했는데, 그것이 다른 사람들이 못마땅해하는 직업일 때에도 따뜻하게 반응했다.

아를렌 번스타인(심리치료사, 정원사, 비주얼 아티스트)은 누군가의 권유를 받고 보드가야로 가서 무닌드라를 처음 만났을 때를 기억한다.

"나는 가서 그의 문을 두드렸고, 그는 내게 차를 권했다. 단지 그의 존재가 너무도 다정하고 수용적이어서 나는 그와 함께 있는 것이 더없이 편안했다."

무닌드라는 아를렌과 그녀의 남편이 생계를 위해 무엇을 하는지 물었고, 그녀는 자신들이 포도를 재배해 와인을 만든다고 말했다. 무닌드라는 그것은 대지와 연결되는 아름다운 방법이라고 그녀에게 말했다.

아를렌은 말한다.

"그 당시 나는 다른 스승 밑에서 집중수행을 마치고 온 직후였다. 그곳에선 모든 이들이 나에게 와서 말했다. '당신이 와인을 만든다고? 글쎄, 그것은 술이잖아. 어떻게 그런 일을 할 수 있지? 그것은 계율을 위반하는 일이야.' 그런데 무닌드라가 보여 준 그토록 다른 태도를 접하는 것은 무척 감동적이고 긍정적인 일이었다. 나는 배웠다. 중요한 것은 그 일 자체에 대한 것이 아니라 그것에 대한 태도라는 것을. 그는 그것을 대지와 연결되고 그 과정에 참여하는 일로 보았다. 그 마지막 결과가 술이며 술은 좋지 않다는 것이 아니라. 그의 반응에는 무엇인가에 집착하는 판단이 없었으며, 그런 태도가 나를 그냥 사로잡았다. 너무도 자애롭고 자연스러웠다."

自신의 삶에서 많은 도전에 직면했기 때문에 무닌드라는 문제에 부딪친 다른 사람들을 돕기 위해 자유롭게 조언을 줄 수 있었다. 반떼 보디빨라는 그가 해 준 격려의 말을 기억한다.

"나는 그대가 매우 진실한 수행자라는 걸 안다. 따라서 그대는 계율을 철저히 지켜야만 한다. 그러면 빠르게 앞으로 나아갈 수 있을 것이다."

보디빨라가 캘리포니아 북부에 있는 따웅뿔루 사야도(1897-1986. 미얀마 출신의 위빠사나 스승으로 서양 최초의 미얀마 절을 세웠다)의 절에 머물기 위해 인도를 떠날 때 무닌드라는 공항까지 배웅하며 그에게 주의를 주었다.

"미국은 다른 나라, 다른 문화이다. 미국에선 세속적인 쾌락에 집착하기 쉽다. 그대의 수행이 흔들려선 안 된다. 깊이 공부하고, 깊이 수행하라."

몇 가지 골치 아팠던 경험들에도 불구하고 무닌드라는 말했다.

나의 동기는 선했다. 즉, 사람들을 수행으로 이끌기 위한 것이었다. 내가 서양에 갔을 때 사람들은 나에게 물었다. '당신은 무엇이 보고 싶습니까?' 나는 말했다. '가장 좋은 것과 가장 나쁜 것.' 나는 둘 다를 보고 싶었다. 그곳에서 나는 많은 것을 배웠다. 나는 이 모든 사람들에게 감사한다. 그들로부터 나는 배웠다. 심지어 품행이 나쁜 사람들에게서도 배웠다. 그래서 나를 해하려 하고 나에게 책임을 떠넘기려 했던 사람들에게도 감사드린다. 왜냐하면 그런 일들이 어떻게 일어나는지 배우고, 과거와 현재와 미래를 보기 시작했기 때문이다. 이것이 자기를 들여다보는 일이다. 그때는 그대가 어떤 나쁜 행동을 했더라도 앞으로는 더이상 그렇게 할 수 없다. 그리고 그대가 축적한 좋은 카르마(행

위)는 다시 또다시 늘어날 수 있다. 그리하여 어떤 것에 대해서
도 죄책감이 사라지게 된다.

> 모든 해로운 것을 삼가는 것
> 건전한 것을 키우는 것
> 마음을 깨끗이 하는 것
> 이것이 모든 붓다들의 가르침이다.
>
> —붓다 『담바빠다(법구경)』

*

실라 *sila* 는 '조정하기, 올바르게 한데 모으기'를 의미하는 '실라나
silana'에서 온 말이다. 혹은 올바른 상태의 토대를 위해 '몸과 말로 하
는 선한 행위를 유지하는 것'으로, 도덕 혹은 도덕적 습관의 의미이다.
불교 용어로는 지계, 즉 계율을 지킴이다. 불교의 세 가지 수행인 계(도
덕, 윤리 규범), 정(집중과 명상), 혜(마음을 정화시키는 통찰 지혜)의 첫
번째 기초를 이룬다. 실라는 단순히 정해진 일련의 규칙이나 상황에 자
신을 묶는 것이 아니라 '나와 남의 행복'이라는 선한 삶의 목표를 위한
도덕적 실천이다. 몸으로 살생, 도둑질, 음행을 삼가고, 입으로 거짓말
과 거친 말과 쓸데없는 말을 하지 않고, 마음으로 다른 이가 망하기를
바라거나 나쁜 생각을 하지 않는 것 등이다. 실라는 '짜레따 실라', 즉

'하지 말아야 하는 것'과 '와레따 실라', 즉 '해야 하는 것'을 포함하고 있다. '선한 마음의 작용'이 실라인 것이다. 인간은 실라 안에 있을 때 서로를 신뢰하게 되고, 편안하고, 행복하다.

6
진실된 말과 행동

진실됨_삿짜

진리는 결코 낡지 않는다. 매순간 언제나 새롭다.

　　—무닌드라

　　사르나트의 마하보디 협회에서 일하던 시기에 무닌드라는 근처
바라나시에 있는 라마크리슈나 미션(벵골 출신의 성자 라마크리슈나와
수제자 비베카난다가 설립한 교단)의 헌신적인 구성원들인 몇 명의 학
자들과 친해졌다. 특히 벵골 대학에서 과학을 가르치던 굽타 교수
는 종종 붓다의 가르침에 대해 토론하기 위해 무닌드라를 초대했
다. 그러나 강연을 해 달라고 요청했을 때 무닌드라는 여러 차례
거절했다.

　　"아닙니다, 나는 할 수 없어요. 어느 정도까지는 붓다가 가르친
진리를 공부했지만 어떤 것들을 아직 이해하지 못합니다."

　　무닌드라는 자신이 몇 가지 의구심을 풀지 못했음을 솔직히 인
정했다.

　　"나는 붓다와 그가 가르친 진리를 신뢰합니다. 그러나 아나따(무

아)에 대해선 아직 확실하지 않습니다."

굽타 교수는 또 무닌드라가 책을 쓰기를 바랐다. 다시금 무닌드라는 부정적으로 반응했다. 그는 붓다가 이미 모든 걸 표현해 놓았다고 느꼈다. 수십 년 뒤에 그는 말했다.

"미얀마에 가서 수행하고 직접 경험할 때까지 나는 어떤 강의도 하지 않았다."

무닌드라가 보여 준 것처럼 진실됨(삿짜)은 단순히 거짓말하지 않는 것 이상으로 훨씬 많은 것을 의미한다. 그는 단지 책과 경전을 통해서가 아니라 자신의 직접적인 체험을 통해 붓다가 가르친 진리를 배우고 싶었다. 그리고 자신이 진정으로 아는 것과 알지 못하는 것에 대해 솔직했다. 깊은 수행을 통해 경험적 앎을 얻을 때까지 실체의 참본성을 설명하려고 하지 않았고 설명할 수도 없다고 느꼈다.

사람들이 무닌드라에게 배우는 것에 매력을 느끼게 만든 것은 바로 그러한 진실함이었다. 특히 베트남 전쟁에 대해서처럼 대중에게 거짓말을 일삼은 정부를 신뢰하지 않았던 당시의 반체제적인 서양인들에게 그러했다. 여기에 있는 무닌드라라는 사람은 그 가르침이 학문적 지식뿐 아니라 진정한 앎에 기반을 두고 있었다. 로버트 하인라인의 소설 『낯선 땅의 이방인 *Stranger in a Strange Land*』(화성인의 손에 자란 주인공이 지구로 돌아와 겪는 이야기. 외계에서 지구라는 별을 바라보는 관점으로 우리가 사는 세계에 대해 질문을 던졌으며 1960년대 미국 히피 문화에 큰 영향을 미쳤다)을 읽은 세대에게 무닌드라는 '마음을 열고 대화할 수 있는' 사람이었다. 즉 붓다가 가르친 진리를 완전히 이해하고 그것과 하나가 된 사람이었다. 조지프 골드스타인의 첫 번째 저서 『통찰의 경험*The Experience of Insight*』서문에 람 다스는 이렇게 썼다.

"무닌드라는 매우 성공적으로 빠알리 대장경을 흡수했다. 나는 그를 불교 교리와 분리시키는 것이 어렵다는 걸 발견했다."

무닌드라에게서 구도자들은 존재의 모든 차원으로부터 가르치는 사람을 발견했다.

⁂

캘리포니아의 유카 밸리에서 마하시 사야도와 함께 집중수행을 하는 동안 조지프 디나르도는 처음으로 무닌드라와 함께 붓다가 가르친 진리에 대해 이야기한 경험을 들려준다.

"내가 무닌드라에게 질문을 던지러 갔을 때는 밤 10시쯤이었다. 새벽 3시쯤 내 눈은 도망치고 있었고 머리를 들어 올리는 것조차 힘이 들었다. 마침내 나는 말했다. '무닌드라지, 전 이제 그만 가야겠습니다.' 나는 피곤한 것이 아니었다. 단지 너무 압도되고 있었다. 그가 내 안에서 이끌어 낸 영감, 그가 삶을 보는 방식의 아름다움, 그리고 그가 진실되게 붓다의 모든 가르침들을 나타내는 것에. 그는 어딘가를 읽고 그것에 대해 우리에게 말해 주는 그런 것이 아닌, 그의 존재 자체가 바로 그것이었다."

조지프는 어떤 전통에 속한 영적 스승이든 그들의 직접적인 체험의 깊이에 대해선 자신이 약간 회의적이었음을 인정한다. 그럼에도 불구하고 그는 말한다.

"나는 무닌드라가 자신이 실제로 체험한 것들에 대해서만 이야기하고 있음을 언제나 느꼈다."

조지프는 또한 무닌드라가 매우 인간적이고 평범하다는 것에 충격을 받았다.

"예를 들어 마하시 사야도 스승을 나이아가라 폭포나 가족 모임에 데려가거나, 그와 함께 앉아서 무엇이든 이야기하는 것은 결코 기대할 수 없는 일이었다. 그러나 무닌드라와 함께는 그것을 할 수 있었다. 그는 다가가기 쉬웠다. 그러나 그는 자신이 말하는 것과 하나가 된 지점으로 그를 데리고 간 삶의 경험들을 분명히 갖고 있었다. 그는 남에게서 배운 것으로 가르치고 있지 않았다. 그의 가슴으로부터 가르치고 있었다. 그것은 흔한 일이 아니었다. 우리는 삶에서 그와 같은 사람들을 자주 만나게 되진 않는다."

그레그 갤브레이스 역시 무닌드라의 중심부에 있는 진실성을 계속해서 목격했다.

"정말로 잘 가르치는 뛰어난 스승들이 있다. 그러나 무대 뒤에서도 그들의 행동이 그들이 가르치는 것과 늘 일치하는 것은 아니다. 주변 사람들을 조종하거나 소유욕이 강하거나 화내거나 지배하려 들거나 욕정으로 가득 차 있을 수 있다. 뛰어나고 재능 있는 많은 명상 교사들에게서 그것을 발견할 수 있다. 그들은 많은 좋은 자질을 갖고 있지만, 또한 약간의 이중인격자 같은 성격을 갖고 있다. 무닌드라 안에서는 결코 그러한 걸 보지 못했다고 나는 정직하게 말할 수 있다."

지식과 경험의 일치뿐 아니라 대중 앞에서와 개인 앞에서의 일치된 무닌드라의 행동은 제자들에게 깊은 영향을 미쳤다. 그중 한 사람인 잭 엥글러는 몇 가지 직업적인 결정을 하는 데 영향을 받았다. 보드가야에서 무닌드라와 1년을 보낸 후 잭은 위빠사나 수행을 자신의 박사학위 논문의 주제로 정하고 무닌드라에게 연구 대상들을 찾는 일에 도움을 부탁했다. 잭은 위빠사나 수행이 가져다주는 독특한 변화와 이 변화가 일어나는 심리적 메커니즘에 관심이 있었다.

무닌드라는 처음에 잭의 요청에 당황했다. 전에도 인도의 연구가들이 그에게 여러 번 접근했었지만 그들은 직접적인 수행 경험이 전혀 없었다. 그들에 대한 무닌드라의 반응은 이러했었다. "수행에 대해 알고 싶다면 먼저 수행을 하라." 그러나 과학적인 방법의 가치에 대한 많은 토론이 있은 뒤, 그리고 수행에 대한 잭의 개인적인 헌신을 이해했기에 무닌드라는 마침내 연구를 지원하는 것에 동의하고 똑같이 회의적이던 디파 마와 그녀의 콜카타 제자들을 프로젝트에 끌어들였다.

잭은 말한다.

"내가 무닌드라에게 배운 것은 단지 간접적인 출처나 도서관에서 나온 학문이 아닌, 진정한 경험에 바탕을 둔 학문의 중요성이었다. 사실 나는 가르치는 일을 직업으로 할 계획을 세웠었다. 그러나 무닌드라와 함께 있으면서 확신을 얻은 나는 인도에서 돌아온 뒤 학문적인 삶을 버리고 심리치료 분야를 선택했다. 그는 언제나 나에게 영감을 주고 많은 면에서 본보기가 되었다."

명상 교사 대니얼 테일러 역시 말하는 것과 행동하는 것이 일치한다는 점에서 무닌드라를 영감을 주는 역할 모델로 삼았다. 대니얼이 무닌드라를 만나러 간 것은 '어떻게 하면 의식과 행동이 일치하는 삶을 살 수 있는가?'가 궁금했기 때문이다.

"무닌드라에 관한 이야기들은 어떤 점에선 그 문제를 해결한 한 인간 존재를 향한 상징적인 여행이었다. 무닌드라는 내가 많은 감화를 받을 수 있었던 사람이다. 왜냐하면 그와는 '가슴을 열고 대화하는' 현상이 분명히 일어났기 때문이다. 그러나 그는 매우 표현력 있는 성격을 가졌다는 점에서 내가 만난 다른 명상 스승들과 달랐다. 그는 개인적으로 대화하는 걸 좋아했다. 굳이 말을 하지 않아도 무닌드라는 그의 존재로 이것을 말하고 있었다. '그대가 누구이든 괜찮다. 그러나 그대의 목표는 진리와 하나가 되는 것이다.' 이것은 내가 누구이든 진리 안에서 앞으로 나아갈 수 있다는 확신을 주었다. 믿을 수 없이 놀라운 선물이었다."

❧

무닌드라가 자신들의 환상 속 구루이기를 기대하는 제자들은 영적 스승은 어떤 모습이어야 한다는 그들의 생각에 힘을 실어 주지 않는 한 남자를 발견했다. 무닌드라를 만나러 온 사람들은 종종 온갖 종류의 기대를 품고 나타났다고 그레그 갤브레이스는 전한다. 이를테면 '공중에 1미터쯤 떠서 차원 높은 가르침을 펼치는 사람' 같은 식이었다. 또한 제자들은 종종 무닌드라가 그들에게 무엇을 해야 하는지 지침을 내려 주기를 바랐다. 그레그는 설명한다.

"무닌드라는 특정한 체제를 나눠 주기 위해 그곳에 있는 것이 아니었다. 몇몇 사람들은 그들이 기대한 것 외에는 보지 못했다. 모든 것을 옆으로 내려놓을 때만이 무닌드라를, 그의 모든 것을 완전히 볼 수 있었다."

조지프 골드스타인은 덧붙여 말한다.

"비록 시간이 걸리긴 했지만 내가 무닌드라의 진가를 알아보게 된 것 중 하나는 그가 완전히 그 자신이었다는 점이다. 그에겐 영적인 사람이라는 가식과 허세가 없었다. 그는 자기만의 독특한 개인이었으며, 자신의 있는 그대로를 숨기지 않았다. 어떤 면에서 그것은 매우 자유로운 일이었다. 비록 여러 경우에 비판하고 인상 쓰는 사람들이 있었지만 그는 조금도 동요하지 않았다. 그는 누구의 기분을 맞추려고 애쓰지 않았다."

무닌드라는 자신을 구루가 아닌 영적인 친구(깔야나미따. 도반)로 여긴 교사였으며 끝까지 그것에 충실했다. 제임스 바라즈는 설명한다.

"조지프 골드스타인이 무닌드라에 대해 많이 말해 주고 그의 성품을 묘사해 주었지만 그를 직접 만나는 일은 너무 흥분되는 일이었다. 나의 스승의 스승에 대해 나는 많은 경외감과 존경심을 갖고 있었다. 그런데 막상 만나서 보니 그는 너무도 자연스럽고 편안하게 사람의 마음을 끌었고, 있는 그대로 그 자신이었다. 그것이 아름다운 방식으로 상대방을 무장해제시켰다. 그래서 나는 그저 나 자신일 수가 있었다. 그는 꾸미지 않을 용기, 공식적인 사고나 태도에 신경 쓰지 않을 용기, 그리고 좋게 보이려고 하지 않을 용기의 소유자였다."

래리 로젠버그는 그것을 이렇게 표현한다.

"그는 성자에 가까웠지만 영적인 사람들에게 매우 흔한 경건한 표정이나 독선적인 성격을 갖고 있지 않았다."

그레이엄 화이트는 덧붙인다.

"무닌드라는 배가 불룩한 부처처럼 앉아 있는, 실제 성격과는 다른 모습을 갖고 있지 않았다. 그는 '평범하지 않은' 보통의 사람이었다."

신분에 따른 거리감이 없었기 때문에 누구든 그에게 접근하는 것이 허용되었다. 담마루완 찬드라시리는 어린 시절에 무닌드라와 함께 놀던 것을 기억한다. 그것이 오늘날 불교 법사로 활동하는 그에게 의미 있는 교훈을 주었다.

"그는 스승이 되는 것뿐만 아니라 아이들과 놀 시간도 가졌다. 스승이 되는 것에 완전히 붙잡혀 있는 사람이 아니었다."

잭 콘필드는 말한다.

"처음부터 나는 그가 놀랍고 지혜로우며 훌륭한 스승이라는 생각이 들었다. 그리고 믿을 수 없을 정도로 우상파괴적이며 기꺼이 자기 자신이 되려 했다. 그는 자신의 작은 옷과 자신의 질서를 만들었다. 그리고 자신이 가르치고 싶은 방식으로 가르쳤다. 거기에는 마야시 사야도에게서 주로 배운 심오한 학문적 지식과 깊은 명상 수행, 그 밖의 여러 곳으로부터 흡수한 진리 세계의 영향이 포함되어 있었다. 무닌드라는 그 자신만의 방식과 진실함이 있었다. 다른 스승들의 가르침과 똑같은 깊이를 갖고 있어도 그만의 매우 다른 향기가 있었다. 사람들을 향한 열린 마음과 연결감 같은 것이. 그는 달라이 라마와 비슷한 특성을 어느 정도 갖고 있었다. 사람들이 앞에 왔을 때 그는 깊은 관심을 보였다. 그에게는 가식이나 허위가 없었다."

꽤

잭 엥글러는 가끔 사람들이 이렇게 말한 것을 기억한다. '무닌드라는 멋진 사람이긴 하지만 힘이 없다.' 전형적인 구루나 성자의 이미지를 드러내지 못한다는 의미였다. 잭은 말한다.

"무닌드라는 그런 역에 어울리지 않았다. 그는 몸집이 작고, 에너지가 넘쳤으며, 때로는 흥분 잘하는 벵골인이고, 모든 것에 끝없는 관심과 호기심을 가지고 있었다. 절제되고 침착하며 품위 있어 보이고 신비를 발산하고 우리가 모르는 강력하고 비밀스러운 것들을 알고 있을 것만 같은 스승의 역할을 연기하지 않았다."

잭은 이어서 말한다.

"그는 살아 있었고, 자발적이었으며, 자신의 주의를 사로잡는 것을 따르며, 삶 전체를 추구의 길로 보는 사람이었다. 놀기 좋아하고, 장난이 넘쳤으며, 재치와 유머 감각이 있었다. 그는 웃는 것을 좋아했다. 말뿐만 아니라 몸짓으로 자신을 표현했다. 전문가나 권위가로서 가르치는 것이 아니라 우리보다 조금 앞서 길을 걸어가고 있고—행운과 좋은 카르마와 헌신적인 노력으로 인해—그래서 우리에게 어떻게 길을 찾을지에 대해 무엇인가 말해 줄 수 있는 진리의 형제로서 가르쳤다. 이것은 그가 전문가가 아니라는 의미가 아니다. 단지 전문가로서만 우리와 교류하거나 가르치지 않았음을 의미한다."

무닌드라는 독선적으로 말하지 않았다고 잭은 말한다.

"그의 방식은 우리를 더 많은 실험과 구체적인 경험으로 초대하는 것이었다."

무닌드라는 또한 그 당시 서양인들에게 깊은 인상을 준 초능력을 주장하지 않았다. 잭은 다시 말한다.

"그는 단순히 그 자신이었다. 가식이나 속임수, 둘러댈 것이 없는. 그는 고통을 알았지만 삶을 사랑했다. 그리고 붓다가 가르친 진리에 대해 이야기하는 것을 사랑했다. 수행하는 것을 사랑했다. 자신에게 오는 사람들을 알게 되는 것을 사랑했다. 이 점에서 그는 내가 아는 어떤 계보의 불교 스승들보다 훨씬 더 개인적이고 심리학적인 방식으로 작업했다."

비록 무닌드라는 체구가 작고 목소리가 부드러웠지만 무용가 에릭 쿠퍼스는 그를 매우 힘 있는 사람으로 존경했다.

"왜냐하면 그의 존재에는 진실함이 있었기 때문이다. 나는 그가 언제나 한결같다는 것을 느꼈다. 그에게서 느껴지는 것은 그가 매우 현실적인 방식으로 그 순간에 살아 있는 진리를 가르친다는 것이었다."

인도 성지 순례 안내자 마거릿 워드 맥거비가 덧붙인다.

"내가 그의 영적인 현존이나 육체적 현존에 사로잡혔다고는 느껴지지 않는다. 그는 공기 중에 울려 퍼지는 북소리처럼 존재감이 느껴지는 몇몇 티베트 스승들과도 같지 않았다. 거기에 하나의 역설, 하나의 모순이 있었다. 큰 것은 그의 내면에 있었다."

마거릿은 또 말한다.

"나는 권력이나 관심을 얻고 싶어 하는 어떤 에고가 그에게 있다고 느끼지 못했다. 무닌드라의 겸손과 자기 성찰, 눈에 띄지 않는 특성들은 진정한 치유의 연고였다. 왜냐하면 많은 영적 스승들은 자신의 전체적인 역할에만 관심이 있기 때문이다. 무닌드라에겐 결코 그런 것이 없었다."

부끄러워할 줄 모르는 무닌드라의 솔직함은 어떤 이들에게 당혹감을 안겼다. 진리에 대한 깨달음의 수준으로 볼 때 그 기이하고 모순되어 보이는 행동들을 어떻게 받아들여야 할까? 어떤 사람들은 그저 부정적인 특성들을 그에게 투영했다. 데니스 틸이 농담처럼 말한 것처럼.

"무닌드라는 사람들과 전혀 문제가 없었다. 사람들이 그와 문제가 있었다."

로버트 프라이어에 따르면 사람들이 부정적이 되기는 쉬웠다.

"왜냐하면 그는 실제와는 다른 앞모습을 보이려고 하지 않았기 때문이다. 우리는 어떤 스승들과 함께 있을 3분의 시간을 얻는다. 그러나 무닌드라와는 많은 시간을 보낼 수 있었다. 만약 우리가 단지 그의 성격만을 본다면 그는 많은 특이한 면을 가진 이상하고 키 작은 신사였다. 그것이 사람들에게 혼란을 주었다. 왜냐하면 그들은 깨달은 사람은 성격을 갖고 있지 않다고 생각했기 때문이다. 무닌드라는 그들에게 그들이 보고 싶어 하는 것 이상을 보여 주었다. 어쩌면 그들은 그가 고상한 설법단 위에 앉아 있기를 원했는지도 모른다."

미얀마의 유명한 속담이 그 혼란을 이해하게 해 준다. '병은 비어도 냄새가 난다.'는 것이다. 한 인간은 욕망과 혐오감과 어리석음을 비울 수 있지만 성격은 남는다. 깨달음이 완벽함을 의미하는 것은 아니다.

대다수의 사람들은 가식이나 허세가 없는 스승과 교류하는 것이 자유를 준다는 것을 알게 되었다. 타라 도일이 무닌드라에게서 배운 것 한 가지는 높이 깨달은 스승은 모든 종류의 패키지로 다가온다는 사실이었다. 그녀는 무닌드라를 재미있고, 다정하며, 항상 친절하고, 변함없이 충실하며, 매력적이고, 심지어 어린아이 같았다고 기억한다. 동시에 상좌부 불교 전통에 대해 수준 높은 방식으로 이야기하는 이론적 방대함이 그녀를 놀라게 했다. 그러면서도 자신이 먹는 음식의 맛이나 음식이 나오는 시간 같은 현세적인 것들에 대해 툴툴거렸다. 그를 '바로 가까이에서 개인적으로' 지켜보았기 때문에 타라는 '보이는 모습 그대로가 그의 전부'라는 것을 알았다.

"그것은 무척 안심되는 일이었다. 좋은 것, 나쁜 것 그리고 추한 것, 그것들 모두가 그곳에 있었다. 그가 어떤 속셈을 갖고 있다고는 한 번도 느끼지 못했다."

ҁ

속셈이 없는 인간은 신뢰를 불러일으킨다. 무슨 일을 하든 진정으로 헌신한다는 평판 때문에 사람들은 무닌드라를 보드가야의 마하보디 사원의 최초 불교 관리인으로 추천했다.

로버트 프라이어와 타라 도일은 무닌드라가 약속을 하면 반드시 지킨다는 걸 직접적인 경험으로 알았다. 일단 어떤 일을 맡기로 동의하면 그는 열정을 바쳤다. 로버트와 타라가 안티오크대학에 해외 불교 프로그램을 제안하자 대학 행정실이 계획 추진을 허락했다. 로버트는 보드가야로 가서 무닌드라에게 프로그램 중의 상좌부 불교 강의를 맡아 줄 것을 부탁했다. 무닌드라가 그 프로젝트에 대해 찬성하며 한 말을 로버트는 기억한다.

"내가 그대에게 전폭적인 지원을 해 줄 것이다. 내가 가서 가르치겠다."

그는 정말로 그렇게 했다. 해외에 있거나 아프지만 않으면 프로그램에 빠짐없이 참가했다. 1979년부터 2002년까지, 죽기 1년 전까지, 심지어 강의 장소인 명상 홀로 걸어가려면 양쪽에서 사람이 부축해야만 했을 때도.

상황이 좋지 않은 경우에도 무닌드라는 자신의 약속을 지켰다.

기타 케디아는 담마기리 명상 센터에서 긴 명상 코스에 참가한 후 무닌드라에게 가서 다음 날 떠날 거라고 말한 것을 기억한다. 무닌드라는 그녀가 떠나기 전에 그녀를 만나러 들르겠다고 말했다. 그러나 다음 날 비가 너무 많이 내려서 기타는 두 사람 중 누구도 서로를 만나러 올 수 없을 것이라 생각했다. 그녀는 이갓뿌리의 기차역으로 떠났고, 그곳에 앉아서 기차를 기다렸다. 잠시 뒤 한 늙은 남자가 퍼붓는 폭우 밖으로 모습을 드러내어 그녀에게로 걸어왔다. 그녀는 무닌드라를 보고 너무나 놀랐다. 그는 그녀와 함께 기차가 올 때까지 기다렸다. 기다리는 동안 그녀에게 붓다가 가르친 진리를 이야기했고, 그러고 나서 그녀에게 자애의 축복을 해 주었다.

무닌드라는 다른 사람들도 약속을 지키기를 기대했다. 한번은 한 제자가 그에게 어느 시간까지 어떤 것을 가져다주기로 약속해 놓고 오지 않자, 잘 잊고 무관심하며 미숙한 것에 대해 그를 꾸짖었다. 다른 사람들을 존중하며 책임감 있게 대하는 것을 무닌드라는 중요하게 여겼다. 그러나 일단 설교가 끝나면 이야기를 멈추고 활짝 웃었으며, 그 젊은이를 따뜻하게 대하고 함께 있는 것에 행복해했다.

진실한 마음과 신뢰로 사람들을 대했기 때문에 무닌드라는 상대방에게서 최상의 모습을 보았으며, 그들이 그에게 말하는 것을 믿었다. 그들이 언제나 그럴 말한 자격이 있는 것은 아니었다. 하지만 그의 견해를 바꾸려면 강력한 증거가 있어야 했다. 왜냐하면 그는 다른 사람들을 나쁘게 생각하거나 비난하기를 원치 않았기 때문이다. 여러 사람들이 그의 신뢰를 배신했다. 환심을 사서 무닌드라의 미국 여행에 동행한 청년도 그중 한 명이었다. 관대하게 그들을 초청한 여러 사람들이 청년의 잘못된 행동을 보고했다. 그 청년은 무닌드라를 도우려는 진실한 마음이 아니라 자신의 인맥을 이용해 물질적인 이득을 얻기 위해 그곳에 온 것이었다. 무닌드라는 마침내 자신이 잘 몰랐음을 인정했고, 사람들에게 그 청년과 어떤 관계도 맺지 말라고 경고했다.

무닌드라를 배신한 또 다른 사람은 콜카타의 의사였다. 그 의사는 자신이 무닌드라의 탈장 수술을 집도할 것이라고 약속했지만 인턴들에게 그 수술을 맡겼다. 그들의 부주의함 때문에 무닌드라는 하와이에서 재수술을 받을 때까지 2년 동안 감염으로 심한 고통을 받았다. 콜카타로 돌아온 무닌드라는 그 의사를 만나 미국 의사가 그의 뱃속에서 수술용 끈을 발견했다고 말했다. 그는 의사에게 말했다.

"이것은 당신이 약속한 것을 지키지 않았기 때문에 일어난 일이다. 당신은 자신이 말한 것을 지키지 않았다."

무닌드라는 "마음과 몸이 함께 일해야 한다. 그것이 진실성이다. 그대가 정직하고 진실할 때, 내면의 삶과 외적인 삶은 조화를 이룰 것이다. 그때 그것은 아름답다."라고 가르쳤다. 사람들은 일반적으로 약속을 지키지 않는데, 그것은 자신이 하는 일에 마음이 담겨 있지 않기 때문이라고 그는 설명했다.

"그들은 피상적인 마음으로 일한다. 그들은 '나는 이 일을 할 거야.'라고 말하지만, 속마음은 그렇지 않다."

그는 붓다의 특성을 인용했다. '깨달은 자는 말한 대로 행한다. 깨달은 자는 행한 대로 말한다.'

～

온화하고 다정한 성품으로 알려져 있지만 무닌드라는 듣기 좋게 말을 꾸미거나, 감정이 가르침을 방해하지 않게 했다. 오렌 소퍼는 회상한다.

"무닌드라는 내가 아침에 일찍 일어나기를 권했으며, 나는 그렇게 하려고 했다. 하지만 여러 번 늦잠을 자고 말았다. 내가 그와 함께 시간을 보내는 동안 그는 몇 가지를 꾸짖었다. 하지만 늘 매우 부드럽고 다정한 방식으로 그렇게 했다. 한번은 내가 하루 동안 단식을 한 뒤 사람들과 저녁을 먹으러 나갔다. 나는 계획했던 것보다 더 많이 먹었고 결국 이튿날 배탈이 심하게 났다. 무닌드라는 말했다. '그대의 배가 자기 통제를 하지 않았기 때문에 탈이 났다.' 그는 자기만의 유머러스한 방식으로 나에게 일어난 일의 진실을 지적했다."

또 다른 경우에, 담마기리 명상 센터에서 집중수행을 하는 동안 오렌은 감정적으로 압도되었고, 그것에 대해 스스로를 심하게 질책했다. 무닌드라의 반응은 그를 놀라게 했다.

"그는 앞으로 몸을 구부려 나를 보며 말했다. '이것을 아는가? 그대가 하는 그 말을 들을 때, 그대가 우는 것을 볼 때, 나는 그대로 인해 너무 행복하다. 그대는 아주 잘 하고 있다.' 그 말에 나는 충격을 받았다. 무슨 말을 해야 할지 알 수 없었다. 그때 그가 말했다. '그대는 고통을 즐겨야 한다.'라고."

오렌은 계속해서 전한다.

"무닌드라는 내게 물었다. '왜 그대는 여기에 있는가? 왜 그대는 여기에 왔는가?' 내가 말했다. '나는 당신을 만나기 위해 여기에 왔습니다.' 그가 말했다. '그래서, 지금 그대는 나를 만나고 있다. 그래서 무엇인가? 그대는 무엇을 원하는가? 그대가 열망하는 것은 무엇인가?' 나는 나 자신도 알 수 없는 어떤 느낌에 너무 골몰해 있었다. 그래서 말했다. '너무 혼란스럽습니다.' 그러나 그 질문은 내 안에 남아 있었다. 내 가슴은 활짝 열리고 수용적이 되어 그 질문 속으로 깊이 들어갔다. 매우 강력한 경험이었다. 나 자신에게 그 질문을 한 것은 나중에 정말로 진실하고 솔직한 방식으로 나 스스로 대답할 기회를 주었다."

솔직함이 주는 이점 하나는 진리의 결실을 맺을 수 없는 대화에 시간과 에너지를 낭비하지 않는다는 점이다. 지니 모건은 무닌드라가 방문한 어느 날 통찰 명상 협회에서 있었던 사건을 기억한다. 그녀와 조지프 골드스타인은 저녁을 먹으면서 잡담에 몰두했다. 마침내 무닌드라가 조지프의 어깨를 치며 말했다.

"이 모든 세속적인 이야기가 나를 피곤하게 만들고 있다."

그들은 서로를 바라보며 웃음을 터뜨렸다. 왜냐하면 그것은 모두에게 사실이었기 때문이다. 누구도 정말로 수다 떨기를 원하지 않았지만 오직 무닌드라만 주저 없이 그렇게 말했다.

무닌드라는 자신의 행동에 대해서도 솔직했다. 마우이 섬에서 무닌드라와 함께 머물 때 카말라 마스터즈는 관찰했다.

"무닌드라는 텔레비전에서 방영하는 〈자연〉 다큐멘터리를 좋아했다. 심지어 그것 때문에 우리 그룹의 명상 일정을 바꾸기도 했다. 어느 날 무닌드라가 완전히 몰두해서 〈자연〉을 보고 있는데 내가 아는 한 지인이 찾아왔다. 나는 그 남자가 우리 집에 있는 이 '구루'에 대해 듣고 찾아온 거라고 추측했다. 남자는 앉자마자 무닌드라에게 다음과 같이 질문하기 시작했다. '당신은 공중부양을 할 수 있습니까?' 무닌드라는 그에게 아주 짧게 대답했다. 내가 보기에 무닌드라는 이 남자와 이야기하는 것에 전혀 집중하지 않았다. 무닌드라는 일어나며 말했다. '이만 실례하겠습니다.' 그리고 자신의 방으로 갔다. 〈자연〉은 여전히 방영되고 있었다. 내가 따라가서 물었다. '무닌드라지, 괜찮으세요?' 그는 말했다. '오, 난 괜찮아.' 내가 물었다. '무슨 일이에요?' 그가 말했다. '날개가 같은 새들이 함께 모이는 법이지.' 종류가 다르면 갈라지게 된다는 것을 그의 방식으로 말한 것이었다. 그는 '같은 것끼리 모인다(유유상종).'라고도 말했다."

카말라와 단둘이 있을 때는 단도직입적이었다. 무닌드라가 명상하는 법을 설명할 때 카말라는 '이건 왜? 저건 왜?' 하면서 궁금해하거나 갑자기 옆길로 새서 실제로는 수행을 하지 않곤 했다. 무닌드라는 말했다.

"그대는 생각하고 싶은가, 아니면 명상하고 싶은가?"

카말라가 어린 시절부터 견뎌 온 어떤 어려움에 대해 계속 이야기하면 무닌드라는 말했다.

"그대는 얼마나 오랫동안 그것들을 들고 다닐 셈인가?"

무닌드라는 사람들의 이야기를 잘 들어주는 사람이었다. 하지만 그녀의 고통에 대한 연민심에서 언제 본론으로 들어가야 하는지 그는 알았다.

무닌드라는 제자들이 스스로를 속이게 하지 않았다. 그들이 실제로는 도달하지 못한 어떤 수행 단계에 도달했다고 생각하든, 혹은 전혀 그렇지 않은데도 진리를 가르칠 교사가 될 적합한 준비가 되었다고 믿든, 그는 자신의 생각을 있는 그대로 말했다. 무닌드라와 가진 특별한 개인 면담이 인도에서 지낸 초기 시절부터 지금까지 조지프 골드스타인의 마음에 박혀 있다. 조지프가 완전히 자유롭고 완전히 열린 상태에 이르렀다고 말하자 무닌드라는 그가 그런 마음 상태에 집착하거나 그것에 대한 관념을 만들어 내지 않도록 안내하며 단지 이렇게 말했다.

"그대의 마음을 다시 최면시키지 말라."

비비언 다스트가 명상 교사가 되겠다는 생각을 품고 있을 때 무닌드라는 그녀에게 말했다.

"명상 교사가 되려면 많은 참을성을 지녀야 한다. 그런데 그대는 나에 대해 참을성이 없다. 그래서야 어떻게 명상을 가르칠 수 있겠는가?"

또한 미국에 갔을 때 무닌드라는 자신이 가늠할 수 없는 것들에 대한 관심이나 놀라움을 솔직하게 표현했다. 그는 미국 사회가 노인들을 요양병원에 버리는 방식에 충격을 받았다고 데일 브로조스키(불교, 힌두교, 유대교 등의 수행 전통을 두루 공부한 명상 교사)에게

194

말했다. 동양에선 아이들이 부모를 공경하고 부모가 돌아가실 때까지 돌보기 때문이었다. 무닌드라는 또 다른 기이한 특징을 알아차렸다. 그는 말했다.

"인도에선 어떤 사람이 강한 성적 욕망을 갖고 있지 않으면 신에게 감사드린다. 그러나 그대들의 나라에서는 만약 사람이 욕망을 갖고 있지 않으면 무언가 잘못되었다고 생각한다. 그래서 그들은 그 문제를 해결하기 위해, 더 큰 욕정을 일으켜 삶을 즐길 수 있도록 하기 위해 심리치료사를 찾아간다."

데일은 말한다.

"무닌드라와 함께 있으면 상대방을 무장해제시키는 그런 열린 마음과 투명함이 있었다. 그는 마치 벌거벗은 것과 같았다. 어떤 것에 대해 말하고 표현하는 것에 전혀 두려움이 없었다."

무닌드라의 진실함과 가식 없음은 제자들에게 그들 자신이 되어도 아무 문제 없다는 것을 가르쳤다. 래리 로젠버그는 회상한다.

"참선 수행을 하는 동안 나는 수십만 번 절을 했다. 한국어와 중국어, 일본어로 기도문을 암송했다. 특별한 승복을 입고, 특정한 방식으로 먹었다. 일본 스타일로, 한국 스타일로. 마침내 한 스승이 내게 말했다. '괜찮다. 그대는 그저 미국 사나이로 있어도 좋다.' 그것은 나에게 작은 것이 아니었다. 온갖 전통적인 것들을 시도하면서 나는 그것을 더 이상 하고 싶지 않은 지점에 와 있었다. 무닌드라를 통해 나는 단지 유대계 미국인이 되는 것으로도 충분하다는 것을 깨달았다. 더 이상 가식적으로 행동할 필요가 없었다. 그것들은 불필요해 보였으며 심지어 짐으로 느껴졌다. 따라서 가능한 한 평범한 옷을 입고 평범하고 자연스러운 방식으로 붓다의 가르침을 따르는 것은 나에게는 큰 걸음이었다. 그것을 괜찮게 만든 사람이 바로 무닌드라였다."

담마기리 명상 센터에서 무닌드라를 처음 만난 브라이언 터커는 그에게 어떤 거만함도 없는 것에 놀랐다.

"그의 방은 너무 작았고, 과시욕이 전혀 없었으며, 책과 기념품들로 가득 차 있었다. 물건들은 잘 정돈돼 있었고 방은 깨끗했다. 그 방 안에서 무닌드라는 공식적인 흰 수도복과 모자를 벗고 룽기 (허리에 둘러 발목까지 늘어뜨리는 한 장짜리 천으로 된 인도식 옷)만 걸치고 앉아 있었다. 그는 그냥 한 사람의 평범한 인간처럼 너무 작고, 늙고, 힘없고, 연약해 보였다. 어느 모로 보나 유명한 스승이거나, 제자들이 스승에게 기대할 수 있는 카리스마나 성스러운 모습이 투영된 사람이 아니었다. 내가 그런 식으로 그를 바라보는 것을 그가 신경 쓰지 않아서 나는 조금 우쭐해졌다. 그러나 그는 누가 자신을 그런 식으로 보든 상관하지 않는 것 같았다. 그는 그토록 속임수를 몰랐다. 돋보이지 않을 수도 있는 모습으로 사람들이 그를 무대 뒤에서 보는 것을 아무렇지 않게 생각했다. 그래서 만약 그가 솔직하다면 나도 솔직할 수 있다고 나는 느꼈다. 무닌드라는 정말로 내가 내 방식대로 사는 것에 좀 더 편안해지게 만들었다. 그런 그를 보면서 그를 덜 존경하게 되진 않았다. 그 대신 나 자신을 더 존중하게 되었다."

한 번은 여러 서양인들이 콜카타의 찌는 듯 무더운 날에 디파 마의 방바닥에 모여 있었다. 잭 엥글러와 무닌드라가 유일한 남자 손님이었다. 무닌드라가 붓다의 가르침과 수행에 대해 이야기하는 동안 디파 마는 눈을 감고 침대에 앉아 쉬고 있었다. 몸 상태가 좋지 않았기 때문이다. 어느 순간에 무닌드라는 오직 남자만 붓다가 될 수 있다는 문장을 언급했다. 왜냐하면 그는 빠알리 대장경 뒤에 적힌 주석을 읽고 있었기 때문이다. 한순간에 디파 마의 눈이 크게 떠졌고 그녀는 주장했다.

"나는 여자이지만 남자가 할 수 있는 어떤 일도 할 수 있어요."

모든 사람이 웃음을 터뜨렸다. 특히 무닌드라는 그 말을 듣는 것이 무척 행복해 보였다. 그는 디파 마에게 말했다.

"그대는 나의 완벽한 제자이다. 그렇다, 여성이 할 수 없는 것은 아무것도 없다."

디파 마의 딸 디파 바루아는 말한다.

"무닌드라는 누가 찾아오든, 혹은 집중수행 과정에서도 언제나 그런 식으로 말하고 싶어 했다. 솔직하게."

그런 경우가 많았다. 크리스틴 예디카는 보드가야의 수행 참가자들 속에 앉아 있으면서 느꼈던 것을 기억한다. 무닌드라가 참가자들 각자의 삶과 수행에 대해 질문했다. 처음에 크리스틴은 그런 개인적인 내용들을 대중 앞에서 말하는 것이 불편했기 때문에 그의 질문이 다른 누군가에게로 향했을 때 안도했다. 그러나 그가 그녀를 향해 대답을 요청했을 때 그녀는 '반드시 진실하게 대답해야 한다.'라고 느꼈다.

크리스틴은 회상한다.

"다른 누군가가 그런 질문을 하는 것은 거슬리거나 사생활 침해처럼 느껴질 수 있지만, 무닌드라와 함께라면 처음 얼마간의 시간이 지난 뒤에는 자신을 여는 행위로 다가왔다. 그 열림은 그 자체로 나 자신을 위한 가르침이었다. 처음 그것을 경험했을 때 두려움이 있었고 입을 닫고 싶었지만 그때 나는 깨달았다. '아, 이것이 진짜 은총이다. 이런 식으로 나 자신을 여는 것은.' 명상에 참가한 사람들 대부분이 그런 식으로 진실해졌으며, 때로는 수행의 일부분인 마음의 갈등과 씨름하면서 서로를 격려했다. 단지 계속 나아가라고."

안티오크대학 불교 프로그램의 보조 강사를 했던 완다 와인베르거는 무닌드라의 솔직함과 진실함이 그녀가 그의 사망 소식을 어떻게 받아들여야 하는가에 영향을 미쳤다고 말한다.

"그의 죽음 소식은 정말로 충격이었다. 나는 그 사실에 대해 무엇을 해야 할지 판단하려고 노력했다. '나는 실제로 무엇을 느끼는가?'와 '나는 무엇을 느껴야 하는가?' 사이에서 갈등스러웠다. 사회는 우리에게 죽음을 애도하라고 말한다. 우리는 운다. 그것은 부정적인 의미를 함축하고 있다. 그러나 다른 쪽이 있었다. 여기에 내 삶을 감동시킨 아름다운 사람이 있었으며 그것은 축하할 일이었다. 나는 많이 울었지만 축하의 측면도 분명히 있었다. 나의 그런 내면을 지켜보는 것은 흥미로운 과정이었다. 그렇게 그의 가르침이 계속되었다."

에릭 크누드 한센에게 무닌드라는 진실됨 안에서 기뻐하는 사람이었다.

"무닌드라의 주의는 진실한 것을 보는 것에 고정되어 있었다. 그리고 진실에 머무는 것에 내재된 기쁨이 있었다. 진리를 추구하는 우리는 우리 자신을 올바른 사람이 아닌 것처럼 보는 경향이 있으며, 그래서 명상을 배우고 진리를 배운다. 그러면서 영적인 삶을 연출하려고 노력한다. 나는 무닌드라가 그런 역을 연기하는 것을 본 적이 없다. 나는 이것이 진리를 추구하는 사람에게 매우 유용한 본보기라고 생각한다. 그는 사람들이 원하거나 필요하다고 여기는 모습을 연출해 보이려고 하지 않았다. 당신이 진리를 깊이 신뢰하면 다른 사람들 앞에서 자연스럽게 드러나는 자신의 모습이 결국은 그들에게도 필요한 모습이라는 걸 알기가 더 쉬워진다. 그때 당신은 당신의 행동을 세세한 점까지 관리하려 하지 않는다. 다른 누군가를 위해 누군가가 되려고 하지 않는다. 단지 진실로 그 순간에 나오는 모습이 되려고 한다."

에릭은 덧붙인다.

"제자들이 더 나이 들고, 그래서 우리의 상대적인 자아의 세계와 붓다가 가리켜 보인 진리의 차이를 이해할 때 그들은 무닌드라가 왜 흠 잡을 데 없는 스승이었고 최상의 가치를 지닌 존재였는지 이해하게 되리라고 나는 생각한다. 내 마음속에서, 조건화된 인간의 마음을 가장 한계에 가두는 요소 중 하나는 관습을 따르라는 요구와 관습에 따르지 않는 것에 대한 두려움이다. 진리는 오직 기꺼이 상자 밖을 보려는 사람들, 기꺼이 틀을 부수려는 사람들에게만 이해된다. 무닌드라는 그것에 충실하려고 했고, 인위적인 노력 없이 그렇게 했다. 그는 고통으로부터의 자유 외에는 표현할 것이 없었다. 그리고 사람들이 그 자유를 이해할 수 있도록, 그리고 그들 스스로 그곳에 가고 싶어 하는 이유를 이해하도록 도와주려고 했다."

무닌드라는 보기 드문 사람이었다. 혹은 데니스 틸이 묘사한 것처럼 매우 괴짜였으며, 관습에 얽매이지 않았고, 일반론을 따르지 않았다. 그가 자신의 의복(흰 승복과 흰 모자)을 만들고 있든, 저녁에 식사를 하든, 서양을 여행하든, 마을 소녀들의 교육을 장려하든, 여성들을 수행자와 스승의 위치에 올려주든, 제자들에게 다른 스승들 밑에서 수행하도록 권하든, 무닌드라는 생각과 행동에 있어서 독립적인 존재로 남아 있었다. 비난은 그를 기죽게 하지 못했다. 왜냐하면 그는 그의 가슴 안에서 진실하다고 느꼈기 때문이다. 그는 자신이 아는 진리에 충실했다.

빛깔은 화려하지만 향기가 없는

아름다운 꽃처럼

잘 설해진 말도

행하지 않는 사람에게는 열매가 없다.

빛깔도 화려하고 향기도 있는

아름다운 꽃처럼

잘 설해진 말도

행하는 사람에게는 열매가 있다.

―붓다 『담바빠다(법구경)』

*

삿짜*sacca*는 '존재하다. 살다'의 뜻을 가진 산스크리트어 '아스*as*'에서
나온 말로, '진짜의', '사실의', '진실한'을 의미한다. 참되고, 정직하며,
투명하고, 진실하고, 솔직한 것이다. 나아가 '말로 사람들을 현혹시키지
않는 것'을 의미한다. 삿짜는 위선, 배반, 이중성, 거짓 증언의 반대이다.
삿짜가 없다면 모든 수행과 추구가 헛되고 공허하다. 불교 수행의 핵심
은 속이지 않음이다. 붓다는 여러 전생 동안 많은 것을 위반했어도 삿
짜는 결코 위반한 적이 없었다고 말했다. 그는 "고의적인 거짓말을 하는
것에 부끄러워하지 않으면 인간이 하지 못할 악은 없다."라고 말했다.
'거짓말하지 않기'는 하나의 기본적인 계율이지만, 그러한 기본 없이는
고귀한 삶을 살 수 없다.

7
나는 결심했다

굳은 결심_아딧타나

가슴이 순수할 때 모든 것이 가능하다.

—무닌드라

인도가 영국으로부터 독립한 후 붓다의 두 수제자 사리뿟따와 목갈라나의 유물—이름을 새긴 사리 용기—이 인도 대륙으로 돌아왔다. 원래 산치(인도 중부의 대표적 불교 유적지. 대탑과 소탑 등의 유적이 모여 있음)의 대탑에서 발굴된 그 유물은 그때까지 런던의 한 박물관에 보관되어 있었다. 마하보디 협회는 콜카타를 비롯해 인도 전역의 불교 유적지에서 이 유물 전시회를 가진 뒤, 인도 밖의 나라들에도 전시하기 위해 대표 사절단을 구성했다. 그 당시 무닌드라가 사르나트의 마하보디 협회에서 일하고 있었기 때문에 사절단은 무닌드라를 일행에 포함시켰다. 미얀마와 아삼(홍차로 유명한 인도 북동부의 주)과 네팔에서 일반인들에게 공개된 후 그 성스러운 유물은 시킴(북동쪽으로 중국, 서쪽으로 네팔에 접한 인도 동부의 주)과 티베트로 여행하게 되었다.

인생 초기에 무닌드라는 티베트에 관한 서적들을 읽고 히말라야를 방문해 사람들이 말하는 '신비로운 나라'를 보게 되기를 간절히 바랐었다. 인도에서 본 헌신적인 라마승들로부터도 깊은 인상을 받았다. 새로운 스승을 만나 새로운 가르침을 듣기를 늘 갈망하던 무닌드라는 그 여행을 무척 고대했고, 임무를 맡기로 굳게 결심했다.

사절단은 처음에는 콜카타에서 비행기로, 그다음엔 자동차로 시킴까지 갔다. 그곳에서 2주 동안 최걀(시킴의 영적인 왕) 정부의 손님으로 머물렀다. 원래 몇 명 안 되던 마하보디 협회 사절단이 불교 왕국 시킴에서 거의 백 명 가까운 인원으로 늘어났다. 무장한 군인들이 일행을 산으로 이끌고 올라가 티베트 국경 지대까지 안내했다. 사람들은 쌓인 눈 사이로 길을 만들며 나아갔다. 걷기가 힘들어졌을 때는 조랑말에 의지했다. 그것도 여의치 않으면 걸어서 하루에 15킬로미터의 속도로 나아갔다.

모든 것이 순조로웠다. 여행자 쉼터가 있는 해발 2,700미터 높이의 카르포낭 산정에 도착한 첫날 밤, 마하보디 협회의 사무총장이 고산병에 무릎을 꿇기 전까지는. 사무총장 데바프리야 발리신하는 무닌드라가 자신과 함께 콜카타로 돌아가길 원했지만, 반드시 티베트에 가겠다는 무닌드라의 결심을 누구도 어떤 것도 꺾지 못했다.

무닌드라는 말했다.

"아닙니다. 나는 티베트에 가기로 원을 세웠습니다."

발리신하가 말했다.

"하지만 당신은 큰 어려움과 고통을 겪을 것이오."

"걱정하지 마십시오. 나는 가고 싶습니다. 나는 경험하기를 원합니다."

무닌드라는 고집했다. 사무총장은 돌아갔고, 무닌드라는 사절단과 남았다.

사절단이 4,300미터의 나투 라 협곡에 이르렀을 때 운 좋게도 날이 맑아서 수백 킬로미터의 장엄한 히말라야가 펼쳐진 풍경을 감상할 수 있었다. 그곳에서부터는 티베트 장군과 군인들이 유물의 운반을 책임졌다. 협곡을 통과한 사절단은 또 다른 여행자 쉼터에서 여러 명이 고산병 증세를 보였지만 곧 회복되었다.

마침내 그들은 인도 국경에 인접한 티베트 마을 야퉁에 위치한 절 둥카르 곰파에 도착했다. 그 당시 수도 라사가 중국의 침략으로 위협받고 있고 동부 티베트에서 전투가 일어나고 있었기 때문에 달라이 라마가 그곳에 임시 피난처를 정하고 있었다.

사절단이 걸어서 그곳까지 이르는 데 4일이 걸렸다. 달라이 라마가 그의 개인 교사들, 장관들, 그 밖의 고위 관리들, 그리고 일반 대중과 함께 사원 밖에서 기다리고 있었다. 달라이 라마는 그 성스러운 유물을 받았고, 그것을 성소로 가져갔으며, 유물이 담긴 용기를 사람들의 머리에 대며 축복했다.

티베트인들은 사절단을 따뜻하게 대접했다. 무닌드라는 달라이 라마가 친절하게 야크 버터 차를 대접한 것을 기억한다. 나눈 이야기의 내용은 잊었지만 달라이 라마는 당시 열다섯 살의 어린 소년이었고 매우 다정했다.

동벵골(지금의 방글라데시)의 치타공(방글라데시 남동부 항구도시) 지역에 위치한, 해수면 높이의 뜨겁고 습기 찬 시골 마을에서 나고 자란 무닌드라는 티베트 기후에서는 꼼꼼하게 몸을 청결히 하거나 옷을 입는 것이 힘들다는 것을 알았다. 일반적으로 인도에서는 대변을 본 뒤 물로 씻는다. 그러나 티베트에서는 물이 금방 얼음이 되어서 물로 씻는 것이 불가능했다. "그 때문에 밑을 닦기 위해 막대기를 사용해야만 했다."라고 그는 설명했다. 또한 누군가가 방으로 뜨거운 물을 가져다줄 때를 제외하고는 매일의 습관인 목욕도 할 수 없었다. 사절단과 함께 떠나 있는 두 달 동안 단지 한두 번 목욕했을 뿐이었다. 그들은 티베트를 떠나 칼림퐁(서벵골 주 북부의 마을)과 다르질링(히말라야 남동쪽, 서벵골 주의 주도)에서 성공적으로 유물 전시회를 마쳤다.

상황에 흔들림 없이 자신의 꿈을 이룬 것에 감격해하며 무닌드라는 말했다.

"몹시 추웠지만 즐거운 여행이었다."

아시아와 서양의 여러 지역들을 여행했음에도 불구하고 티베트 여행은 무닌드라의 인생에서 늘 최고의 순간으로 남았다. 데니스 틸은 말한다.

"무닌드라는 달라이 라마를 무척 사랑했다. 그리고 그에게 최고의 존경심을 가졌다."

훗날 인도로 망명한 달라이 라마가 종종 보드가야로 성지 순례를 와서 다시 만날 때마다 두 사람은 서로 반갑게 인사했고, 오랜 친구처럼 다정하게 포옹했다.

붓다가 가르친 진리에 대한 무닌드라의 열정과 결의는 책을 사랑한 어린 시절부터 시작되었다. 10살 무렵에 그는 붓다의 생애가 실린 어린이 역사책을 읽었다. 너무 인상 깊게 읽고 감명받아서 그토록 어린 나이인데 자신도 같은 경험을 하기 위해 노력하겠다고 결심했다. 훗날 무닌드라는 말했다.

"나는 그가 발견한 것이 무엇이고, 그가 어떻게 부처가 되었으며, 태어나고 늙고 아프고 죽는 문제를 어떻게 해결했는지 알아야만 했다."

이 결심은 늘 그의 마음 뒤편에 남아 있었다. 평범한 삶을 위한 많은 기회들이 찾아왔다. 중매결혼과 땅과 집을 포함한 여러 제안들이. 그러나 무닌드라는 모든 것을 거절했다. 그는 말했다.

"붓다가 가르친 진리를 배울 수 있고 이해할 수 있는 곳이라면 나는 그곳에 갈 것이다. 그래서 어떤 것도 받아들이지 않았다."

남동생 고빈다 바루아는 기억한다. 무닌드라는 이 추구에 너무 외골수여서 고등학교 때 의도적으로 대학 수능 시험을 형편없게 치렀다. 반에서 늘 1등을 한 뛰어난 학생이었기 때문에 교사들은 충격을 받고 혼란스러워했다. 무닌드라는 고빈다에게 말했다.

"난 깨달았어. 만약 시험에 합격한다면 모든 걸 잘할 수 있을 거야. 하지만 무슨 일이 일어날까? 또 다른 학위 그리고 또 다른 학위로 이어질 거야. 학위 따는 것에 휘말릴 것이고, 결코 내가 원하는 삶을 이룰 수 없을 거야. 난 붓다처럼 어떤 의문들에 대한 해답을 원해. 완전히 다른 삶에 유혹되어 내가 선택한 길에서 멀어지고 싶지 않아."

이 시나리오는 이듬해에도 반복적으로 일어났다. 무닌드라는 재시험 요구를 받았지만 변함없이 거절했다. 학위를 따기보다는 붓다가 경험한 것을 알고 싶고 이해하고 싶다고 주장했다.

무닌드라는 어떤 것도 그의 배움을 방해하지 못하게 했다. 심지어 마하보디 협회에서 전일제로 일하는 동안에도 마찬가지였다. 사르나트의 마하보디 협회에서 그는 10년 동안 절과 간행물, 도서관을 관리했다. 또한 자와할랄 네루(영국에서 독립한 후의 인도 초대 총리)와 마하트마 간디 같은 주요 인사들이 방문했을 때 여행 안내를 맡았다. 그러나 8킬로미터 떨어진 바라나시에 오갈 수 있도록 자전거 타는 법을 배우라는 말을 들었을 때는 싫다고 말했다. 심부름 다니는 것이 아니라 공부에 시간을 활용할 것을 결심했다. 책을 읽을 기회를 놓칠까 두려워 타자 치는 법을 배우는 것도 거부했다. 그것을 배우면 사람들이 계속 그에게 편지 타이핑을 시킬 것이기 때문이었다. 보드가야의 마하보디 사원 최초 불교도 관리인으로 선출된 후에는 거처에 전화가 있어야 했지만 전화 놓는 것도 거절했다. 그것이 자신의 목적을 방해하고 귀중한 시간을 낭비할 것이라고 느꼈기 때문이다.

～

북인도의 불교 성지 보드가야는 붓다가 깨달음을 얻은 장소라는 중요성 때문에 무닌드라의 가슴속에 더없이 특별한 장소였다. 그래서 그는 그곳의 절에 헌신했다. 아이러니하게도 그 지역의 힌두교 사원이 수세기 동안 보드가야의 마하보디 사원을 관리해 오고 있었다. 힌두교 사원의 주지격인 마한트는 마하보디 사원을 불교도들에게 넘겨 주는 것을 반대했다. 마한트는 큰 힘과 영향력을 가진 직책으로, 지역 사람들은 여전히 그들을 '보드가야의 라자(왕)'로 불렀다. 그러다가 네루 수상의 요청으로 관리권이 마침내 정부가 임명한 불교 위원회로 이전되었다. 몇 해에 걸친 마한트와의 법적 싸움이 해결된 뒤, 위원회는 무닌드라를 마하보디 사원의 관리인으로 임명했다. 12세기 이후 최초의 불교도 관리인이었다. 그리하여 무닌드라는 팽팽한 긴장이 감도는 상황에 발을 들여놓게 되었다.

사르나트의 절을 개선시킨 진실하고 정직한 일꾼이라는 명성 덕분에 무닌드라는 보드가야에서 훨씬 막중한 책임을 떠맡았다. 싯다르타 왕자가 부처가 된, 불교 역사상 가장 신성한 장소의 관리를 매일 담당해야 할 뿐 아니라, 아시아 전역의 불교도들이 환영받는 느낌을 가질 수 있도록 그곳에서 거행되는 모든 종교의식을 변화시켜야 하는 미묘한 임무까지 맡았다. 덧붙여 보드가야를 세계적인 불교 순례지로 개발하려는 인도 정부의 계획에도 관여하게 되었다. 특히 마하보디 사원에서 곧 열릴 중대한 행사를 준비해야 했기 때문에 많은 압박을 받았다. 붓다의 빠리닙바나(더 이상 환생이 없는 마지막 죽음) 2,500주년을 기념하는 부처님오신날 행사가 그것이었다.

마하보디 사원의 상황은 개탄스러웠다. 깨진 조각상들이 여기저기 바닥에 흩어져 있었다. 경비원이 부족한 탓에 사원 벽의 벽감에 놓여 있던 조각상들이 자취를 감추었다. 그것을 복구할 돈도 없었고 실제로 일할 직원도 없었다. 가야(바라나시 다음 가는 힌두교 성지로, 보드가야에서 버스로 한 시간 거리인 비하르 주의 도시) 기차역에서 보드가야에 이르는 비포장도로는 너무 형편없어서 말이 끄는 수레조차 순례자들에겐 몹시 불편했다. 무닌드라는 말했다.

"세계 여러 지역에서 온 사람들이 그토록 중요하고 경이로운 장소의 더럽고 허물어진 상태를 본다는 것에 나는 미안함을 느꼈다. 나라에 대해, 국민에 대해 부끄러움을 느꼈다."

그는 현지 주민들을 동원해 연못을 청소하고, 관개 시설을 만들고, 사원 주변의 훼손된 땅을 정원 구역으로 바꾸었다.

또한 방명록을 비치해 방문객들이 자신의 느낌을 쓰고 더 좋은 사원을 위해 제안할 수 있게 했다. 상황을 개선하기로 결심한 그는 자신의 의견과 함께 이 제안서들을 비하르 주 정부에 보냈다. 한 가지 아이디어는 사원 주변에 갑자기 늘어난 가난한 도공 마을을 다른 곳으로 이전시키는 것이었다. 그리고 그 지역의 상점들도 길가로 옮기는 것이었다. 사원 구역 주위에 담이 없었기 때문에 시설이 부족한 마을 사람들은 공터를 화장실로 사용하는 오랜 습관이 있었다.

지역의 마한트는 그 변화에 동의할 수밖에 없었지만 무닌드라가 자신의 권위를 행사하기 위해서는 신중함과 용기 둘 다 필요했다. 마한트와 그의 심복들, 공동체 안의 협력자들은 무닌드라에게 불미스러운 일을 일으킬 수 있었다. 무닌드라는 모든 사람들과 우호적이었지만 몇몇 지역 주민이 미친 듯 흥분해 자신을 적으로 여긴다는 것을 알아차렸다. 신변을 지켜 줄 개인 경호원도 없는데 마한트의 친구들이 그를 마음에 들어 하지 않는 것이 분명했다. 같은 벵골인인 경찰서장이 무닌드라에게 충고했다.

"친구로서 당신에게 정보를 주는데, 그들이 당신을 해칠 수도 있다. 당신은 아주 조심해야 한다. 이 지역의 마한트는 매우 부유하고 강한 권력을 지닌 사람이기 때문이다. 가야 시내론 밤에 절대로 혼자 가지 말라."

그런 상황에도 불구하고 무닌드라는 사원을 제대로 돌보기로 한 자신의 서약에 헌신했다. 그는 그때를 회상하며 말했다.

나는 수없이 보리수 아래 앉아 있곤 했다. 그 지역 전체가 나에게 깊은 영감을 주었다. 나는 그 축복을 즐겼다. 내가 이 사람 붓다에게 기여할 하나의 기회였다. 나는 내 삶을 붓다가 가르친 진리에 헌신했다. 만약 내가 이것을 위해 죽임을 당한다 해도 누구에게도 원한을 갖지 않을 것이다. 그러나 나는 이 모든 것을 더 좋은 상태로 바꾸고 싶었다.

그들은 좋은 사람들이지만 스스로는 그것을 알지 못한다. 그것이 내가 그들과 우호적으로 지내는 이유이다. 때로 나는 그들의 의지에 반하는 행동을 할 것이기 때문에 나의 모든 작업이 그들에게 좋게 느껴지진 않을 것이다. 그들은 겉으로는 위협을 가했지만 어떤 해도 끼칠 수 없었다. 나는 때로 밤늦게 가야 시내에 가곤 했지만 그것에 대해 두려움이 없었다.

42세 되던 해, 무닌드라는 사원 근무를 중단하고 미얀마로 갔으며, 이후에는 그 일을 맡지 않았다. 그러나 정기적으로 후임 관리인을 방문해 사원 유지에 필요한 제안을 했다. 그곳에 대한 책임에서 벗어난 뒤에도 50년 가까이 여전히 그곳을 제대로 돌봐야 한다는 의지를 버리지 않았다.

2001년, 카말라 마스터즈는 인도에 있는 무닌드라를 방문했다. 그들은 함께 중요한 불교 유적지를 순례했다. 보드가야에서의 일은 특히 기억할 만했다. 그들이 아침 일찍 명상하러 간 사원에서 맞닥뜨린 일 때문이다. 카말라는 회상한다.

"무닌드라와 나는 동트기 전에 보리수 아래 앉아 있곤 했다. 그때마다 야생 개들이 영역 다툼을 하며 사납게 짖고 서로를 물어뜯었다. 개들은 우리에게 아주 가까이 왔다. 한번은 무닌드라가 그것에 대해 무엇인가를 해야겠다고 말했다. '이곳은 매우 신성한 장소이다. 이 지역을 담당하는 자가 누구이든 이제 더 이상 개들을 이곳에 있게 해선 안 된다.'라고 그는 말했다."

무닌드라와 카말라는 함께 마하보디 사원 관리 위원회 사무실을 찾아갔다.

"무닌드라는 정중하게 책임자 승려에게 인사를 했다. 사무실 바닥에 옷을 내려놓고 그에게 세 번 절을 했다. 그런 뒤 의자에 앉아 매우 다정한 태도로 말했다. '반떼('스님'의 의미), 나는 스님에게 아주 중요하고 심각한 일에 대해 말하고 싶습니다.' 그는 대화의 장을 마련하는 데 정말로 뛰어났다. 그것은 불평이 아니었다. '이 개들이 왜 여기에 있습니까? 이곳은 매우 신성한 장소입니다. 이곳은 고타마 붓다가 깨달음을 얻은 곳입니다. 이곳은 모든 붓다들이 깨달은 곳입니다. 이 개들이 사원 경내에 있는 것은 적절하지 않습니다. 순례자가 평화롭게 보리수 아래 앉을 수 있는 장소여야 합니다. 그러나 개들이 아주 시끄럽습니다. 개들은 서로 싸우기까지 합니다. 심지어 사람을 물 수도 있습니다.' 무닌드라는 그 개들이 절 구역 밖으로 나가야 한다고 단호하게 주장했다. 그 승려는 '예, 예.' 하고 대답했다. 무닌드라가 물었다. '언제? 언제 그것을 할 수 있습니까? 지금 그것을 할 수 있습니까? 다음 주에 할 수 있습니까?' 그는 승려가 확답을 할 때까지 끈질기게 물었다. 그것은 내가 그를 만난 이래로 가장 고집을 부린 일이었다. 그러고 나서 무닌드라는 또한 개들을 어떻게 먹일 것인지에 대해 염려를 표했고, 그들은 그것에 대해 토론했다."

∿

무닌드라가 마침내 삶의 목표를 이루게 된 것도 보드가야에서의 헌신적인 노력 덕분이었다. 사원 관리인으로 재임하던 기간 동안 그는 인도를 여러 차례 방문한 미얀마 수상 우 누와 가까워졌다. 그래서 우 누 수상이 무닌드라를 미얀마로 초대했다. 이듬해 무닌드라는 마침내 석 달 동안의 휴가를 얻을 수 있었다. 그 당시 인도에는 위빠사나를 가르치는 스승이 없었기 때문에—13세기에 불교는 북인도 평원에서 자취를 감추었다―양곤의 수행 센터에서 가르치는 이름난 스승 마하시 사야도에게 직접 명상 수행을 배울 최초의 기회였다.

미얀마에 도착한 지 6주 뒤 무닌드라와 함께 온 두 사람은 인도로 돌아가기로 결심하고 무닌드라도 같이 가기를 바랐다. 그러나 무닌드라는 거부했다.

"나는 어린 시절부터 붓다를 이해하고 그가 가르친 진리를 이해하려는 오랜 열망을 가졌었다. 나는 아직 어떤 것도 이해하지 못했다. 나는 이 집(육체)에 혼자 태어났다. 나는 혼자 가야만 한다. 그러니 부탁하건대 당신들만 돌아가라. 진리를 경험하지 못한다면 나는 돌아가지 않을 것이다. 만일 죽어야 한다면 이곳에서 죽을 것이다."

동료들이 함께 있는 동안은 그들과 이야기를 하느라 자주 방해받았기 때문에 완전히 수행에 몰두할 수 없었다. 일단 그들이 떠나자 무닌드라는 최선의 노력을 기울였다. 사람들이 낮 동안 명상을 할 때 그는 자신의 방에 틀어박혀 어떤 것을 위해서도 나오지 않았다. 사람들과의 교류를 피하기 위해 방 안에서 소변 용기를 사용해 볼일을 보았고, 다른 수행자들이 일어나기 전에 목욕했다. 밤에는 어둠 속에서 걸었다. 어디에도 양초나 전구가 없었다. 그러나 모든 것이 환하게 빛난다고 느꼈다.

그곳에 머물던 초기에 무닌드라는 간신히 앉아서 명상을 할 수 있을 정도로 관절염 때문에 고통받았다. 그때 마하시 사야도가 그에게 한 번에 몇 시간씩 앉아 있는 어느 일본인 수행자에 대해 이야기했다. 스스로에게 화가 난 무닌드라는 곰곰이 생각했다.

'그 사람은 일본에서 와서 9시간 동안 앉아 있을 수 있다. 나는 붓다가 깨달음을 얻은 보드가야에서 왔다. 그리고 나는 수상의 손님인데도 심지어 30분도 앉아 있지 못한다. 여러 날 동안 노력했지만 너무 힘들고 통증으로 고통스럽기만 하다. 아, 나는 쓸모없는 인간이다!'

그때 무닌드라는 붓다가 깨달음을 얻은 보리수 아래서 자신의 신체 일부를 바치기로 서약한 티베트 승려가 생각났다. 동료 승려들이 밤에 그곳에서 수행하기 위해 기름등잔에 불을 밝혔을 때 그 라마승은 버터기름을 적신 천 조각을 한 손가락에 감아 불을 붙였다. 그는 타고 있는 손가락의 불빛으로 경전을 읽고 기도문을 읊었다.

무닌드라가 나중에 그 라마승에게 물었다.

"라마, 왜 당신은 손가락을 태웠습니까? 붓다는 그런 행위를 하라고 결코 말하지 않았습니다."

라마승은 대답했다.

"나는 세상의 많은 이들의 안녕을 위해 그렇게 했습니다. 나는 내 몸 전체를 줄 수 없었지만, 세상의 평화를 위해 아주 조금 바쳤습니다."

"약이 필요합니까?"

"아니오, 원하지 않습니다."

"아프지 않나요?"

"약간의 통증이 있지만 상관없습니다."

무닌드라는 그 라마승이 보드가야에 머무는 동안 그를 초대해 함께 방을 쓰고 함께 먹었다. 일주일 후, 손가락의 남아 있는 부분이 떨어져 나갔다.

미얀마에서 그 일을 기억해 내자 무닌드라는 더 오래 앉아 있을 의지가 일어났다. '나는 여기에 앉아 있다. 통증이 느껴진다. 열기가 올라온다. 그 남자는 자신의 손가락에 불을 붙이고도 전혀 불평하지 않았다. 왜 나는 이 내면의 불을 참아선 안 되는가?' 새벽 2시에 일어나 세수를 하고 앉아서 명상을 했다. 그러고 나서 맹세했다.

'나는 더 이상 움직이지 않을 것이다.'

처음 두 시간은 몹시 괴로웠다. 그런 다음 고통이 서서히 줄어들었고, 마침내 사라져 다시는 돌아오지 않았다. 앉아 있는 것이 즐거워지고 마음이 평화로웠다. 마치 자신이 공기 중에 떠 있는 것처럼 느껴졌다. 그리고 시원한 빛 하나가 왔다. 처음엔 작게 그다음엔 더 크게. 식사를 위해서나 심지어 물을 마시기 위해서도 일어나지 않았다. 누구도 하루 종일 그를 본 적이 없었기에 누군가가 방문을 두드렸다. 간신히 몸을 움직여 마침내 문을 열었다. 다음 날 마하시 사야도에게 자신의 경험을 말하자 마하시는 말했다.

"명상을 계속하라."

이 사건은 무닌드라가 참을성을 과시하기 위한 것이 아니었다. 잭 엥글러가 말한다.

"그것은 경쟁하기 위한 것이 아니라 도전을 사랑하고 도전들을 자신에게 부여해 무엇이 가능한지 한계를 시험한 일이었다."

무닌드라는 말하곤 했다.

"만일 다른 사람들이 그것을 해낼 수 있다면 왜 나라고 안 되겠는가? 그럴 이유가 무엇인가?"

수행의 진전에도 불구하고 무닌드라는 아직 삶의 오랜 열망을 성취하지 못했다. 정부 초청 비자로 주어진 기간이 단 보름 정도밖에 남지 않았을 때 거의 포기 직전 상태였다. 어느 날 저녁 태양이 뉘엿뉘엿 지고 있을 때 그는 누워서 긴장을 풀고 곰곰이 생각했다.

'마하보디 사원 관리자가 되는 건 중요하지 않다. 사원을 돌보는 일은 이차적인 일이다. 누구라도 할 수 있다. 그러나 내가 알고 싶은 것, 그것은 내 삶에서 가장 중요한 것이다. 나는 돌아가지 않을 것이다. 나는 진리를 이해하지 못했다. 그러나 희망이 없다.'

갑자기 그는 영감으로 충만해져서 말했다.

"난 할 수 있다! 명상을 계속해야 한다!"

그가 간이침대에서 일어나 명상을 하려는 갈망을 느끼는 순간, 자신의 발에서 거대한 불이 폭발하는 것을 느꼈다. 그것은 몇 초 동안 타더니 그다음에 완전히 사라지고 깨달음과 환희가 대신 찾아왔다. 3일 동안 그것이 지속되면서 잠을 이루지 못했다. 그러나 희열로 가득한 날들이었다.

꿈

붓다가 설한 네 가지 고귀한 진리(4제)와 고통의 소멸에 대한 이해—그가 어린 시절부터 갈구해 온 것—는 그 길에 대한 흔들림 없는 확신을 갖게 했다. 이는 또한 인도에선 할 수 없었던 것에 대한 강한 결의로 이어졌다. 다름 아닌 빠알리 경전 전체(띠삐따까, 빠알리 삼장)를 공부하는 일이었다. 상좌부 불교 교리의 기초를 이루는 방대한 양의 빠알리 문헌들은 본래 야자나무 잎사귀에 기록되었지만, 현재의 인쇄본은 크게 세 부분으로 나뉜 수십 권으로 이루어져 있다. 위나야 삐따까(율장, 절의 규율), 숫따 삐따까(경장, 붓다의 직접적인 강의), 아비담마 삐따까(논장, 붓다의 가르침에 대한 후대 논객들의 철학적, 심리학적 사유)가 그것이다.

무닌드라는 마하보디 사원 관리 위원회에 편지를 쓰고, 또한 마하보디 사원의 임시 관리를 맡고 있는 친구 브라마차리야 지바난다에게 계속 그곳에서 일할 수 있는지 물었다. 미얀마에 계속 머물기로 결심한 것이다.

처음에 우 누 수상은 무닌드라가 승려가 되기를 원했다. 그러나 무닌드라는 붓다의 가르침을 철저히 공부하고 싶다며 반대했다. 그는 설명했다.

"승려들은 늘 자유롭지 못합니다. 승려가 되면 50년 뒤에도 경전 전체에 대한 공부를 끝낼 수 없습니다. 평신도로서, 내 방식대로, 아침에서 저녁까지 계율을 지키며 공부하게 해 주십시오."

스승 마하시 사야도는 자신의 명상 센터에는 그를 가르칠 적임자가 없다고 말했다. 이때 부유한 지역 주민이 우연히 그들의 대화를 듣고 도움의 손길을 내밀었다. 그 주민은 무닌드라에게 필요한 최고로 적합한 스승 우 마웅 마웅을 발견했다. 그리고 모든 물질적 지원을 제공했다. 자신의 집 꼭대기 층에 임시 숙소를 마련해 주고, 음식과 책과 그 밖의 부수적인 것들까지 지원했다.

행운의 만남이었다. 높이 존경받는 학자 우 마웅 마웅과 무닌드라는 그런 시도에 필요한 결연한 의지의 대표적 인물들이었다. 우 마웅 마웅은 무보수로 빠알리어 경전을 전부 가르쳐 주기로 기꺼이 응했다. 그러나 한 가지 조건이 있었다. 전 과정을 끝낼 때까지 며칠이 걸리든, 몇 달이 걸리든, 혹은 몇 년이 걸리든 따라와야만 했다. 무닌드라는 말했다.

"그래서 우리 둘의 불꽃 같은 열망이 만났다."

그 자비로운 제안을 받아들이고 무닌드라는 매일 아침 6시부터 밤 9시 혹은 10시까지 공부했다. 하루에 아침 한 끼를 조금 먹고 약간 쉬기 위해서만 멈추었다. 그리하여 대개 10년에서 12년 걸리는 공부를 5년 만에 끝냈다. 공부에 너무 몰두한 나머지 마치 붓다가 그와 함께 바로 그 방 안에 있는 것 같았다고 그는 회상했다.

집중적인 수행과 공부를 마친 이후 수십 년 동안 무닌드라는 제자들에게 그들 역시 그들이 원하는 것을 성취할 수 있지만 그것에 대한 대가를 지불해야 한다고 분명히 말했다. 그것은 돈 문제가 아니라 '진지함과 온 마음을 바친 노력'의 문제였다. 그는 말했다.

"그대들은 더없이 진지해야 하며, 그것에 대해 강한 심장(아딧타나)을 가져야 한다."

❧

붓다의 가르침을 경험적으로 그리고 학문적으로 이해하려는 일생의 열망을 실현한 뒤에야 무닌드라는 승려가 되었다. 그러나 이듬해에 그는 미얀마를 떠나기로 결심했다. 스승조차 그의 결정을 만류할 수 없었다. 비록 미얀마 시민권을 제공받았지만 무닌드라는 붓다의 가르침을 그것이 태어난 장소로 다시 가져가야 할 시기라고 느꼈다. 그는 잭 엥글러에게 말했다.

"그것은 나의 습관이다. 나는 사물을 보는 특유의 방식을 갖고 있다. 나는 늘 흐름을 거스른다. 나의 점성술이 나에 대해 예언한 모든 것을 나는 일부러 그 반대로 했다."

명상을 배우기 위해 미얀마에 도착한 지 9년 만에 무닌드라는 승복을 벗기 위해 마하시 사야도의 허락을 요청했다. 모든 사람을 가르칠 수 있기를 원했고, 절 생활은 그렇게 하는 것에 방해가 되었기 때문이다. 스승은 그의 마음을 이해했고 허락했다. 무닌드라는 자신의 삶을 온전히 살기로, 그리고 할 수 있는 한 널리 붓다가 가르친 진리를 전하기로 결심했다. 그는 이것에 선견지명이 있었다. 왜냐하면 그 이후 그는 전 세계의 남자와 여자들과 친구가 되었으며, 자신이 방문하는 곳 어디서든 가르치고, 어떤 면에서는 상좌부 불교 승려로선 할 수 없는 자유로운 방식으로 움직일 수 있었기 때문이다.

미얀마를 떠날 준비를 하면서 무닌드라는 인도에 실어 보내기 위해 붓다의 가르침에 관한 모든 책을 모았다. 그 책들을 배에 실어 보내기 위해 지역 후원자 중 한 명이 그 나라로 들어오고 나가는 것들을 엄격히 제한하는 미얀마 군사정부로부터 허가를 받으려고 6개월 넘게 노력했다. 노력이 성공하지 못하자 그 후원자는 무닌드라에게 책 없이 떠나라고 충고했다. 책은 나중에 보내 주겠다고 약속했다. 무닌드라는 매우 실망해서 스스로 그 문제에 부딪치기로 결심했다. 그는 말했다.

"나는 마음을 정했다. 나는 이곳에 와서 이 모든 책들을 완전히 공부했다. 이 책들은 나에게 많은 도움을 준다. 그리고 인도에는 이런 책들이 없다. 그래서 나는 이 책들을 가져가야만 한다. 책 없이는 나는 가지 않을 것이다."

무닌드라의 후원자는 그에게 군사정부에 접근하지 말라고 간곡히 부탁했다. 그 사람들은 거칠고 무례했으며 도와주지 않을 것이고 오히려 해를 입힐 수도 있었다. 무슨 일이 일어날지 모르는 두려움 때문에 사람들은 무닌드라에게 그들을 만나러 가지 말라고 경고했다. 그러나 무닌드라는 자신의 안전에 관한 그들의 염려를 제쳐 두고 깊이 생각했다. '모든 군인들이 다 나쁘진 않다. 오직 바깥 모습일 뿐이고 옷이 군복일 뿐이다. 그들도 인간이다. 그들에게도 어머니와 아버지, 아내, 형제, 친구들이 있다. 모든 사람 안에는 좋은 자질과 나쁜 자질이 다 있다. 나는 인도로 책을 가져갈 방법을 찾을 것이다.'

무닌드라는 단념하지 않고 책임 부서에 있는 군 장교들에게 직접 말하기로 결심했다. 출가자 복장을 한 그는 아침 일찍 군부대의 첫 번째 문에 도착했다. 기부받은 책들의 가격이 적힌 긴 도서목

록을 들고.

경비요원이 물었다.

"어디로 갑니까?"

무닌드라가 대답했다.

"나는 여기에서 붓다의 가르침을 공부했기 때문에 이 책들을 인도에 갖고 가야 합니다."

"아, 안돼요. 허가할 수 없습니다. 제발 그러지 마세요. 누구도, 심지어 외국에 살고 있는 미얀마 승려나 미얀마 사람들도 허용되지 않기 때문입니다. 당신은 허가를 받을 수 없을 겁니다. 그냥 돌아가세요."

"나는 상관을 만나고 싶습니다. 그들에게 이야기하고 싶습니다. 책 없이 인도로 돌아가는 것은 아무 소용없는 일입니다. 인도에서는 붓다의 가르침이 모두 잊혀졌습니다. 당신들은 붓다의 가르침을 보호해 왔고, 모든 책들을 지켜 왔습니다. 내가 이 책들을 갖고 가면 매우 유익할 것입니다. 그것은 미얀마와의 좋은 관계, 이 나라에 대한 좋은 인상을 전해 줄 것입니다. 이 책들을 보내 주는 것은 당신들의 의무입니다."

무닌드라의 진심이 너무 설득적이어서 그 남자는 동정하는 마음이 들어 무닌드라에게 두 번째 문으로 가서 그곳에서 문의하라고 말했다. 두 번째 문에서도 똑같은 일을 겪었다. 같은 설명을 반복하고 가까스로 마지막 세 번째 문에 이르렀다. 담당자는 그의 모든 서류를 검토하고 앞의 사람이 한 말을 되풀이했다. 그럼에도 무닌드라는 굽히지 않고 주장했다.

"나는 이 모든 책을 공부했습니다. 미얀마에 있는 어떤 스승도 나를 시험할 수 있습니다. 왜냐하면 책 없이 인도에 가는 것은 소용없기 때문입니다. 그곳엔 아무것도 없습니다."

마침내 그들은 무닌드라를 돌려보내지 않고 자신이 배운 것을 간단히 설명하는 무닌드라의 말에 귀를 기울였다. 그러고 나서 무닌드라는 말했다.

"미얀마는 나의 제2의 고향입니다. 비록 나는 인도에서 태어났지만 미얀마에서 붓다가 가르친 진리를 경험했습니다. 나는 미얀마 사람들에게 깊이 감사드립니다. 나는 이 나라를 사랑합니다. 나는 여기에서 나의 의무인 공부를 마쳤습니다. 그러나 인도는 붓다의 가르침이 부족합니다. 그래서 이 책들은 모든 사람에게 많은 도움이 될 것입니다. 나는 허가를 받아야만 합니다."

고위 관리들이 모여 그 문제를 토론했고 마침내 묵인했다.

"좋습니다. 우린 이렇게 한 적이 없지만 당신을 돕겠소."

그들은 심지어 증기선까지 마련해 주었고, 누구도 상자 안에 다른 것을 넣을 수 없도록 책 포장을 도왔다. 그들은 무닌드라가 단돈 50루피와 약 열 벌의 승복만 가지고 그 나라를 떠나는 것을 허락했다. 그 옷들을 무닌드라는 인도의 승려들에게 기증했다. 주위 사람들은 그가 허가를 얻어 낸 것에 놀라워하며 어떻게 감히 군인들에게 도전할 수 있었는지 궁금해했다. 무닌드라는 그들에게 말했다.

"나는 인간 존재를 믿고 신뢰한다. 왜냐하면 모든 사람은 본질적인 특성을 갖추고 있기 때문이다. 우리가 그들의 가슴을 감동시킬 때 그들은 응답한다. 나는 그들의 선함을 믿었고, 그들 모두가 나를 도와주게 되었다."

부두에서 많은 사람들의 배웅을 받으며 무닌드라는 떠났다. 미얀마에 온 지 9년 만의 일이었다. 포기할 줄 모르는 결의는 붓다의 생애를 처음 읽고 30여 년이 지난 뒤 그를 미얀마로 오게 했었다. 마침내 40대 초반에 붓다의 경험을 직접적으로 깨닫고 이해했다. 이제 52살인 그는 붓다의 가르침을 그것의 본고장으로 다시 가지고 가는 일에 흔들림이 없었다. 그는 자신이 배운 것을 사람들과 나눌 것이다. 비록 훗날 국제적인 스승이 되었지만 그는 먼저 인도에 기여할 필요를 깊이 느꼈다. 그레그 갤브레이스가 말한 것처럼 '무닌드라의 마음에서 떠나지 않는 사명은 그의 고향, 그 자신의 사람들'이었다.

그리고 스물일곱 상자의 책이 인도에 도착했다.

✎

무닌드라는 자신의 열망을 존중할 뿐 아니라 다른 사람들이 그들의 열망을 실현시킬 수 있도록 도와야 한다는 생각이 확고했다. 젊은 시절 인도에 도착한 잭 엥글러는 명상을 배우기 위해 보드가야로 갔다. 무닌드라가 한 첫 번째 일은 잭이 머물 장소를 확보하는 일이었다. 여행자를 위한 방갈로에 머무는 것은 불가능한 일이었다. 짧은 기간 동안만 사람들이 가득한 하나의 큰 방을 숙소로 제공하기 때문이었다. 잭은 회상한다.

"그곳의 유일한 화장실은 벽과 바닥에 온통 인간의 배설물이 널려 있었다."

무닌드라는 잭에게 알맞은 숙소를 찾을 수 있게 도와주겠다고 약속했다.

"우린 일본 절에 부탁할 것이다."

그 절은 보드가야에서 가장 새 것이고 가장 좋은 숙소였다. 그러나 그 안에 들어가기도 가장 어려웠다. 무닌드라는 주장했다.

"그대는 여기에 붓다의 가르침을 공부하기 위해 왔다. 그러니 그들은 거절할 수 없다!"

잭은 다시 회상한다.

"무닌드라와 일본 절 주지승의 만남을 지켜보는 것은 요지부동인 물체를 상대하는 거부할 수 없는 힘을 지켜보는 것과 같았다. 무닌드라의 요청에 일본인 주지승은 안 된다고 잘라 말했다. '그러나 당신이 해야 합니다.' 하고 무닌드라가 말했다. '불가능합니다!' 하고 일본인 승려가 말했다. '이 청년은 서양에서 붓다의 가르침을 공부하기 위해 왔습니다. 당신은 그를 환영하며 맞이해야 합니다.' 무닌드라는 조용히 그리고 다정하게 말했지만 속마음은 강철 같았다. 마침내 주지승은 우리에게 기다리라고 했다. 그는 부주지를 불러 일본어로 잠시 동안 의논했다. '좋습니다.' 마침내 주지승이 말했다."

잭은 덧붙인다.

"이 대화에서 무닌드라는 결코 큰 소릴 내지도 공격적이지도 않았다. 줄곧 공손했지만 상대가 포기할 때까지 결코 이야기를 멈추지 않았다. 서로의 곁을 지키며 지지해 주는 것이 무닌드라에겐 단순히 수행 공동체의 의무였다."

그레이엄 화이트는 말한다.

"어떤 것도 마하보디 사원을 돌보고 제자들을 보살피는 무닌드라의 목표를 중단시킬 수 없었다. 그는 우리를 위해 언제나 그곳에 있었다."

그리고 잭 엥글러는 기억한다.

"무닌드라는 매일, 하루 종일 자신의 방에 있었다. 누구든 와서 붓다의 가르침이나 수행에 대해 이야기할 수 있도록. 아니면 단순히 대화할 수 있도록. 그는 동틀 녘 문을 열고 해 질 녘에 문을 닫았다. 누구나, 그리고 모든 종류의 사람들이 환영받았다."

무닌드라는 조카 타파스 쿠마르 바루아에게 조언했다.

만일 네가 간절히 바라고 대의를 위해 헌신한다면, 그때 성취의 길을 방해할 어떤 장애물도 있을 수 없다. 설령 네가 장애물을 발견한다 할지라도 그것은 단지 일시적인 방해를 야기할 뿐이다. 궁극적으로 그것은 녹아 없어질 것이고 시간이 흐르면서 증발할 것이다.

무닌드라는 붓다가 가르친 진리와 관련된 어떤 일에 관해서도 두려움 없고 단호했지만, 때로 다른 것들에 대해서는 두려워하고 고집스러웠다. 진리를 깨닫는 것이 반드시 한 개인이 선호하는 것과 별난 성격을 지워 버리진 않는다는 것을 10년 넘게 인도와 미국에서 무닌드라에게 명상 지도를 받은 스티븐 슈와르츠(통찰 명상 협회 공동 설립자)는 깨달았다. 제자 중 한 명이 후원자가 되어 무닌드라를 북미 지역에 초청했을 때 스티븐이 그를 뉴욕과 워싱턴 D. C.에 데려갔다.

무닌드라의 엄청난 호기심을 고려할 때 획기적인 설계로 유명한 워싱턴 D. C.의 지하철 시스템을 구경하는 것을 무척 좋아할 것이라고 스티븐은 기대했다.

"무닌드라는 놀랄 만큼 용감할 뿐만 아니라 모험심이 강한 사람이었다. 서구 세계에서 일들이 작동하는 방식에 대한 정보를 얻기 위해 그는 제자들에게 늘 소나기 같은 질문을 퍼부었다. 그가 과학적인 사고를 가졌기 때문에 워싱턴 D. C.의 지하철 시스템을 좋아할 것이라고 나는 생각했다."

지하철은 겹겹이 지어져 있기 마련이다. 다양한 지하철 선로가 지하 깊은 곳에서 서로의 위아래로 뻗어 있다. 어떤 열차 플랫폼은 아주 낮은 땅속에 있어서 길고 가파른 에스컬레이터를 타고 접근해야 한다. 스티븐과 무닌드라가 이용한 역이 그러했다. 스티븐은 말한다.

"무닌드라는 이미 에스컬레이터에 익숙했기 때문에 난 그냥 뛰어올랐다. 그러나 그는 에스컬레이터를 타지 않고 꼭대기에 그냥 서 있었다. 나는 내려가면서 계속 소리쳤다. '무닌드라지, 어서 에스컬레이터를 타세요.' 그는 단호하게 거부했다. '아니, 아니, 아니,

아니.' 나는 끝까지 내려가서 다시 에스컬레이터를 타고 올라갔다. 내가 그에게 물었다. '무슨 일이 있으세요?' 그가 말했다. '이 에스컬레이터는 어두운 곳으로 가고 있어.' 내가 말했다. '그것은 사실이에요. 하지만 지하철은 원래 그런 거예요. 지하철은 지하 바닥에 있어요.'"

스티븐은 계속해서 말한다.

"나는 무닌드라의 얼굴에 통제할 수 없는 두려움이 어려 있는 걸 볼 수 있었다. 그리고 그것은 매우 독특한 순간이었다. 전에는 무닌드라에게서 결코 두려움을 본 적이 없었다. 특히 이와 같이 새로운 경험에 대한 두려움은. 그는 언제나 빠른 걸음으로 무리를 이끌며 앞으로 걸음을 내딛었었다. 정신적으로나 감정적으로나 무리를 앞으로 나아가게 하면서. 그런데 지금은 에스컬레이터 꼭대기에서 꼼짝 못하고 있었다. 너무 어둡고 너무 빨라서 부서질 것 같다고 그는 말했다. 그래서 내가 말했다. '내가 당신 뒤에 서서 가면 어떨까요?' 그는 말했다. '아니, 아니, 그렇게 하지 마.' 갑자기 나는 그가 해야 할 일을 대신 하기로 결심했다. 나는 재빨리 그를 부드럽게 들어 올려 에스컬레이터 위에 내려놓았다. 그의 눈이 커지고 소리를 질렀다. '아레 바바! 아레 바바!(오, 세상에!)' 그는 내려가는 동안 완전히 겁먹고 있었다. 맨 아래에 도착한 그는 선언했다. '난 다시는 이것을 타지 않을 거야.' 일단 우리가 지하에 도착하자 그는 에스컬레이터를 좋아했다. 단지 그 위에 서 있을 수 없을 뿐이었다."

나머지 여행 동안 무닌드라는 택시를 이용하는 것을 거부했다.

오직 지하철로 여행하기를 원했다. 스티븐은 덧붙인다.

"그러나 그는 결코 두려움을 극복하지 못했다. 우리가 지하철역에 갈 때마다 그는 계단으로 걸어 내려갔다. 역에 도착하면 나는 말하곤 했다. '에스컬레이터로 올라갑시다.' '오, 안 돼, 안 돼. 난 타지 않을 거야.' 그는 말하곤 했다. 그럼 내가 말했다. '올라가는 것이 내려가는 것보다는 쉬워요.' '오, 아냐, 아냐. 마치 빛 속으로 들어가는 것 같아. 난 타지 않을래.' 내가 에스컬레이터를 타고 올라가는 동안 그는 계단을 뛰어 올라갔다. 위에 나보다 먼저 당도하는 것에 굉장한 희열을 느끼며. 그가 얼마나 무서워하는지 보는 것, 그리고 그 두려움이 자신의 길을 방해하지 않도록 하는 것에 그가 얼마나 단호한지 보는 것은 두 가지 다 무척 아름다운 일이었다. 왜냐하면 그는 지하철을 사랑했고 그것이 편리하다는 것을 알았기 때문이다."

꠷

무닌드라를 '가장 따뜻한 스승' 중 한 명으로 묘사하는 람 다스는 말한다.

"그는 일단 결심하면 그것이 다였다. 내 말은, 그만큼 고집스러웠다는 것이다."

고집스러운 건가, 아니면 결의가 확고한 건가? 무닌드라의 행동은 다양하게 해석된다. 그 이면에 있는 동기를 관찰자가 반드시 알아차릴 수 있는 것은 아니기 때문이다. 자신의 에고에 봉사하고 그것을 방어하기 위함인가? 권력이나 세속적인 이익을 위해 자기가 갈 길을 확고하게 가는 것인가? 그렇지 않으면 그 너머에 있는 무엇인가를 얻기 위한 의도인가? 또한, 인간은 어디까지 계속 추구해야 하고 언제가 내려놓아야 하는 시점인가?

무닌드라는 마음먹은 것을 놓아 버리고 상황에 맞게 주장을 멈추는 능력을 갖고 있었다고 로버트 프라이어는 말한다. 보드가야에서 진행된 안티오크대학 해외 불교 프로그램을 가르치며 보낸 몇 해 동안 무닌드라는 많은 요구를 하는 것으로 정평이 나 있었다. 질서와 청결을 무척 좋아했기 때문이다. 그러나 로버트나 다른 직원들이 그 상황에서 어떤 것이 왜 불가능한가를 설명하면 무닌드라는 즉시 그것을 포기하고 괜찮다고 말했다.

당면한 문제가 열차표를 사는 것이나 게스트하우스에서 목욕을 위해 양동이 물을 추가로 얻는 것처럼 단순할 수도 있었다. 혹은 명상 센터 건립을 감독하는 일처럼 복잡한 것일 수도 있었다. 크리스토퍼 티트머스(인도와 태국에서 승려 생활을 한 명상 교사. 영국 데본의 국제 수행 센터 가이아 하우스 공동 설립자)는 명상 센터와 관련한 무닌드라의 결의에 대해 설명한다. 다른 사람들이 고집스럽다고 여겼던 일이다. 1970년대 중반, 무닌드라는 다른 장소들에서 와 달라는 다양한 초대를 받았다. 디파 마가 있는 콜카타를 포함해 서양과 인도의 여러 지역에서 그에게 명상 센터 건립을 제의했다.

크리스토퍼는 말한다.

"그러나 무닌드라는 모든 제안을 사양했다. 왜냐하면 그의 목적은 파트나(동인도 비하르 주의 주도. 갠지스 강 부근에 위치한 도로, 철도 교통의 요충지)나 델리의 관리들로부터 보드가야에 명상 센터를 시작해도 좋다는 말을 들을 때까지 그곳에 그대로 남아 있는 것이었기 때문이다. 전쟁이 터지든 홍수가 나든 그를 움직이게 하지 못했다. 비하르 지방 관리들의 부패, 게으름, 그 밖의 불확실한 상황 등을 고려할 때 그렇게 하는 것은 어찌 보면 용감한 행동이었다. 내 기억에 따르면 그는 그것이 해결될 때까지 절대로 보드가야를 떠날 생각이 없었다. 그리고 내 기억이 정확하다면, 무한한 인내심을 갖고 몇 년을 기다린 그는 마침내 깨달았다. 그가 원하는 일, 즉 보드가야에서 중요한 명상 센터를 시작하는 일은 결코 일어나지 않으리라는 것을."

무닌드라는 평소답지 않게 자신의 꿈을 놓아 버리고 프로젝트를 포기했다. 대신 뭄바이 근처 이갓뿌리에 담마기리 위빠사나 수행 센터를 건립한 오랜 친구 S. N. 고엔카를 지원했다. 그는 수백 수천 명의 사람들에게 그곳으로 가서 수행하라고 권했다. 무닌드라는 자신의 결심을 힘닿는 데까지 밀고 나가야 할 때를 알았고, 또한 그것을 옆으로 치울 때를 알았다.

산과 바위처럼 안정되게 확고한 기반을 가진 것은

거친 바람에도 흔들림 없이

자기가 있어야 할 자리에 정확하게 남아 있다.

그러니 그대 또한 확고한 결정 안에서 끊임없이 안정되어야 한다.

확고한 결의의 완성을 향해 나아가라.

그리하면 그대는 깨달음을 얻으리라.

—수메다(전생의 붓다) 『붓다밤사』(붓다의 가계를 서술한 책)

*

아딧타나*adhithana*는 '강한 결심'이다. 확고한 투지, 확고부동한 결심, 맹세, 의지 등으로 번역된다. 분명한 목표에 집중해, 장애에 부딪쳐도 흔들리지 않는 변함없는 마음의 힘을 말한다. 특히 수행을 완성하기 위해 큰 바위산처럼 동요 없이, 변함없이 마음속에 단단하게 결정하는 것이다. 집중수행 마지막 날까지 포기하지 않고 남아 있겠다는 결심, 계율과 침묵의 규칙 등 모든 규범을 따르겠다는 강한 결의도 여기에 포함된다. 붓다는 4가지 아딧타나에 대해 말했다. 지혜를 도외시하지 않기, 진리를 보호하기, 너그러움 기르기, 그리고 평온함 키우기.

8
천천히, 그리고 꾸준히

정진과 노력_위리야

꾸준히 하는 것이 성공의 비결이다.

—무닌드라

무닌드라의 놀라운 체력과 정신력에 대한 전설적인 이야기는 산처럼 많다. 붓다가 가르친 진리를 공부하고 수련하는 데 쏟은 엄청난 노력에서부터 지칠 줄 모르고 그것을 사람들과 나눈 일에 이르기까지. 그는 수십 살이나 젊은 제자들을 언제나 앞지를 수 있었다. 그리고 누군가가 한밤중에 그를 필요로 하면 즉시 일어나 초롱초롱하게 깨어 시간을 낼 수 있었다. 그것이 진리의 가르침에 이르러서는, 무닌드라의 정진과 노력(위리야. 흩어진 마음을 모으는 힘)은 고갈될 줄 몰랐다.

여러 요소들이 결합해 그의 넘치는 에너지에 연료를 공급했다. 타고나기를 강단 있는 인물인 그는 어쩌면 유전적으로 높은 수준의 활동력을 가졌는지도 모른다. 그리고 만족할 줄 모르는 호기심과 배움에 대한 열망은 끝까지 탐구하는 무한한 열정을 자극했다.

또한 마음챙김과 건전한 쪽으로 향하는 습관 때문에 중요하다고 여기는 것을 위해 기운을 아끼고, 자신의 추구에 방해가 되는 일에는 힘을 쏟지 않는 데 익숙했다.

⟡

어린 시절부터 무닌드라는 붓다의 이야기를 알았으며—깨달음을 얻을 때까지 얼마나 오래, 얼마나 힘들게 인내하며 수행을 계속했는가를—붓다가 안 것을 배우기 위해 기꺼이 노력했다. 그 노력의 결실을 경험하면서 다른 사람들도 똑같이 할 수 있다고 그는 여겼다. 그는 사람들이 전심전력으로 노력하고, '자유'가 '자립'의 문제인 이유를 이해하도록 격려했다.

"붓다는 단지 그 길을 가리켜 보였을 뿐이다. 그는 그대에게 닙바나, 즉 집착과 속박 없는 대자유의 경지를 줄 수 없다. 누구도 그렇게 할 수 없다. 그대 스스로 노력해 얻어야 한다."

조카 타파스 쿠마르 바루아는 언급한다.

"모든 강의에서 무닌드라 삼촌은 자신이 체험한 것을 말하곤 했으며, 우리가 똑같은 것을 체험하기를 바랐다. 하지만 그는 우리에게 말했다. '내가 스스로 여행한 그 길을 그대들 역시 스스로 걷지 않는 한 그 일은 불가능하다. 그대들이 자신의 팔을 움직이지 않는 한 그대들은 수영할 수 없다. 따라서 그대들은 수영하는 법을 배워야 한다. 스스로 물에 뜨는 법—그것은 그대들의 노력이어야 한다."

삶의 큰 의문들에 대한 해답을 찾아 동양으로 간 많은 사람들에게 무닌드라를 만나는 것은 영적 수행에서 자기 확신을 세우는 기회였다. 그는 그들에게 바깥보다는 자신의 마음과 가슴속을 들여다보도록 안내했다. 그의 가르침 방식은 그들에게 도전을 주고 영감도 불어넣었다.

불행과 혼란이 18세의 샤론 샐즈버그를 인도에 오게 했을 때, 무닌드라는 그녀의 첫 번째 스승 중 한 명이었다. 그는 샤론에게 말했다.

"붓다의 깨달음은 붓다의 문제를 해결했다. 이제 그대는 그대의 문제를 해결하라."

샤론이 혼자 힘으로 고통으로부터 자유를 성취할 수 있다는 것은 하나의 계시였다. 그녀는 '수행, 그 체계는 스승으로부터가 아닌 정말로 자기 자신 안에서 나와야 한다.'라는 것을 발견했다. 샤론은 말한다.

"나는 자신의 선택에 책임을 져야만 했다. 그것이 나는 매우 좋았다. 내 안에서 불러내야만 하는 에너지와 노력, 그리고 실제 수행이 있어야만 그 입증된 경험에 다가갈 수 있다는 것을 나는 알아차렸다."

카테리나 모라이티스(그리스 텔레비전 방송 번역가)는 추종할 구루를 찾고 있었던 것이 아니라 자신에게 어떤 것들을 분명하게 보여줄 수 있는 누군가를 찾고 있었다. 따라서 정진과 노력에 대한 무닌드라의 강조는 그녀의 요구에 부합했다. 그녀는 5년간 무닌드라에게 명상을 배웠다. 카테리나는 말한다.

"진리의 본질은 사랑과 이해와 자족이다. 우리가 우리 자신의 길을 만들어야 한다는 의미에서 그렇다. 상좌부 불교 전통에는 스승이 있고 붓다가 있고 승단이 있다. 그러나 모든 작업은 우리 자신에게 달려 있다. 모든 것이 우리 책임이다. 우리가 스스로 그것을 하지 않는다면 우리를 그곳으로 데려다 줄 어떤 놀라운 구루도 없다. 무닌드라가 우리에게 최소한의 가르침을 준 이유가 그것이다. 그러나 그의 가르침은 처음부터 매우 분명했다. 나중에 수행—어떤 것에 정말로 집중하고, 모든 에너지를 그것에 두며, 그래서 다른 모든 방해 요소들을 없애는 것—의 중요성을 이해했을 때, 그때 비로소 나는 그것을 할 수 있었다."

조지프 골드스타인도 무닌드라가 가르친 방식에 감사해한다. 형식적인 체계를 고수하기보다 제자들은 결과를 얻기 위해 스스로 노력하고 정진해야만 했다. 조지프는 말한다.

"그 당시 초기엔 무닌드라는 집중수행을 이끌지 않고 있었다. 그는 보드가야의 간디 아쉬람에 살고 있었고, 나와 몇몇 서양인들은 그곳의 미얀마 절에 머물고 있었다. 우리는 하루에 한 번, 아침에 2시간 남짓 그를 보러 갔다. 나머지 시간은 우리 혼자 힘으로 우리의 수행을 해 나갔다."

조지프는 덧붙인다.

"우리가 얼마나 집중적이고 다양한 방법들로 수행했는지 모른다. 모두 자율적이었다. 어떤 이들은 의욕이 넘쳤고, 어떤 이들은 덜 그랬다. 정해진 과정이나 틀은 없었다. 단지 무닌드라와의 만남이 있었을 뿐이다. 무닌드라는 매우 열려 있었고 넓었다. 그는 누군가가 통솔하는 수행을 강요하지 않았다. 수행은 전적으로 우리 자신에게 달린 일이었다."

이 접근법에 대해 질문하면 무닌드라는 설명했다.

경전에 따르면 스승은 깔야나미따, 즉 '영적인 친구', '영적 안내자'로 불린다. 구루라는 제도는 없다. 경험한 사람들, 그 길을 걸어간 사람들, 그들은 그것이 어떻게 일어나는지 보여 줄 수 있다. 그들은 단지 그 길을 가리키고, 그 길을 보여 줄 뿐이다. 모든 개인은 진리를 깨닫기 위해 자신만의 노력을 해야 한다. 누구도 그대가 그것을 깨닫도록 설명할 수 없다.

무닌드라의 제자들은 대부분 무닌드라보다 젊은 세대였지만, 그의 육체적 정신적 활력은 그들에게 매번 충격을 안겨 주었다. 그는 새벽 2시나 3시에 일어났고 밤 9시쯤에 잠자리에 들었다. 4~5시간을 잤다. 다른 사람들이 5시에 일어나 명상 준비를 할 무렵, 그는 이미 씻고 경전을 읽고 편지들을 처리하고 있었다. 미국 통찰명상 협회에서 처음 무닌드라를 만난 패트릭 오필스(『붓다는 죄수를 받아들이지 않는다Buddha Takes No Prisoners』의 저자)는 말한다.

"무닌드라에 대한 나의 가장 뚜렷한 인상은 그가 가진 어마어마한 에너지였다."

무닌드라는 언제나 제자들을 위한 에너지와 열정을 가지고 있었다. 심지어 꼭두새벽에도. 스티븐 스미스(하와이 위빠사나 수행 센터 공동 설립자)는 말한다.

"수행 중에 많은 흥분되는 일이 일어났던 통찰 명상 협회에서의 시간들을 기억한다. 한밤중에 그의 방에 켜진 불빛을 보고 나는 문을 두드리곤 했다. 그는 일어나 있었고 들어오라고 했다. 나는 그에게 무슨 일이 일어났는지 말했고, 그는 그 모두를 이해하고 내게 조언을 해 주었다. 계속 수행하라고 하거나 몇 가지 다른 가르침을 주었다. 나는 그런 일이 지금도 일어나는지 알지 못한다. 아주 오래 전의 일인 것 같고, 어쩌면 붓다의 시대에 일어났을 법한 일인지도 모르겠다."

팻 마스터즈는 말한다.

"무닌드라는 믿을 수 없을 정도의 에너지 다발을 가졌다. 그는 대학생 제자들이 쓰러질 때까지 걸을 수 있었다. 그는 보드가야에서 강을 건너, 붓다에게 우유죽을 준 수자타의 마을과 모든 유적지와 사적지로 제자들을 데려가는 것을 좋아했다. 그는 그곳들을 잘 알고 있었다. 제자들은 지쳐서 헐떡거렸고, 그는 말하곤 했다. '자, 가자.' 여정의 끝에서도 그는 힘이 남아돌았다. 계속 은퇴 위협을 받았지만 그는 그저 계속, 계속 되돌아왔다. 사실 그로선 매우 벅찬 일이었다. 왜냐하면 나는 그의 몸이 쇠약해져 가고 있고 더 이상 건강하지 않다는 걸 알았기 때문이다. 그러나 그는 여전히 믿을 수 없을 만큼 놀라운 기억력과 진리를 전하는 능력을 유지하고 있었다."

무닌드라의 에너지 수준이 그를 초청한 사람들 모두에게 편안한 것만은 아니었다. 샤론 샐즈버그와 조지프 골드스타인은 무닌드라와 함께 워싱턴 D. C.의 스미스소니언 항공우주박물관을 갔던 일을 기억한다. 조지프는 말한다.

"무닌드라는 단 한 가지의 전시품이라도 모두 봐야만 했다. 나를 포함해 함께 간 사람들 모두가 녹초가 되었다. 무닌드라는 전혀 피곤해하지 않았다. 나는 그것이 그의 타고난 에너지인지 수행의 결과인지 알지 못한다. 그는 사방으로 돌아다니며 보러 다닐 정도로 끝없는 에너지를 갖고 있었다."

샤론이 덧붙인다.

"우리는 약 6시간 30분 동안 그곳에 있었다. 마침내 나는 긴 의자 위에서 잠들어 버렸다. 내가 깨어났을 때 조지프는 나의 건너편 긴 의자 위에 쓰러져 누워 있었다. 그리고 무닌드라는 계속, 계속, 계속 다녔다. 그는 멈추지 않았다."

무닌드라를 시카고에 초대한 봅과 딕시 레이 부부('영적인 삶을 위한 라스베이거스 수행 센터' 공동 설립자)도 무닌드라가 '고도의 에너지와 아주 많은 관심, 즉 엄청난 호기심'의 소유자라는 것을 알았다. 딕시는 회상한다.

"그는 시카고에서 모든 것을 보고 싶어 하고, 모든 것을 하고 싶어 했다. 서커스 공연도 딱 한 번만이 아니라 다시, 또다시, 그리고 또다시 보고 싶어 했다. 그래서 우리는 그를 모든 곳에 데리고 가야만 했고 그의 뒤에서 계속 뛰어다녀야만 했다. 그는 우리가 가진 것보다 몇 배의 에너지를 가지고 있었다. 그런 면에서 많은 도전 의식을 북돋우는 사람이었다. 그러나 무엇을 하든 어디에 가든 그는 온전히 그곳에 있었으며, 한 가지를 끝내고서 다음 것으로 이동했다."

～

무닌드라가 그토록 많은 에너지를 가진 이유가 부분적으로는 대상에 온 마음으로 주의를 기울이는 마음챙김 때문이라고 딕시는 설명한다. 그는 언제나 자기 바로 앞에 있는 것―사람이든 전시품이든 동물이든 공연이든―과 함께 현존했다. 생각이 왔다 갔다하며 과거나 미래로 돌아다니지 않았다.

로버트 프라이어는 말한다.

"그의 삶의 마지막 2, 3년까지도 그를 따라가기 힘들었다. 그것은 깊은 감명을 주었다. 내가 이해하는 바로는, 그의 마음이 다른 사람들의 마음보다 더 자유로웠기 때문에 그는 더 많은 에너지를 갖고 있었다. 우리 대부분이 하는 방식대로 그는 걱정하는 일에 자신의 에너지를 낭비하지 않았다."

걱정하는 것이 에너지를 소모시키는 유일한 것은 아니다. 무닌드라는 설명했다.

마음이 분노에 영향을 받을 때, 그대가 알아차리지 못한다면 그때 그것은 먹이를 얻고 자양분을 공급받는다. 마음챙김이 없으면 분노는 마음을 오염시키는 본성을 갖고 있다. 그것이 관찰되지 않을 때 그것은 몸에 영향을 미친다. 그때 우리는 그 변화들을 본다. 몸이 긴장하고, 눈이 붉어진다. 몸이 떨린다. 혈액 순환이 바뀐다. 그때 그대가 어떤 언어를 사용하든, 어떤 반응을 보이든 독이 되고 상처가 된다. 왜냐하면 마음이 오염되었을 때는 모든 행동, 행위, 말이 오염되기 때문이다. 그렇기 때문에 우리는 많은 에너지를 태운다. 우리가 더 많은 잠, 더 많은 휴식이 필요한 이유가 그것이다. 그러나 만일 마음이 반응하지 않는다면, 만일 마음이 헤매지 않고 생각하지 않고 순간에서 순간으로 경험한다면, 그때 마음은 편안해진다. 에너지가 보존되고 낭비하지 않게 된다. 마음챙김이 높은 수준까지 발달했을 때, 졸리거나 피곤하거나 지치지 않는 이유가 그것이다.

어느 날 무심코 무닌드라는, 마음을 깨어 있게 하고 마음과 가슴이 건전한 상태에 이르게 하는 위리야, 즉 정진의 힘이 실제로 어떻게 작용하는지 보여 주었다. 로빈 선빔이 자신이 배운 가르침을 전한다.

"그때 나는 자애 명상(특정한 대상이나 살아 있는 모든 존재가 고통에서 벗어나 평안하고 행복하기를 바라는 염원을 발산하는 명상)을 시도하고 있었다. 무닌드라는 나에게 분노가 어떻게 자애라는 동전의 다른 쪽 면인지, 그리고 어떻게 그 분노의 에너지를 변형시켜 사랑의 원천이 되게 할 수 있는지 설명했다. 무슨 일이 일어났는지 정확히 기억나진 않지만, 그때 누군가가 안으로 들어와 무닌드라에게 어떤 것을 말했고, 무닌드라는 화가 났다. 나는 고작 2미터 정도 떨어진 곳에 앉아 있었기 때문에 그의 노려보는 얼굴을 볼 수 있었다. 그의 눈이 타올랐고 얼굴이 붉어졌다. 그 순간 나는 그의 마음 챙김이 그것을 끊는 것을 볼 수 있었다. 한 순간에 그는 평상시의 미소로 돌아와 웃고 있었으며, 동일한 그 사람에게 더없이 다정해 져 있었다."

카말라 마스터즈는 덧붙인다.

"지각 있는 인간으로서 우리는 마음을 긍정적인 쪽으로 기울이 는 지성을 갖고 있다. 만일 과거의 어떤 것이 현재의 순간에 결실 을 맺었는데 그것이 긍정적이지 않은 것이라면, 언어나 행동에 있 어서 그것에 대해 어떤 것도 하지 않고 다만 그것을 마음에서 내 려놓는 것이 우리의 수행이다. 많은 다양한 방식으로 무닌드라는 그것을 설명하곤 했다. 우리는 외부 조건을 통제할 순 없지만 긍정 적인 마음 상태는, 만일 잘 보살피고 에너지를 쏟고 자주 사용하기 만 하면, 또 다른 긍정적인 마음 상태로 이르게 할 수 있다."

그레그 갤브레이스는 무닌드라의 이 성향이 사실이었음을 확인 해 준다.

"무닌드라는 언제나 진실되게 사람들 안에서 좋은 것들을 찾았 다. 특히 다른 사람들에 대해서는 자신의 마음이 부정적인 것에 머무는 걸 허락하지 않았다. 그는 늘 사람들의 좋은 면에 대해 말 했다."

보드가야에서 처음 무닌드라를 만나 평생을 가까이 지낸 우노 스베딘(물리학 박사. 스웨덴 스톡홀름대학 환경 문제 연구원)은 늙은 스승을 방문해 어떤 식으로든 자신이 할 수 있는 도움을 주기 위해 무닌드라가 죽기 몇 달 전 스웨덴에서 날아왔다. 무닌드라는 그때까지도 몹시 아팠고 약해져 있었다. 우노는 말한다.

"그럼에도 불구하고 그는 사람들의 오후 방문을 여전히 받아들이고 있었다. 침대 한가운데에 흰옷을 입고 갈색 모자를 쓴 채 가부좌 자세로 앉아 방문객들을 맞이했다. 이 만남 동안 방문객들은 충분한 대화 시간을 가질 수 있었다. 그리고 붓다가 가르친 진리가 주제로 떠오르면 그는 빛이 났다. 가르치고자 하는 열정의 홍수가 그를 온통 사로잡았고 붓다의 가르침이 그 상황에 맞는 어떤 언어로든 중단 없이 이어졌다. 뱅골어든, 힌디어든, 미얀마어든. 어떤 경우에는 영어로. 긴 강의가 그의 입에서 흘러나왔다. 옛날에 그랬던 것처럼."

상황이 어떠하든, 약해진 육체적 상태가 어떠하든, 무닌드라는 진리의 가르침을 위해선 언제나 넘치는 활력을 발휘했다. 심지어 우노에게 묻기까지 했다.

"내가 말한 내용에 아직 불분명한 것이 있는가?"

삶이 끝나갈 무렵 무닌드라는 진리를 전하고 자신이 깨달은 것을 다른 사람들이 깨닫도록 도와줄 시간이 얼마 없다는 것을 분명히 느꼈다. 많은 사람들은 삼웨가, 즉 영적인 절박함이 그의 가르침에서 강하게 묻어나는 것을 알아차렸다.

레베카 쿠신스는 말한다.

"그의 주위에는 에너지가 있었다. 그가 좀 더 젊었을 때의 이야기를 많이 들었기 때문에 나는 그가 언제나 에너지를 갖고 가르친다는 걸 알았다. 그러나 내가 안티오크대학 해외 불교 프로그램에서 그를 만났을 때 그는 매우 늙어 있었다. 그런데도 여전히 그 에너지를 갖고 있었다. 우리가 종종 말했듯이, 그와 대화를 하러 가면 어느 정도 후엔 우리가 그를 중단시켜야만 했다. 그가 쉴 수 있도록, 그리고 그가 계속하지 않도록. 왜냐하면 그는 우리가 진정으로 알았다고 느낄 때까지 우리와 함께 이야기하는 걸 좋아했기 때문이다. 그가 늘 우리에게 하던 말을 난 기억한다. '나는 그대들에게 지름길을 알려 주고 있다.' 나는 아직도 그 '지름길'의 뜻을 알지 못하지만, 그는 그것을 그토록 주장했다."

레베카와의 개인 면담에서도 무닌드라는 그런 맥락에서 계속 이야기했다. 레베카는 회상한다.

"나는 문제를 겪고 있다고 그에게 말했다. 그 문제란, 어떤 것이 일어나고 있을 때가 아니라 단지 그것이 일어난 뒤에야 그것을 알아차린다는 것이었다. 나는 그의 끈질김과 절박함을 기억한다. 그는 내가 그 문제를 이해하기를 정말로 원했다. 종이 울리고 다시 명상 홀로 가야 할 시간이 될 때까지 이것을 계속해서 되풀이해 말했다. '바로 이 순간에 일어나고 있는 것! 바로 이 순간에 일어나고 있는 것!' 그는 두 손을 찰싹 치며 말했다. '이것을 분명히 보라! 바로 이 순간에 일어나고 있는 것!' 그는 그 절박함을 가지고 있었다. 그는 계속 주장했다. '나는 그대에게 지름길을 알려주고 있다! 지금 알아야 한다! 꾸물거릴 시간이 없다!'라고."

가르침의 마지막 시기에 무닌드라는 안티오크대학 프로그램 초기에 보여 주었던 엄청난 에너지는 갖고 있지 않았다. 로버트 프라이어는 회상한다.

"그러나 일단 가르침을 시작하면 에너지가 그냥 그를 통해 흘러나왔다. 그리고 그는 명확했고 그의 말은 정확했다. 비록 몸은 무척 약해져 있었지만 진리를 전하고 싶어 하는 에너지는 언제나처럼 강력했다. 우리가 그것을 이해하도록, 진리의 축복을 받도록 그가 얼마나 많이 애쓰는지 나는 볼 수 있었다. 나는 그의 절박함을 정말 강하게 알아차렸다. 그는 우리에게 이렇게 말하는 것 같았다. '부탁인데, 제발 이것을 알아라! 그대들은 이것을 알아야 한다!' 그 말들을 사용하진 않았지만 거의 그러했다. 그는 자신이 한 방식을 우리가 정말로 이해하기를 바라는 엄청난 열망을 가지고 있었다. 우리가 마주한 현장감은 더할 나위 없이 강렬했다. 그것이 너무도 분명해서 충분히 느낄 수 있었다. 가슴을 뭉클하게 하는 감동적인 순간들이었다. 붓다가 가르친 진리를 전할 때 그는 더없이 강해졌다."

비록 마음은 여전히 강했지만 생애 마지막에 이르러서는 예전에 했던 것만큼 오래 말할 수 없다는 것을 오렌 소퍼는 관찰했다. 오렌은 무닌드라와 이야기를 나누던 때를 기억한다. 오렌은 무닌드라에게 휴식을 취할 것을 권했다.

"그는 잠시 동안 열정적으로 진리에 대해 이야기를 계속했지만 나는 그가 지쳐가고 있다는 걸 알았다. 나는 말했다. '무닌드라지, 잠시 누워 계시는 것이 어떨까요? 그러면 저는 명상을 하겠습니다.' 무닌드라는 미소 지으며 말했다. '좋아, 그렇게 하자.' 그는 누워서 쉬었고 나는 45분이나 한 시간 정도 앉아 있었다. 다리에서 통증이 느껴지고 마침내 견딜 수 없게 되었다. 나는 자세를 바꾸었고 명상을 중단했다. 그때 그가 즉시 일어나 나에게 물었다. '무슨 일인가? 그대는 무엇을 알아차렸는가?' 나는 마음속으로 생각했다. '이 사람은 단 한 번의 호흡마저도 진리를 가르치고, 진리를 살고, 진리를 이해하는 것에 바친다.' 그는 몇 분 더 있다가 일어나고 싶다든가, 얼마 동안 자기 혼자만의 시간을 갖고 싶어 한다는 느낌이 전혀 없었다. 눈을 뜨자마자 바로 그곳에 나와 함께 있었다. 명상을 하는 동안 나에게 무슨 일이 일어났는지 열정적으로 궁금해하며."

브라이언 터커는 담마기리에서 비슷한 경험을 했다. 브라이언의 눈에 무닌드라는 이렇게 보였다.

"쓰러지기 직전에 처했지만 그는 곧 다시 일어나 에너지 덩어리가 되었고, 계속 이야기를 했으며, 주변에 있는 모든 것과 모든 사람에 열정적인 관심을 보였다."

무닌드라는 브라이언과 함께 매일 마을로 산책을 갔다. 브라이언은 큰 영광이라고 생각했다.

"불교 수행 전통의 위대한 스승 중 한 명인 그에게 나는 깊은 존경심을 가졌다. 그는 붓다가 가르친 진리를 서양으로 전파한 강한 연결고리였다. 우리가 걸을 때 그는 그칠 새 없이 진리에 대해 이야기하거나 나에게 어떤 것을 가리켜 보였다. 그는 약간 힘들어 하며 긴 계단을 오르내렸다. 분명히 많이 늙었지만, 그의 마음은 그저 계속 질문을 던지는 젊은 사람의 마음과 같았다. 내가 말할 때, 그는 내가 말하는 모든 것에 대해 생각했다. 그는 내 말을 중단시키며 말하곤 했다. '아니, 아니, 아니. 그것은 그런 게 아니야. 그건 이런 거야.' 그는 너무 빨리 생각하고 있었고 때로는 안절부절해 보이기까지 했다."

브라이언은 덧붙인다.

"그는 어떤 경우에도 진리에 대해 말하곤 했다. 우리가 산책할 때 그는 나에게 알아차리라고 촉구했다. 빠라맛타('최상의, 궁극의'를 뜻하는 '빠라마'와 '이치, 의미'를 뜻하는 '앗타'의 합성어로 궁극적 실재, 궁극의 진리를 의미함)는 개념이라기보다는 직접적인 경험, 실체의 분명한 자각을 의미하는 용어이다. 무닌드라는 말했다. '그대는 빠라맛타를 느끼는가?' 그러면 나는 말했다. '무엇에 대해 말씀하시는 건가요?' 그는 단지 걷는 것을 말하고 있었다. 그는 땅을 가리켜며 말했다. '그대는 이것을 느끼는가? 직접적인 감각을 느끼는가?' 그는 걷는 것과 같은 지극히 일상적인 행위를 고차원적인 가르침의 예로 사용했다. 문자 그대로 진리를 지상의 차원으로 끌어내렸다."

또한 무닌드라는 수행자에게 절박함을 불어넣기 위해 이갓뿌리의 화장터에서 시신을 태우고 있는 예를 사용했다고 이타마르 소퍼는 전한다. 때로 담마기리에서 저녁 산책을 하던 중에 두 사람은 화장터를 지나갔다. 그때 무닌드라가 말했다.

"이것 역시 죽음에 대한 붓다의 가르침이다. 우리는 다음 차례이다. 그것에 대해 생각하는 것을 두려워해선 안 된다. 그것은 매우 자연스러운 일이다. 그대가 곧 죽으리라는 것을 언제나 염두에 두라. 그러면 그대는 삶을 매우 의미 있게 보내게 될 것이다. 시간을 낭비하지 말라!"

무닌드라는 종종 '마음 다함'이란 단어를 사용했다. 그의 말에 따르면 그것은 위리야, 즉 에너지를 한 곳에 모으는 정진과 동의어 인 듯했다. 자신의 가장 위대한 열망을 이루기 위해서는, 쏟아 부을 수 있는 모든 에너지와 노력을 다해 힘쓸 필요가 있다. 그는 말하곤 했다.

"마음과 몸이 함께 일해야 한다. 그대가 갖고 있는 어떤 열망도 이룰 수 있다. 하지만 그러기 위해선 전심전력을 다해야 하며 그 길을 알아야 한다."

무닌드라는 그 길을 알았고 그것을 다른 사람들에게 가리켜 보이기 위해 무한히 노력했다. 그 길을 통과하는 데 성공하기 위해 그는 '천천히, 그리고 꾸준히 가야 달리기에서 이긴다.'라는 이솝 우화를 인용하며 조언했다. 또한 에너지를 지혜롭게 사용하는 것이 중요하다고 말했다. 로이 보니는 "그가 나에게 전한 것은, 불편할 때까지 노력을 쏟지 말라는 것이었다."라고 말한다. 다시 말해, 결과적으로 효과적이지 못한 것에.

무닌드라는 책에 대해 엄청난 열정을 갖고 있었고 책을 써서 더 많은 독자에게 다가갈 수도 있었지만 결코 한 권의 책의 저자가 되는 것에 위리야(정진과 노력)를 쓰지 않았다. 그는 말하곤 했다.

"나는 내가 알고 있는 모든 것을 언제나 모든 사람과 공유해 왔다. 원한다면 그대들이 그것을 책으로 써도 좋다."

무닌드라는 자신의 모든 에너지를 직접적으로 진리를 나누는데 쏟아 부었다. 늙고 병든 남자로서 자신이 가진 마지막 한 방울의 힘까지도. 오렌 소퍼가 말한 것처럼 '그의 헌신과 깨달음의 깊이는 거대한 파급 효과'를 가져왔다. 무닌드라의 많은 제자들이 그들 자신의 위리야를 진리를 전하는 데 쏟았고, 명상 센터를 설립하고 책을 저술했으며, 계속해서 더 많은 세대를 가르쳐 나가고 있다. 무닌드라의 변함없던 노력은 그들 모두를 통해 계속해서 살아있다.

활동해야 할 때 활동하지 않고

젊고 힘 셀 때 게으르며

의지가 나약한 자

그런 나태하고 무기력한 사람은

절대로 통찰의 길을 발견하지 못하리.

—붓다 『담마빠다(법구경)』

*

위리야*viriya*는 문자 그대로 '강한 사람, 영웅'을 뜻하는 '위리야*virya*'에서 나왔다. '위라*vira*'도 '중단 없이 자신의 일을 계속해 나가는 사람'

이라는 뜻이다. 정진, 즉 지속적인 노력, 견고하고 흔들림 없는 힘이 위리야이다. 붓다는 "살갗만 남더라도, 힘줄과 뼈만 남더라도, 살과 피가 다 마르더라도 깨달음을 얻기 전에는 노력을 멈추지 않으리라."라고 결심했다. 이 의지가 게으름과 무기력, 쇠약함을 극복한다. 위리야는 단순히 육체적 힘이 아니라 의지이며, 지속하는 힘이다. 그런 에너지를 모으는 이유는 평상시의 무의미한 생활 방식을 지속하는 것이 얼마나 현명하지 못하고 현실에 안주하는 것인가를 깨닫는 것에서 나온 영적 절박함 때문이다. 이렇듯 위리야는 깨달음의 중요한 요소이다. 꾸준한 노력 없이는 비록 일시적인 알아차림과 지혜가 있다 할지라도 최종적인 목적지에 이를 수 없기 때문이다.

9
열매가 익으면 나무에서 떨어진다

인내와 관용_칸띠

시간은 중요한 요소가 아니다.

—무닌드라

로버트 프라이어가 처음 보드가야에 갔을 때 날씨가 너무 더워서 보리수 주변 공원이 황폐하게 메말라 있었다. 보리수에서 떨어진 잎사귀 하나가 붓다가 깨달음을 얻은 이 감동적인 장소에서 보낸 시간을 기억나게 해 줄 것이라 여기고 로버트는 주위를 둘러보았다. 그러나 바닥에 떨어진 잎이 한 장도 없음을 보고 나무 밑가지에서 잎사귀 하나를 따기 위해 손을 뻗었다. 그때 갑자기 온통흰 옷을 입은 작은 남자가 나타나 다급히 말했다.

"기다리게. 그 잎사귀들이 떨어질 때까지 기다리게."

로버트는 말한다.

"물론 나는 즉시 그 충고의 의미를 알았고, 보리수 잎사귀에 대한 나의 욕망이 부적절한 행동에 이르게 했음을 깨달았다. 이것이 무닌드라와의 첫 번째 만남이자 그의 가르침의 좋은 예다. 그는 보리수를 보호할 뿐 아니라 수행과 삶이 자연스럽게 펼쳐져야 한다는 사실을 안내해 주었다."

무닌드라는 제자들에게 준 개인적인 충고뿐 아니라 일상생활에서의 행동과 강의를 통해 인내심을 가르쳤다. 인도에서 무닌드라에게 명상을 배우고 무닌드라가 서양을 방문했을 때 함께 명상을 지도한 재클린 슈와르츠 만델(오리건 주의 티베트 절 삼덴 링 운영위원. 불교 명상 교사)은 말한다.

"사람들은 자신의 수행이 앞으로 나아가고 있는지 잘 모르겠다고 무닌드라에게 이야기하곤 했다. 그러면 그는 즉각적인 결과와 만족감보다는 마음 수행이 가져다주는 혜택들을 인용했다. 물론 고통으로부터의 자유에 대해서도 말했지만, 붓다가 가르친 진리의 방대함에 대해서도 이야기했다. 그는 수행과 삶에 대해 긴 시각을 가지고 있었으며, 그 자신이 실제로 그렇게 산 본보기였다."

조지프 골드스타인은 덧붙인다.

"무닌드라는 말하곤 했다. 영적 수행에 있어 시간은 중요한 요소가 아니라고. 수행은 시간으로 측정될 수 있는 것이 아니다. 따라서 언제, 그리고 얼마나 오래라는 생각을 모두 내려놓아야 한다. 수행은 펼쳐지는 과정이며, 그 자체의 시간 속에서 펼쳐진다."

인내심 역시 다양한 방식으로 펼쳐진다. 무닌드라는 많은 의미에서 인내(칸띠)의 화신이었다. 다른 사람들이 안겨 주는 고통에 대한 인내, 모욕과 그 밖의 원치 않는 것들에 대한 관용, 자신에게 어떤 식으로든 잘못한 사람들에 대한 용서, 너그러움 혹은 대립하지 않음, 다른 사람들의 행복을 위해 일하는 끈기, 일어난 그대로 상황 받아들이기, 그리고 보상을 원하거나 명성과 재산을 얻으려고 노력하지 않기 등.

일상적인 차원에서 무닌드라는 기차를 기다리거나―인도에서는 그것이 몇 시간, 심지어 하루 종일을 의미할 수도 있다―도로를 건너는 기본적인 일에서 인내의 행동을 보여 주었다. 봅 레이는 콜카타에서의 경험을 설명한다.

"우리는 신호등조차 없는, 버스와 동물들이 뒤엉킨 온통 혼란뿐인 넓은 도로에 다다르곤 했다. 그럴 때마다 나는 생각했다. '어떻게 이 길을 건너지? 여기에 영원히 서 있을 수도 있겠어.' 무닌드라는 그것에 특별히 괴로워하지 않았다. 그는 단지 그곳에 서 있었다. 그러다가 갑자기 차량 사이로 길이 열리는 순간이 있었다. 어쨌든 그 길이 보였다. 그러면 우리는 무닌드라를 따라 걸어 나갔다. 무닌드라는 더없이 차분하게, 그저 인내했다. 매우 평온하게, 심지어 빠르지도 않게 걸어서 길을 건넜다."

보드가야에 있는 간디 아쉬람의 최고 책임자이며 무닌드라에게 거처를 제공한 드와르코 순드라니(마하트마 간디의 제자. 보드가야의 최하층 빈민들을 위해 일생을 바쳤다)는 무닌드라를 '매우 온화하고 깨끗한 가슴을 가진 사람'으로 묘사한다. 그리고 몇 해에 걸친 두 사람 사이의 대화를 기억한다. 특히 붓다가 누구였고, 무엇이 진리이며, 위빠사나는 어디서 유래했는가에 대해 둘은 서로 다른 믿음을 전개했다.

"나는 그가 나의 힌두교적 주장을 납득하지 못했다고 생각한다. 그는 그 자신의 것을 이야기했고 우리는 우리의 것을 이야기했다. 그러나 무닌드라의 본성은 반박하지 않는 것이었다. 그는 언제나 말했다. '그래요, 그래요. 좋아요, 좋아요.' 그의 본성은 화를 내지 않았다. 그래서 우리 사이에 논쟁은 없었다."

드와르코는 덧붙인다.

"이곳 간디 아쉬람 이름이 '사만와야', 즉 '조화'이기 때문에 우리 역시 어떤 것을 강요하는 걸 원치 않는다. 우리는 장미꽃의 예를 든다. 장미는 좋은 꽃이지만 화환을 만들 때 우리는 많은 종류의 꽃들을 가져온다. 장미가 덜 좋기 때문이 아니다. 모든 꽃이 그 자체로 완벽하다. 이와 마찬가지로 다른 종교, 다른 생각, 다른 철학을 갖고 있어도 여전히 우리는 함께 살 수 있다. 무닌드라는 그런 본성, 즉 조화의 사람이었다. 어쩌면 그는 당신의 믿음과 다를 수 있지만 강요하거나 반박하지 않을 것이다. 이곳에는 많은 불교도들이 있다. 그들은 우리의 얘기를 듣지 않는다. 그들은 '우리가 옳아.' 하고 말한다. 그러나 무닌드라는, 어쩌면 당신에게 동의하지 않을 순 있지만, 결코 자신이 옳다고 말하지 않을 것이다. 그는 침묵을 지킬 것이다."

보드가야에서 처음으로 무닌드라를 만나 수행했으며 미국과 캐나다에서도 만난 자라 노비코프(캐나다 출신의 전직 간호사) 역시 그것을 알아차렸다.

"그는 결코 화를 내지 않았고, 자신의 논점을 증명하려고 주장하지 않았으며, 친절하고 유머가 넘쳤다."

우페 담보르그에 따르면, 수행자들이 모여 무닌드라가 말한 어떤 것에 대해 논쟁하고 있을 때 무닌드라는 말했다.

"모두 옳다. 그렇다, 모두가 옳다. 그대들은 그대들 자신만의 방식을 갖고 있다. 그대들은 그대들 자신의 방식으로 해야 한다."

재클린 슈와르츠 만델은 말한다.

"무닌드라는 우리가 무엇을 배웠는가에 대해 무한한 인내심을 갖고 들었다. 그리고 진리에 대한 다른 관점들에 열려 있었다. 그는 내가 진리를 다르게 이해할 수도 있으며 독단적인 집착 없이 나의 관점에 대해 대화할 수 있다는 모범을 보여 주었다."

　

다른 사람들이 그에게 화를 낼 때도 무닌드라는 조용하고 참을성 있게 자신이 할 일을 계속했다. 드와르코 순드라니에 따르면 보드가야에 있던 처음 몇 해 동안 마하보디 사원과 관련해 다양한 문제들이 일어났고, 그것은 사원 관리를 맡은 무닌드라의 책임이었다. 그중 한 가지 갈등은 종교의식과 관련된 것이었다. 마하보디 사원 구역 북쪽 끝에는 '보석으로 장식된 길'이라는 이름의 1미터 높이의 기다란 단이 있었다. 티베트 불교 순례자들은 솜을 길게 꼬아 만든 심지와 식물성 기름을 가득 채운 작은 등잔들을 거기에 바치며 기도를 드리곤 했다. 이 등잔들은 예외 없이 기름이 흘러나오고 잘 닦아지지도 않았기 때문에 지저분할 뿐 아니라 대기를 연기로 가득 채우고 검댕이를 남기는 등 환경 파괴적이었다. 티베트 순례자들은 기념비적인 보리수 바로 아래에도 기름등잔과 버터 등잔을 켜 놓았다. 그 열기와 연기가 나무에 해를 입히고 있었다. 조금 떨어진 곳에서 종교 행위를 해 달라고 그들에게 부탁하는 순간 무닌드라는 갑자기 자신이 적대감의 대상이 된 것을 알았다. 무닌드라가 그 지역에 새로 왔고 지역 관습에 익숙하지 않았기 때문에 어떤 이들은 그를 거칠게 대했다. 그들은 항의하며 그를 떠밀었다.

"이것은 우리의 중요한 종교의식에 대한 간섭이다. 크게 잘못된 일이다."

무닌드라는 다음과 같이 말하며 그저 그 적개심을 견뎠다.

"내가 무엇을 할 수 있을까? 그들은 이해하지 못한다."

몇 년 뒤 그는 말했다.

"나는 그들에게 나쁜 감정을 갖지 않았다. 그 의식은 그들의 오랜 관습이었다. 관습을 빨리 바꾸기는 어렵다. 시간이 걸렸다."

문제 해결을 위해 티베트인들과 사원 관리 위원회가 함께 특별한 구조물을 만들었다. 신도들이 바친 기름등잔의 연기가 사원이나 나무에 영향을 미치지 않도록.

무닌드라가 누구에 대해서도 나쁜 감정을 키우지 않았다는 사실은 그의 행동에서 증명되었다. 자라 노비코프에 따르면 강의 후에 무닌드라는 파파야 열매를 들고 티베트 절로 건너가곤 했다.

"나는 그 일이 아주 멋지다고 생각했다. 왜냐하면 많은 경우, 심지어 같은 종교일지라도 사람들은 서로 소통하지 않기 때문이다.

개신교와 가톨릭처럼, 그들은 마치 완전히 서로 다른 것처럼 대한다. 그러나 무닌드라는 그렇지 않았다. 그는 무엇인가 선물을 들고 티베트인들에게 가서 의논했다."

무닌드라는 제자들, 가족들, 친구들도 인내심을 갖고 대했다. 자라는 덧붙인다.

"그는 매우 충실한 친구였으며 관대했다. 나는 완벽한 사람이 아니며, 그에게 공손하지 않은 말을 했을 수도 있고, 어쩌면 경건하지 않았을지도 모른다. 그러나 그는 언제나 미소를 지었고 나의 모든 실수들을 내려놓았다."

무닌드라는 붓다가 한 다음의 말을 가슴에 새긴 것이 분명하다.

'인내심 없는 길은 무엇인가? 비난을 들으면 그 보답으로 비난한다. 모욕을 받으면 그 보답으로 모욕한다. 학대를 받으면 그 보답으로 학대한다. 인내심의 길은 무엇인가? 비난을 들으면 그 보답으로 비난하지 않는다. 모욕을 받으면 그 보답으로 모욕하지 않는다. 학대를 받으면 그 보답으로 학대하지 않는다.'(『앙굿따라 니까야(주제 숫자별로 묶은 경전)』)

사람들이 그를 모욕하며 무례하게 말하고, 그가 하는 일에 반대하고, 심지어 그에 대한 헛소문까지 퍼뜨렸지만 무닌드라는 공격하거나 보복하지 않았다. 그의 반응은 연민에 더 가까웠다. 사람들은 그가 때때로 걱정하거나 좌절하는 것은 보았으나 화내지는 않았다고 기억한다. 그가 다른 사람들에게 나쁜 말을 하는 것을 그들은 들어 본 적이 없다. 그는 누군가를 나무라긴 했지만 화를 내며 하지 않았다. 조카 트리딥 바루아가 그것을 증언한다.

"삼촌은 어떤 일로 나를 꾸짖으며 말했다. '넌 이렇게 해선 안 된다. 넌 그렇게 해선 안 된다.' 그때 나는 아마도 열 살쯤이었을 것이다. 그러나 다음 날 삼촌은 완전히 새로운 무닌드라로 시작했다. 어제의 삼촌은 전혀 없었다. 아마도 그래서 그는 이렇게 말했을 것이다. '현재에서 현재로 살라. 어제의 무엇인가는 사라졌다. 그러니 왜 그것에 대해 걱정하는가? 오늘은 오늘이다. 오늘은 어제가 아니다. 오늘은 심지어 내일도 아니다.' 그것은 나쁜 경험이나 나쁜 감정을 계속 마음에 담고 다니지 말라는 중요한 가르침이었다."

무닌드라가 수행을 장려한 것은 그것이 맺는 열매 때문일 것이다. 트리딥의 아내 드리티에 따르면, 그녀가 아기를 갖기 전에는 앉아서 명상하는 것이 문제가 아니었다. 그러나 아기를 갖게 되자 새벽 4시 반에 일어나 가족과 함께 명상하는 것이 어렵다는 걸 깨달았다. 무닌드라는 결코 그녀를 질책하지 않았다.

"나는 그가 내 상황을 이해했다고 생각한다. 그는 늘 우리에게 말했다. '네가 어떤 수행을 배웠든 그것을 좋아한다면 계속하라. 그것을 놓아 버리지 말라. 언젠가는 그것이 필요할 것이다. 그것이 너의 마음을 조절할 수 있는 한 가지 방법이다. 우리는 매우 빨리 화를 낼 수도 있는 인간이다. 우리는 인내심이 필요하다. 만약 너무 자주 화를 낸다면, 너와 다른 사람들과의 관계는 좋지 않을 것이다. 그러니 그 속으로 들어가지 말라. 수행을 하면 그것이 가능할 것이다.'"

드리티는 계속해서 말한다.

"무닌드라는 양 손바닥을 마주치며 말하곤 했다. '지금 무슨 일이 일어나고 있는가? 네가 어떤 감정을 갖든 그것은 지금 일어나고 있다. 그러나 그것은 얼마 후에 가 버릴 것이다. 따라서 참는 법을 배워야 한다. 삶에는 네가 좋아하지 않는, 네가 다뤄야 하는 너무 많은 일들이 있다. 따라서 그것이 도움이 될 것이다.'"

무닌드라를 안 지 여러 해 동안 비비언 다스트는 그가 전혀 화를 내지 않는다는 것을 발견했다. 함께 5개월 동안 여행하면서 비비언은 그를 가까이서 보게 되었다.

"그 기간 동안 나는 그가 화내는 것을 한 번도 본적이 없다. 그가 정말로 짜증 내는 걸 본 적이 없다. 나는 그가 책에 애착을 갖고, 시장에서 물건 사는 것에 집착하는 걸 보았다. 그러나 분노는? 최소한의 탐지 가능한 분노조차 일어나는 걸 나는 본 적이 없다. 우리가 어떤 장소에 가야 하는데 내가 너무 많은 시간을 쓰고 있으면 그가 때때로 나에 대해 조금 불안해하는 것은 보았다. 그는 가끔 나에게 쏜살같이 달려오긴 했지만 화를 내진 않았다. 나는 그것이 정말 높이 여길 만하다고 생각한다. 왜냐하면 대개 누군가와 많은 시간을 보낼 때 우리는 어떤 지점에서 그 사람의 화내는 본성이 툭 튀어나오는 걸 보기 때문이다. 그러나 무닌드라에게 그런 것이 있었다고는 생각하지 않는다. 그의 안에서 그것이 아주 많이 없어졌다고 나는 생각한다."

분노에 반응하는 대신 무닌드라는 당황하곤 했다. 크리스티나 펠드먼은 보드가야에서 있었던 사건에 대해 웃으며 말한다. 수행 참가자들은 시간이 되어도 무닌드라가 나타나지 않은 것에 대해 불만을 터뜨렸다.

"그는 이 불만에 대해 마치 그것이 상식을 벗어난 일인 것처럼 무척 어리둥절해했다. 그는 말했다. '그대들은 그대들의 수행을 하고 있다. 왜 나를 필요로 하는가?' 그는 우리의 불평에 대해 전혀 공격적이거나 방어적이지 않았다. 오히려 우리를 어리둥절하게 만들었다."

또 다른 경우에는 상대방의 감정 폭발을 놀렸다. 다우 탄 민뜨는 미얀마에서 이웃에 살던 늙은 남자의 이야기를 한다. 그 남자는 친척 하나 없는 독신이었고, 종종 화를 냈으며, 음주벽이 있었다. 다우는 말한다.

"그 남자는 누구에게도 애정을 갖고 있지 않았다. 사람들과 교제하지도 않았다. 아주 성마른 성향이었다. 그는 영화관에 가서 두세 편의 영화를 보며 앉아 있곤 했다. 그래서 나의 어머니와 나는 그에게 명상을 해 보라고 권했고, 그는 마하시 사야도의 명상 센터에 있는 무닌드라에게 갔다. 우린 그가 필요로 하는 것이 무엇이든 전부 제공해 주었고, 그는 한동안 명상을 했다."

다우 탄 민뜨는 계속해서 말한다.

"그러던 어느 날 눈이 붉게 충혈된 그 남자는 자신의 물건들을 싸들고 되돌아왔으며, 몹시 화가 나서 길에서 나의 어머니에게 소리쳤다. '누나, 나 돌아왔어. 다신 그곳에 가지 않을 거야. 나를 그런 곳에 보내다니!' 그러나 다음 날 아침 일찍 그는 배낭을 메고

와서 어머니에게 부탁했다. '누나, 제발 나와 함께 명상 센터로 가줘.' 그는 우리에게 무슨 일이 일어났는지 설명했다. '이 명상이 나를 아주 미치게 만들었어. 그래서 술을 마시러 갔고 잔을 들여다 보았어.' 하지만 그는 술을 마실 수가 없었다. 그래서 그곳을 떠나 영화관으로 갔고, 화면에서 오직 뼈들이 춤추는 것만 보여 영화를 계속 볼 수가 없었다. 기분이 나빠진 그는 아침 일찍 명상 센터로 가서 무닌드라에게 소리쳤다. '당신의 명상은 아무 짝에도 쓸모없어. 난 여기에 와서 더 잘못됐어.' 그러고 나서 떠났는데 무닌드라는 웃고 있었다. 그저 웃을 뿐 아무 말도 하지 않았다. 그 남자가 다시 돌아갔을 때 무닌드라는 미소 지으며 조용히 받아 주었다. 남자는 수행을 계속했으며 마침내 진리를 깨달았다. 그리고 나중에 승려가 되어 평생 동안 살았다."

ᕲ

무닌드라는 제자들의 감정적 기복이나 끝없는 질문과 논쟁들에 짜증내지 않았다. 앨런 클레멘츠의 기억에 따르면 그는 성인과도 같은 인내심을 갖고 있는 듯했다.

"내가 무닌드라에 대해 기억하는 최고의 것은 그의 존재, 즉 그의 현존이었다. 그는 현재의 순간에 존재하는 뛰어난 능력을 갖고 있었다. 그리고 성급함을 보이지 않았다. 누군가가 질문을 하면 그 것을 어리석게 여기지 않았다. 당신도 알다시피, 나를 포함해 많은 사람들이 바보 같은 질문을 한다. 그는 이해하는 것에 숙련된 사람으로서, 그리고 뛰어난 학자로서 놀랄 만큼 참을성이 많았다. 같은 질문에 매번 새롭게 대답했다."

질의응답 시간에 무닌드라는 수행 도중에 경험한 것들에 대해 참을성 없이 덤비는 사람들을 대하는 특별한 방법을 갖고 있었다. 마이클 리벤슨 그래디는 무닌드라가 모든 종류의 학생들에게 '여린 마음'을 가졌다고 말한다.

"그는 고통을 겪는 사람에게 연민을 표하는 것을 두려워하지 않았다. 종종 아주 문제 많은 수행 참가자가 그에게 오곤 했다. 많은 이들이 '까다로운 수행자'라고 말하는 사람에 대해서도 무닌드라는 대단한 참을성을 보였다. 무닌드라가 그 수행자들에게 치유의 효과를 주었다고 나는 늘 느꼈다. 왜냐하면 그는 그들의 이야기를 귀 기울여 들었으며, 그들이 가지고 떠날 수 있는 몇 가지 구체적인 제안을 갖고 있었기 때문이다."

정신 질환처럼 서양 심리학이 발견한 특정한 심리적 불균형이나 혼란 상태를 알거나 이해한 것이 아니었지만 무닌드라는 자신을 필요로 하는 사람들에게 참을성 있게 귀를 기울였다.

비비언 다스트는 무닌드라가 '실로 무한한 인내심을 가지고 제자들을 대했다'고 확인해 준다. 사람들이 매일 그를 찾아와서 똑같은 질문을 계속 되풀이했기 때문이다. 그와는 어떤 것에 대해서도 이야기할 수 있었다고 비비언은 말한다. 심지어 붓다의 가르침에 대해 아무것도 모르는 사람들의 이야기도 그는 들어주었다.

비비언은 에버그린 주립 대학으로 자신을 찾아왔던 무닌드라를 기억한다.

"내게는 어떤 수행도 전혀 한 적 없는 룸메이트가 있었다. 그런데 그녀는 무닌드라에게 곧바로 마음을 열었고, 눈물을 쏟았으며, 내가 전혀 알지 못했던 그녀를 괴롭히는 문제들을 이야기했다. 그녀는 단지 그가 마음을 열어도 되는 사람이라고 느꼈고, 그는 그녀에게 몇 가지 붓다가 가르친 진리에 근거한 조언을 해 주었다. 그리고 부정적인 마음 상태, 혹은 그녀가 계속 마음속에 담고 있는 것이 무엇이든 그것이 어떻게 작용하는지 설명했다. 그것을 어떻게 바라보고 어떻게 놓아 버리는가에 대해서도. 즉, 있는 그대로를 주관적인 판단 없이 바라보되, 다만 주의 깊게 제대로 보라고."

카를라 만카리(기독교, 불교, 힌두교의 여러 스승들 밑에서 배운 영성 활동가)는 시인한다.

"나는 어떤 참을성도 갖고 있지 않았다. 그러나 나는 이 작은 남자가 사람들에게 매우 다정한 것을 지켜보았다. 그리고 그들 중 몇몇은 나 같으면 널빤지로 머리를 때려 줄 그런 사람들이었다. 무닌드라는 인내심에 대해 나에게 많은 걸 가르쳐 주었다."

라마 수리야 다스는 이렇게 요약한다.

"그는 매우 넓고, 깊으며, 접근하기 쉽고, 놀라우며, 참을성이 있었다. 자신의 시간과 지식을 나누는 데 무한히 너그러우며 인내심이 많았다."

꿈

그러나 제자들 중 몇몇은 이따금 무닌드라에 대해 참을성이 모자랐다. 다른 사람의 이야기를 들어주는 그의 무한한 능력의 또 다른 이면에는 멈추지 않고 계속 말하는 능력이 있었다. 오늘날 그들은 그 괴로웠던 과정을 추억하며 미소 짓는다. 비비언 다스트는 회상한다.

"남의 이야기를 잘 들어주는 사람이긴 했으나 무닌드라는 오랫동안 말할 수 있었으며, 때로 그것은 어떤 사람들의 관점에선 지나치게 느껴질 수도 있었다. 우리가 한 가지 질문을 하면 그는 3시간 동안 아비담마, 즉 붓다의 가르침에 관한 철학적 심리학적 해석을 이야기했다."

스티븐 슈와르츠는 덧붙인다.

"사람이 처한 육체적 상황에 따라 얼마나 오래 귀 기울여 들을 수 있고 견딜 수 있는지 그 한계에 대한 생각이 무닌드라에게는 전혀 없었다. 어쩌면 자신이 최대한으로 시도한 인내심을 사람들도 발휘해 주기를 원했는지도 모른다. 그는 중단을 모르고 계속해서 말했다. 나는 그것이 정보와 설명에 대한 그의 깊은 관심과 더불어 다른 사람들이 얼마나 많이 받아들일 수 있는지 전혀 모르는 맹점이 어느 정도 결합된 결과라고 생각한다. 그러나 어쩌면 그는 그들이 받아들일 수 있다고 믿었고, 따라서 그들에게 인내심과 흡수하는 능력, 고요히 앉아 있으려는 의지를 체험시키기로 결심한 것인지도 모른다."

무닌드라가 무한정으로 강의를 계속할 것처럼 보였기 때문에 정해진 시간표에 따라 명상 프로그램을 진행하는 데 익숙한 서양인 명상 교사들은 무닌드라의 법문 시간을 제한하려고 애를 썼다. 에릭 크누드 한센은 또 다른 관점을 제시한다.

"내가 그때 분명하게 본 것, 그리고 여전히 오늘날에도 오해되고 있는 것이 있다. 중요한 어떤 것에 대해 사람들의 주의를 끄는 것과 그것을 말하는 자기 자신에게 주의를 끄는 것 사이의 차이가 그것이다. 나는 무닌드라가 스스로 주목받으려고 하는 것을 본 적이 없다. 사람들의 주의를 끌 때마다 그는 붓다가 가르친 진리에 대해 이야기하고 있었다. 나는 종종 무닌드라를 옛 인도 신비가들이 행한 사트상(스승과 제자가 만나 대화를 나누고 찬가를 부르는 것. '진리에 가까이 앉음'의 의미)의 좋은 예로 들곤 한다. 그들은 6~8시간 동안 멈추지 않고 말할 수 있었다."

에릭은 역설적인 점을 말한다. 우리들 대부분은 영화 앞에 앉아 2시간 동안 연달아 주의를 집중하거나 오랜 시간 책을 읽는 것이 매우 쉽다. 에릭은 묻는다.

"그런데 무엇이 2시간 동안 진리에 대해 듣는 것을 어렵게 만드는가? 누가 진리에 대한 강의에 45분이라는 인위적인 제한을 두었는가? 그리고 그런 제한을 마음에 갖는 것이 무슨 효과가 있는가? 우리는 '좋다, 나는 당신에게 45분을 줄 것이다.'라고 말하며 진리에 대한 강의를 듣기 시작하는가? 어느 시점에서 우리는 지루함이나 산만함에 빠지는가? 그리고 그것을 통해 우리 자신의 마음의 본성을 보는가? 무닌드라는 사람들이 주의를 지속할 수 있는 한계에 도전해, 바라건대 그들이 자신의 마음속에서 정확히 무슨 현상이 일어나 그것을 어렵게 만드는지 의문을 갖고 탐구하게 하는 것은 필요한 일이라는 신념을 갖고 있었는지도 모른다."

에릭은 덧붙인다.

"문제는 밖에서 오는 것이 아니다. 누군가가 너무 오래 이야기하고 있기 때문이 아니다. 문제는 충분히 마음을 열고 듣지 않기 때문에 생기는 것이다. 나는 사람들이 불편해 한다는 이유로 그를 억제시켜야 한다고 생각하지 않는다."

무닌드라는 아주 길게 말하는 것 외에도 다른 방식으로 사람들의 인내심을 시험했다. 그는 대부분의 서양인 제자들과는 다른 시간 감각과 일정표를 갖고 있었다. 그를 어떤 장소─태국 혹은 매사추세츠 주─에 초대한 사람들은 그가 도착할 때까지 몇 주 혹은 몇 달을 기다리고 또 기다려야 했다. 또 그는 날마다 몸을 청결히 하는 데 한두 시간씩 썼다.

그리고 누군가와 대화를 하고 있는 중에는 절대로 중간에 일어나지 않았다. 그레그 갤브레이스에 따르면 사람들이 일정표에 대해 불안해할 때마다 무닌드라는 말했다.

"시간이 우리를 위해 있는 것이지 우리가 시간을 위해 있는 것이 아니다."

그는 인내심을 갖고 온 마음으로 주의를 기울이면서 자신이 하고 있는 것에 집중했으며, 서두르는 것을 거부했다.

✑

빠른 시간에 통찰 지혜를 경험하거나 얼른 깨닫고 싶어 조바심치는 수행자들은 무닌드라에게 가서 확인하곤 했다. "이것이 그것입니까?" 그들은 궁금해했다. "제가 지금 그 경지에 이르렀습니까?"

혹은 그들 스스로 배워서 해답을 찾아야 한다고 그가 한결같이 말하는데도 찾아와서 계속 질문을 던지곤 했다. 그러면 그는 다음의 특정한 문장을 반복했다.

"그저 계속 앉아 있으라. 그러면 모든 걸 알게 될 것이다."

"온 마음으로 주의를 기울이라. 그러면 이해하게 될 것이다."

"단지 수행을 계속하라. 그러면 알게 될 것이다."

"그것이 자연스럽게 펼쳐지게 하라."

많은 강의에서 무닌드라는 수행에서 인내심이 얼마나 중요한가를 표현했다.

깨달음의 경험은 수행에 의해서 언제든, 지각의 어떤 문에서든 일어날 수 있다. 그러나 기대하고 있을 때가 아니라 준비되었을 때 그것은 일어난다. 계속해 나가라. 모든 걸음이 그대를 목적지 가까이로 데려가고 있다. 계속하는 것이 성공의 비밀이다. 삶의 기술을 알고 싶은 사람이라면, 진리를 경험하고 싶은 사람이라면, 그것을 분명히 이해해야 한다. 기대만 하고 있는 한 그 일은 일어나지 않을 것이다.

로빈 선빔이 수행에서 좌절을 느꼈을 때, 무닌드라는 그녀에게 인내심에 대해 가르쳤다. 한번은 로빈이 무닌드라에게 달려가 소리쳤다.

"어째서 난 매번 깨달음을 얻는데도 아직 궁극의 깨달음에 이르지 못하고 있죠? 얼마나 많이 깨달아야 내가 그 경지에 도달할 수 있나요?"

무닌드라는 도로 건설 현장에서 망치로 돌을 깨는, 손가락에 붕대를 감은 아이들과 노인들에 대해 로빈에게 말했다.

"만약 돌을 깨는 사람이 99번 돌을 쳐도 깨지지 않았지만, 100번째 치자 깨졌다면 처음에 99번 친 것은 낭비된 것인가? 아마도 99번 돌을 친 것 모두가 돌이 깨지기 전에 필요했을 것이다. 그러나 99번을 칠 때만 해도 그대는 전혀 나아진 게 없다고 느꼈을지 모른다."

좌절하거나 낙심한 사람과 대화할 때 무닌드라는 이렇게 표현하기도 했다. 카말라 마스터즈에게 말한 것처럼.

"이것은 그대의 카르마이다. 이 모든 일들은 그대의 인내심을 키워 주기 위해 온다."

수행이 제자리를 맴돌고 있다고 카말라가 느꼈을 때 무닌드라는 말했다.

"열매가 익으면 나무에서 떨어질 것이다."

무닌드라의 제자들은 여러 번 되풀이해 그 금언의 의미를 배웠다. 카테리나 모라이티스는 말한다.

"무닌드라는 맨 처음부터 명상은 우리가 출발하기로 선택한 개인적인 여행이라는 것을 이해하게 했다. 그리고 우리는 우리 자신만의 방식으로, 우리 자신의 시기에 맞게, 그 여행을 계속할 것이라고."

무닌드라가 보여 준 인내와 관용의 모습, 그리고 그것을 키우라는 그의 가르침은 제자들을 통해 물결처럼 퍼져 나갔다. 에릭 쿠퍼스는 말한다.

"수행을 통해 나는 꾸준함을 배웠으며, 일들이 전개되는 방식에 대해 인내심을 배웠다. 이 영적 여행에는 멜로드라마가 끼어들 자리가 없다. 무닌드라의 예는 우리가 많은 멋진 장식들에 대해, 혹은 어떤 것을 성취하는 것에 대해 걱정할 필요가 없음을 보여 준다. 우리는 단지 터벅터벅 그 길을 계속 걸어가면 된다. 내가 어디쯤에 있든지 받아들이는 것, 그것이 나에게 큰 격려가 된다."

최상의 재산 중에
인내심보다 뛰어난 것은 어디에도 없다.
진리의 보호를 받아 힘이 있는 사람은
아무에게도 비난받지 않는다.
화내는 자에게 다시 화내지 않는 것은
두 배의 승리를 얻는다.

—붓다 『숫따니빠따』의 〈웨빠찟띠 숫따(인내경)〉

*

칸띠khanti는 '참고 견디는 것'을 뜻하는 산스크리트어 '크샴ksam'에서 나왔다. 문자 그대로 '인내심'을 의미한다. 관용, 참을성, 용서, 아량, 대립하지 않음으로도 풀이된다. 불교 용어로는 '인욕'이다. 삶에서 원하지 않는 것일지라도 평온하게 받아들이는 것, 분노나 복수의 반응을 보이지 않는 것이다. 어떤 모욕과 비난을 받을지라도 참고 견디어 화를 내거나 원망하지 않는 것을 말한다. 가장 실천하기 어려운 수행 가운데 하나가 인욕이라는 말이 있다. 성냄과 분노의 해악을 생각한다면 인내의 유익함을 이해할 수 있다. 붓다는 인내의 다섯 가지 이익에 대해 말했다. "인내만큼 이로운 수행이 없다. 인내는 최상의 무기이다. 인내의 힘은 적에게 물러서지 않고 대항할 수 있는 군대의 힘과 같다. 또한 인내는 축복의 원인이 되는 행위이며, 고귀한 행위를 하도록 이끈다."

10

적을 사랑하면 적이 없어진다

자애_메따

사랑함으로써 사람들에게 많은 행복을 가져다줄 수 있다.
　—무닌드라

　널리 알려진 무닌드라의 따뜻하고 다정한 본성은 명상을 배우기 훨씬 전, 그가 자란 동벵골 지역의 집과 마을에서 처음 싹텄다. 무닌드라는 조금도 망설임 없이 자신의 어머니와 아버지를 '사랑이 넘치는 다정한 사람들'로 애정을 담아 묘사했다. 그는 부모에 대한 깊은 감사와 사랑을 간직하고 있었다. 부모가 깊은 애정으로 잘 돌봐 주었기 때문이다. 서양인 제자들이 그들 자신의 가정에 따뜻함과 친밀감이 부족했다고 불평하거나 그로 인해 가족에 대해 부정적으로 말하는 것을 듣고 그가 당황한 것은 그리 놀라운 일이 아니었다. 어린 시절의 가정환경과 훗날의 수행의 결과로 무닌드라는 가는 곳 어디서나 모든 사람을 사랑했고 모두에게 사랑받았다.

　그는 말했다.

"나는 사람들을 만나는 데 있어서 자유로웠다. 불교도들 사이엔 카스트 제도가 없기 때문이다. 어린 시절부터 나는 힌두교인, 불교인, 무슬림들 사이에서 아무 차이를 느끼지 못했다. 힌두교인도 무슬림들도 나를 사랑했으며, 그들의 집에 나를 초대하고, 나에게 책을 선물했다."

평화로운 시골 공동체를 떠난 후에야 그는 종교의 편협함을 알았다. 이십 대 초반, 콜카타를 떠나 바라나시 기차역에 도착했을 때 처음으로 차별을 경험했다. 행상인들이 "힌두 빠니! 무슬림 빠니!"('빠니'는 물) 하고 외치는 소리에 놀란 그는 힌두교인과 무슬림을 구분해 물을 팔고 있음을 알았다. 평생을 살면서 그는 그러한 구분이 그의 가슴속에 들어오는 것을 결코 허용한 적이 없다.

무닌드라와 시간을 보낸 사람이면 그의 사랑을 받을 만한 사람인가 아닌가로 차별하지 않는 따뜻하고 자애로운 성품을 목격했다. 남동생 고빈다 바루아는 말한다.

"형이 가진 놀라운 점 하나는 나이, 성별, 계급, 문화 등 어떤 것에도 상관하지 않고 모든 사람과 어울린 방식이다. 그는 누구와도 잘 지냈다. 그 사람이 누구인가는 그에게 중요하지 않았다."

조카의 아내 드리티 바루아도 무닌드라가 사람들을 차별하지 않았다고 확인해 준다.

"그는 내 딸아이에게 사과를 하나 주면 가정부의 아들에게도 사과 하나를 주었다. 한 사람에게 한 좋은 일이 무엇이든, 그는 그것을 다른 사람들에게도 했다."

우페 담보르그의 목격담에 따르면, 무닌드라가 보드가야 외곽의 무슬림 마을의 아이들과 있느라 바빴을 때 저명한 덴마크의 심리학자가 그를 찾아왔다. 그런데도 무닌드라는 아이들과 작별할 준비가 되기 전까지는 자리에서 일어나지 않았다. 모든 이에게 동등했기 때문이다. 이것은 콜카타 북부의 칼림퐁을 방문하는 동안에도 마찬가지였다. 많은 다양한 사람들―그들 중 몇몇은 매우 가난했고 다른 몇몇은 부자였다―이 그를 만나러 왔고, 그는 모든 사람을 똑같이 대했다. 담마기리 명상 센터에서는 "청소부에서 최고위층 경영자와 교사에 이르기까지 모두가 그를 존경했다."라고 기타 케디아는 전한다. 가난한 이들을 향한 그의 사랑 때문이다. 상대방이 누구이든 무닌드라는 그들의 이름과 그들이 어디서 왔는지 기억했다. 기타가 무닌드라에게서 받은 가장 중요한 가르침은 사람들에게 늘 보낸 자애('자애'를 뜻하는 빠알리어 '메따'에는 우호, 선의, 친밀감 등의 의미가 담겨 있다. 모든 존재가 행복하기를 바라는 마음이다)였다. 심지어 그가 세상을 떠난 뒤에도 기타는 그것을 느꼈다. 그녀에게 있어서 무닌드라는 단순히 '사랑, 사랑'이었다.

오렌 소퍼는 말한다.

"무닌드라가 모든 사람을 똑같이 대하는 것을 보고 나는 늘 놀라고, 겸허해지고, 깊은 인상을 받았다. 내가 '겸허해졌다'라고 말하는 것은 그와 함께 많은 시간을 보내고 있었기에 처음엔 나 자신이 특별한 사람이라고 생각했기 때문이다. 그러나 그는 보거나 만나는 사람 누구에게나 똑같은 애정과 관심을 주었다."

보드가야에서 열린 안티오크대학 불교 프로그램에서 여러 해 동안 요리를 담당한 지역 여성 라지아 데비에 따르면, 무닌드라는 언제나 잊지 않고 주방에 들러 그곳에서 일하는 사람들과 어울리며 묻곤 했다.

"별일 없어요? 가족은 잘 지내요?"

"삼촌은 위대한 가슴을 지녔다."라고 수브라 바루아는 말한다.

"그는 모든 사람을 사랑했다. 친척과 친척 아닌 사람을 구분하지 않았다. 만나는 모든 사람이 고통으로부터 자유롭기를 원했다. 그것이 그가 가르침을 주고 싶어 한 이유였다. 그들이 집중수행에 참여하고 명상하도록 자극한 이유였다."

무닌드라는 가장 고귀한 사랑은 다른 사람들에게 '자유로 가는 길'을 보여 주는 것임을 알았다.

수브라의 동생 트리딥 바루아는 덧붙인다.

"무닌드라는 나에게 삼촌이었지만, 나는 그가 세상의 모든 곳에 집과 가족을 가진 사람이라고 늘 느꼈다. 심지어 그가 과일 판매상이나 릭샤 끄는 사람에게 말하는 방식조차도 마치 그들이 서로를 아주 오랫동안 알아 온 것처럼 가깝고 친밀했다. 세상 전체가 그의 가족이었다. 그것이 그의 본성이었다."

매사추세츠 주의 통찰 명상 협회에서 무닌드라를 처음 만난 로버트 부세위츠(드라마 연기자)는 자신의 어머니에게 무닌드라가 대응하는 방식을 보고 감명받았다. 로버트의 어머니가 통찰 명상 협회에 전화를 했을 때 무닌드라는 아직 로버트의 가족 중 누구도 만난 적이 없었다.

"그런데도 무닌드라는 나의 어머니에게 '어머니'라고 불렀고 사랑한다고 말했다. 한 사람의 어머니인 동시에 나의 어머니이기 때문에 그렇게 말하고 있었다. 그는 기본적으로 모든 어머니에 대해 사랑과 배려와 존경심을 느꼈다. 그리고 우리가 문제 많은 가족이라는 걸 그는 알고 있었다. 나의 어머니를 한 번도 만난 적 없는 사람은 누구도 사랑한다고 말한 적이 없었다. 하지만 무닌드라는 그렇게 했다. 나는 그것에 깊이 감동받았다."

맥스 쇼어가 무닌드라에게 과거에 여자 친구가 있었는지 물었을 때 무닌드라는 장난스러운 대답으로 모두를 놀라게 했다.

"나에겐 수천 명의 여자 친구가 있었다. '우리는 함께할 운명이에요.'라고 말한 셀 수 없이 많은 여자 친구가. '우리는 함께 정착해야 해요.'라고 말한 수백 통의 연애편지를 받았다."

하지만 무닌드라는 일반적인 의미에서의 '여자 친구'는 가진 적이 없다. 남자든 여자든 누군가와 독점적인 관계를 가질 필요성을 느낀 적이 없었다. 두 종류의 사랑이 있다고 그는 설명했다. 하나는 긍정적이며 제약이 없는 사랑이다. 사람들이 아름다운 꽃이나 크고 텅 빈 하늘을 보며 감탄할 때 무닌드라는 말했다.

"그대들은 그것을 사랑할 수 있다. 그러나 그것을 소유하려고 원하지는 않는다. 한계가 없는 사랑은 우주적이다. 그것은 순수하다.

모든 먼지(불순물)가 깨끗이 닦일 때, 오직 사랑만이 남아 있다. 미움이 없고 순수한 마음뿐이다."

꿍

다른 존재들을 향한 무닌드라의 친절한 성격은 자연에 있는 생명체들을 포함했다. 비비언 다스트와 봅 레이는 무닌드라를 각자 미국의 다른 도시에 있는 동물원에 데려갔다. 두 사람 다 동물에 대한 무닌드라의 깊은 관심에 대해 말한다. 그는 각각의 동물을 모두 보기 위해 계속 멈춰 섰다. 사람들이 한동안 무닌드라를 혼자 남겨 두어야 하는 상황이 되면 그는 그들을 안심시키곤 했다.

"나에 대해선 걱정하지 말라. 내겐 많은 동료가 있다. 개미들이 여기에 있고, 모기들이 여기에 있고, 새들이 여기에 있다. 천신들이 여기에 있다. 난 결코 외롭지 않다."

그는 의식적으로 아주 작은 곤충과도 연결되고 애정을 느꼈다. 그리고 반복해서 말했다.

"우리 모두는 우주의 중요한 부분들이다. 나는 인간뿐 아니라 식물들과 나무들에게도 친밀감을 느낀다. 그들에게 깊은 동료애를 느낀다."

꿍

자신의 행복만큼이나 다른 사람의 행복에도 관심을 가졌기 때문에 아마도 무닌드라의 행동이 종종 어머니 같아 보였을 것이다.

S. N. 고엔카의 제자로 무닌드라와 종종 학문적인 토론을 나누기도 한 샴 순다르 캇다리아는 한 동료 수행자가 여행을 하기 위해 담마기리 명상 센터를 떠날 때의 일화를 기억한다. 무닌드라가 그 여행자를 불러 세우며 말했다.

"기다려. 먹을 걸 좀 가져가."

그는 그렇게 말하고 부엌으로 달려가 그 사람에게 줄 몇 가지를 가져와서 강력히 권했다.

"이 과일을 좀 가져가."

잭 콘필드는 말한다.

"나는 무닌드라가 자기 앞에 있는 사람들을 너무도 잘 보살핀다는 사실이 좋았다."

불교 승려 킵빠빤뇨도 동의한다.

"나는 승려이고 그는 재가신도임에도 불구하고 내가 느낀 그의 가슴은 나의 어머니 같았다. 그에게서 받은 영적인 영향은 내 삶을 바꿔 놓았다. 그의 사랑 에너지는 내가 계속 길을 가도록 하는 영감의 원천이 되었다."

배리 래핑 역시 무닌드라가 늘 어머니 같은 모습이었다고 회상한다.

"그는 제자들에 대한 사랑으로 가득했다. 우리는 그의 자녀들이나 마찬가지였다. 그는 언제든 시간을 내주었고, 우리를 만나는 것을 언제나 행복해했다. 그는 바닥에 앉아 우리와 많은 시간을 보냈다. 나는 그것이 항상 감사했다."

붓다가 『자애경(메따 숫따)』에서 설명한 자애 수행이 가져다주는 11가지 혜택 중에는 행복하게 잠자고 행복하게 깨어나는 것, 평화로운 얼굴을 갖는 것, 마음이 쉽게 명상에 드는 능력, 사람들이나 사람 아닌 존재들에게서 사랑받는 것이 있다. 무닌드라는 확실히 이 혜택뿐 아니라 그 이상을 누렸다. 특히 그의 사랑 넘치는 본성은 자석과도 같았다. 그의 오랜 제자들, 가족과 친구들은 이 큰 매력을 쉽게 떠올린다. 제임스 바라즈에게 무닌드라의 매력은 다른 무엇보다도 '따뜻하고 다정하게 맞이하는 가슴'이다.

어머니 마니샤 탈룩바르를 통해 무닌드라를 만나 콜카타에서 명상을 배운 슈마 탈룩바르는 말한다.

"나는 무닌드라처럼 즉각적으로 애정을 일깨우는 사람을 만난 적이 없다. 그는 매우 자연스럽게 다정했다."

캘리포니아 산호세의 집중수행에서 무닌드라를 만난 데이비드 윙도 말한다.

"처음 만났을 때와 마찬가지로 나는 지금도 그의 아름다운 모습을 생생히 떠올릴 수 있다. 마음속에서 그를 볼 때마다 따뜻한 자애의 감정이 느껴지고 내 얼굴에 미소가 지어진다."

무닌드라의 자애심이 너무나 강력했기 때문에 제임스 윌렘스(다양한 형태의 불교 수행을 한 샌프란시스코의 성공회 주교)는 통찰 명상 협회에서 나눈 오랜 대화 후에 두 사람이 했던 포옹을 지금도 떠올린다.

"그의 가슴은 따뜻함과 사랑으로 뜨겁게 타오르고 있었다."

무닌드라와의 첫 만남에서 제프리 팁은 그 자애 때문에 그를 신뢰하게 되었다.

"무닌드라는 '아, 여기에 수행의 결과가 있구나.'라는 생각이 드는 그 다정함을 가지고 있었다. 그것은 나 자신에게 큰 자극이 되었다. 나는 그가 수행의 삶을 살았음을 즉각적으로 알았다. 그것이 나에게 깊은 인상을 주었으며, 곧바로 나는 그가 나에게 말하는 것을 믿을 준비가 되었다. 그는 친절한 노인과 같은 방식으로 질문에 답했다. 그는 요구하는 것 없이 그저 지지해 주고 마음을 가볍게 해 주었다."

기타 케디아는 무닌드라의 자애심이 제자들을 그에게로 끌어당겼다고 말한다.

"내가 무닌드라를 처음 만난 그날부터 오늘까지 그 사랑이 존재한다. 나는 그가 나에게 보여 준 '어머니 같은' 사랑에 감사한다. 일종의 끌림이 나를 그에게로 끌어당겼다. 그 사랑이 없다면 단지 그를 만나기 위해 그토록 멀리 여행할 생각을 하지 못했을 것이다. 그 강한 끌림을 느껴야만 가능한 것이다. 그것이 그가 가진 특성이었다."

마니샤 탈룩바르는 무닌드라의 성격 중 그 측면에 대해 자세히 설명한다.

"그는 모두에게 다정했다. 누가 오든 부드럽고 다정하게 환영했으며, 즉시 그 사람은 '나는 그와 매우 가까운 사이이다.'라고 말했다. 그가 편지를 쓰면 나는 그가 그 감정을 오직 나에게만 보내고 있다는 느낌을 갖지만, 그는 모든 사람에게 그렇게 개인적인 방식으로 편지를 썼다. 그는 모두에게 '당신이 나에게는 유일한 사람이며 내가 가장 사랑하는 사람이다.'라는 인상을 주었다."

마니샤는 덧붙인다.

"무닌드라는 자기 앞에 앉아 있는 사람이 누구이든 더없이 친절한 목소리로 말했다. 나는 많은 스승들을 만났었다. 심지어 다른 종교의 스승들도 만났다. 그들 중 많은 이들이 큰 소리로, 약간은 공격적으로 말하거나 자신들의 관점을 강하게 밀고 나갔다. 무닌드라는 매우 부드럽게 말했다. 그것이 내가 기억하는 그의 모습이다. 그가 걷는 방식, 말하는 방식, 존재하는 방식 모두가 온화함의 화신이었다. 그는 인간이 어떻게 살아야 하는가, 그리고 사람과 사람의 관계에서 가장 중요한 것이 무엇이어야 하는가를 보여 준 본보기였다. 즉, 사랑과 연민이 그것이다."

～

스승의 가장 중요한 특성을 물었을 때 무닌드라는 대답했다.

"제자를 사랑하는 것이다. 왜냐하면 모든 사람은 행복을 원하기 때문이다."

무닌드라의 사랑은 격려하고 지지하는 분위기를 만들었다. 콜카타 마하보디 협회에서 무닌드라를 만나 몇 년간 배운 리카르도 사사키(심리학자. 남미 최초의 상좌부 불교 센터 설립)는 말한다.

"무닌드라는 우리가 누구이든, 젊었든 늙었든, 학자이든 매우 기본적인 질문을 묻는 초보자이든, 우리를 있는 그대로 받아들이는 열린 마음을 가지고 있었다. 그는 우리를 위해 모든 귀를 열고 그곳에 있었다. 나는 스승이 가져야 할 이보다 좋은 특성이 있다고 생각하지 않는다."

미얀마의 상좌부 불교 전통에서 어떤 냉정함, 건조함, 심지어 혹독함을 느꼈던 이들에게 무닌드라의 다정함은 그들의 경험에 균형을 주었으며 그들을 붓다가 가르친 진리에 더 가까이 데려다 주었다. 람 다스는 회상한다.

"무닌드라의 자애심이 내 가슴을 불교로 향하게 했다. 그가 나를 그쪽으로 잡아당긴 장본인이다. 그는 가르치는 방식이 매우 따뜻했다. 그리고 모두를 받아들였기 때문에 내가 비밀 조직에 끼어들고 있다고 느끼게 하지 않았다. 오히려 가족 같았다. 그는 사람들을 아주 많이 사랑했다. 동양 사상 안에서 내가 편안한 마음을 갖게 만든 다정한 스승이었다."

루스 데니슨도 무닌드라의 다정함을 추억한다.

"그는 분위기를 부드럽게 만드는 능력을 지녔다. 단지 그를 바라보는 것, 그의 미소와 우정과 그의 섬세함만으로도 그런 분위기가 만들어졌다. 그는 마하시 사야도 스승의 보조 강사로 행동하는 것이 아니라 자애와 부드러움의 화신으로 그곳에 있었다."

참선 수행을 가르치는 제프리 팁은 자신이 무닌드라의 태도에서 많은 것을 배웠다고 말한다.

"참선 수행에는 일종의 냉철함이 깔려 있다. 참선 수행을 통해 우리는 자칫 건조해질 수 있으며, 타협하지 않는 방식으로 가르침이 행해지곤 한다. 나는 진정한 스승은 편안한 마음의 소유자라는 걸 알고 있었다. 진정한 스승에게는 다정함과 물기 어린 따뜻함이 있다. 그리고 그것이 참된 가르침이다. 그것은 사람들을 초대하고, 안으로 들어오게 한다. 참선 수행은 일반인들에게 버거울 수도 있다. 여기에 이런 신비가 있다. 참선 수행은 사람들이 매력을 느끼는 미학적인 특성이 있지만 혹독하다. 그래서 나는 그 길로만 가려고 하지 않는다. 나는 더 부드럽고, 친절하고, 어느 장소에서든 사람들을 만나려고 노력한다. 나는 이것을 무닌드라에게서 배웠다. 그가 정말로 그런 식이었기 때문이다. 그의 존재 방식이 가르침 그 자체였다."

보드가야에서의 무닌드라와의 만남은 필립 노바크(캘리포니아 도미니카대학 종교학과 교수)가 붓다의 가르침에 깊이 빠지게 된 첫 경험이었다.

"내가 안으로 들어갔을 때 무닌드라는 미소 짓고 있었고 나를 만날 준비가 되어 있었다. 그는 더없이 다정하고 친절했으며 자애가 넘쳤다."

나중에 필립은 보드가야의 중국 절 현관 앞 햇볕이 잘 드는 곳에 앉아 있는 무닌드라를 보았다.

"흰 승복 위로 그의 삭발한 머리가 보이고, 아이들이 그의 주위로 모여들었다."

필립은 길을 걷다가 잠시 걸음을 멈추고 현관을 향해 다가갔다. 그리고 '그의 아름다움을 보고 느끼기' 시작했다. 필립은 말한다.

"무닌드라는 냉정하면서도 뛰어난 명상 교사가 될 수도 있었다.

그래도 나는 그에게서 무엇인가를 배웠을 것이다. 하지만 그는 놀라울 정도로 따뜻했으며 반갑게 맞이했다. 나는 그에게서 진정한 자애를 느꼈다. 나는 그것이 어떤 행동을 할 때 그 행동에 대한 이해를 무한히 높여 준다고 생각한다."

잭 콘필드도 동의한다.

"무닌드라는 진정으로 자애롭고 편안하고 친절한 분위기를 조성했다. 나는 그것이 이해와 정신 집중이 깊어지는 데 매우 중요한 역할을 한다는 것을 안다."

긍정적인 생각과 자애의 감정을 갖는 것은 나쁜 의지와 불안감이라는 장애물들에 맞서 몸과 마음 모두를 가볍게 해 준다. 자애는 통찰 명상에 균형을 주고 가슴을 지혜로 데리고 간다.

⁓

사랑의 분위기에 무닌드라는 '소속감'과 '함께함'을 포함시켰다. 캘리포니아 산호세에 위치한 스틸포인트 명상 센터에서 열린 첫 집중수행에서 무닌드라는 첫 강의를 이렇게 시작했다.

진리의 형제자매들이여, 여러분 모두를 만나 행복합니다. 나는 여러분에게 초면입니다. 하지만 나는 영적으로 여러분과 언제나 함께해 왔습니다. 영적이라는 것은 우리가 진리의 길, 깨달음의 길, 깨침의 길을 걷고 있음을 의미합니다. 따라서 우리 모두는 형제이며 자매입니다. 진리와 수행의 길에서 함께한다는 것, 고귀한 존재들을 만나고 그들과 함께 지내는 것은 축복입니다.

이 집중수행에 참가한 앤 쇼한은 무닌드라가 개회사에서 전달한 메시지를 분명히 기억한다.

"'여기에 함께 앉아 있는 우리는 한 가족의 일원들이다.' 그가 그것을 말했을 때, 그것은 그냥 말이 아니었다. 나는 정말로 연대감을 느꼈다. 우리가 전에도 이곳에 있었고 형제자매처럼 함께 있는 것 같았다."

몇 년 뒤 안티오크대학 불교 프로그램에서 레베카 쿠신스는 무닌드라에게 자애 수행을 배우며 동일한 경험을 했다.

"나는 그가 보드가야에 있는 미얀마 절에서 세상을 향해 자애의 마음을 내보내는 것을 들으면서 보드가야의 지리를 배웠다. 그때는 우리가 그곳에서 보낸 첫 한 달이었기 때문에 우리는 아직 그 장소를 그다지 잘 알지 못했다. 밤에 우리는 앉아서 자애 수행을 하곤 했다. 그는 보드가야를 자신의 손바닥처럼 잘 알았으며, 모든 골목길과 모든 상점으로 자애의 마음을 보냈다. 마치 모든 장소가 장애물이 없기를 바라는 것처럼. 그는 말하곤 했다. '이 절에 있는 모든 존재들, 그리고 강 위로 난 길에 있는 모든 존재들, 이 절에서 강 건너 저쪽까지, 수자타 마을까지, 그 너머 비하르 주 바깥까지 모두가 고통에서 벗어나 행복하기를……' 그 기원을 들으면서 우리는 새로운 이웃과 새로운 우주의 일원이었으며, 그 세계를 배우는 가장 좋은 방법은 그곳들을 사랑하는 일이었다. 그리하여 마을로 걸어 들어가면서 내가 이렇게 말하는 것은 자연스러운 일이 되었다. '강 위로 난 길에 있는 모든 존재들이 행복하고 평안하기를.' 그리고 마하보디 사원에서도 '이곳에 있는 모든 사람이 행복하고 평안하기를……' 그것은 우리가 사랑을 가지고 여행하는 것과 같았다."

만나는 모든 사람에 대한 무닌드라의 행동은 제자들에게 잊혀지지 않는 교훈과 감화를 주었다. 그가 매우 기쁘게 모든 이와 대화할 수 있다는 것은 많은 사람들의 눈을 뜨게 하는 경험이었다. 어느 날 무닌드라는 시애틀에 있는 비비언 다스트의 부모 집에 저녁을 먹으러 갔다. 비비언이 아시아에서 돌아온 직후였다. 무닌드라가 그녀의 어머니를 사로잡는 것을 보고 비비언은 깊은 감명을 받았다.

"그는 실제로 나의 어머니가 명상을 하게 만들었다. 믿을 수 없는 일이었다. 나의 어머니는 매우 노골적으로 말하고 어떤 것에도 거리낌이 없는 사람이었다. 어머니는 명상에 대한 자신의 생각을 큰 소리로 주장했다. 나는 무닌드라를 지켜보았다. 그는 어머니를 다루는 방법이 매우 뛰어났다. 단지 어머니와 이야기하는 데만 많은 시간을 보냈으며, 정말로 자애롭고 다정하게 주의를 기울였다. 그는 분명하게 어머니에게 동조했으며, 어머니가 앉아서 명상하는 데 느끼는 어려움을 이해했다."

비비언의 어머니 지젤 비더히엘름은 그때의 일과 다른 방문들에 대해 이야기한다.

"당신은 그 사람을 사랑하지 않을 수 없다. 그리고 그와 함께 있을 때 미소 짓고 웃지 않을 수 없다. 그는 당신으로 하여금 모든 것이 좋다고 느끼게 만드는 방식을 가졌다. 언제나 무척 다정하고 유쾌한 사람이었다. 나는 그가 화를 내는 걸 본 적이 없다. 그는 당신이 그저 마음을 터놓을 수 있는 사람이다. 그의 앞에서 나는 내가 말해야만 하는 것에 제약을 느낀 적이 결코 없었다. 우리는 모든 것에 대해 이야기했다. 그리고 나를 위해 그곳에 있는 그에게 의지할 수 있었다."

무닌드라는 매일의 상황 속에서 자애를 가르쳤다. 로버트 비에티는 무닌드라가 처음으로 캘리포니아를 방문했을 때 그런 배움을 얻었다.

"우리는 아침에 운동하기 위해 산호세의 스틸포인트 명상 센터 모퉁이에 있는 아름다운 공원으로 건너가곤 했다. 그곳에 부랑아 한 명이 앉아 있었다. 나의 즉각적인 판단은 이것이었다. '저 사내에게서 멀어지자.' 당연히 무닌드라는 그 남자에게로 걸어가서 옆에 앉았으며, 그에게 붓다가 가르친 진리에 대해 이야기하기 시작했다. 무닌드라는 그 남자에게 매우 다정했다. 나는 깊이 감동받았다. 이 이야기에는 무닌드라가 그 남자를 한 사람의 인간으로 대했다는 것 외에는 다른 교훈이 없다. 그 남자는 자신의 삶에서 한 순간 작은 사랑을 경험했고, 우리는 그곳을 떠났다."

자라 노비코프는 무닌드라가 자신에게 그런 종류의 사랑을 가르쳐 준 것에 깊이 감사한다. 그녀는 말한다.

"우리가 비감정적인 면에서 자애를 이해하긴 어렵다. 왜냐하면 우리는 감정적이며, 우리가 하는 행동은 언제나 감정적인 측면을 내포하고 있기 때문이다. 그러나 자애는 그것을 의미하지 않는다. 자애는 상대방이 당신에게 매력적이지 않은 사람일지라도 한 인간으로서 누구나 진리 세계의 은총과 세속적인 삶의 축복을 누리길 바라는 것을 의미한다."

스틸포인트 명상 센터의 일원이었던 반떼 위말라람시도 무닌드라의 자애에 대한 기억을 공유한다.

"우리는 아침에 그 지역으로 산책을 나가곤 했는데, 무닌드라는 일종의 레이더를 갖고 있었다. 그는 언제나, 다정하고 친절한 말이 필요한 사람을 발견하는 능력을 지닌 것 같았다. 그 사람이 누구이며, 어떤 옷을 입었는가는 중요하지 않았다. 무닌드라는 흰 옷을 입고 있었고 작은 인도식 아이스크림 모자를 썼다. 그래서 많은 사람들이 그를 쳐다보곤 했다. 그런 시선들은 그를 조금도 방해하지 못했다. 그는 그저 걸어가서 그들이 직면하고 있는 문제들에 대해 말하게 만들었으며, 그의 친절함 때문에 모든 사람이 그를 좋아했다."

반떼 위말라람시는 이 산책길에서 무닌드라가 사람들에게 일상의 언어로 붓다가 가르친 진리를 설명한 것을 강조한다.

"그토록 열린 가슴을 가진 누군가와 함께 있는 것은 매우 감동적인 일이었다. 그는 언제나 모든 사람의 기분을 좋아지게 만들고 그와 이야기하고 나면 웃게 만들었다."

반떼 위말라람시는 늘 화가 난 것처럼 보이는 이웃집 남자에 대해 이야기한다. 무닌드라는 걸음을 멈추고 그 남자와 얘기를 나누었으며, 그를 위해 날마다 자애 수행을 했다. 일주일이 안 돼, 어떤 좋은 말도 해 본 적 없고 거의 언제나 무엇인가에 대해 욕을 퍼붓던 그 성격 나쁜 늙은 남자는 무닌드라가 걸어오는 것을 보면 얼른 밖으로 나와 얘기를 나누었으며, 미소 짓고 수용적이 되었다.

반떼 위말라람시는 이 남자의 행동이 무닌드라에 대해서만 바뀌었을 뿐 다른 사람들에 대해선 변화가 없었음에 주목한다.

"그래서 나는 그 남자를 위해 자애를 실천하기 시작했으며, 그는 꽤 부드러워졌으나 여전히 감정 기복이 있었다. 그러나 자애 명상의 가장 중요한 부분은 그것이 당신 주위의 다른 사람들에게 얼마나 영향을 미치는가가 아니라 그것이 당신 자신에게 얼마나 영향을 미치는가이다. 그것은 일어나는 일들을 당신이 다루는 방식에 많은 영향을 미친다. 괴로운 상황에 대한 감정적 반응이 더 이상 없을 때, 그리고 그곳에 열린 마음과 사랑의 반응이 있을 때, 그때 당신의 마음은 관점을 바꾼다. 부정적인 생각이나 감정과 동일시되는 일을 멈추고 상대방이 건강하고 행복하기를 바라기 시작한다. 이것은 당신의 마음에 균형을 잡아 주고 기쁨을 가져다준다. 무닌드라는 자애 실천의 살아 있는 예였다."

오렌 소퍼도 단순한 행동에서 무닌드라의 자애를 목격했다. 한 번은 그들이 보드가야의 미얀마 절에 있는 법당으로 명상을 하러 가는 길에 무닌드라가 갑자기 길에 있는 돌 하나를 차서 옆으로 치웠다. 그런 다음 뒤돌아보며 말했다.

"이것이 자애이다. 왜냐하면 누군가가 오다가 돌에 걸려 넘어질 수 있기 때문이다."

오렌은 말한다.

"나는 단지 거리를 걸으면서도 내가 할 수 있는 정말로 작은 어떤 것을 보았을 때, 길에 떨어진 어떤 것을 줍는 것만으로도 그것이 누군가를 도울 수 있다는 것을 기억할 것이다."

※

다른 사람들이 자신을 판단할지라도 무닌드라는 그들을 판단하지 않았다. 한번은 그가 아지트 로이에게 말했다.

"누구도 완벽하지 않다. 나도 완벽하지 않다."

그래서 상대방이 자신에 대해 어떤 생각을 하든 그런 것에 관계없이 자애를 넓혀 나갔다. 때로 그것은 누군가의 있는 그대로를 받아들이는 것을 의미했다. 카테리나 모라이티스에 따르면 인도에서 의기양양하게 돌아다니던 초창기에 서양인 구도자들이 떼 지어 나타났을 때 무닌드라는 그들의 외모나 습관성 약물중독에 대해 개인적인 판단을 하지 않았다. 카테리나는 회상한다.

"그 시절에 인도 여행자들은 충격적인 옷차림을 하고 있었다. 모두가 마리화나를 피웠고 온갖 행위들이 벌어졌다. 하지만 나는 무닌드라가 '그렇게 하지 말라!'라고 말하는 걸 한 번도 들어 본 적이 없다. 그는 말하곤 했다. '마음을 흐리게 하는 어떤 물질도 명상하는 데 도움이 되지 않는다.' 그러나 그것이 전부였다. 그는 결코 누구도 비판하지 않았다. 그가 사람들에게 다가가는 방식이 그러했다. 그는 사람들에게 자신의 시각과 관점을 강요하지 않았다. 그의 방식은 부드럽고 감미로운 영향력이 있었다. 내가 생각하기에 그것이 많은 이들의 삶을 변화시켰다. 그것은 정말로 내 삶을 바꿔 놓았다."

사람들을 쉽게 받아들이는 무닌드라의 방식은 스티븐 스트레인 지(S. N. 고엔카의 제자)에게도 많은 감동을 주었다. 스티븐은 이렇게 말한다.

"무닌드라는 우리가 더 나은 존재가 되도록 의지를 불어넣는 뛰어난 능력을 지녔다. 그가 다른 사람과 연결되는 걸 보면서 나도 그렇게 되고 싶었다. 판단하지 않고, 그저 열려 있고, 타인에게 관심을 갖는 것. 부모가 자식에게 사랑과 애정을 갖는 방식으로. 나는 그가 나의 대부처럼 여겨졌다."

존 트래비스도 무닌드라에게서 영감과 자극을 받았을 뿐 아니라 그의 영향력을 계속해서 느꼈다. 존은 말한다.

"나는 의식적으로 그를 마음속에 불러들이진 않지만, 내가 사람들에게 불교의 진리를 가르칠 때 특정한 방식으로 행동하도록 그가 여전히 나를 돕는 듯한 느낌이 든다. 예를 들어, 개인 면담을 통해 나는 한 사람이 어려운 시기를 겪고 있다는 것을 알아차린다. 그때 나의 한 부분은 이렇게 말한다. '맙소사. 난 이 이야기를 세 번째 듣고 있어.' 그때 나의 다른 부분은 무닌드라의 얼굴에 나타난 열린 마음, 일종의 천진함을 본다. 나는 그 특성을 기억하고 따라하려 노력한다. 그러면 나는 나 자신의 판단이나 냉담함을 우회해 더 열리고 더 진실한 느낌으로 되돌아간다."

때로 제자들은 무닌드라의 무판단적인 접근법을 이해하기 어려웠다. 피터 미한은 말한다.

"나는 그가 시간을 내어 우리에게 마음을 써 준 것에 너무 감사했다. 하지만 그는 모든 사람에게 그렇게 했다. 내가 이렇게 말했을 사람들에게도. '내 의견을 묻는다면, 무닌드라지, 저 친구는 도저히 가망 없는 인생 패배자예요.' 무닌드라는 상관하지 않았다. 판단 자체를 거의 하지 않았다. 그는 내가 보기에 경계선을 넘은 제정신이 아닌 종류의 사람들까지 정신적으로 고양시켰다. 서양인의 관점에서 볼 때 나는 그가 너무 판단이 없었던 것은 아닌지 궁금하다. 나는 모른다."

조 디나르도 역시 동의한다.

"무닌드라는 지나칠 정도로 무판단적이었다."

특히 몇몇 개인들이 그의 친절을 이용했던 것을 생각하면.

무닌드라는 다른 사람의 결점에 주목하기보다는 그들 안의 좋은 면에 집중하는 신기한 능력을 갖고 있었다. 다른 사람이라면 분노와 억울함에 사무쳐 있을 상황에서 그는 용서하고 원한을 품지 않았다. 자애는 짜증 나는 상황에서도 마음을 진정시키는 효과가 있었다. 그는 말했다.

"나는 인간 존재를 믿는다. 모든 사람은 자기 자신의 본질적인 속성을 갖고 있다. 어떤 것은 좋고 어떤 것은 나쁘다. 나는 좋은 것을 바탕으로 인간을 신뢰한다."

무닌드라는 다른 사람들의 좋은 면을 보는 것이 자애를 일으키는 가장 직접적인 원인임을 알았다.

조카 타파스 쿠마르 바루아가 한번은 그에게 세상에 나쁜 사람들이 있는지 물었다. 무닌드라는 대답했다.

"실제로 있다. 세상이 악한 사람들로부터 자유로운 것이 아니다. 하지만 나는 그들을 마주친 적이 없다. 왜냐하면 나의 파동은 그들이 오는 것을 허용하지 않기 때문이다."

설령 남을 괴롭히는 사람일지라도 자신에게 가까이 오면 더 이상 그렇지 않게 된다고 무닌드라는 설명했다. 그 사람의 가슴에 가닿는 방법을 알기 때문이었다.

보드가야에서 무닌드라에게 통찰 명상을 배운 마리아 먼로(위빠사나 명상 교사)는 무닌드라가 다른 사람들 안에서 좋은 점을 발견했다는 사실을 보증한다. 그녀는 보드가야의 미얀마 절 위층에 있는, 앞면이 유리로 된 몇 개의 장식장들에 보관된 작은 경전들을 훑어보는 것에 흥미를 갖던 때를 회상한다. 장식장 문들이 잠겨 있어서 절망한 그녀는 무닌드라를 만났을 때 짜증을 내며 불평했다. 그곳에 있던 또 다른 수행자는 자신들의 스승에게 그녀가 부정적으로 말하는 걸 듣고 기분이 상해서 말했다.

"마리아, 당신은 참 나쁜 사람이야."

그러나 무닌드라는 친절하고 긍정적으로 대응했다.

"아니, 아니. 마리아는 좋은 사람이야. 단지 우리가 그것을 끌어내면 돼."

무닌드라의 무조건적인 배려는 오래 남는 흔적을 남겼으며, 몇몇 사람들에게는 소중한 치유의 경험이 되었다. 인도에서 그와 함께 보낸 몇 년과 미국 방문 기간을 회상하며 잭 엥글러는 말한다.

"무닌드라의 공식적인 가르침이 굉장한 것이긴 해도 나는 그것이 맨 처음 떠오르진 않는다. 우리 둘이서 토론을 나눈 많은 시간들도 아니다. 심지어 그와 함께 살거나 오랫동안 가깝게 이어져 온 그와의 교제도 아니다. 아니, 내가 깨달은 가장 깊고 중요한 것—나는 그것에 대해 지금까지 감사히 여긴다—은 그가 나를 사랑하며 나를 믿는다는 확신이었다. 그것이 다른 어떤 것들보다 더 많이 나를 지지해 왔다. 그는 나의 결함들과 한계들을 보았고, 그럼에도 어쨌든 나를 사랑했다. 그것은 나에게 하나의 계시와도 같은 순간들이었다."

『까라니야 메따 숫따(필수자애경)』는 자애를 어머니가 하나뿐인 자식에게 표현하는 사랑과 보호에 비유하지만, 레베카 쿠신스의 경우는 무닌드라의 자애가 그녀의 할아버지에 대한 기억을 불러일으켰다. 레베카는 자신과 안티오크대학 학생들이 무닌드라를 처음 만났을 때를 묘사한다.

"우리는 보드가야의 미얀마 절 법당에 앉아 있었다. 그가 흰 옷으로 몸을 감싸고 안으로 들어왔다. 그는 그저 우리 모두를 매우 사랑스럽게 바라보았다. 그 아름답고 빛나는 미소를 지으며 아주 조용히. 그 순간 그는 나의 할아버지를 떠올리게 했다. 할아버지는 내가 어렸을 때 매우 가까웠으며 몇 년 전에 돌아가셨다. 나는 할아버지가 무척 그리웠다. 만약 내 삶에서 첫 번째 진리의 스승을 생각하라면 나의 할아버지일 것이다. 할아버지는 귀가 들리지 않았고 조용했기 때문에 나는 할아버지와 침묵의 대화를 했다. 무닌드라와 함께 있으면서 마치 할아버지한테 배우고 있는 것처럼 느껴졌다. 내가 그에게서 느낀 것이 그런 종류의 사랑이었다. 할아버지가 손주를 사랑하는 그런 방식의 사랑."

레베카는 덧붙인다.

"내가 무닌드라에게서 주로 받은 느낌은 그에게서 발현되는 무조건적인 사랑이었다. 붓다가 가르친 진리에 대해 생각할 때 내게는 그것이 가장 크다. 그가 통찰 명상을 비롯해 내가 지혜의 저장고라고 여기는 것들에 대해 말할 때조차도 그곳에 언제나 너무 고상하지 않은 편안한 사랑이 있었다. 천상의 것이 아니라 지상의 것이. 그래서 나는 그것에 연결될 수 있었다."

레베카는 프로그램이 끝나고 미국으로 돌아간 뒤에 이런 스승의 안내 없이 어떻게 수행을 계속할 수 있을지 궁금했다.

"적어도 1년 동안 나의 수행은 그저 앉아서 무닌드라의 목소리를 기억하는 일이었다. 특히 그가 부드러운 인도식 영어로 자애의 구절을 암송하는 방식을. '그대가 행복하고 건강하기를. 그대가 사랑하고 용서하기를. 그대가 조화롭고 평화롭기를.'"

그것을 기억함으로써 자신의 내면에 무엇이 일어나든 그녀는 명상을 지속할 수 있었다. 그녀는 계속해서 말한다.

"기러기들이 V자 형으로 날면서 서로의 날개로부터 공기의 흐름을 이용하는 것처럼 무닌드라는 맨 앞에서 자신의 날개를 파닥이며 날아가는 큰 기러기 같았고, 나는 그 흐름을 올라타고 있었다. 단지 그가 다음과 같이 말하는 방식을 기억함으로써. '판단하지 말기. 비난하지 말기.' 혹은 그가 자애의 구절들을 암송하는 방식을. 그가 우리를 가르친 방식과 더불어 우리에게 전달하고 있던 에너지를 기억할 수만 있으면, 언제든 그 사랑이 나를 데리고 날아올랐다. 그는 나에게 진정한 의미의 귀의처였다."

카렌 설커에게도 무닌드라의 자애는 똑같이 중요하고 존재를 변화시키는 힘이었다.

"나는 학대가 심한 결손 가정에서 자랐다. 붓다가 가르친 진리가 내 삶을 구원해 주었다. 왜냐하면 그것은 무조건적인 사랑에 중점을 두었기 때문이다. 무닌드라 같은 사람과 함께 있는 것이 내겐 큰 행운이었다. 그는 내가 사람들을 어떻게 만나야 하는지에 지금도 영향을 미친다. 나는 언제나 사람들에게 열려 있고 판단하지 않으려고 노력한다. 그는 모든 사람을 똑같은 방식으로 대했다. 무조건적인 사랑과 존중으로. 그것을 지켜보며 그와 함께 있는 것은 그저 아름다운 일이었다."

무닌드라의 자애는 제자들에게 디딤돌과 같았다. 그는 자신이 그들을 받아들여 주고 사랑하는 것만으로는 충분하지 않다는 것을 분명히 했다. 붓다의 잘 알려진 구절 몇 가지를 예로 들면서 무닌드라는 '자기를 받아들이는 일'과 '자기애'의 중요성을 말했다.

만약 내가 나 자신을 사랑하지 않으면 나는 다른 사람들도 사랑할 수 없다. 만약 우리가 정말로 우리 자신을 사랑한다면 우리는 잘못되게 생각할 수 없고, 잘못되게 말할 수 없으며, 잘못되게 행동할 수 없다. 만약 그대가 자기 자신을 사랑하는 법을 안다면, 그때 그대는 어디에도 미움을 가져오지 않는다. 마음은 모든 선과 악의 선두 주자이다. 마음은 정화되면 좋은 카르마를 창조한다. 마음이 오염되지 않으면 그대의 행위는 순수할 것이고 세상도 순수할 것이다. 그대가 말할 때 지혜롭고, 멋지고, 우호적일 것이다. 만약 그대가 자신의 분노를 이해하지 못하고 마음이 분노에 영향을 받는다면, 그것은 독이 되고 그대는 육체적으로 고통받을 것이다. 그대가 행동할 때 긴장을 불러일으킬 것이다. 그것은 모든 사람에게 동일하다.

자애는 사랑과 친절을 가져오고 그대를 건강하게 만든다. 만약 그대가 다른 사람들을 위해 좋은 일을 한다면 그것은 그대 자신에게 좋은 일이다. 이 세상에서 증오는 결코 증오를 통해 중단되지 않는다. 오직 사랑을 통해서만 그것은 중단된다. 이것은 영원한 법칙이다. 미국의 사랑이 없고 인도의 사랑이 없다. 사랑에는 차이가 없다. 마음은 놀라운 힘이다. 그대의 온 존재에 사랑의 생각이 구석구석 스며들게 해 보라. 그대의 순수한 가슴으로부터 그것이 나오게 하라. 그대가 적을 사랑한다면 그대는 적이 없을 것이다. 이것이 유일한 길이다.

무닌드라는 또한 '마음을 유연하게 만들기 위해' 자기 자신과 다른 사람에 대한 용서를 추천했다. 전통적으로 그렇게 하듯, 자애 명상을 시작하기 전에 그는 말하곤 했다.

만약 내가 과거에 나의 부모와 스승, 연장자나 그 누구에게라도 생각으로든 행동으로든 말로든, 의식적으로든 무의식적으로든 어떤 잘못을 했다면 용서받을 수 있기를. 만약 누군가가 생각으로든 행동으로든 말로든 나에게 잘못을 했다면, 만약 그가 원한이나 불평이나 비난이나 기분 상할 만한 것을 쌓아 두었다면, 내가 그를 용서할 수 있기를.

그 어떤 법문 이상으로, 사람들로 하여금 그들 자신을 받아들이고 사랑하도록 격려한 것은 자애 넘치는 무닌드라의 존재였다. 그것이 하와이에서 무닌드라를 차에 태우고 다니는 동안 존 버제스(변호사. '정의를 추구하라'는 무닌드라의 가르침에 영향을 받아 인권 변호사로 활동했으며, 2백 명이 넘는 티베트 난민 소송을 해결했다)가 마침내 이해한 것이었다. 무닌드라를 수행하게 되자 처음에 존은 생각했다. '오, 이런! 그는 간디 같은 사람이고 성자 같은 사람이다. 내가 어떻게 행동해야 하지? 만약 당신이 붓다와 시간을 보낸다면 당신은 무엇을 할 것인가? 그는 모든 것을 꿰뚫어 보며, 인간 본성에 대해 모든 것을 알지 않는가!' 그러나 무닌드라와 함께 있으면서 존은 깨달았다.

"나는 그저 긴장을 풀고, 나의 있는 그대로의 방식으로 존재하면서 다정하고 친절하게 행동하고, 그를 보살피면서 내가 할 수 있는 최선을 다하면 되었다."

～

대니얼 테일러는 집중수행 때 무닌드라가 몸 상태 때문에 좌절한 한 수행자에게 끈기 있게 자애의 가치를 가르치려고 시도한 일을 기억한다.

"그 독일인 수행자는 모기를 참을 수 없었다. 무닌드라는 불평하는 그에게 말했다. '그냥 모기를 사랑하면 된다.' 무척 조용하면서 격려하는 목소리였다. 그 독일인은 다시 와서 그렇게 할 수 없다고 말했다. 매우 애정 어린 방식으로 무닌드라는 말했다. '그럼 모기를 더 많이 사랑하면 된다.' 나는 그 잘생긴 독일 남자가 몹시 불안해하면서 말한 것이 아직도 마음속에 그려진다. '난 더 이상 참을 수 없어요! 우린 모기에 대해 무엇인가를 해야만 해요!' 무닌드라는 진심을 담은 목소리로 말했다. '단지 모기들을 사랑하면 되네.' '난 그것이 효과적일 거라고 생각하지 않아요.' '아, 난 그것이 효과적일 거라고 생각하네. 정말로 깨어 있는 마음으로, 진정으로 그들을 사랑하면 되네.' '좋아요, 가서 해 볼게요.' 그럼 그다음 날 그가 다시 와서 말했다. '아무 효과가 없어요. 난 정말로 힘들어 죽겠어요.' 그러면 무닌드라는 '아니, 아니. 효과가 있을 거야. 난 언제나 모기들을 사랑해. 모기들은 나를 전혀 괴롭히지 않아. 왜냐하면 내가 그들을 사랑하니까.' 하고 말했다."

이 대화를 들은 모든 사람이 이 가르침으로부터 도움을 받아 그들 자신의 수행에 적용할 수 있었다고 대니얼은 말한다. 그는 덧붙인다.

"무닌드라는 '나는 그대가 필요로 하는 현실적인 것들에 귀를 막겠어.'라고 말하지 않았다. 그는 조용히 자리를 떴으며, 나는 그가 그 수행자를 위해 모기장을 구하러 갔다고 생각한다. 그리고 그는 말했다. '보라, 우리는 그 문제에 대해 현실적이 되어야 한다. 그러나 동시에 그대는 이곳에서 그대의 마음을 고치는 것이 필요하다.'"

그레고리 파이가 무닌드라에게 직장에서 팀장과의 갈등 때문에 겪는 불안감에 대해 말했을 때, 그레고리 역시 처음에는 무닌드라의 충고를 받아들이는 걸 망설였다.

무닌드라는 그레고리에게 말했다.

"그대가 해야 할 것을 말해 주겠다. 첫째로, 내일 아침 팀장의 사무실로 직접 가서 그에게 사과하라. 그에게 말하라. '우리의 관계에 있을지도 모르는, 혹은 내가 원인이 되었을 수도 있는 어떤 종류의 긴장이나 문제 혹은 오해에 대해 당신에게 진심으로 사과합니다. 나는 당신의 용서를 구하고 싶고, 당신이 받아들일 수 있고 좋아할 수 있는 방식으로 내가 할 수 있는 한 최대로 협조하고 일하겠다는 것을 말하고 싶습니다.'라고."

그레고리는 회상한다.

"무닌드라가 나에게 그 이야기를 했을 때 내 첫 번째 반응은 이것이었다. '말도 안 돼요. 난 결코 그렇게 하지 않을 거예요.' 무닌드라는 내 얼굴을 똑바로 바라보며 말했다. '아니, 아니. 그대는 정말로 그렇게 할 필요가 있어.' 그래서 나는 '좋아요, 한번 생각해볼게요.' 하고 말했다."

그레고리는 집에 가서 그것에 대해 생각했고 무닌드라가 옳다는 것을 깨달았다. 며칠 뒤 그는 팀장을 만나러 갔고 무닌드라가 제안한 대로 했다. 그는 기억한다.

"나는 그것이 팀장에게 얼마나 영향을 미쳤는지 모른다. 하지만 그것이 그를 조금은 부드럽게 만들었다고 생각한다. 그러나 그것은 내 직관에 어긋나는 행동이었다. 다시 말해, 그것은 우리가 보통 때는 할 수 없는 일이다. 하지만 붓다가 가르친 진리의 맥락에서는 힘든 사람들과 맞닥뜨릴 때 분노나 악감정의 원인을 제거하기 위해 우리가 최대한 많이 시도해야 할 방법이다."

그레고리는 어려운 순간에 무닌드라의 자애를 떠올리곤 한다.

"내 삶에서 어떤 문제를 해결해야 하거나 감정적인 문제에 직면할 때 그가 내게 온다. 그에 대한 생각이. 그는 걸어 다니는 축복 같았다. 어디를 가든 자신의 인격과 에너지와 아름다운 현존으로 사람들에게 축복을 주었다. 나는 종종 생각한다. '무닌드라라면 어떻게 말할까? 그라면 어떻게 행동할까?' 어떤 면에서 그는 나에게 진리의 상징이 되었다. 모든 것의 기준이 되었다."

ঽ

무닌드라에게 자애에 바탕을 둔 삶을 사는 것이 다른 사람들이 우리를 함부로 대하도록 허용하는 것을 의미하진 않았다. 예를 들어, 무닌드라는 속임수를 참지 않았다. 그러나 결코 험악하게 대응하지 않았다.

"심지어 자신이 구매하는 모든 물건 값을 흥정하면서도 언제나 매우 친절했다."라고 크리스티나 펠드먼은 회상한다. 무닌드라는 제자들에게도 그렇게 하라고 충고했다. 왜냐하면 『맛지마 니까야(중간 길이의 경전)』 속의 〈까까추빠마 숫따(거유경)〉에 나오는 붓다의 메시지를 신뢰했기 때문이다.

'다른 사람들이 그대를 어떻게 대하든, 그대는 평정심을 잃지 않고 악한 말을 하지 않고 내면의 미움 없이 선한 의지의 마음으로 연민심을 유지하기 위해 자신을 훈련해야 한다.'

샤론 샐즈버그는 이 조언을 입증하는, 콜카타에서 친구와 함께 릭샤를 탔던 잊지 못할 경험을 이야기한다. 뒷골목에서 샤론은 갑자기 어둠 밖으로 걸어 나온 덩치 큰 남자와 무섭게 맞닥뜨렸다. 남자는 그들의 길을 가로막고 그녀를 릭샤 밖으로 끌어내리려고 했다. 성폭행과 살인의 장면들이 머리를 스치면서 샤론은 어떤 것도 할 수 없는 무력감을 느꼈다. 그녀의 동료가 가까스로 술 취한 공격자를 밀어 내고 릭샤 운전사를 재촉해 기차역으로 달리게 했다. 일단 보드가야로 돌아오자 샤론은 무닌드라에게 무슨 일이 있었는지 설명했다. 그녀는 그런 상황을 어떻게 다루어야 했는지 궁금했다.

무닌드라가 샤론에게 물었다.

"그때 우산을 갖고 있었는가?"

"네, 갖고 있었습니다."

"그럼 그대의 가슴속에 모든 자애심을 갖고 우산으로 그 남자가 도망갈 때까지 그의 머리를 후려쳐야만 했다."

그는 부드럽게 그녀에게 말했다.

❧

작별을 말하는 것은 슬픔의 원인이 될 수 있지만, 무닌드라에게 자애는 어떤 장애물도 넘어서 흘러갔다. 잭 엥글러는 인도에서 무닌드라와 장기간 공부한 다음에 마침내 작별 인사를 해야만 했던 일을 회상한다.

"나는 목이 메어 왔다. 나는 보드가야의 중국 절에서 그의 거처로 향하는 길에 서 있던 것을 생생히 기억한다. 그를 다시 볼 수 있을지 확신할 수 없었다. 그가 내게로 와서 팔을 벌리고 따뜻하게 포옹했다. 그의 마지막 말은 이것이었다. '사랑이 있는 곳에 헤어짐은 없다.'"

무닌드라는 편지에서 이 메시지를 끊임없이 반복했다. 편지를 받는 사람에게 행복감을 주면서. 로버트 프라이어는 무닌드라의 편지들이 자신에게 믿음과 힘을 주었다고 말한다.

"나는 안티오크대학 해외 불교 프로그램을 준비하느라 바빴다. 그리고 그때 사무실 우편함 안에서 인도에서 온 얇고 작은 항공 우편을 발견하곤 했다. 나는 그것이 무엇인지 즉각적으로 알았다. 단지 봉투를 들어 열어 보는 것만으로도 처음에 내가 그에게 우리

프로그램에 가르침을 부탁했을 때 느꼈던 것과 동일한 따뜻함과 지지의 느낌을 받았다. 편지는 언제나 이렇게 시작하곤 했다. '나는 그대가 잘 지내고 그대의 수행이 잘 되고 있기를 기원한다.' 그리고 언제나 이렇게 끝을 맺었다. '나는 그대를 지원할 것을 약속하고, 그대가 하고 있는 일에 깊이 감사한다.' 매우 따뜻하고 늘 축복의 빛을 내리는 사랑 넘치는 편지였다. 그것은 손에 만져질 듯 생생했다."

무닌드라는 언제나 '무한한 자애'의 긴 축복으로 편지를 끝냈다고 지니 모건은 말한다. 그리고 마지막에 '진리 안에서 그대의 무닌드라' 혹은 '진리에 대한 봉사 안에서 그대의 무닌드라'라고 서명했다. 그 이유를 무닌드라는 이렇게 설명했다.

나에게서 배우는 사람들을 위해 나는 언제나 자애의 마음을 보낸다. 만약 그들이 정직하고 진실하다면, 설령 우리가 서로 가까이 살지 않고 오랫동안 떨어져 있을지라도 여전히 그들은 내 가슴 안에 있다. 만약 누군가가 이 세상의 어느 장소에서든 진리를 위해 일하고 있다면 나는 그들에게 감사한다. 그들의 성장, 그들의 실현을 위해 나는 그들에게 자애를 보낸다. 비록 내가 멀리 있어서 육체적으로 지원해 주지 못할지라도 그런 식으로 나는 정신적으로 그들과 언제나 함께 있다. 내가 어떤 가치 있는 것을 획득하거나 공덕을 쌓든 늘 진리를 위해 일하고 세상을 위해 헌신하는 모든 사람들과 나누는 이유가 그것이다. 이 가치 있는 행위들의 공덕으로 그들 모두가 오래도록 행복하고, 건강하고, 평

화롭게 번영하면서, 많은 이들의 이익과 행복을 위해 살아가기를
나는 기원한다.

무닌드라는 개인적으로 작별 인사를 하거나, 수행 기간을 시작
하거나, 강의를 끝내거나, 고마움을 표현할 때도 그렇게 했다. 그가
외우는 자애의 기도문은 린 부스필드가 "우리는 그저 그 자애의
기도에 얼어맞았다."라고 말한 것처럼 때로 매우 강렬한 방식으로
뿜어져 나왔다.

데이비드 홉킨스(S. N. 고엔카의 제자)는 인도의 담마기리 명상 센
터에서 집중수행을 마치고 친구와 떠날 준비를 하면서 그런 경험
을 했다.

"무닌드라가 그곳에 서서 말했다. '행복하라. 평화로우라. 자유로
우라.' 그는 한 팔을 들어 올렸으며, 나는 그가 손바닥으로 그 에
너지를 전송하는 것처럼 보였다. 그는 우리에게 그 자애의 강풍을
보냈으며, 그것은 뭄바이로 가는 기차 여행 내내 지속되었다."

브라이언 터커 역시 담마기리 명상 센터에서 받은 배웅에 깊이
감동받았다. 무닌드라는 브라이언의 머리에 손을 얹고 말했다.

"그대가 행복하기를! 평화롭기를!"

브라이언은 다른 사람이 그렇게 했다면 장난이나 농담으로 일축
했을 것이라고 말한다.

"하지만 무닌드라와 함께라면 그것은 진실한 것이었고 전혀 가
식이 없었다. 매우 강력한 경험이었다."

무닌드라가 마지막 작별 인사를 할 시간이 되었을 때, 심지어 그

는 죽어 가고 있었지만 어김없이 자애를 발산했으며, 그를 보러 온 모든 사람을 축복했다.

왜냐하면 친구들이여,

이것은 악한 의지로부터 벗어나는 것,

다시 말해 우주적 사랑에 의해 얻어지는

마음의 자유이기 때문이다.

—붓다 『디가 니까야(긴 길이의 경전)』

*

메따metta는 '부드럽게 하다. 사랑하다'의 '미드mid'와 '진정한 친구'의 '미따mitta'에서 나온 말로 우호, 친절, 선의, 동정, 친밀함, 비폭력 등의 의미가 담겨 있다. 사랑과 우정이 넘치는 이타적인 태도로, 자기 자신을 포함해 생명 가진 모든 존재의 안녕과 행복을 기원하는 강한 바람이다. 메따는 모든 고통에 대한 강력한 치유 방식이다. 잠깐일지라도 자애의 마음을 발달시키는 것은 수백 개의 음식 접시를 나누는 것보다도 훌륭한 행위라고 붓다는 말했다. 자애에 대한 대가로 상대방의 자애를 기대하진 않는다. 자애는 거래될 수 있는 것이 아니기 때문이다. 만약 사랑받기 위해 누군가를 사랑한다면 우리는 그 사랑의 대가를 얻지 못할 때 상처받게 된다. 붓다는 제자들에게 서 있든 걷든 앉아 있든 누워

312

있든 간에 끊임없이 자애 안에 머물라고 조언했다. 자애는 정신적 태도일 뿐만 아니라 자기 자신과 다른 사람을 향한 언어적, 육체적 행동을 포함한다.

11
무엇을 도와드릴까요

연민_까루나

마음을 정화시킬수록 자동적으로 연민이 일어난다.
　—무닌드라

　무닌드라는 붓다가 제자들에게 "가서 세상에 대한 자비와, 모든
사람이 경험하는 고통에 대한 연민으로 많은 이들의 이익과 행복
을 위해 진리를 나누라."라고 한 지시를 진지하게 받아들였다. 그
는 영적으로나 물질적으로나 도움을 필요로 하는 사람들을 지원
하는 일에 결코 흔들림이 없었다. 육체적으로 먹을 것과 마실 것,
입을 것과 잘 곳, 심지어 약을 가졌는지 확인해 사람들을 돌보았
고 병에 걸리면 보살폈다. 그리고 무엇보다도 사람들이 괴로움에서
벗어나도록 진리를 가르쳤다.

　다른 사람의 신체적 불편을 덜어 줄 수 있다면 무닌드라는 그렇

게 하기 위해 서슴없이 앞으로 나아갔다. 누군가가 그의 방문 앞에 나타나면 지체 없이 물었다.

"배고픈가요? 밥은 먹었나요?"

그리고 언제나 그 사람의 건강에 대해 맨 먼저 물었다.

겨울의 어느 이른 아침, 잭 엥글러는 보드가야에 도착했다. 비행기, 기차, 버스, 그리고 마지막에는 릭샤를 타고 며칠이나 걸린 여정이었다. 춥고 피곤하고 배고프고 방향 감각을 잃었지만 그것이 그의 첫 번째 인도 여행이었고, 그는 무닌드라와 수행을 시작하기를 간절히 원했다. 잭은 선언했다.

"제가 여기에 왔습니다. 저는 수행을 시작할 준비가 되었습니다."

그 대신 무닌드라는 물었다.

"장운동은 잘 되고 있는가?"

잭은 말한다.

"그의 질문이 나를 완전히 쓰러뜨렸다. 사실 내 장운동은 그다지 좋지 않았다! 인도에 와 본 사람은 장이 가장 걱정된다는 걸 안다. 그는 우선 사항이 무엇인지 알았다. 장이 먼저이고, 나머지 것들은 그 다음이다. 우리는 처음 2주 동안 내 장운동에 주의를 기울였다. 진리에 대한 가르침은 아마씨 껍질과 마늘환 사용법에 대한 가르침으로 대체되었다. 그의 아버지는 아유르베다(인도의 전통 의학) 의사였다."

상황이 긴급한 주의를 요할 때 무닌드라는 주저 없이 응답했다. 데렉 리들러는 어느 날 아침 매우 아프다고 느끼며 보드가야에서 잠을 깼다.

"나는 아시아 독감과 아메바성 이질 설사에 걸렸다. 두 배로 불운한 일이었다. 무닌드라는 자신이 관여하고 있던 일의 대부분을, 실제로 매우 많은 일을 중단했다. 그리고 수레에 나를 싣고 마을의 여러 아유르베다 의사와 민간요법 의사에게 데려갔다. 나는 거의 의식이 없었고, 무슨 일이 진행되고 있는지 반쯤 자각하는 정도였다. 나에게 무닌드라의 행동은 살아 있는 가르침이었다. 그것은 추상적인 불교 철학이 아니었다. 내가 정말로 그에게 사랑받은 매우 인간적이고 감동적인 경험이었다."

베리 래핑 역시 병에 걸렸을 때 무닌드라의 즉각적이고 연민 어린 행동을 기억한다.

"나는 그때 하이데라바드에서 콜카타로 가는 기차를 막 올라탔고, 미얀마행 비행기를 탈 계획이었다. 나는 아파서 거의 실신 상태였으며 극도로 두려웠다. 탈수증상까지 나타났다. 누군가가 나에게 콜레라에 걸렸다고 했지만 알 수 없었다. 갑자기 무닌드라가 그곳에 나타났고, 그가 나를 보살피기 시작했으며, 나는 좋아지기 시작했다. 나는 결국 미얀마에 갈 수 있었다. 그는 그런 사람이었다. 자신의 손으로 사람들을 돌보았다. 그런 면에서 어머니 같은 존재였다. 이것은 내가 고엔카의 제자가 된 훨씬 뒤의 일이었다. 그런데도 무닌드라는 그런 보살핌을 결코 멈추지 않았다."

사르나트에서 무닌드라는 펀자브 지방 출신의 신지학 학자 하리랄과 친구가 되었다. 이때 일어난 일은 동료 승려들이 오물 속에 버려둔 병든 승려를 붓다가 개인적으로 보살핀 일화를 떠오르게 한다. 무닌드라가 하리랄과의 사건을 설명했다.

하리랄은 차트와 도표 등 온갖 것들을 만들며 나에게 신지학을 가르치곤 했다. 매우 다정하고 상냥한 사람이었다. 얼마 후 그는 심각한 병에 걸렸다. 몸 전체에 종기가 났다. 그는 늘 불교 승려들에 대해 비판적이었기 때문에 아무도 그를 돌봐줄 사람이 없었다. 그는 승려들의 행동을 썩 좋아하지 않았었다. 그래서 승려들은 화가 나 그에게 음식 주는 것도 끊었다. 그래서 내가 시중을 들고, 보살피고, 내 음식을 나눠 주고, 그의 종기를 닦아 주었다. 그때 한 승려가 마하보디 협회 사무총장에게 나에 대해 불평을 했다. 사무총장 데바프리야 발리신하가 나에게 물었다. '여기서 무엇을 하고 있는 거요? 왜 그렇게 하죠?' 나는 말했다. '그는 이곳 협회에 머물고 있는 손님입니다. 몸이 아픈데 아무 도움도 받지 못하고 있습니다. 그래서 내가 돌보고 있습니다. 만약 그가 고통받는다면, 만약 그가 그런 식으로 이곳에서 죽는다면, 마하보디 협회는 비난을 면치 못할 것입니다. 나는 협회에 대한 나의 의무를 다하고 있습니다. 왜냐하면 나는 여기에 살고 있는 것에 감사하기 때문입니다.' 발리신하는 나의 생각에 고마워하며 내 말에 동의했다.

누군가의 고통에 육체적인 봉사를 해 줄 수 없을 때조차 무닌드라는 다른 방식으로 도우려고 했다. 사이발 탈룩바르는 무닌드라를 만나러 콜카타에 갔다가 눈병으로 고생했다. 상태가 너무 나빠서 거의 볼 수가 없었다. 사이발이 자신의 눈에 대한 이야기를 하자 무닌드라는 물었다.

"두려움은 없는가? 먼저 위빠사나 코스를 밟아서 두려움으로부터 벗어나도록 하자."

첫 번째 집중수행을 한 뒤 사이발은 두려움이 사라지고 믿음이 표면에 나타났다. 눈이 잘 보이지 않는 것 때문에 더 이상 동요하지 않았으며, 집중수행을 더 하기를 원했다. 때가 되자 시력이 개선되었다.

산호세에서 무닌드라가 지도한 미국에서의 첫 집중수행에 참가하러 뒤늦게 도착했을 때 카말라 마스터즈는 피곤에 지쳐 있었다. 직장을 비워야 했고 세 아이를 돌봐 줄 사람을 찾아야 했기 때문이다. 그런데 막상 도착하니 참가자들에게 이미 숙소가 배정되고 그녀가 머물 방이 없었다. 하는 수 없이 수행 지도자들이 사용하는 2층의 큰 샤워실 옆 복도 마룻바닥에 잠자리를 마련한 카말라는 무닌드라가 자신을 향해 걸어오는 것을 보았다.

"그가 가까이 다가왔을 때 나는 가식 없이 빛나는 그의 현존으로 인해 완전히 편안해지는 걸 느꼈다. 그의 흔들림 없는 평정이 내 긴장을 풀어 주었다. 나는 왠지 그가 어떤 신비하고 심오한 것을 말할 거라는 생각이 들었다. 그러나 그는 단지 잠시 동안 그곳에 서서 호기심을 갖고 내가 바닥에 깔아 놓은 매트를 바라보았다. 그런 다음 내 초췌해 보이는 얼굴을 바라보고 다시 매트를 보았다. 그가 사무적으로 "여기가 그대가 잘 곳인가?" 하고 물어서 나는 놀랐다. 짧은 대화를 나눈 뒤 내가 아이들의 엄마이기 때문에 대부분 몹시 피곤하다는 사실을 안 그는 말을 멈추고 다음에 무엇을 해야 할지 생각했다. 우리의 첫 만남에 대해 가장 기억나는 것은 그의 눈에 담긴 염려와 연민의 표정이었다. 그가 말했다. '그대는 여기서 잘 수 없다. 수련을 위해선 잘 쉬어야 한다. 내가 그대의 매트를 가질 테니, 그대는 내 침대를 갖도록 하라.'

카말라는 무닌드라가 머물 공간을 마련해 준 첫 번째 사람이 아니었다. 콜카타의 마하보디 협회에서 생활하는 동안 그는 잠자리에 필요한 여러 가지 용품과 자신의 소박한 방을 사람들에게 제공했기 때문에 어떤 방문객이든 밤에 잘 장소가 있었다. 보드가야의 중국 절에 머물 때는 45킬로미터 떨어진 나란다 빠알리 협회에서 불교학 박사 과정을 밟고 있는 잭 엥글러에게 주말마다 방 한 켠을 내주었다.

반떼 보디빨라는 이갓뿌리의 담마기리 명상 센터에서 열린 위빠사나 집중수행에 참가했다가 두 번째로 무닌드라를 만났을 때의 일을 설명한다. 예약 없이 도착했기 때문에 머물 방이 없었고 돌아갔다가 다음에 다시 와야 한다는 것을 알았다. 예기치 않은 상황에 당황한 보디빨라는 문득 무닌드라가 그곳에 있다는 것이 생각나 곧바로 그에게로 갔다.

"무닌드라가 맨 처음 한 일은 나에게 점심을 차려준 것이었다. 왜냐하면 시간이 다 되었기 때문이다(승려들은 정오가 되기 전에 식사를 마쳐야 한다). 두 번째로 그는 말했다. '알았으니 편안히 앉아 있으라. 내가 곧 돌아오겠다.' 10분 뒤, 그는 내가 머물 곳과 수행 참가를 위한 모든 것을 마련해 주었다."

무닌드라의 연민(까루나)에는 한계가 없었다. 그가 한번은 조카 타파스 쿠마르 바루아에게 말했다.

사람들은 아주 많이 고통스러워하고 있다. 그래서 나는 미얀마나 다른 장소들에서 배운 모든 지식을 사람들과 나눌 것이다. 그들 역시 그 고통을 보고 그것에서 빠져나올 수 있도록. 우리의 문제는 대부분 우리의 무지 때문이다. 우리는 알아차리지 못한다. 진리는 '알아차리게 되는 것'을 의미한다.

우노 스베딘은 보드가야에서 무닌드라의 지도하에 처음으로 명상 수행을 하는 동안 경험한 무닌드라의 무한한 연민을 아직도 생생하게 기억한다. 그때는 무닌드라가 미얀마에서 인도로 돌아온 직후의 일이었다. 어느 날 밤 우노는 심한 절망감과 두려움에 사로잡혔다.

"그때가 새벽 4시였는데, 무닌드라는 차를 마시거나 나와 담소를 나눈 뒤 대개 밤 10시면 잠자리에 들었다. 다음에 만날 시간은 그가 모기장 문을 여는 아침 6시쯤이었으며, 그 동안에는 모기장 문이 잠겨 있었다. 그런데 나는 정말로 깊은 절망에 사로잡혔다. 결국 많은 고민 끝에 전통과 규율에 벗어난 줄 잘 알면서도 그의 모기장 문을 조용히 두드렸다."

우노는 계속해서 말한다.

"처음엔 아무 반응이 없었다. 그때 무닌드라가 말하는 소리가 들렸다. '거기 누구요?' 내가 말했다. '우노입니다. 끔찍한 일이 저에게 일어나고 있습니다.' 그러자 따뜻한 목소리가 들렸다. '나갈게. 나갈게.' 그가 문을 열었고 잠옷 차림 그대로였다. 나는 공포로 몸을 떨면서 비통하게 울음을 터뜨렸다. 그는 내 어깨에 팔을 두르고 나를 안으로 들어오게 했다. '무슨 일인가?' 그가 물었다. 그러고는 말했다. '차를 끓일 테니 마시면서 이야기를 하자.' 온전한 정신과 질서로 건너가는 얼마나 멋진 다리인가! 단지 그의 목소리를 듣는 것만으로도 목숨을 구하는 약을 받은 셈이었다. 그날 아침 늦게 내 눈물은 말랐고, 그는 다시 용기를 북돋우며 나를 부드럽게 명상 수련으로 돌려놓았다."

거의 40년이 지나 이 일을 떠올리며 우노의 두 눈은 목까지 차오른 감사의 마음과 눈물로 가득했다. 우노는 그것이 자신의 삶에서 가장 강력한 순간 중 하나였다고 말한다.

"정확한 순간에 나는 무닌드라의 순수한 현존과 친절에 구원받아 낭떠러지를 건넜다."

무닌드라의 연민은 매우 부드러웠다. 그의 형 사산카 모한 바루아가 세상을 떠났을 때 형의 딸 수브라는 깊은 슬픔에 빠졌다. 몇 달 뒤 수브라는 무닌드라가 지도하는 집중수행에 참가했는데 여전히 감정적으로 혼란스러운 상태였다. 그녀는 회상한다.

"명상을 계속하면서 나는 그것이 오히려 슬픔을 커지게 한다고 느꼈다. 왜냐하면 마음 더 깊은 곳에서 슬픔이 나왔기 때문이다. 어느 날, 그것이 너무 크게 나와서 나는 자신을 조절하지 못하고 명상 중에 앉아서 흐느껴 울고 있었다. 삼촌이 나에게 명상하지 말라고 말했다. '넌 너의 거처에서 쉬면서 그것을 관찰하거라. 그것을 붙잡지 말라. 그저 그것을 자동적으로 내보내라. 단지 깨어 있기만 하면 된다.'"

디파 마가 자신의 모든 고통에서 벗어난 이야기는 아마도 무닌드라의 연민이 작용한 가장 극적인 예일 것이다. 그녀의 딸 디파에 따르면 디파 마('디파 마'는 '디파의 어머니'라는 뜻)는 일련의 비극적인 사건들을 겪으면서 너무 많은 고통 때문에 극도의 혼란 상태에 떨어졌다.

"나의 어머니는 12살에 결혼했지만 33살이 되어서야 첫 아이인 딸을 가졌다. 그러나 4개월 뒤 아기가 죽었다. 나는 그로부터 2,3년 후에 태어났다. 내가 태어나고 2년 뒤 남동생이 태어났지만 며칠밖에 살지 못하고 죽었다. 어머니는 미친 사람처럼 되어 몹시 슬퍼하고 비통해했다. 이 충격으로 어머니는 고혈압과 심장병을 얻었다. 그로부터 5,6년 후에는 아버지마저 세상을 떠나셨다. 이것이 또 다른 충격을 안겼고 어머니는 더 정신이 나갔다. 말도 하지 못했고 아무것도 할 수 없었다. 심지어 제대로 걸을 수조차 없었다. 이웃들이 나를 돌보았다. 아버지가 돌아가셨을 때 나는 고작 여섯 살이었다. 사람들은 이렇게 말하며 어머니를 위로했다. '너무 슬퍼하지 말아요. 모두가 언젠가는 죽어요. 부처님의 가르침에 관심을 갖고 푸자(종교적인 의식)를 드려 봐요.' 하지만 그때는 그런 말들이 소용없었다."

디파는 계속 말한다.

"아버지가 돌아가시고 1,2년쯤 되었을 때 마하시 사야도 수행 센터에서 사람들로부터 나의 어머니에 대한 이야기를 듣고 무닌드라가 어머니를 만나러 왔다. 너무 심한 충격 때문에 어머니가 제대로 말을 할 수 없었기 때문에 무닌드라가 붓다의 가르침을 설명하며 계속해서 말했다. '모든 것이 무상하다. 모든 것이 고통이고, 슬픔이며, 애통하다. 우리는 이 모든 것들을 제거해야 한다. 우리가 이 세상에 살아 있는 동안 좋은 카르마, 좋은 행위를 해야 한다.' 어머니는 조금 진정되고 고요해졌다. 약 1시간쯤 무닌드라가 이야기한 뒤 어머니가 말했다. '내 삶은 쓸모가 없어요. 난 이 세상에 더 이상 있고 싶지 않아요. 무엇을 해야 할지 알 수가 없어요.' 무닌드라는 어머니를 진정시키는 노력을 계속했다. 그날 그는 어머니와 대화하는 데 적어도 2시간 이상을 썼다. 그리고 그 이후 보름 동안 하루도 빠짐없이 정기적으로 왔다. 3,4일 후부터 어머니는 조금씩 나아졌다. 보름이 지났을 때는 2~30퍼센트가 좋아졌다."

그 시점에서 무닌드라는 일주일에 한 번 정도씩 방문했다고 디파는 말한다.

"두세 달 뒤 어머니가 더 진정되고 더 고요해졌을 때, 무닌드라는 어머니에게 마하시 수행 센터로 와서 명상을 하라고 조언했다. 어머니는 말했다. '나에겐 디파가 있고, 디파는 학교에 다녀야 해요. 내가 가면 누가 아이를 돌보죠?' 무닌드라는 서너 명의 자녀를 가진 이웃에게 말했다. '당신의 친자녀처럼 이 아이를 잘 돌봐 주기를 부탁합니다.' 이웃집 여인은 '그럼요, 염려 마세요.' 하고 말했다. 그래서 어머니는 두 달 동안 명상 센터로 떠났다. 무닌드라는 어머니에게 명상하는 방법과 과정들을 직접 보여 주었다. 마하시 사야도가 법문을 했지만 어머니는 미얀마어를 이해하지 못했다. 무닌드라가 마하시 사야도에게 그녀를 포함해 벵골 지역에서 온 몇몇 사람들의 상황을 설명하자 마하시 사야도가 말했다. '내가 법당에서 법문을 할 때마다 그들은 들어와서 명상하면 된다. 법문이 끝난 후 그들이 나에게 할 말이나 질문이 있으면 해도 좋다.' 그 집중수행 후 어머니는 정신적 고통으로부터, 또 육체적으로도 완전히 회복되었다. 위빠사나 명상에 대한 무닌드라의 조언과 지도를 통해 어머니는 아주 많이, 그리고 아주 빨리 앞으로 나아갔다. 모든 것이 무닌드라의 안내를 통해 일어났다. 우리 가족에 대해 그가 한 일은 너무 크고, 너무 위대했다."

일단 디마 파가 극도의 고통에서 해방되고 몸과 마음이 건강해지자 무닌드라는 그녀의 깊은 깨달음의 체험으로 다른 사람들을 가르치도록 격려했다. 그리하여 디파 마는 독자적인 명상 스승의 위치에 올랐다(이후 디파 마는 인도에 와서 영적인 길을 찾는 수많은 서양인들에게 큰 영향을 주었다. 미국과 유럽의 불교 명상 지도자들 중 많은 이들이 그녀의 제자였다).

꿈

모든 사람이 무닌드라의 도움을 받고 싶어 하는 것은 아니었다.

하와이 마우이 섬에서 카말라 마스터즈의 집에 머무는 동안 호기심을 자아내는 사건이 일어났다. 카말라는 직장을 다녔기 때문에 무닌드라를 몇 시간 동안 집에 혼자 남겨 두어야 했다. 그러나 중간에 집에 들러 그를 살펴보고 점심도 가져다주곤 했다. 그런 날들 중 어느 날, 무닌드라는 누군가가 집 안으로 들어오는 소리를 들었다. 그는 누군지 보려고 흰색 승복에 빛나는 삭발 머리를 하고서 뒷방에서 복도로 걸어 나왔다. 예상치 않은 그의 특이한 외모는 침입자를 놀라게 했을 뿐 아니라 겁먹게 만들었다. 무닌드라는 그 침입자가 불안해 보였다고 나중에 설명했다. 그 남자는 으악! 하는 비명소리와 함께 자신의 자전거를 놓아 둔 뒷마당으로 도망쳤다. 무닌드라가 남자를 뒤따라가며 소리쳤다.

"기다려요, 기다려요! 무엇을 도와드릴까요?"

무닌드라는 그 남자가 집에 불법으로 침입한 이유를 전혀 이해하지 못했지만, 첫 번째로 든 생각은 분명 곤경에 처한 듯 보이는 누군가를 도와주어야 한다는 것이었다.

경찰이 조사를 하기 위해 도착했을 때에야 무닌드라는 몇 가지 사실을 알게 되었다. 우선 한 가지는, 그 남자는 그 집에 도둑질을 하러 들어온 것이었다. 그 지역 사람들은 그 도둑이 욕실에 혹시 감춰 두었을지도 모를 마약을 찾기 위해 집집마다 몰래 침입했다는 것을 알았다. 이웃 사람들은 또한 카말라의 집에 유령이 출몰한다고 믿었다. 카말라 부부가 그 집을 사서 개조하기 전에 그 집은 오랫동안 빈 채로 있었다. 그래서 그 불법 침입자는 무닌드라를 유령이라고 추정했다. 그러나 무닌드라가 하려고 한 일은 단지 불안해 보이는 사람에게 자비를 실천하려는 것뿐이었다.

～

비록 심리요법사나 사회복지사나 카운슬러로 훈련받지는 않았지만, 무닌드라는 한 가정의 어려운 상황에 대해 들으면 도와주려고 노력했다. 매사추세츠 주 배리에 있는 통찰 명상 협회를 방문했을 때 그는 로버트 부세위츠가 어머니와 여동생 사이의 심각한 갈등으로 고민하고 있음을 알았다.

"마침내 무닌드라는 나와 함께 우리 집으로 왔다. 단지 중재자가 되기 위해서만은 아니었다. 그는 붓다가 가르친 진리를 아는 사람으로서 도움을 주기 위해 온 것이다. 내 생각에 그는 다른 문화권에서 왔다는 사실 때문에 비록 더 많이 객관적이진 않더라도 적어도 외부인은 될 수 있었다. 그가 나의 가족과 긴 대화를 나눈 것은 아니었지만, 그것이 계기가 되어 우리는 여동생에 대해 어떤 변화를 시도하게 되었다. 그 견디기 어려운 상황이 해결되는 데는 몇 해가 걸렸다. 어쨌든 무닌드라는 말벌의 둥지로 들어올 만큼 용감했다. 아무도 그렇게 하지 않았다. 나는 그가 그렇게 한 것에 깊은 감사를 느꼈다. 실제로 그것은 그가 나에게 해 준 다른 어떤 것보다 의미가 있었다."

직접적으로 무엇인가를 할 수 없을 때조차도 무닌드라의 연민은 빛을 발했다. 제프리 팁에 따르면 오리건 주 컬투스 레이크에서 열린 집중수행 기간 동안 수행자 중 한 명이 신경쇠약증에 걸렸다.

제프리는 말한다.

"무닌드라는 정말로 그 참가자에 대해 걱정하며 말했다. '그대들은 잊지 말고 그와 함께 있어야 한다. 그를 혼자 내버려 둬선 안 된다.' 그래서 우리는 언제나 그와 함께 걷고 그와 함께 있어야 했다. 무닌드라도 그와 함께 대화를 했지만, 우리가 무슨 얘기를 나누었는가는 중요하지 않았다. 그 사람에게 정말로 필요한 것은 누군가가 함께하는 것이었다. 그래서 우리는 집중수행 기간 동안 그를 보호했으며, 집에 돌아와서도 그와 계속 연락했다."

때로 가장 연민 어린 행동은 특별한 무엇을 하는 것 없이 누군가와 그저 함께 있어 주는 것임을 무닌드라는 알았다. 오렌 소퍼는 그들의 마지막 만남을 설명한다.

"그와 헤어져야 하는 것 때문에, 그리고 그를 다시 못 볼지도 모른다는 것을 알았기 때문에 내 가슴은 너무도 괴로웠다. 우리는 담마기리 명상 센터에 있는 그의 작은 오두막 입구 계단에 있었다. 나는 그냥 울고 또 울었다. 내가 떠날 때 그는 나와 함께 걷기 시작했다. 내가 아직도 울고 있었기 때문이다. 그가 내 팔에 팔짱을 꼈다. 내가 너무 슬퍼하고 있었기 때문에 그는 어찌해야 할지 몰랐지만 내 곁에 함께 있어 주었다. 우리는 몇 걸음 더 걸었고, 그러다가 모퉁이를 돌아 다른 길로 들어서서 얼마를 더 걸었다. 마침내 나는 걸음을 멈추고 그에게로 몸을 돌려 그의 손을 잡으며 말했다. '괜찮아요, 무닌드라. 난 괜찮을 겁니다.' 그러자 그가 약간 고개를 끄덕이며 말했다. '아, 그래, 그래.' 그리고 몸을 돌려 자신의 오두막으로 돌아갔다."

남을 돕는 일을 할 때 일반적으로 에너지가 소진되는 상태에 이르지만, 무닌드라의 넘치는 연민은 그런 일이 없었다. 지혜와 평정으로 균형을 맞추었기 때문이다. 그는 각각의 사람마다 자신이 축적한 카르마의 상속자이며, 그것에 대해 그는 아무것도 할 수 없다는 걸 알았다. 그는 타인의 문제와 지나치게 동일시되거나 문제를 떠맡지 않으면서 도움의 손길을 내밀었다. 그럼에도 그의 세심함은 '그저 놀라울 따름'이었다고 그레그 갤브레이스는 말한다.

"나는 무닌드라가 수행자들과 개인 상담을 하는 걸 자주 목격했다. 누군가가 그에게 찾아와서는, 가르침들을 이해하기 힘들어하고 불안해하곤 했다. 무닌드라는 그들이 어쩌면 감정적으로, 혹은 어떤 개인적인 상처로 문제를 겪고 있음을 이해했고, 그것에 대해 대화하곤 했다. 그들에게 붓다의 가르침을 던져 주거나 아직 갈 준비가 되어 있지 않은 어딘가로 그들을 데려가려고 하기보다는, 그들의 수준에서 그들과 이야기했다. 그는 그 재능이 뛰어났다. 사람들은 그가 자신들의 이야기를 듣고 있으며 자신들과 연결되어 있다고 느꼈다."

그레그는 계속해서 말한다.

"무닌드라는 어떤 사람의 부분이 아니라 전체를 보았으며, 그들의 모든 관심사에 대해 대화했다. 때로 사람들은 개인 상담사로 여기고 그를 찾아왔으며, 그가 그들과 나눈 전체 대화는 그들의 가족이나 상황에 대한 매우 일상적인 것이었다. 그러나 그 이면에서 그는 그들이 붓다가 가르친 진리와 연결되도록 돕고 문제의 핵심으로 들어가게 하면서 정말로 그들 안의 무엇인가를 채워 주었다. 우리는 누군가에게 설교를 할 수 있지만, 그것은 그들의 갈증을 풀어 주는 것이 아닐 수도 있다. 무닌드라는 길 위에 있는 누구와도 형제였다. 그는 우리를 데려가기 위해 그곳에 있는 게 아니었다. 그는 단지 길을 가리켜 보였다. 그는 진실로 깔야나미따, 영적인 친구였다."

꿈

무닌드라의 배려심은 죽은 사람에게까지 확대되었다. 특히 보드가야의 고통받는 여자 유령의 경우에 그러했다. 무닌드라가 미얀마로 떠난 뒤 마하보디 사원 관리를 맡은 브라마차리야 지바난다는 사원 운영위원회 사무실 앞의 어두컴컴하고 커다란 나무에 한 영혼이 살고 있다고 여러 번 말했다. 그는 몇 번이나 그것을 직접 목격했다. 새벽 4시에 경을 외며 사원 둘레를 걷곤 했기 때문이다. 날개를 퍼덕이는 큰 새들과 함께 하나의 울음소리가 무슬림교도들의 공동묘지에 있는 타마린드 나무에서 시작되어 그 큰 나무로 옮겨 왔다. 지바난다는 그 나무에서 흰 그림자 하나가 내려와 사원 옆 모퉁이를 돌아서 마을로 가는 것을 보았다.

미얀마에서 돌아온 무닌드라는 이 문제를 몇몇 승려들과 논의했다. 그들 중에 신통력이 있는 승려가 말했다. 한 영혼이 고통받고 있으며, 만약 누군가가 어떤 좋은 카르마를 행하고 그 공덕을 나눈다면 그녀는 슬픔에 찬 상태에서 풀려날 것이라고. 무닌드라가 무슬림 공동체에 문의한 결과 오래 전에 임신한 무슬림 여성이 살해당해 타마린드 나무 근처에 묻혔다는 이야기를 들었다. 무닌드라는 누군가가 그녀를 위해 좋은 일을 베풀었는지 물었지만 아무도 그렇게 하지 않았음을 알았다. 그래서 불교의 관습인 상가다나(승려들에게 음식과 옷을 제공하는 것)를 행하기로 했다. 그 공덕이 고통받는 그녀의 영혼에게 전해져 혼란 상태에서 벗어나도록 하기 위해서였다. 무닌드라는 10명의 승려를 사원 운영 위원회 사무실로 초대해 그들에게 식사를 대접하고 새 옷을 기증했다. 그 후 누구도 울음소리를 듣거나 흰 그림자를 보지 못했다.

연민에 바탕을 둔 무닌드라의 이타적 행동은 다른 사람들도 그의 선례를 따르도록 자극을 주었다. 몇몇 제자들은 진리를 전하는 교사들이 되었으며, 어떤 제자들은 더 큰 선을 위해 다양한 분야에 종사했다. 그레고리 파이는 무닌드라가 어떻게 자신에게 깊은 영향을 미쳤는지 회상한다. 특히 공무원으로 일하다 정년퇴직한 이후에.

"나는 무닌드라가 아직 살아 있는 동안 내가 원하는 일을 시작하고 싶었다. 더 긴 집중수행에 참가해 더 많은 시간을 보내는 것, 내 수행이 깊어지는 것, 그리고 사람들에게 진리를 전하는 일에 많이 참여하는 것이었다. 내가 하려고 한 일은 전통적인 가르침보다는 병원 환자들, 교도소 재소자들, 참전 용사들과 관련된 일이었다. 현재 나는 불교의 가르침에 다가가기 어려운 상황에 놓인 사람들에게 붓다의 가르침을 전하는 몇 가지 프로그램을 운영하고 있다. 그것은 쉬운 길이 아니었다. 성공할 때도 있었지만 성공하지 못한 시도들도 있었다. 나는 무엇이 이 일을 하도록 내모는지 알지 못하지만, 이 모든 일들 뒤에 무닌드라가 있음을 본다. 가난하고 학교를 못 다니고 사회적으로 혜택받지 못한 사람들은 수행이 있다는 것조차 모른다. 그리고 어쩌면 이 사람들이 수행이 가장 필요한 사람들인지 모른다. 무닌드라는 내가 그 방향으로 더욱더 움직여 가는 데 큰 영향을 미쳤다."

꽃 마스터즈는 연민이 무엇인지 더 잘 이해하게 해 준 무닌드라의 도움말을 기억한다.

"무닌드라는 그 단어 자체가 행동의 요소를 담고 있다고 말했다. 그것은 동사에 가깝다는 것이다. 진정한 연민이 되기 위해서는 의도와 행동이 필수적이다. 물론 자신과 타인 사이에 구분이 없어야 하며, 단지 느끼는 것뿐 아니라 행동이 함께해야 한다."

연민의 마음이 어디서 오는지 물었을 때 무닌드라는 설명했다.

그것은 자동적으로 온다. 왜냐하면 명상은 실제로 욕망이 사라지고 혐오감이 사라지고 어리석음이 사라진 상태를 키워 주기

때문이다. 욕망, 혐오감, 어리석음은 어둠의 요소들이다. 그것들
은 마음을 어둡게 만든다. 혐오감이 있는 곳에 연민은 없다. 사
랑이 있는 곳에는 연민이 자동적으로 따라온다. 불순한 것들, 오
염된 것들을 소멸시킬수록 마음은 더욱더 순수해진다. 그때 연
민이 일어난다. 명상을 하면 그때 마음이 순수해지고, 그대는 본
질적으로 연민을 키우고 있는 것이다. 또한 사랑에 대해 명상함
으로써 그것을 발달시키는 방법도 있다.

무닌드라는 '연민으로 가득 찬 마음이 네 가지 방향 곳곳에 스
며들게 하라'는 붓다의 반복된 가르침을 언급했다. 또한 위와 아래
와 둘레와 모든 곳에서 자기 자신과 모든 존재가 헤아릴 수 없이
풍요롭고 기쁘며, 미움과 악한 생각으로부터 벗어나게 하라고.

인간과 달리 동물들은 명상을 할 순 없지만 연민의 행동과 좋은
업을 실천할 수 있다. 무닌드라와 S. N. 고엔카는 보드가야의 큰길
을 걷다가 수컷 개가 버려진 강아지들을 돌보고 있는 것을 목격했
다. 그 일을 배리 래핑은 기억한다. 그때 무닌드라가 말했다.

"이런 종류의 행동은 낮은 차원의 세계로부터 이 동물이 빠져나
오는 데 도움이 될 것이다."

무닌드라는 이 삶뿐 아니라 다음 생의 행복과 평안을 위해서도
연민이 필수적임을 분명히 했다. 그의 행동에는 누군가를 향한 적
대감의 흔적조차 담겨 있지 않았다. 심지어 다른 사람들이 그를
비난하거나 그와의 우정을 저버렸을 때도 분노와 억울함보다는 그
들의 카르마와 무지를 이해하고 연민을 나타냈다. 임종을 맞이하

는 순간에도 그는 자기 자신에 대해서보다 작별 인사를 하러 온 방문객들을 더 염려했다. 말을 할 수 있는 한 오래 그들과 진리를 나누었다. 그것이 그들의 고통을 제거해 주기를 희망하며.

연민에 대해 명상하라.
그대가 연민에 대해 명상할수록
어떤 잔인함도 버려질 것이기 때문이다.
—붓다 『맛지마 니까야(중간 길이의 경전)』

*

까루나karuna는 '하다, 만들다'의 뜻을 가진 '까르kar'에서 나온 말로, 연민, 자비, 연민 어린 행동, 혹은 적극적인 공감으로 번역된다. 붓다가 깨달음을 얻은 후 중생들에게 진리를 설하기로 결정한 것이 이 까루나 때문이었다. 불행한 중생을 구하려는 마음과 남의 고통을 덜어 주고자 하는 마음이다. 네 가지 무한한 마음을 사무량심(압빠만냐)이라 하는데, 첫째가 자애(메따), 둘째가 연민(까루나), 셋째가 더불어 기뻐함(무디따), 넷째가 평정(우뻭카)이다. 선한 마음이 작용하는 이 사무량심은 초기불교의 가장 중요한 가르침 중 하나이다. 사무량심은 한없이 확장되어도 좋은 감정이다. 탐욕과 성냄은 한계가 있지만 자애, 연민, 기쁨, 평정은 아무리 확장해도 장애가 없다.

12
닙바나에는 피자가 없다

포기_넥캄마

욕망 때문에 큰 고통이 있다.

—무닌드라

　너무 자주, 자유는 무제한의 선택을 가진 것으로 정의된다. 원하는 것은 무엇이든 행할 수 있고, 가질 수 있고, 말할 수 있는 것으로. 그러나 만약 그 정의가 실제로는 오해의 소지가 있는 것이라면 어떻게 하겠는가? 행복을 주는 대신 삶에 혼란과 긴장과 망설임과 불만족을 안겨 주는 것이라면? 어쩌면 더 적은 선택권이 더 많은 행복을 느끼는 데 더 도움이 될지도 모른다. 단순한 생활 방식을 통해 무닌드라는 어느 정도의 포기가—저항하기 힘든 가능성들에 매혹당하기보다는—궁극적으로는 더 큰 자유에 이르게 하고 욕망이라는 고통과 괴로움으로부터의 해방으로 인도한다는 것을 보여 주었다.

　포기(넥캄마. 불교 용어로는 출가, 혹은 출리)의 개념은 즉각적인 만족을 원하는 사회에선 인기가 없다. 그것에는 왠지 필수적인 것의

338

부족과 거부, 고행 복장(헤어 셔츠*hair shirt*. 종교적인 고행을 위해 입는, 털이 섞인 거친 천으로 만든 옷)과 자학적인 분위기가 있다. 무닌드라는 그런 금욕 생활을 하지 않았다. 그는 금욕주의자가 아니었다. 비록 자기 소유의 집이 없고 안전한 지위도 없고 보장된 기관의 지원도 일정한 수입도 없었지만 행복으로 빛났다. 자신이 좋아하는 것이 무엇이든 진리가 아닌 한 그것을 얻으려고 강하게 집착하지 않았다. 무닌드라에게 포기는 자신이 가장 깊이 열망하는 것으로 나아가는 길을 방해할지 모르는 것들을 버리는 긍정적인 의미였다. 그 어떤 것도, 특별한 음식이나 거처도, 현대적인 편의시설도, 학위나 직함이나 특별한 신분도 붓다가 설명한 닙바나(대자유)만큼 가치 있지 않았다.

그래서 그는 제자들에게 묻곤 했다.

"닙바나에는 피자가 없다. 그래도 그대들은 그것에 관심이 있는가?"

무닌드라는 만족에 이르는 다른 길을 보여 주었다. 그것은 우리가 얼마나 많이 획득하는가가 아니라 얼마나 많이 내려놓을 수 있는가에 대한 것이었다. '무엇이 가장 중요한가'에 대한 앎이 그에게 분명한 방향을 알려 주었다. 그리고 그것이 그에게 분명한 결정을 내리는 자유를 주었다. 그는 붓다의 충고를 가슴에 새겼다.

만약 더 작은 행복을 포기함으로써
더 큰 행복을 경험할 수 있다면
지혜로운 사람은 더 작은 것을 버릴 것이다

더 큰 것을 보기 위해

『담마빠다(법구경) 290』

무닌드라는 자신이 느끼기에 진리 추구를 가로막는 것은 무엇이든—전화기나 자전거나 타자기에서부터 결혼과 재산에 이르기까지 어떤 것이든—멀리하며 자신의 삶을 간소화했다.

꽃

강의 중에 그는 '가장 높은 목표는 욕망, 혐오감, 어리석음으로부터의 자유'라고 역설했다. 그는 추구의 각 단계에서 무엇을 포기해야 하는가 설명했는데, 카말라 마스터즈는 그 가르침 덕분에 수행의 목적은 어딘가에 도달하거나 무엇을 얻는 것이 아님을 이해하게 되었다. 오히려 그것은 '무엇을 버려서 가슴과 마음을 정화시키는가'와 관계가 있었다.

인도의 단과자(스위트)에 중독된 무닌드라의 이야기는 감각적인 욕망을 버리는 것이 특정한 쾌락을 갈망하는 것에서 오는 괴로움을 어떻게 줄여 주는지 잘 보여 준다.

사르나트에 살 때 나는 단과자를 무척 좋아했다. 그것을 사기 위해 8킬로미터나 떨어진 바라나시까지 걸어서 가곤 했다. 그것이 나를 괴롭혔지만 단과자를 먹고 싶은 갈망이 컸다. 어느 날 나는 생각했다. '이것을 어떻게든 끊어야 한다.' 그래서 뱅골인이 운영하는 가장 크고 이름난 단과자 가게로 가서 몇 킬로그램의 단과자를 샀다. 가능한 한 많이 먹고 싶었다. 그래서 마을 외곽의 나무 아래로 가서 앉았다. 나는 생각했다. '이것을 누구에게도 주지 않을 거야. 나 혼자서 전부 먹을 거야.' 그러나 상자를 열었을 때 온갖 단과자들이 내는 다양한 냄새가 역겹게 코를 찔렀다. 나는 억지로 먹으려고 하면서 내 마음에게 말했다. '너, 마음이여, 넌 단과자를 먹으라고 언제나 나를 괴롭혔다. 그런데 왜 지금은 먹지 않는가?' 메스꺼움에 토할 것만 같았고 도저히 먹을 수 없었다. 나는 말했다. '지금부터 나는 이 습관을 포기한다.' 어느 요가 책에서 읽은 적이 있다. '네가 갈망하는 것이 무엇이든 그 속으로 완전히 들어가라. 그러면 질릴 것이다.' 그것은 효과가 있었다.

무닌드라가 그런 음식을 다시는 먹지 않았다고 말하는 것이 아니다. 서양을 여행할 때 사람들은 그에게 자신들이 좋아하는 단과자를 먹어 보라고 권했다. 감사의 표시로 그는 조금 맛보곤 했지만 자신이 더 이상 그런 단것들에 익숙하지 않으며 그것들에 대한 욕망이 정말로 사라졌음을 알았다.

무닌드라는 우리가 갈망하는 감각적인 쾌락은 소리든 냄새든 맛이든 촉감이든 시각 대상이든 신기루와 같다고 설명했다.

햇살이 밝게 비치는 날 정오에 먼 곳을 바라보면 물이 있는 것처럼 보인다. 그러나 가까이 가면 갈수록 그곳에 아무것도 없다는 걸 알 수 있다. 그것은 텅 비어 있다. 모든 것이 이와 같다. 어린 시절부터 우리는 이 색깔, 이 소리를 뒤쫓는다. '아, 이것은 좋아 보인다!'라고. 이 모든 세월을 우리는 감각적인 쾌락들을 좇으며 밖에서만 찾아 왔다. 우리는 잘못 이해한다. 그것에 무엇인가 좋은 것이 있다고 생각하기 때문이다. 만약 우리가 온 마음으로 주의를 기울여 그 소리를 듣는다면, 혹은 그 단과자를 맛본다면, 우리는 그것이 텅 비어 있음을 보게 될 것이다. 생겨났다 사라지는 물거품처럼.

일단 이것을 이해하면 그대는 그것을 뒤쫓는 것에 지친다. 욕망은 마음을 부조화 상태로 만든다. 욕망 때문에 큰 고통이 있다. 그리고 불쾌한 어떤 것이 찾아올 때 혐오감이 나온다. 우리가 이것을 이해할 때 괴로움이 끝난다. 지겨워지고 싫증 나지 않는 한 무집착은 결코 오지 않는다. 무집착은 해방을 가져오고 구원을 가져온다.

무닌드라는 더 이상 어떤 것을 갈망하지 않게 만드는 '싫증'은 혐오감이나 미움과 다르다는 것을 분명히 했다. 오히려 그것은 감각 대상이 가진 환상에 불과한 본성을 아는 것으로부터 온다.

❧

십 대 때부터 무닌드라는 가장이 되지 않겠다는 의사를 표현했다. 그는 동생 고빈다에게 말했다.

"난 결혼해서 가정생활을 꾸리고 싶지 않아. 난 휘말리고 싶지 않다. 그것은 너무 복잡해. 붓다가 모든 것을 포기하고 몇 년 뒤 그토록 많은 의문들에 대한 해답을 발견했다면, 왜 내가 똑같은 길을 따라가서 내가 원하는 의문들에 대한 해답을 얻을 수 없겠어?"

소년 시절 사람들은 그에게 잘생겼다고 말하곤 했다.

"아주머니들이 입을 맞추며 나를 쓰다듬곤 했다. 그리고 내게 결혼에 대해 말했다. 그러면 나는 울음을 터뜨리곤 했다."

그럼에도 불구하고 관습에 따라 부모는 그를 결혼시킬 준비를 했다. 하지만 그는 단지 관습이라는 이유로 결혼하고 싶진 않았다. "처음부터 나는 그 흐름을 거스르고 싶었다."라고 그는 분명하게 말했다.

무닌드라의 아버지는 커서 결혼식을 올리면 된다는 생각에서 첫 번째 중매를 일찍 주선했다. 무닌드라는 상대방 소녀를 보았으며 그녀가 마음에 들었다. 그런 다음 이야기는 이렇게 진행된다. 어느 날 소녀는 학교에서 집에 가는 길에 유령이 나오는 집 앞을 지나다가 언뜻 환영을 보았다. 그녀는 갑자기 열병에 걸렸고 토하기 시작했다. 그리고 이틀도 안 돼 죽고 말았다. "그녀의 얼굴은 몹시 추해졌고 두려움으로 가득했다." 무닌드라는 말했다. 그는 자신이 슬픔도 안도감도 느끼지 않았지만 삶이 역겨워지고 집착이 떨어져나갔다고 덧붙였다.

"그토록 아름다웠던 소녀가 그런 식으로 죽을 수 있다. 삶이 그와 같다는 것을 나는 목격했다."

가족은 이후 두 번 더 결혼 제의를 받았다. 이 소녀들 역시 갑자기 죽었기 때문에 결혼식은 일어나지 않았다. 결국 무닌드라는 집을 떠나게 해 달라고 요청했고 부모는 마침내 허락했다.

무닌드라는 여자를 무시하거나 혐오하기 때문에 결혼을 포기한 것이 아니었다. 반대로 그는 어머니에 대해 가졌던 높은 존경심을 평생에 걸쳐 모든 여성에게 적용했다. 비비언 다스트는 기억한다.

"무닌드라는 여성의 중요성을 반복적으로 말했다. 여성이 아이를 키우면서 겪어야 하는 모든 일들에 대해. 그는 말했다. '아버지는 오직 한 방울을 주지만 어머니는 모든 살과 피를 준다. 이 육체는 여자로부터 나온다. 우리는 어머니에게 큰 빚을 지고 있다. 그래서 언제나 여성에게 존경을 표해야 한다.'라고."

무닌드라가 미얀마에서 돌아와 마침내 벵골 지역으로 가게 되었을 때 그의 어머니는 여전히 그곳 시골에 살고 있었고, 그래서 어머니에게 진리를 전할 수 있었다.

무닌드라가 결혼을 거부한 것을 고려할 때, 그가 사람들에게도 결혼을 만류했으리라는 것은 상상하기 쉽다. 예를 들어 그는 막내 동생 고빈다와 조카 수브라가 결혼하지 않은 것에 영향을 미쳤다. 하지만 무조건 아무에게나 가정생활에 반대하는 조언을 하진 않았다.

그는 강의 중에 분명하게 말했다.

"가장으로 살면서도 완전한 깨달음을 얻을 수 있다. 붓다 시대에도 가정생활을 하면서 깨달음을 얻은 많은 이들이 있었다. 지금도 그 길을 성취한 존재들이 있다."

무닌드라는 절 생활이 진리를 추구하는 사람들을 위한 유일한 선택이라고 제안하지 않았다. 그는 스승 마하시 사야도의 동의를 얻어 절 생활마저 포기했다. 그렇게 할 필요가 있다고 느꼈기 때문이다. 그는 승려의 옷을 벗었고, 명상 센터 소속도 포기했으며, 흰옷으로 돌아가 한 사람의 아나가리카(빠알리어 '아나가리카'는 '집 없는 사람'이라는 뜻으로, 상좌부 불교에서 세속의 거의 모든 재산과 일을 포기하고 불교 수행에 전념하는 사람을 가리킨다. 승려와 일반인 사이의 중간에 해당하는 신분으로, 전통에 따라 주로 흰색 옷을 입는다)로서 집 없는 삶을 살았다. 단, 머리는 삭발한 상태였다.

무닌드라는 최소한 두 가지 실질적인 이유로 승려직을 떠났다. 생존과 계급이 그것이었다. 도전에 찬 승려 신분을 직접 경험한 앤드류 게츠(10대 때부터 위빠사나 수행을 하고 동양의 절에서 생활한 명상 교사)는 증언한다.

"인도는 힌두교 국가이지 불교 국가가 아니다. 그곳은 불교 출가자의 계율이 이해되거나 인정받는 장소가 아니다. 따라서 불교 승려는 모든 현실적인 문제들에 부딪친다. 그것을 인지하고 그 상황에 자신을 놓지 않은 것은 무닌드라의 지혜였다."

둘째로, 승려와 일반인 사이에는 언제나 어떤 거리가 있다. 무닌드라는 설명했다.

"승려가 되면 내가 배운 것을 일반인과 나누는 것이 어렵다. 진리에 대해 알고 싶어 하는 많은 사람들이 있다. 그래서 나는 그들에게 다가가 내 경험을 그들과 함께 나누려 한 것이다."

이 결정으로 여성 제자들이 혜택을 입었다. 타라 도일은 말한다.

"상좌부 불교 승려들에게서 느끼는 보이지 않는 장벽―그들과는 가까이 있거나 자동차나 방에 그들과 혼자 있을 수 없다―이 무닌드라와 함께 있을 때는 없었다. 그는 정말로 큰삼촌 같았다."

타라는 계속해서 말한다.

"나는 그에게서 나오는 것이 전혀 성적으로 느껴지지 않았다. 물론 그것은 중요했으며 나와 우리 학생들에게 정결하게 느껴졌다. 그는 거의 중성이었다. 어느 정도 여성이고 어느 정도 남성이었으며, 어느 정도는 양쪽 다 아니었다. 남자 승려든 여자 승려든 승려들도 그러할 것이라고 나는 알지만, 여성으로서 남자 승려와 함께 있는 데는 많은 제약이 따른다. 무닌드라와 함께 있으면 그저 다정했으며, 다가가기 쉬웠다."

보드가야에서 무닌드라를 만나 몇 년간 명상을 배우고 무닌드라가 처음으로 태국, 필리핀, 하와이를 거쳐 미국 본토를 방문할 때 동행한 빌 차이타냐 샘웨이즈는 말한다.

"무닌드라는 정확하게는 승려가 아니었다. 그럼에도 그는 승려였다. 그는 엄밀히 말하면 스승이 아니었다. 그럼에도 그는 사람들을 가르쳤다."

이 중간 신분이 많은 제자들에게 감화를 주었다. 크리스티나 펠드먼은 무닌드라가 독특했다고 말한다.

"승려직을 포기한 신분으로서 그는 일반인의 삶 속에서 중요한 다리 역할을 하면서도, 동시에 그 안에서 자신의 길에 매우 헌신적이고 흔들림이 없었다."

캘리포니아 산호세에서 무닌드라의 지도하에 집중수행을 한 숀 호건은 승려와 일반인 사이에 우리가 설정해 놓은 잘못된 이분법이 이런 느낌을 갖게 만든다고 말한다. "만일 내가 정말로 일관성 있게 추구했다면 나는 어딘가에서 한 사람의 승려가 되어 수행하고 있을 것이다."라고.

에드 하우벤(명상 교사. 매사추세츠 주의 통찰 명상 협회 운영위원장)은 덧붙인다.

"무닌드라는 인간의 영적 발전이 수도원의 방석에 앉아 있는 데만 달린 것이 아니라 삶의 매 순간 속에 있다는 걸 이해한 강력한 힘이었다."

잭 콘필드에 따르면 그러한 예는 서양의 불교 공동체에 매우 중요하게 작용했다.

"무닌드라는 우리가 서양에서 수행 공동체를 만들 때 필요한 많은 좋은 것들에 영향을 미쳤다. 열린 마음, 호기심, 친절함, 진리에 대한 깊은 헌신이 그것이었다. 그것들을 실천하기 위해 우리가 승려가 될 필요는 없다. 그의 현존을 통해, 말을 통해, 존재 방식을 통해 그는 우리 모두가 그것을 실천하도록 지원했다."

무닌드라를 출가 수행자로 기억하면서 라마 수리야 다스는 말한다.

"그는 많은 물질을 갖고 있지 않았다. 그러나 그의 위상, 그의 가슴과 마음의 폭은 거대했다. 그는 거물도 아니었고 과시도 없었다. 그는 세상 속에서 살되 세상의 소유가 되지 않는 진정한 모범이었다. 그는 자신의 절을 갖지도 않았다. 자신의 계율, 명상, 통찰 지혜를 가지고 다녔다. 그 자신의 움직이는 불국토를."

꿈

출가자이면서 속인들 속에서 사는 아나가리카의 생활 방식은 뱅골 지역의 가정주부에서부터 젊은 서양인들에 이르기까지 가능한 한 널리 진리를 나누려는 무닌드라의 목표에 맞았다. 그러면서도 동시에 여전히 출가자로 머무는 것은 그의 근성을 시험했다. 35년 넘게 무닌드라와 인연을 맺은 루크 매튜스(S. N. 고엔카의 제자이며 보조 강사)는 말한다.

"무닌드라는 무척 험난한 길을 선택했다. 집도 없이 운명의 바람에 시달리는 것은 쉬운 삶이 아니었다. 그 상황에서는 자신의 카르마를 믿지 않으면 안 된다. 그리고 자신을 돌보는 진리의 힘을."

자기 소유의 집을 갖지 않는 것은 이 장소에서 저 장소로 이동하는 것을 의미했다. 콜카타에서는 마하보디 협회나 가족의 거처에 얹혀살았다. 보드가야에서는 간디 아쉬람, 중국 절, 미얀마 절을 오가며 지냈다. 뭄바이 근처 이갓뿌리에서는 담마기리 명상 센터에 머물렀다. 여행하는 동안에는 많은 집과 수행 센터들의 손님이었다. 앤 쇼한은 무닌드라의 아나가리카 스타일의 생활 방식을 '매우 이동하기 쉬운 성스러운 삶의 방식'이라 부른다.

그레그 갤브레이스는 무닌드라가 미얀마에서 공부하는 동안에는 굳이 요청하지 않아도 필요한 것이 충족되는 삶을 살았다고 설명한다. 그러나 일단 인도로 돌아오자 상황이 곤란해졌다.

"그는 승려가 아니면서도 승려와 비슷하게 극단적으로 단순하게 살았으며 소유물이 거의 없었다. 직업도 없고 후원자도 없었다. 일반적으로 말해 만약 당신이 동양에서 불교 승려라면 당신은 절과 연결되어 있기 때문에 보호를 받는다. 무닌드라는 그렇지 않았다. 그는 모든 기관의 지원을 포기했다. 그가 미국에 가거나 다른 곳에 가는 유일한 방법은, 심지어 콜카타에서 가까운 보드가야로 이동하는 것조차 사람들의 베풂에 기반을 둔 것이었다. 그는 사람들이 그에게 주는 적은 보시, 혹은 친척이나 마하보디 협회나 미얀마 절의 도움에 의지해 살았다."

그레그의 설명에 따르면, 당시 인도의 불교 승려들은 대부분 위빠사나 명상을 하지 않았다. 인도에서 불교가 매우 약해져서 특정한 예불 의식이나 경전 공부가 전부였다. 따라서 만약 무닌드라가 불교 승려로 살았다면 그는 반드시 존경받진 않았을 것이다. 왜냐하면 그는 일반적인 표준을 벗어나 있었기 때문이다. 그레그는 말한다.

"무닌드라가 명상을 가르친 사람들은 종교적인 의식이 아니라 주로 붓다가 가르친 진리와 깨달음에 관심을 가진 일반인들이었다. 그는 사람들이 종교의 틀과 의식을 뛰어넘어 실제로 수행을 하도록 가르쳤다. 콜카타에는 그에게서 명상을 배운 사람들이 많았으며 승려들은 그것을 많이 좋아하진 않았다. 그들은 무닌드라를 받아들였고 개인적으로 좋아했으나 평신도가 명상을 가르치는 것은 그들의 권위를 다소 약화시키는 일이었다. 동양의 많은 지역들에서 명상은 승려들의 직업이며 오직 승려들만 깨달음을 성취할 수 있다고 여긴다. 무닌드라가 정치적으로 살얼음 위를 걷고 있었다고 나는 생각한다."

그러나 몇몇 승려들은 무닌드라의 위태로운 위치가 지닌 가치를 알았다. 보드가야에 있는 미얀마 절의 주지 우 냐네인다는 40년 전부터 무닌드라를 알았다. 무닌드라 사후에 절에서 열린 추도식에서 우 냐네인다는 공개적으로 무닌드라의 삶을 출가 수행자의 그것으로 인정했다.

"우리 승려들은 늘 세속적인 삶에 집착하지 않는 것에 대해 이야기한다. 그러나 우리 대부분은 우리가 운영하는 절이나 또 다른 책임들에 매여 있다. 무닌드라는 진정으로 집이 없었다. 그는 승려가 아니었음에도 승려처럼 살았다. 그리고 우리보다 더 나은 승려였다."

비록 단순하게 살았지만 무닌드라는 삶의 격조와 질적 수준을 포기하지 않았다. 고빈다 바루아에 따르면 그는 높은 안목을 가지고 있었다.

"만약 누군가가 그에게 다 낡았거나 더러운 릭샤나 택시를 끌고 오면 그는 말했다. '그대는 나에게 무엇을 가지고 왔는가? 왜 좋고 깨끗한 것을 구할 수 없었는가?' 그는 늘 최상의 것을 가질 수 있다고 믿었으며, 동시에 그렇지 않은 것을 편안히 받아들였다."

무닌드라는 자신을 초대한 전 세계의 사람들이 제공해 주는 좋은 것들을 마음껏 누리고 즐겼음을 인정했다. 그러나 그런 사치품들이 없는 인도에 있을 때 한 번도 불행해한 적이 없다. 이것은 담마루완 찬드라시리에게 '단지 단순해지고, 편히 쉬고, 물건에 집착하지 않는' 중요한 본보기가 되었다. 담마루완은 말한다.

"동양에서 아나가리카라고 하면 비행기를 타고 여러 나라들을 다니지 않는 사람이다. 무닌드라는 현대의 도구들을 갖고 놀았지만, 그것들이 자신을 통제하게 하지 않았다."

자유롭게 사물을 취하고 또 자유롭게 그것들을 떠나는 무닌드라의 방식은 미국을 방문한 초기에 분명하게 드러났다. 스티븐 슈와르츠가 그를 워싱턴 D. C.로 데려갔다.

"이 여행을 준비하면서 나는 안락하고 조용한 장소를 발견하기 위해 많은 시간을 들였다. 추가로 돈을 들이지 않고도 스승을 위해 하고 싶은 모든 것들을 준비했다. 나는 친구의 방 두 개짜리 아파트를 빌렸다. 무닌드라에게 안방의 큰 침실을 주고 나는 작은 손님방을 쓸 계획이었다. 우리가 아파트에 도착했을 때 그가 집 안을 둘러보았다. 그는 그곳이 완전히 마음에 들었고 곧바로 작은 침실로 들어가 그곳에 자기의 짐을 내려놓았다. 그리고 바닥에 매트를 펴더니 결국 그 방에서 묵었다. 그가 편안한 것을 즐기는 만큼 언제나 소박함 쪽으로 기우는 걸 보는 건 감동의 순간이었다."

S. N. 고엔카가 담마기리 명상 센터에 무닌드라를 위해 고엔카 자신의 거처 옆에 개인 수행 오두막인 '꾸띠' 짓는 것을 제안했을 때 무닌드라는 거절했다. 방문객들이 많이 모이는 곳에서 멀리 떨

어진 자신의 작은 공간을 더 좋아했다.

꿈

사치품이나 음식이 자신을 지배하지 못하게 했듯이 무닌드라는 신분이 그를 자만에 빠지지 못하게 했다. 불교의 진원지인 보드가 야의 마하보디 사원의 초대 불교도 관리인이라는 높은 직책을 기꺼이 사임하고 인도의 익숙한 환경을 떠났다.

데렉 리들러는 말한다.

"내가 감사하게 느끼고 자극을 받은 것은 그가 생사를 건다고 느꼈기 때문이다. 그는 자신의 고향을 떠나 더 열심히 수행하기 위해 미얀마로 갔다. 망설임 없이 미지의 세계로 뛰어들었다."

마찬가지로 그는 가면을 쓰지 않았고, '구루'가 되는 것의 특권을 누리지 않았다. 무닌드라가 자신의 역할을 얼마나 명확히 했는지에 대해 로빈 선빔이 전한다. 어느 날 무닌드라는 로빈에게 S. N. 고엔카가 보드가야의 미얀마 절에서 집중수행을 지도할 것이라고 말하며 거기에 참가해 보라고 제안했다. 로빈은 회상한다.

"나는 처음엔 혼란스러웠다. 무닌드라를 나의 구루라고 생각했기 때문이다. 그러자 그는 자신은 어느 누구의 구루도 아니라고 말했다. 자신에겐 제자가 없으며 자신은 길에 서 있는 이정표와 같다고 설명했다. 내가 너무 왼쪽으로 가면 그때 그는 나에게 오른쪽을 가리킬 것이고, 오른쪽으로 너무 가면 그때는 왼쪽을 가리킬 것이다. 구루가 되는 걸 원치 않은 것은 집착하고 싶지 않았기 때문이다. 그는 단지 홀가분하게 살면서 자유롭게 주기를 원했다."

프레드 폰 알멘은 말한다.

"무닌드라는 소유물이든 공식적인 수행 과정이나 프로그램이든, 혹은 누군가나 어떤 것에 사로잡히는 것을 무척 꺼려했다. 그는 어느 정도는 자유롭게 흘러 다녔다."

무닌드라는 건물과 돈, 보장된 잠자리와 든든한 음식, 그리고 사찰 운영을 제안받을 때마다 거절했다. "나는 이 모든 유혹을 피한다."라고 그는 잘라 말했다.

❧

추종자를 갖는 것에 집착하지 않는 것은 그들의 지나친 찬사와 아부에 집착하지 않는 의미이기도 했다. 크리스티나 펠드먼은 웃으며 말한다.

"무닌드라는 절대로 왕좌에 앉으려고 하지 않았다. 실제로 그는 스승 역할을 함에 있어서도 매우 겸손했으며, 전혀 잘난 체하지 않고 가식이 없었다."

그것은 인도에 처음 여행 와서 콜카타의 마하보디 협회를 찾아간 리카르도 사사키에게도 마찬가지였다. 책임자가 리카르도에게 무닌드라의 옆방을 쓰게 되었다고 알려 주었을 때 리카르도는 곧바로 무닌드라의 방문을 두드렸다. 리카르도는 회상한다.

"무닌드라에 대한 나의 첫 인상이자 영원한 인상은 깊은 소박함을 지닌 사람, 명성이나 성취에 영향받지 않는 사람이었다. 우리의 첫 대화 뒤에 그는 즉시 거의 아무것도 없는 그의 방에서 다음 날 아침 식사를 함께 하자고 나를 초대했다. 나는 그처럼 무집착과 만족을 빛나는 방식으로 표현하는 것이 영적인 인간의 특징이라고 추측한다. 그 후 여러 절들을 순례하고 영적 추구를 하면서 나는 그것을 알아차렸다. 그는 스스로 음식을 만들었다. 그가 만들어 준 차파티(통밀가루를 반죽해 둥글고 얇게 펴서 구운 인도의 전통 음식)를 난 잊을 수 없다!"

마거릿 워드 맥거비는 무닌드라의 무집착과 소박함에 대해 생각한다.

"이 세상에는 집중을 방해하는 것들과 물질주의, 밖에서 찾으려하고 타인들의 관심을 추구하는 행위가 넘쳐난다. 그런 차원의 소박함, 다정함, 무집착을 가진 사람은 매우 드물다. 무닌드라는 어떤 면에선 쉽게 만족하지 않고 특정한 것에 대해 까다로운 사람이었다. 그가 마시는 차의 온도처럼. 그러나 무집착을 이해하는, 그래서 더없이 행복하고 겸손하며 그토록 순수했던 누군가를 아는 경험은 정말로 중요하다."

꿈

모든 포기와 무집착에도 불구하고 무닌드라는 선호도를 갖고 있었다. 미얀마에서 지낼 때 다우 탄 뮌트는 무닌드라가 모든 것에 매우 까다롭다는 것을 알아차렸다. 심지어 작은 수건 뭉치를 보관할 정도로.

"그는 머리 닦는 수건 한 장, 얼굴 닦는 수건 한 장, 이것을 위한 수건, 저것을 위한 수건을 갖고 있었다. 그는 모든 것이 단정하고 깔끔하며 잘 정돈된 것을 좋아했다."

다우 탄 민트는 또한 무닌드라를 위해 설탕 넣은 라임 주스를 타 주던 것을 기억한다. 하지만 그녀는 그에게 주스를 주기 전에 맛을 보지 않았다. 무닌드라는 눈을 감고 마시곤 했다. 아무리 맛이 시어도 그녀에게 설탕을 더 넣어 달라고 부탁하지 않았다. 그는 까다로웠지만 불평하지 않았다.

몇몇 오랜 친구들과 제자들은 포기와 강한 선호도 사이를 오가는 무닌드라의 모순되어 보이는 방식에 대해 아직도 농담을 하곤 한다. 타라 도일은 말한다.

"큰 차원에서 그는 매우 자유로워 보였다. 그리고 사소한 일에서 까다로웠다."

하지만 로버트 프라이어에 따르면 그는 사소한 일들에 대해서도 기분 상하지 않았다.

"그는 말하곤 했다. '데니스, 난 정말로 이러이러한 고추가 필요해.' 그러면 데니스가 말했다. '무닌드라지, 오늘은 그 고추를 구할 수 없어요.' 그러면 그는 '아, 그래, 그래.' 하고 말하곤 했다."

대부분의 사람들이 포기하려고 하지 않는 것들을 기꺼이 포기하면서도 무닌드라는 진리의 책들을 생애 마지막까지 내려놓지 않았다. 그는 어렸을 때부터 책을 사랑했다. 그가 매우 뛰어난 학생이었기 때문에 마을의 교사는 학교 도서관에서 원하는 책은 무엇이든 가져가도록 허락했으며, 반에서 1등을 한 상으로 콜카타

서점에 있는 어떤 책이라도 고르도록 배려했다. 학교에 비치되어 있는 책, 아버지의 책, 그리고 사람들이 선물한 책들에 파묻혀 무닌드라는 청소년기부터 『라마야나』, 『마하바라타』, 『바가바드기타』, 『우파니샤드』, 『푸라나』 같은 힌두교 고전들을 포함해 폭넓게 책을 읽었다.

책에 대한 사랑은 또한 책을 수집하는 형태로 나타났다. 어떤 전통에서 온 것이든, 특히 영적인 삶에 대한 책들이면 무조건 환영했기 때문이다. 그 결과 그가 머문 장소나 여행한 장소마다에서 그는 사람들로부터 수천 권에 이르는 출판물을 증정받았다. 무닌드라 자신의 계산에 따르면 미얀마에서 9년을 머물고 인도로 돌아올 때 빠알리어, 산스크리트어, 영어, 미얀마어로 된 붓다의 가르침에 대한 책과 소책자들을 무려 27상자나 가지고 왔다. 불행히도 부적절한 보관 때문에 쥐와 벌레들이 그 책들 중 상당량을 망쳐 놓긴 했지만.

무닌드라는 어디에 가든 도서관을 만들었다. 첫 번째 도서관은 부모님의 집으로, 직접 책꽂이를 만들었다. 후에는 사르나트와 보드가야 양쪽의 마하보디 사원 도서관을 책임졌다. 자신의 방에는 개인 서재를 만들었다. 또 많은 책들을 기존의 도서관들에 기증했다. 임종을 맞았을 때는 자신이 꾸민 서재 맞은편 방에서 마지막 숨을 거두었다.

라마 수리야 다스는 보드가야에 있는 무닌드라의 도서관을 기억한다.

"그는 보드가야의 간디 아쉬람에 머물고 있었지만 그의 많은 책들은 미얀마 절의 명상 홀 위층 잠긴 책장 안에 있었다. 자물쇠로 잠겨 있었지만 문이 약간 휘어 있었다. 그래서 사람들은 늘 그 책장을 비집어 열어 보려고 했다. 무닌드라는 그것을 좋아하지 않았다. 그가 갖고 있던 책들은 다른 누구도 갖고 있지 않거나 보드가야에선 구할 수 없는 책들이었다. 그리고 그는 그 책들 모두가 사라져서, 여러 사람이 이용하는 대신 한 사람의 손에서 끝나는 것을 원하지 않았다. 우리는 그가 자신의 책들에 매우 집착했다고 웃으며 말할 수 있다. 내가 기억하기에 그의 유일한 소유물이자 유일한 집착이 아마도 그것이었을 것이다."

꿒

출가 수행자이지만 무닌드라는 모든 것을 내려놓지 않았다. 진리 안에서 자신의 삶에 불필요한 것과 유익하지 않은 것만 버렸다. 포기는 세상이 제공하는 풍요의 바구니를 거절하는 것이 아니라 그를 만족으로 가게 하는 수단이었다. 이것 또는 저것을 끊임없이 원하면서 그것을 소유하고 지키느라 불안해하는 대신, 그는 움켜쥐지 않는 편안함을 느꼈다. 자신이 가진 것을 무엇이나 자유롭게 주었으며, 그렇게 함으로써 마음의 평화를 얻었다. 집, 돈, 혹은 다른 소유물들이 없다는 것이 부정적인 의미가 아니었다. 오히려 그는 그 혜택이 주는 풍요를 즐겼다. 콜카타의 바루아 가족 집에 머무는 동안 한번은 오렌 소퍼가 그에게 물은 적이 있다.

"집에 계시니까 좋습니까?"

무닌드라는 미소 지으며 대답했다.

"어디에 있든 내가 있는 곳이 나의 집이다. 그래서 나는 언제나 행복하다."

만약 감각적인 쾌락의 문제점을 보고 그 주제를 추구한다면,

그리고 만약 포기가 주는 보상을 이해하고

나 자신이 그것에 익숙해진다면,

내 가슴이 포기로 뛰어오르고, 자신감이 커지고,

흔들림 없으며, 굳건해져서

평화롭게 그것을 바라볼 가능성이 있으리라.

—붓다 『앙굿따라 니까야(주제 숫자별로 묶은 경전)』

*

넥캄마 *nekkhamma*는 '나가다, 밖으로 가다'를 뜻하는 '네스크라미야 *naiskramya*'에서 나온 말이다. 혹은 '특히 욕망을 느끼는 것에서 등을 돌리고 떠나다'의 '네스카미야 *naiskamya*'에서 온 말이기도 하다. 욕망의 부재, 무욕, 성적 욕망으로부터의 자유, 세속적인 마음의 포기로 이해된다. 불교에서는 이를 '출리出離'라 한다. 붓다는 지혜에 이르는 기본인 출리에 대해 이렇게 말했다. "수메다여, 그대는 지금부터 출리를 완성하라. 마치 오랫동안 감옥에 있는 이가 거기에 애착하는 마음을 갖지

않고 그곳을 싫어하며 그곳에 있고 싶어 하지 않는 것처럼 그대도 일체의 생존을 감옥인 듯 보고 그것들을 싫어하고 거기서 벗어나기 위해 오직 출리를 향해 나아가야 한다. 그렇게 그대는 부처가 되리라." 넥캄마, 즉 출리는 출가해서 수행자 생활을 하거나, 출가하지 않고 속세에 살더라도 세속적인 이익이나 명예와 다툼으로부터 초연하게 살아감을 의미한다. 환영의 세계와 번뇌의 속박을 떠나 깨달음에 이르는 것이 포기이고 출리이다.

13
기쁨은 깨달음의 요소

기쁨과 환희_삐띠

붓다의 가르침은 우리가 고통을 찾아야만 한다는 것을
의미하지 않는다.

—무닌드라

비록 붓다가 둑카, 즉 고통과 불만족의 현실을 첫 번째 고귀한
진리로 분명하게 설명했지만 조각품들과 그림들은 붓다를 찡그린
모습이 아니라 미소 지은 얼굴로 묘사한다. 무닌드라도 이 고통의
진리를 사실로 인정했다. 긴 생애 동안 그는 상실과 병과 늙음과
죽음의 고통을 부정한 적이 없다. 그러나 암울해하거나 시무룩하
지 않았다. 그의 기본 바탕은 의기소침이나 불만이 아니라 기쁨이
었다. 사진과 동영상들은 그가 웃고 있는 모습을 보여 준다. 심지
어 기쁨에 넘쳐 빛나고 있다.

무닌드라는 흥미 넘치는 관심과 열정이 '깨어 있음'에 매우 중요
하다는 것을 알았다. 그렇지 않으면 음침해지고, 진리에 무관심해
지며, 명상을 싫어하게 된다. 심지어 수행에 있어서도 병적인 태도

를 갖게 된다. 무닌드라의 쾌활한 태도와 활기는 영적 구도자가 자신의 심각한 태도를 가볍게 하는 데 꼭 필요한 요소이다.

～

제자들과 가족들은 무닌드라가 전반적으로 밝음과 열정의 소유자였다고 기억한다. 동생 고빈다 바루아는 "어디를 가든 그는 모든 것을 즐겼다."라고 말한다. 공부에 몰두하든, 절을 운영하든, 명상을 가르치든, 관광을 하든 눈에 띄게 즐거워했다. 그리고 다른 사람들은 그 때문에 즐거웠다. 조카 트리딥 바루아는 "어린아이 같은 천성 때문에 그의 주위에는 아이들이 모여들곤 했다."라고 회상한다.

무닌드라의 환희는 혼자 있든 다른 사람들과 함께 있든 자연 발생적으로 일어났다. 누군가가 그에게 "당신은 지루한 적이 없습니까?"라고 묻자 그는 대답했다.

왜 지루해야 하는가? 나는 삶이 즐겁다. 나는 자연을 즐긴다. 나무들, 풀들, 하늘, 곤충들─어렸을 때부터 나는 아주 작은 것들을 관찰했다. 내가 처음 보드가야에 왔을 때, 그 당시엔 이곳에 절이 없었다. 나는 혼자였지만 삶이 외롭다고 느끼지 않았다. 나는 바닥까지 마른 니란자나 강에 가곤 했다. 그곳은 사막 같았다. 나는 모래 위에서 먹이를 모으는 여러 종류의 개미들과 아름다운 색깔의 꽃을 피운 작은 풀들을 보곤 했다. 그들과 나는 친

363

한 사이가 되었다. 자연을 보는 것은 내게 큰 기쁨을 주었다. 모두가 잠든 한밤중이면 혼자서 걷곤 했다. 귀뚜라미 소리가 그곳에 있었다. 때로는 달빛도. 나는 나의 홀로 있음을 즐겼다. 홀로 있으면서 많은 것을 배웠다."

몇 년 뒤 제자들이 그를 미국의 집에 혼자 남겨 두거나, 산의 더 높은 곳으로 올라가는 동안 그를 나무숲에서 기다리게 하는 것에 대해 걱정을 하면 그는 그들을 안심시켰다.

"나에 대해선 걱정하지 말라. 난 여기에 많은 친구들이 있다. 난 결코 외롭지 않다."

～

수행에 대해선 진지했지만 무닌드라는 유머 감각이 뛰어났다. 데이비드 겔레스는 말한다.

"그는 늘 농담을 했다. 짧막한 농담들은 아니었지만 나는 그의 웃음을 분명히 기억한다. 그의 유머는 진부하지 않았다. 상황을 놀릴 줄 알았다."

여러 차례 무닌드라가 지도하는 집중수행에 참가한 진 스미스필드(통찰 명상 협회 임원)도 덧붙인다.

"무닌드라와 함께면 모든 것이 재미있었다. 그는 붓다가 가르친 진리를 나누면서도 완전히 새로운 서양 세계에 적응하는 법을 배우려고 노력하는 재치 넘치는 작은 남자였다. 그는 거의 모든 것에 유머로 접근했다."

무닌드라는 가르침의 도구로 웃음을 사용했다. 카를라 만카리는 무닌드라가 플로리다 주 레이크워드에 머무는 동안 자신을 찾아온 사람들을 어떻게 대하는지 지켜보았다. 그 무렵 무닌드라는 예기치 않게 말라리아가 재발해 회복하던 중이었다.

"나는 무닌드라가 이야기로 가르치던 것을 기억한다. 그는 늘 재미 있는 이야기를 해서 사람들을 웃게 만들었다. 가르칠 때 모든 것을 매우 가볍게 만들었다. 그가 너무 많이 웃었기 때문에 나한테는 어린 소년 같았다."

피터 마틴이 '장난기 많은 요정 같은 특성'이라고 부르는 무닌드라의 뛰어난 유머와 가벼운 마음은 자신의 제자들과 공모하는 수준으로까지 확대되었다. 심지어 제자들이 자신에게 서양 옷을 입히는 것도 내버려 두었다. 존 오어(태국과 인도에서 8년간 상좌부 불교 승려 생활을 한 미국 출신의 명상 교사. 듀크대학의 불교 명상과 요가 전임강사)는 많은 사람들이 무척 재미있어 한 통찰 명상 협회에서의 일화를 기억한다.

"직원들과 명상 교사들이 할로윈데이 밤에 수행자들을 위한 촌극 공연을 했다. 그때 무닌드라가 잘 빗은 검은색 가발을 쓰고 등장해서 사람들은 웃음을 터뜨리다 못해 울부짖었다. 너무도 재미있었다."

래리 로젠버그도 "무닌드라는 재미있게 노는 법을 알았다."라고 동의한다. 래리는 통찰 명상 협회 직원 식당에서 일어난 사건을 들려준다.

"그곳에선 모든 사람이 자신이 먹은 그릇을 씻는 것이 관례였다. 무닌드라가 자신의 접시를 그냥 두고 일어나자 직원 중 한 명인 요리사가 수줍게 말했다. '실례합니다, 무닌드라지. 여기선 일을 각자 분담하고 있습니다.' 그 직원은 '그릇은 각자 씻어야 한다.'라고 말하려 한 것이었다. 무닌드라가 두세 번이나 그릇을 그냥 두고 나갔기 때문이었다. 무닌드라가 말했다. '아, 네, 네. 나도 일을 분담하는 것을 좋아합니다. 당신은 요리하고 나는 먹습니다!' 어리석게 들리는 그의 대답에 식당에 있던 모두 사람이 유쾌한 폭소를 터뜨렸다. 일이 어떻게 해결되었는지, 무닌드라가 자신의 접시를 닦았는지, 아니면 누군가가 얼른 집어 가서 대신 닦았는지는 기억나지 않는다."

래리는 덧붙인다.

"그는 삶을 즐겼으며, 그것은 전염성이 있었다. 그리고 그것은 그가 가르치는 것에 반대되지 않았다. 그것은 같은 것이었다."

마티아스 바르트는 말한다.

"무닌드라의 기뻐하는 능력은 잊을 수가 없다. 그는 배꼽을 잡고 웃을 수 있었다. 그러나 더 깊은 것은 그의 고요한 기쁨이었다."

마티아스는 무닌드라와 함께 미국에서 인도로 보내는 중고 옷들을 포장하던 일을 기억한다. 갑자기 무닌드라는 하던 일을 멈추고 선행의 공덕을 나누는 공식적인 불교 의식을 행하기 시작했다.

마티아스는 말한다.

"그는 우리의 좋은 행위로 얻어지는 공덕을 그 집과, 주변과, 그 나라와, 세계 전체에 있는 모든 존재들과 나누었다. 그리고 그렇게 함으로써 아주 강렬한 기쁨을 창조했다. 그 기쁨이 나의 감정을 압도했다. 그는 정말로 그 분야의 달인이었다."

앤드류 게츠는 보드가야에서 무닌드라의 친절하고 따뜻한 현존이 준 영향을 기억한다.

"그는 우리 앞에 올 때마다 기쁨과 밝음이 넘쳤으며, 그것은 매우 감동적이었다. 하루는 크리스마스이브였는데 내가 마하보디 사원으로 들어갈 때 그가 밖으로 나왔다. 그는 얼굴에 큰 미소를 지으며 말하고 있었다. '오늘은 그리스도의 생일이다! 오늘은 그리스도의 생일이다!' 그는 그것에 대해 무척 행복해 보였고, 그 행복감은 전염성이 있었다. 그것에 전염되어 나 역시 '이 얼마나 기쁜 순간인가!' 하고 생각했다."

사라 쉘러는 회상한다.

"그의 현존은 생기로 넘쳤다. 그는 모든 것에서 즐거움을 발견했다. 그리고 자신을 웃게 만드는 능력을 갖고 있었다. 영적으로 성장한 사람들은 삶과 그들 자신에게서 즐거움을 얻는다. 그들은 아주 쉽게 자기 자신을 웃음거리로 만들 수 있으며, 그것은 어떤 기이한 자기도취 행위가 아니다. 더없이 자연스럽다."

그레이엄 화이트는 무닌드라가 동양인 여성 제자들과 함께 있을 때도 농담을 하고 장난을 치는 것을 목격하곤 했다. 그리고 그 여성들은 전통적인 방식으로 그에게 절대적인 존경을 표했다.

무닌드라는 많은 사람들에게 붓다의 길을 따를 때 오는 기쁨을 맛보게 했다. 피터 스킬링(태국과 프랑스에서 활발한 불교 활동을 해 온, 방콕 국제불교연구 센터 공동 설립자)은 무닌드라가 모범적인 행동을 통해 가르쳤을 뿐 아니라 "언제나 좋은 기분으로 가득했다."라고 말한다.

"그는 빠알리어 불교 전통에서 가장 학식 있는 사람 중 하나이면서 동시에 가장 유쾌하고 인간적인 사람 중 하나였다. 내가 아는, 명상을 지도하는 학식 있는 승려들은 대개 다소 어두침침했다. 하지만 무닌드라는 결코 무겁지 않았다. 그는 경솔하지 않으면서도 늘 어느 정도 전염되는 기쁨을 갖고 있었다. 자신의 방식으로 진리를 살면서, 그것이 좋은 삶의 방식임을 보여 주는 사람이었다. 그런 마음은 그의 연민심과 행복감에서 나온다. 불행하고 적의를 품은 상태에서 살아가는 사람들을 위해 그런 사람은 매우 중요하다. 왜냐하면 그는 다른 방식의 삶이 있다는 것을 보여 주기 때문이다."

우리는 고통이 연민을 불러일으키는 촉매제라고 생각하는 경향이 있지만 샤론 샐즈버그는 큰 기쁨 역시 다른 사람들과의 깊은 연결감을 느끼게 할 수 있다고 제안한다. 누군가가 한번은 무닌드라에게 왜 명상 수행을 하는지 물었을 때 제자들은 높은 수준의 대답을 기대했다. 대신 그는 말했다.

"나는 길가에서 자라고 있는 작은 보라색 꽃들을 알아차리기 위해 명상 수행을 한다. 그렇지 않으면 그것들을 놓치고 지나갔을 것이다."

샤론은 말한다.

"우리가 작은 보라색 꽃들을 알아차리기 시작할 때, 우리는 다른 사람들도 그 꽃들을 보기를 원하게 된다. 그들에게 위안과 즐거움을 주기 위해. 이것은 기쁨을 서로 나누고 싶은 연민 어린 바람이다."

무닌드라가 행복에 대해 많은 것을 말했다고 지젤 비더히엘름은 말한다.

"행복, 그것이 무닌드라의 가장 중요한 메시지였다. 그는 자신의 삶을 그렇게 살려고 노력했다. 진정한 의미에서 가슴과 직관을 따랐다. 그는 정말로 삶을 사랑했고, 그것을 보여 주었다. 나는 그에게도 불유쾌한 순간들과 실망스러운 일들이 있었다고 확신한다. 나 자신이 그것을 목격한 적도 있다. 그러나 그는 그것들을 잘 다루었고, 자신이 가르친 대로 실천했다."

무닌드라가 지닌 존재의 밝음은 기쁨에 대한 강조와 함께 많은 제자들에게 영향을 미쳤다. 스티븐 스미스도 그중 한 명이었다.

"무닌드라는 기쁨의 요소가 곧바로 작용하도록 분위기를 조성했다. 수십 년간 수행했으면서도 여전히 초심자 같고 어린아이처럼 모든 것에 호기심을 가졌다. 나의 관심에 불을 붙인 것은 붓다가 가르친 진리에 대한 그의 열정과 깊은 애정이었다. 그의 이야기를 들을 때마다 나는 마음속에 많은 희열을 경험했다. 그와 함께 있으면 행복이 느껴졌다. 많은 영감을 받고 환희심이 밀려왔다."

지금도 스티븐은 무닌드라의 목소리가 갑자기 마음속에서 들려와 이렇게 말하는 소리를 듣는다.

'단순해져라. 가벼워져라.'

무닌드라에 대한 기억은 지금도 제임스 바라즈의 가슴속 어딘가를 건드린다.

"내가 그에 대해 무엇인가를 말하거나 그를 기억하거나 혹은 그의 이름을 들으면, 그의 독특한 에너지가 기쁨과 환희로 나를 간지럽힌다. 가장 좋은 의미에서 말이다. 나는 그의 얼굴 모습을, 큰 미소로 반짝이는 그의 눈을 본다. 그리고 그의 웃음소리를 들을 수 있다. 그는 항상 삶을 기쁨에 찬 놀라움과 축복과 선물로 보는 것 같았으며, 깊은 감사의 마음을 가지고 있는 그대로 삶에 마음을 최대한 열 수 있었다."

열정으로 제자들에게 수행 의지를 불어넣는 한편, 무닌드라는 수행에 대해 너무 많이 만들어진 오해들을 없애 주었다. 그는 사람들이 심각하지 않게 수행할 수 있도록 모든 과정을 더 가볍게 진행했다.

반떼 위말라람시는 자신이 무닌드라에게 끌린 이유 중 하나는

'사람의 가슴을 열게 하는 자연 발생적인 웃음'이었다고 말한다.

"그것은 정말로 마법 같았다. 위빠사나는 우리를 지나치게 심각하게 만드는 경향이 있다. 무닌드라는 그런 일이 일어나게 하지 않았다. 그가 누군가를 미소 짓게 하고 낄낄거리게 만드는 말들을 하는 걸 나는 여러 번 본 적 있다. 한번은 내가 그것에 대해 묻자 그는 말했다. '기쁨은 깨달음의 요소이다.' 만약 당신의 마음속에 기쁨이 있다면, 당신의 마음은 매우 예민해지고 마음챙김이 매우 기민해진다. 기쁨이 없으면 당신은 수행에 대한 열의를 잃을지도 모른다."

이것은 완다 와인베르거에게도 가치 있는 배움이었다. 상좌부 불교에 대한 첫 만남에서 완다는 그것이 무겁고 인간미가 없으며 혼자 하는 수행이라는 느낌을 받았다.

"무닌드라는 내가 무엇을 잃어버렸는지 볼 수 있게 했다. 가벼움과 단순함이 그것이었다. 그는 내가 진리를 빛과 아름다움으로 볼 수 있도록 문을 열어 주었으며, 모든 것 안에서 기쁨을 발견하게 했다."

완다는 무닌드라가 그녀에게 "이것은 미소를 지으며 하는 수행이다."라고 가르쳤다고 말한다. 그녀는 무닌드라의 미소와 관련된 특별한 사건을 떠올린다. 어느 날 아침, 명상 수행이 시작되기 직전에 무닌드라가 법당 안에 서서 참가자들이 들어오기를 기다리고 있었다.

"갑자기 그는 손으로 입을 가리고 돌아서더니 황급히 자신의 방으로 돌아갔다. 자신의 의치를 잊어버린 걸 깨달은 것이다! 그는 큰 미소를 지으며 돌아왔다. 이것이 나의 첫 번째 입문이었으며, 이 반짝이는 아름다운 남자는 기쁨을 숨 쉬며 살고 있었다."

기쁨 가득한 의식 세계에 대한 학문적이고 경험적인 지식을 통해 무닌드라는 제자들에게 영감을 불어넣었고 그것으로 그들을 안내했다. 마티아스 바르트는 말한다.

"집중적인 수행을 하던 중간쯤 되는 날에 무닌드라가 나더러 그곳의 가장 골치 아픈 수행자에게 작은 선물을 하나 주라고 제안했다. 그 참가자는 우리 모두를 화나게 하는 사람이었다. 내가 그의 제안대로 했을 때, 천상의 축복이 나에게 내려왔다! 제자들의 마음 상태에 대한 무닌드라의 이해는 매우 정확했다. 그는 언제 암시를 주고 언제 가르침을 줄 때인지 알았다. 그때의 나의 경험을 말하자 그는 단순하게 '62종류의 행복이 있다.'라고 말했다."

自然이 무닌드라의 마음속에 큰 환희를 불러일으킨 것처럼 그에게 진리만큼 많은 희열을 준 것도 없다. 하워드 콘은 그것에 대해 무닌드라에게 많은 질문을 했던 일을 기억한다. 그 질문들이 율장, 경장, 논장으로 이루어진 빠알리어 대장경의 모든 내용, 즉 사제팔정도와 깨달음의 일곱 가지 요소 등을 포함한 답변을 촉발시켰다. 하워드는 기억한다.

"그 모든 내용이 가장 단순한 질문에 대한 답변으로 등장하곤 했다. 그는 붓다가 가르친 진리의 홍수와도 같았다. 그의 현존과 함께 있으면서 그런 이야기를 듣는 것은 큰 기쁨이었다. 비록 이 엄청난 가르침을 접하는 것에 머리를 흔들긴 했지만. 그것들은 매우 유용하고 놀라웠으며 내가 질문한 것 이상이었다. 그 대답들을 통해 내 마음속에 들어온 것은 그의 밝음과, 붓다의 전체 가르침과 필요한 모든 것을 함께 나누려는 자연스러운 노력, 그리고 그것들을 알고 있는 기쁨이었다."

필립 노바크는 말한다.

"다른 인간 존재에게 진리를 자세히 설명할 수 있는 능력을 뛰어넘어 그의 내면에는 손에 만져질 듯한 기쁨이 있었다."

그리고 사라 쉘러는 덧붙인다.

"나는 무닌드라가 우리 젊은이들과 정말로 즐겁게 작업하는 것을 느꼈다. 우리는 앞으로 살아갈 날이 많은 사람들이었다. 그래서 그는 우리에게 진리의 가르침을 소개하는 것에 무척 들떠 있었다."

마거릿 워드 맥거비는 무닌드라가 그렇게 한 방식을 묘사한다.

"그는 결코 크고 강한 목소리를 사용하지 않았다. 그의 목소리는 언제나 매우 부드러웠다. 더 나이 들고 더 성숙한 관점을 갖게 된 지금, 나는 진리에 대한 사랑을 표현한 그의 방식에 희열과 환희가 담겨 있었음을 안다. 하지만 그것은 눈에 잘 띄지 않았다. 희열과 환희에 대해 생각할 때 우리는 종종 외부로 향하는 열정적인 에너지를 생각한다. 그는 전혀 그런 식이 전혀 아니었다. 그는 그저 꾸준했고, 고요했으며, 눈에 띄지 않았다. 그는 그토록 지복 속에 있었지만 매우 고요하고 자족적인 방식 속에 있었다. 그의 목소리와 신체는 작고 조용했으나, 붓다의 가르침에 담긴 지혜와 무상함의 이치에 대해 말할 때면 그것이 그의 절대적인 확신과 지복의 장소에서 나왔다."

$$\backsim$$

무닌드라는 더불어 기뻐함(무디따. 남의 행복과 성공에 함께 기뻐하는 마음)을 가르쳤고 또 직접 보여 주었다. 그는 재클린 슈와르츠 만델에게 단순히 삶의 관점에서 영감을 주었을 뿐 아니라 이렇게 말했다.

"그대는 많은 것들을 할 필요가 없다. 누군가가 무엇인가를 얻을 때, 그대는 그들의 기쁨에 동조할 수 있다. 그들과 함께 무척 행복할 수 있다. 그대 자신이 꼭 그것들을 가져야 할 필요는 없다."

재클린은 관찰했다. 누군가가 무엇인가를 얻거나 성취했을 때, 그것이 물질적인 품목이든 통찰력이든, 무닌드라는 눈에 띄게 기뻐했다.

무닌드라는 진리를 가르칠 센터를 만드는 자신의 꿈을 결국 이루지 못했다. 그러나 그는 다른 사람들이 수행 센터를 만들 수 있도록 헌신적으로 지원했고, 그들의 성공에 함께 행복해했다. 한번은 그가 조카에게 말했다.

"나는 수행 센터를 만들 수 없었다. 하지만 누군가가 만들었다. 그러니 너는 그곳을 이용해 보지 않겠는가? 그곳이 주는 혜택을 누리지 않겠는가?"

피터 마틴은 덧붙인다.

"여기에 그토록 많은 사람들에게 영감을 주고 안내자와 교사가 되어 준 누군가가 있었다. 그는 여러 번 서양에 왔다. 그는 S. N. 고엔카의 도반이었다. 두 사람은 영적 교사로 인도에 함께 나타났다. 그럼에도 그는 이갓뿌리의 담마기리 명상 센터에 있는 작은 꾸띠에서 살았다. 그 작은 공간 외엔 아무것도 없었지만 그는 자신이 가진 것에 행복했다. 이 자체가 많은 것을 말해 준다. 조금도 가식이 없으며, 그 이상 어떤 것도 필요로 하지 않은 삶이었다."

무닌드라가 그 사실을 확인해 준다.

"나는 이갓뿌리의 수행 오두막에 대부분 있다. 그곳은 나의 가장 즐거운 장소이다. 내 방에 앉아 법당에서 들리는 기도 소리를 듣는다. 그곳에서 진리의 가르침을 들을 때 내 마음 깊은 곳에서 기쁨이 느껴진다. 그것은 기쁨, 기쁨, 기쁨을 가져다준다."

꿈

책, 자연, 사람들, 여행으로부터 모든 종류의 기쁨을 경험했을지라도 매우 드문 종류의 희열(삐띠)—깨달음의 환희, 조건 없는 희열—을 가져다준 것은 양곤에 있는 마하시 사야도의 명상 센터에서 진리를 깨달은 것이었다. 그것은 3일 동안 지속되었다.

그 시간 동안 나는 명상 수행을 더 이상 할 수 없었다. 몸이 희열에 사로잡혀 있었기 때문이다. 몸이 춤을 추고 있었다. 몸이 뛰어오르고 있었다. 몸이 공중을 떠다니고 있었다. 매우 강렬한 힘이었다. 잠을 잘 수도 없었다. 그저 기쁨, 기쁨이었다. 3일 뒤 그것은 조금 차분해졌다. 그러고 나서 평정 상태가 찾아왔다. 믿음과 자신감이 매우 강력해졌다.

환희와 희열은 그 자체로 즐거웠지만 그것은 단지 더 높은 차원으로 나아가는, 절대 자유의 궁극적인 기쁨을 향해 가는 하나의 단계임을 그는 알았다.

> 빈집에 들어가
> 마음을 고요하게 하고
> 바른 진리를 관찰하는 수행자는
> 인간계에 없는 기쁨을 얻네
> —붓다 『담마빠다(법구경)』

*

삐띠piti는 '생기를 되찾다, 기뻐하다, 만족하다, 기운 나다'를 뜻하는 '쁘리pri' 혹은 '삐pi'에서 나온 말이다. 기뻐하는 느낌과 즐거운 관심을 동반한 '열정'이다. 또한 황홀감, 크게 기뻐함, 기쁨, 희열, 지복으로 번역된다. 삐띠는 오감을 통한 순간적인 쾌락이 아니라 일시적인 정신적, 육체적 만족에 매달리지 않는 것에서 오는 결과이다. 매일의 삶에서 경험하는 기쁨 외에 집중 명상과 통찰 명상의 어떤 단계에서 삐띠가 일어난다. 내면의 주절거림이 중단되고 장애가 줄어들 때 오는 환희심이다. 기쁨과 희열의 협조와 격려를 얻어야만 집중의 힘을 지속시킬 수 있다. 수행 중에 느끼는 다섯 종류의 희열이 있다. 첫째는 약한 희열로 소름끼치거나 털이 일어나는 것 같은 느낌이다. 둘째는 순간적인 희열로 전기에 감전된 것처럼 짜릿하고 기분 좋은 느낌이다. 셋째는 파도와 같은 희열로 파도를 타는 듯이 공간을 떠다니는 것 같은 느낌이다. 넷째는 넘치는 희열로 몸이 공중으로 들어 올려지는 느낌이다. 다섯째는 온몸에 퍼져 스며드는 충만한 느낌의 희열이다.

14
와서 직접 보라

호기심과 조사_담마 위짜야

자아 발견은 가장 모험에 찬 여행이다.

—무닌드라

  무닌드라의 호기심은 전설적이다. 도반인 달라이 라마와 마찬가지로 무닌드라는 일들이 작용하는 방식에 강한 흥미를 가졌으며, 그것들을 가까이 조사하는 것을 좋아했다. 붓다의 가르침에 대한 철학적 심리학적 해석(아비담마)의 미묘한 관점에서부터 덴마크 성곽의 세부 사항, 잔디 깎는 기계, 시장에 있는 채소와 과일에 이르기까지. 그는 종종 '만 가지' 질문을 던졌으며, 어떤 것도 누구도 그의 관심권에서 제외되지 않았다. 그것들은 붓다가 보리수 아래에서 발견한 것이 무엇이었는가를 알려는 어린 시절의 호기심에서부터 시작되었다.

  '왜 그는 모든 종류의 부를 가지고 있으면서 속세를 떠났는가? 그래서 무엇을 얻었는가? 그는 늙고 병들고 죽는 것으로부터 어떻게 벗어났는가? 깨달음이란 무엇인가? 부처란 무엇인가?'

무닌드라는 말했다.

"붓다는 삶의 문제를 해결했지만 그가 발견한 것은 역사책에 언급되어 있지 않았다. 그 궁금증이 내 마음속에 머물러 있었다. 그것이 나로 하여금 경전을 배우고 인도의 여러 스승들 아래서 공부하게 했다. 하지만 그것들은 내게 만족을 주지 못했다."

무닌드라는 어린 조카딸 팔라비 바루아를 포함해 모든 사람에게 배울 것이 있다고 느꼈다.

어디를 가든 누구를 만나든 나는 늘 배운다. 나는 새로운 사물, 새로운 생각, 새로운 길들을 탐구하는 데 관심이 있다. 우주에는 무제한의 지식이 있다! 지식의 끝은 없다. 모든 것으로부터, 모든 식물과 나무들, 곤충과 동물들로부터 나는 배워 왔다.

늙음과 그것이 가져온 육체적인 쇠약도 그가 고향에서나 해외에서나 배우는 학생이 되려는 평생의 끌림을 가로막지 못했다. 마티아스 바르트는 말한다.

"무닌드라는 모든 것을 보고 싶어 하고 알고 싶어 했다. 스위스에 처음 왔을 때, 공항에서 시내로 가는 기차 안에서 그는 창밖을 보며 지역의 농업과 시내버스 운영에 대해 온갖 구체적인 질문들을 던졌다."

무엇보다 무닌드라는 모든 각도에서 붓다의 가르침을 조사하는 것을 좋아했다. 론 브라우닝(미국과 일본에서 순류 스즈키 선사에게 불교 수행을 배우고 5년간 상좌부 불교 승려로 생활한 수행자)은 회상한다.

"나를 놀라게 한 것은 붓다가 가르친 진리를 끊임없이 조사하는 그의 마음, 강한 호기심, 어떤 것도 피상적으로 보지 않고 '이 일에 담긴 진리는 무엇일까?' 하고 깊이 파헤치려는 관심이었다."

과학적인 탐구 정신으로 무닌드라는 어떤 사건이든―심지어 텔레비전이나 영화를 보는 것에서도―진리를 배우는 기회로 삼았다. 브라이언 터커는 1980년대 초 무닌드라가 통찰 명상 협회에 있는 누군가에게 가장 소름끼치는 영화를 빌려다 달라고 부탁한 것을 기억한다. 그 사람은 결국 『텍사스 전기톱 연쇄살인 사건』을 구해 왔다. 무닌드라는 자신이 왜 그 영화를 보았는가에 대해 브라이언에게 말했다.

나는 두려움에 대한 나의 평정심을 시험하기 위해 그 영화에 관심이 있었다. 영화를 보면서 내 감정이 오르락내리락하는 걸 지켜본다. 나는 그 영상들이 진짜 모습이 아니라는 것을 안다. 하지만 마음이 어떻게 그것들을 진짜라고 생각하는지 놀라울 따름이다. 그래서 그것에 호기심을 가진 것이다.

한번은 인도에서 무닌드라는 조카 트리딥 바루아의 친구들에 합류해 전형적인 인도 영화 『라자 라니』(험난한 사랑의 여정을 그린 코믹 로맨스. '라자'는 왕, '라니'는 왕비)를 보았다. 영화를 본 후의 토론은 조카를 놀라게 했다.

"우리는 이런 영화를 특별한 생각 없이 본다. 대중적이고, 그다지 예술적이지도 않고, 수준 높은 영화가 아니기 때문이다. 이 보통의 영화에서조차 삼촌은 인간이 지닌 특성들을 지적했다. 그것은 우리에게 매우 깊은 인상을 남겼다. 그는 명상 스승이며 영화를 많이 보지 않았다. 그러나 이런 종류의 영화에서도 특별한 무엇인가를 발견했다. 그는 우리에게 보여 주었다. 만약 우리가 깨어 있기만 한다면 세상의 어떤 것에서도 배움을 얻을 수 있다는 걸."

심지어 직접 영화를 보지 않았을 때도 무닌드라는 그것에 대해 듣고 싶어 했다. 마이클 주커는 마하시 사야도가 미국을 방문한 기간에 일어난 사건 하나를 말해 준다. 마이클이 이 여행의 준비와 진행을 거들었다.

"무닌드라가 이 여행의 대부분 일정에 동행했다. 우리가 워싱턴 D. C.에 머무는 동안 나는 어느 날 저녁 혼자서 영화를 보러 나갔다. 영화가 끝나고 우리가 묵고 있던 장소인 선원으로 돌아왔을 때 모든 문이 굳게 잠겨 있었다. 나는 선원 주위를 한 바퀴 돌았다. 무닌드라의 창문에만 불이 켜져 있었다. 그래서 나는 문을 두드렸다. 그는 나에게 창문을 통해 올라오라고 제의했다. 마치 그것이 가장 평범한 일인 것처럼. 그리고 나서 그는 내가 방금 보고 온 영화─『행잉록에서의 소풍』이라는 제목의 미스터리 영화─의 전체 줄거리를 말해 달라고 고집했다. 나를 살살 달래고 온갖 질문을 던지면서."

무닌드라를 몇 차례 하와이로 초청한 쑤언 훤(오하우 섬의 명상 교사)은 무닌드라가 몇 번이나 반복해서 본 영화는 『프린세스 브라이드』(왕자와 공주의 사랑 이야기를 담은 미국 영화)였다고 말한다. 그녀는 무닌드라를 몇 차례 하와이로 초청했다.

"무닌드라는 영화 속 똑똑한 남자가 그토록 많은 질문을 던지는 장면을 정말 좋아했다."

아마도 그 장면이 자신의 질문하는 본성을 떠올리게 한 것 같았다. 스리랑카 여행에서 로버트 프라이어가 겪은 일화도 같은 것을 말해 준다. 그 당시 무닌드라는 스리랑카에서 석 달 동안 가르치고 있었다. 기대치 않게 로버트는 무닌드라와 함께 유명한 발랑고다 아난다 마이뜨레야 스님을 만날 기회를 갖게 되었다. 그 스님은 그때 80세였다. 로버트는 회상한다.

"우리는 콜롬보(스리랑카의 수도) 외곽에 있는 암자로 갔다. 아주 외진 곳이었고 아름다웠다. 두 사람은 모국어가 달랐기 때문에 영어로 말을 주고받았다. 무닌드라의 행동과, 그가 자신의 호기심으로부터 혜택을 얻는 걸 지켜보는 건 놀라운 일이었다. 아난다 마이뜨레야는 위대한 학자였으며, 암자의 방들이 책으로 빼곡했다. 무닌드라는 책을 사랑했다. 책은 그의 삶의 가장 큰 열정이었다. 그래서 그는 물었다. '반떼(스님), 당신은 이 많은 훌륭한 책들을 가지고 있습니다. 어떤 종류의 책들입니까?' 그들은 책에 대해 이야기했다. 그러고 나서 무닌드라는 반떼가 하루 종일 무엇을 하는지에 대해 일련의 질문을 시작했다. '당신은 몇 시에 일어납니까? 일어나면 무엇을 합니까? 아침으로는 무엇을 먹습니까? 아, 아침에 공부를 하시는군요. 무엇을 공부하며 얼마나 오랫동안 공부합니까?'

무닌드라는 매우 세부적인 것을 지향하는 성격이었다."

로버트는 계속해서 말한다.

"이 대화 중간쯤에 새 한 마리가 문에 날아와 앉았다. 그러자 아난다 마이뜨레야는 양해를 구하고 새에게 먹이를 주러 갔다. 무닌드라가 마침내 질문을 마쳤을 때 나는 이 놀라운 학자이며 명상가이며 승려인 사람이 은둔자로 사는 것에 놀라움을 금할 수 없었다. 누군가의 삶을 그런 식으로 들여다보는 것은 굉장한 축복이었다. 그것은 나에게 깊은 영감을 주었다. 나는 결심했다. 나도 때때로 사람들에게 그런 종류의 질문을 던질 것이라고. 이해에 많은 도움을 주기 때문이다."

존경받는 승려의 삶만큼 고귀한 주제가 아닌 경우에도 무닌드라는 자세히 질문했다. 카말라 마스터즈와 함께 머무는 동안 그는 흰 옷을 입고 서서, 그녀의 남편이던 데이비드가 기름 범벅이 된 채 차고에서 차를 고치는 걸 구경하곤 했다. 카말라는 회상한다.

"데이비드는 차 밑에 들어가 있고, 무닌드라가 묻곤 했다. '지금 무엇을 하고 있습니까?' 그러면 데이비드가 설명했다. '당신도 알다시피 차는 인간과 비슷합니다. 차의 부분들이 그렇습니다. 심장과 간—오일펌프와 클리너—이 있지요. 바퀴는 다리와 같습니다.' 그러면 무닌드라는 매우 호기심에 차서 관심을 가졌다."

또 다른 종류의 기계에 대해 배울 기회가 주어졌을 때 무닌드라는 말 그대로 펄쩍 뛰어올랐다. 카말라와 그레그 갤브레이스가 마우이 섬 오지를 걷고 있을 때 크고 낡은 트랙터가 작업을 마친 뒤 핑음을 내며 다가왔다. 카말라는 그때를 회상한다.

"우리는 앉아서 쉬고 있었는데 무닌드라가 운전사에게 달려가 물었다. '이것이 무엇입니까?' 그러자 그 사내가 무닌드라에게 트랙터에 타 보고 싶으냐고 물었다. 무닌드라는 '오, 예! 듣던 중 반가운 소리네요!' 우리는 그를 들어 트랙터 위로 올라가게 도왔고, 그는 모든 것을 둘러보기 시작했다."

스티븐 슈와르츠는 말한다.

"새로운 경험과 새로운 정보에 대한 무닌드라의 애정은 놀라울 정도였다. 그것은 수행에 대한 진리를 이해하면서 했던 것처럼 새로운 환경을 경험할 때도 똑같이 작용했다."

∿

무닌드라는 다른 사람들에게도 조사하고 살펴볼 것을 장려했다. 서양인들이 그들 자신을 알고 싶다고 하면 그는 붓다가 한 초대의 말 '에히빳시꼬', 즉 '와서 직접 보라'는 말을 인용했다. 그는 그들에게 말했다.

"만약 그대가 그대의 마음을 이해하고 싶다면, 앉아서 그것을 관찰하라."

탐구와 조사는 모든 것의 진정한 본성을 들여다보는 통찰로 이어진다. 통찰 명상 협회에서 열린 석 달간의 집중수행에서 무닌드라는 제임스 바라즈에게 그런 탐구와 조사에 몰입할 것을 권했다.

"나는 무닌드라에게 한 가지 경험을 이야기하고 있었는데, 그는 그 경험의 미묘한 측면들에 대해 물었다. 나는 그것들을 설명하려고 노력했다. 그때 갑자기 무닌드라가 게송을 외기 시작했으며, '에히빳시꼬, 에히빳시꼬, 에히빳시꼬' 부분에 이르렀을 때는 얼굴이 매우 상기된 표정이었다. 그는 한 손의 집게손가락을 다른 손의 손바닥에 대며 말했다. '보라! 주의 깊게 보라! 굉장한 마법이 아닌가. 이 삶, 이 순간의 경험, 그리고 실체의 본성이. 그대가 그것을 있는 그대로 바라본다면 너무도 강렬하고 매혹적이지 않은가. 그대 스스로 직접 보라. 에히빳시꼬.'"

제임스는 덧붙인다.

"그것은 지침이었지만, 한없이 부드러운 지침이었다. 그것은 '너는 정말로 더 들여다봐야 한다.'가 아니었다. 그것은 '너 자신이 그것에 매혹당하라.'였다."

오렌 소퍼는 무닌드라가 때때로 그의 어깨와 가슴을 건드리며 말한 것을 기억한다.

"온 세상이 바로 여기에 있다. 일단 그대가 이 마음과 몸을 이해한다면, 그때 그대는 모든 걸 이해할 것이다."

오렌은 덧붙인다.

"내가 무닌드라를 사랑한 이유가 그것이다. 다른 곳이 아닌, 우리의 몸과 이 세상 안에서 존재의 절대적인 본성을 직접 이해할 수 있는 분명한 가능성이 있었다."

또 한번은 오렌이 많은 질문을 끝낸 뒤 무닌드라가 물었다.

"더 질문이 있는가?"

오렌이 대답했다.

"너무도 많은 질문들이 있습니다. 그러나 하루 종일 여기에 앉아서 당신에게 묻고 당신의 대답을 들으며 시간을 보낼 수 있지만, 그래도 여전히 핵심을 놓칠 것이라는 생각이 듭니다."

그러자 무닌드라가 말했다.

"그렇다, 그대가 옳다. 그대는 제대로 이해했다. 어떤 것들은 나에게 물을 수 있지만, 다른 것들은 그대 스스로 자신의 경험 속에서 직접 봐야 할 것이다."

무닌드라가 제자들이 직접 보기를 원한 것은 네 가지 고귀한 진리(고통이 있음, 고통의 원인, 고통의 소멸, 고통의 소멸에 이르는 길), 존재의 세 가지 특성(모든 조건 지어진 것들은 영원한 것이 없이 무상함, 모든 존재는 독립된 자기 실체가 없음, 무상하기 때문에 모든 것은 불만족을 유발함), 경험의 기본적인 속성(연기법), 그리고 그 밖의 특징적인 붓다의 가르침들이었다. 그는 말했다.

둑카―이것은 고통에 대한 고귀한 진리이다. 이것은 조사되어야 한다. 이것은 탐구되어야 한다. 이것은 검사되어야 하고 발견되어야 한다. 그다음에 고통의 원인이 있다. 고통의 원인은 무엇인가? 우리는 이것을 이해하고, 탐구하고, 조사해야만 한다.

무닌드라는 "마음은 무엇인가? 마음챙김은 무엇인가?" 하고 묻곤 했다. 그리고 설명했다.

이것을 이해하기 위해서는 몸과 마음의 전 과정, 정신 신체 상관관계의 전 과정이 조사되어야 한다. 나는 무엇인가? 나는 누구인가? 이것을 알기 위해서는 존재 전체를 구성하고 있는 요소들을 이해해야 한다. 불교 심리학에 따르면, 우리가 '나'라고 부르는 전 존재는 '나마'와 '루빠', 즉 정신과 물질이라는 두 가지 요소로 이루어져 있다. 여기서 물질은 무엇인가? 그것은 몸이다. 이 물질적인 몸은 물, 불, 공기, 흙이라는 4가지 주된 요소로 구성되어 있다. 그것들의 특징은 각각 다르다.

우리가 '흙 요소'라고 말할 때, 무엇이 흙 요소인가? 그것에는 특정한 층들이 있다. 그것은 확장의 요소, 공간을 점유하는 요소로도 알려져 있다. 전체 차원에서 말하면 머리카락, 손톱, 뼈, 피부, 살이다. 몸에는 20가지의 단단한 측면이 있다. 마음이 고요해져서 더 이상 떠들지 않게 되었을 때 더 깊이 들어가면 그대는 무엇을 발견할 것인가? 그때 그것들의 본성이 펼쳐질 것이다.

앉아서 명상을 할 때 때로 그대는 무겁거나 뻣뻣하다고 느낀다. 이 무거움과 뻣뻣함이 흙 요소의 특성이다. 때로 그대는 단단함을 느끼는데, 그것이 흙 요소의 본성이다. 따라서 단단함 때문에 우리는 때로 불편함을 느낀다. 이것은 육체적 고통이라 불린다. 따라서 그것이 흙 요소라는 것을 우리는 그 순간에 이해한다. 그것은 그것의 본성을 보여 주며, 마음이 그것을 안다. 마음은 인지하는 기능이다. 그런 식으로 정신과 물질이 조화롭게 작용하고 있는 것이다. 흙 요소는 물질을 의미한다. 그것은 스스로를 알지 못한다. 그것에는 인식 기능이 없다.

우리가 '나는 무겁게 느껴져.'라거나 '나는 뻣뻣하게 느껴져.' 혹은 '나는 단단하게 느껴져.'라고 말할 때 이 단단함은 '나'가 아니다. 그것은 단지 흙 요소의 특성일 뿐이다. 따라서 그대가 '나는 무거워.'라고 말할 때, 그것은 '에고' 혹은 '자기 망상'이라 불린다. 일어나고 있는 일에 대한 잘못된 견해이다. 이 에고가 방해물이 된다. 흙 요소를 '나'로 동일시하자마자 우리는 개입하게 된다. '난 이걸 원하지 않아!' 하고. 동일시하지 않으면 우리는 이런 생각들에 붙잡히지 않는다. 순간에서 순간으로 일어나고 있는 일들을 경험하면서 명상이 쉬워진다. 마음이 차분해지고 한곳에 모아지고 집중되면 오직 그 본성만이 드러난다. 조사되고 이해되어야 할 많은 것이 있다. 그것이 자아 발견의 과정이다.

무닌드라는 이 과정을 생애 마지막까지 계속했다. 그가 세상을 떠나기 며칠 전 로버트 프라이어가 콜카타로 그를 찾아갔다. 로버트는 그가 침대에서 일어나지도 못하는 것을 알아차리고 "무척 힘드시겠어요." 하고 말했다. 무닌드라는 차분히 말했다.

"이것이 이렇게 오래 걸릴 거라고는 전혀 생각하지 않았어."

로버트는 회상한다.

"그것은 매우 심오한 말이었다. 무닌드라는 그만큼 호기심에 찬 관찰자였다. 그는 불평하고 있지 않았다. 난 생각했다. '이것이 관찰하는 마음이구나. 죽음을 맞이하기까지 1년을 보내며 전 과정을 조사하고 있었구나.' 그의 몸은 단지 쇠약해져 가고 있을 뿐이었다. 다른 사람들은 아마 불행해하고 간신히 의식이 있었을 것이다.

하지만 그는 여전히 순간에서 순간으로 모든 걸 조사하고 있었다."

탐구와 발견에 대한 무닌드라의 열정은 전염성이 있었다. 카말라 마스터즈는 지적한다.

"무닌드라에게 그것은 그냥 호기심이 아니었다. 희열로 가득한 탐구였다."

무닌드라의 호기심과 기쁨 덕분에 스티븐 스미스는 '수행을 해야 한다는 압박감'이나 시험을 통과하기 위해 노력하는 것 같은 생각이 들지 않았다.

"무엇이 일어나고 있는지는 중요하지 않았다. 질문은 항상 이것이었다. '나는 얼마나 온 마음으로 알아차리고 있는가? 무엇이 떠오르고 있는가?' 모든 번뇌(낄레사. 마음의 때)를 포함해 모든 것이 흥미로웠다. 모든 생각과 감정들이 나의 이해를 돕는 역할을 했다. 그가 그것들을 가장 잘 전달한 첫 번째 사람이 아닐까 하고 나는 생각한다. 생각과 감정들을 악마 취급하는 것이 아니라 그것들을 이해함으로써."

무닌드라의 탐구하는 기쁨은 잭 엥글러에게 영향을 미쳤다.

"무닌드라는 엄청난 호기심을 자극했다. 그는 모든 것과 모든 사람에게 관심이 있었다. 특별한 장난감이나 타자기가 작동하는 방식에 대한 것이든, 누군가는 왜 가족을 떠나 지구를 반 바퀴 돌아 이 더럽고 먼지 많은 작은 마을에 왔는가에 대한 것이든, 혹은 어떻게 로켓이나 위성을 궤도에 올려놓는가에 대한 것이든 그의 호기심은 한계를 몰랐다. 그리고 그것들 모두가 진리에, 그리고 이 삶을 완전히 사는 법에 연결되어 있었다."

잭은 덧붙인다.

"그 당시 나는 비교적 좁고 강박적인 방식으로 삶을 살고 있었다. 무닌드라가 그것을 열어젖혔다. 그의 에너지와 열정 때문에 나는 그렇게 하도록 나 자신을 허용한 것이다."

무닌드라는 진리에 전적으로 헌신했지만 독선적이지 않았다. 우페 담보르그는 말한다.

"그는 언제나 사람들에게 조사하고, 다른 스승들을 직접 만나고, 이 책 저 책을 읽고, 이것저것을 발견하라고 권했다. 이론에 대한 태도 역시 매우 편안했다. 높은 학식을 지닌 사람이고 빠알리 대장경을 완전히 공부했음에도 그는 종종 말했다. '경전이 말하는 것은 신경 쓰지 말라. 책이 말하는 것은 신경 쓰지 말라. 직접 보려고 노력하라. 직접 조사하라.' 그의 진리는 살아 있었다. 그의 진리는 전통이 아니었다. 그것은 살아야 할 삶이었다."

앤드류 게츠는 설명한다.

"무닌드라는 엄청나게 호기심이 많았으며, 삶을 조사하고 탐구하는 데 있어서 매우 자유로운 방식을 갖고 있었다. 내가 생각하기에 어떤 면에서는 그것이 진리 수행의 본질이다. 우리 모두는 마음을 이해하고 건강한 것과 건강하지 않은 것의 차이를 이해하려는 염원을 가지고 있다. 그러나 그것이 언제나 흑백으로 단순히 나뉠 수 있는 것은 아니다. 이것을 위반했으므로 이런 결과가 온다는 식

은 아니다. 무엇이 건강하며 무엇이 건강하지 않은가를 배우는 일
련의 과정이 필요하다. 그리고 만약 잘못된 것이 있다면 그것을 조
사하는 과정이 필요하다. 깨달은 사람의 특성 중 하나는 진리를
조사하고 이해하려고 노력하는 자세이다."

재클린 슈와르츠 만델은 진리에 대해 어떤 종류의 주제, 어떤 종
류의 관점을 토론하든 무닌드라가 수용적인 자세를 갖는 것에 마
음이 끌렸다고 말한다.

"그는 단지 많은 관심을 가지고 집중하며 직접적으로 토론에 뛰
어들곤 했다. 그리고 그 토론에서 그의 유일한 동기는 진리가 무엇
인가를 발견하는 일이었다. 그것은 내게 많은 자극이 되었다."

이것은 무닌드라가 산호세에서 지도한 집중수행에 참가한 패티
다이 풀러에게도 새로운 경험이었다. 그녀는 무닌드라가 사랑에 대
해 말하면서 이렇게 물었던 것을 기억한다.

"사랑이 무엇인가? 그것을 보거나, 듣거나, 만지거나, 맛보거나,
냄새 맡거나, 생각한다면 그것은 무엇인가?"

패티는 말한다.

"나는 그가 무슨 종류의 사랑을 말하고 있었는지 모른다. 그것
이 남녀 사이의 사랑인지 가족 간의 사랑인지. 그러나 그것을 조
각조각 분해하는 관점에서 그 개념을 살펴보는 것이 독특했다."

하워드 콘에게 한 질문은 사랑에 대한 것이 아니라 행복에 대한
것이었다. 그것은 웃고 대화하면서 무닌드라와 함께한 즐거운 하루
가 끝날 때쯤 일어났다.

"그가 나에게 한 작별의 말은 내가 조사를 계속해 나가는 발판

이 되었다. 그는 말했다. '그대가 진실로 행복하기를 바라네.' 그것
은 그다지 대단한 말이 아닐지도 모른다. 그러나 내가 그 말로부터
얻은 것은 이것이었다. '그대는 행복한 사람이다. 그러나 나는 그대
가 진실로 행복하기를 기원한다. 그대가 아직 정말로 알지 못하는
또 다른 행복이 있다.' 그것은 중요한 의미를 지닌 순간이었다. 그
의 말은 이렇게 들렸다. '그대는 일반적으로 행복하다. 그대는 어쩌
면 행복하기엔 조금 너무 바쁜지도 모른다. 나는 그대가 진정으로
행복하기를 바란다.' 그 말 속에는 겸손해지는 어떤 것이 담겨 있
었으며, 동시에 깊이 조사해 들어가도록 자극을 주었다. 세월이 지
나면서 나는 그가 말한 의미를 더 잘 이해했다."

ᕁ

아카사 레비에게 오래 남은 무닌드라의 유산은 '질문, 질문, 질
문'이었다. 아카사에 따르면 핵심은 『깔라마 숫따』(붓다가 자유로운
조사를 권한 경)에서 말하듯이 이것이었다.

'경전에서 그렇게 말한다는 사실만으로, 너의 가족이 그 뒤에 있
다는 이유로, 혹은 너의 구루가 그렇게 말한다는 이유로 믿지 말
라. 그것을 태우고, 시험하고, 긁어 보고, 그것 위에 산성 용액을 떨
어뜨리고, 저울에 달아 보라. 그대가 할 수 있는 모든 것을 하라.
진짜인지 아닌지 알기 위해 금을 시험해 보듯이.'

그레그 갤브레이스는 말한다.

"무닌드라는 과학자 같았다. 그는 가르침과 가르침의 연금술을,

그리고 그것을 제자들에게 적용하는 방법을 완전하게 이해하기를 원했다."

무닌드라가 남을 통해 간접적으로 듣는 것에 결코 만족하지 않고 붓다가 말한 내용을 공부하는 데 여러 해를 보낸 이유가 그것이었다. 조지프 골드스타인은 덧붙인다.

"그 호기심과 관심이 그에게는 큰 동기 부여였다."

무닌드라는 또한 승려의 매일의 삶을 직접 경험하기를 원했다. 예를 들면, 미얀마 양곤에서의 거리 탁발 같은 것이 그것이었다. 정식 계를 받은 승려가 되기 전에도 그는 일 년 동안 사미승으로 거리에 나갔다. 그는 말했다.

"거의 150명의 승려가, 때로는 200명이 한 줄로 서서 문에서 문으로 탁발을 다녔다. 발우 그릇을 들고 눈을 내리깔고 가면서 보는 것은 매우 흥미로웠다."

데이비드 윙은 무닌드라가 "그저 경이로움에 차 있었다."라고 말한다. "그의 가슴은 호기심으로 터질 듯했고 모든 걸 즐겼다."라고.

～

무닌드라는 붓다의 가르침에 대해 배우기 위해 인도까지 먼 길을 온 서양인들이 '매우 진실하고 정직하다'는 것을 발견했다. 그는 그들이 그와 함께 진리를 탐구하도록 격려했고, 그들이 많은 질문을 할 때 행복해했다. 누군가가 말을 잘 안 하면 그는 말했다.

"그대가 레몬을 짜지 않는다면 그대는 어떤 주스도 얻지 못할 것이다."

안티오크대학 불교 프로그램에 참가한 학생들 앞에서 그는 촉구했다.

"그대들은 나에게 가장 어려운 질문을 해야 한다."

무닌드라가 모범을 보였다. 캘리포니아에서 그가 처음 지도한 사람들 속에 있던 때를 기억하며 앤 쇼한은 웃는다.

"그는 언제나 우리에게 질문을 던졌다. 그것은 우리가 하고 있는 행동들과 그 이유를 파악하려고 시도하는 다른 행성에서 온 누군가를 만나는 것과 같았다."

크리스틴 예디카가 덧붙여 말한다.

"무닌드라는 서양에서의 삶의 모든 다양한 측면들에 관심이 있었다. 여기서는 그것이 어떠한지, 우리가 그것들을 어떻게 하는지에 대해. 그의 조사 과정에는 밝음과 기쁨이 있었다. 그는 또 묻곤 했다. '그대는 무엇을 생각하는가? 이것에 대해선 어떤가?' 왜냐하면 그는 사람들이 말하고 싶어 하는 것, 그들이 생각하는 것, 그들이 느끼는 것을 진정으로 듣고 싶었기 때문이다."

스티븐 슈와르츠가 스승으로서의 무닌드라에게 가장 감사하게 여긴 것은 제자의 수행에 대한 그의 호기심이었다.

"그는 우리가 어떻게 수행하는가, 우리가 무엇을 경험했는가, 그 순간 우리에게 무엇이 일어났는가, 어떤 식으로 우리에게 도움을 줄 수 있는가에 대해 강한 관심이 있었다. 미 의회도서관이 소장하고 있는 모든 책들에 대해 도서관 직원을 닦달한 것과 똑같은 방식으로 그는 우리의 수행에 대해 우리를 닦달했다. 그리고 그것은

396

우리의 수행에 자극을 줌과 동시에 매우 유용한 안내를 제공하는 다정한 것이었다. 왜냐하면 그의 질문들은 우리의 수행이 어디쯤 왔는지, 그리고 그것에 따라 어떤 종류의 가르침이나 조정이 유용한지 정확하게 결정할 수 있었기 때문이다.

무닌드라가 제자들의 수행 이외에 제자들 개인에 대해 관심을 보인 것은 상좌부 불교 세계에서는 독특한 일이었다. 잭 엥글러는 말한다.

"대부분의 상좌부 불교 스승들은 개인의 성격이나 살아온 내력, 특히 서양 제자들에게 일어난 각자 다른 인생 드라마나 사건들에 대해선 관심을 갖지 않는다. 그들은 단지 우리에게 곧바로 수행법을 가르쳐 주고 우리가 그것을 하기를 기대한다. 그러나 무닌드라는 개개인에 대해 강한 호기심을 갖고 있었다. 그는 그들의 가족에 대해, 그들이 어디서 왔으며 관심사가 무엇인지, 어디서 공부했는지 알고 싶어 했다. 그들의 인간관계에 대해, 그리고 그들이 어떻게 붓다가 가르친 진리에 다가오는 길을 발견하게 되었는지, 인도에는 왜 왔는지에 대해 흥미를 가졌다. 무닌드라는 사람들 자신에 대해 이야기하는 데 몇 시간씩 할애하곤 했다. 그것은 그가 가진 매우 특별한 특성이었다. 그러고 나서 서서히 그들과 함께 붓다가 가르친 진리에 대해 점점 더 많은 대화를 해 나갔다."

무닌드라의 호기심은 참견하기 좋아하거나 캐기 좋아하는 것이 아니었다. 그는 진심으로 주의를 기울였다. 다른 사람들에게 마음을 쓰고 그들이 경험하는 것에 관심을 쏟았다. 서양의 젊은이들이 보드가야에 처음으로 온 시절에 수년간 명상 수행을 한 어느 수행자가 LSD를 복용한 채 밤새도록 붓다가 깨달음을 얻은 보리수 아래 앉아 있기로 결심했다. 환각 여행이 끝나고 아침에 자신의 방으로 돌아온 그는 무닌드라에게 달려갔다. 무닌드라는 그에게 무슨 일이냐고 물었다. 그 수행자는 회상한다.

"나는 무닌드라에게 전체 상황을 세세히 설명해야만 했다. 그는 그것에 대해 질문하고, 질문하고, 또 질문했다. 무슨 일이 일어났는 가에 대해 끝없는 호기심을 나타내었다."

﹏

가끔은 무닌드라의 끝없는 질문이 사람의 인내심을 시험할 때도 있었다. 워싱턴 D. C. 여행의 끝 무렵에 있었던 사건 하나를 스티븐 슈와르츠가 설명한다. 무닌드라는 그들이 어떻게 통찰 명상 협회가 있는 매사추세츠 주의 배리로 돌아가는지 물었고 스티븐이 대답했다.

"기차를 타고 갈 겁니다."

"언제 갈 건가?"

"화요일 아침에 갑니다."

"몇 시에 갈 건가?"

"9시에 갑니다."

질문은 멈추지 않았다. 특히 승객이 너무 많은 인도의 열차에 익숙했기 때문에 무닌드라는 의심이 많았고 같은 질문을 계속 반복했다.

"마침내 나는 말했다. '무닌드라지, 당신은 이 질문을 9번 정도 했습니다. 당신은 분명 대답을 아십니다. 왜 그러시죠?' 그는 '난 우리가 기차를 탈 수 있는지 확인하고 싶은 것이다.'라고 말했다."

"우린 기차를 탈 거니까, 걱정하지 않으셔도 됩니다."

"그럼 그대는 기차표가 있는가?"

"아니요, 우린 그곳에서 표를 살 겁니다."

"그곳에서 표를 구할 순 없다. 표가 다 팔렸을지도 모른다."

"글쎄요, 다 팔리지 않았을 겁니다. 아무나 탈 수 있는 기차이니 까요."

"그것은 불가능하다. 표가 다 팔렸을 수도 있다. 그 기차에 좌석 이 몇 개인가?"

"좌석이 몇 개인지는 모릅니다."

"좌석수보다 사람이 더 많을 수도 있는가?"

"글쎄요, 그럴 수도 있습니다."

"그럼 그들은 어떻게 하는가?"

"그들은 서서 갑니다."

"설 수 있는 공간보다 더 많은 사람들이 몰릴 수도 있는가?"

"글쎄요, 그럴 수도 있습니다."

"그런데 왜 그대는 운에 맡기는가? 왜 예약하지 않는가?"

그래서 스티븐은 예약을 하기 위해 앰트랙(미국 철도 여객 수송 공사)에 전화를 걸었다. 2시간 동안 전화기에 매달린 끝에 연결이 되어 마침내 예약을 했다.

스티븐이 무닌드라에게 말했다.

"예약이 완료되었습니다. 이제 기쁘십니까?"

"표는 어디 있는가?"

"표는 갖고 있지 않습니다."

"표 없이 어떻게 예약할 수 있는가?"

"전화로 예약했기 때문입니다."

"어떻게 전화로 예약할 수 있는가?"

"그것이 미국에서 작동하는 방식입니다."

스티븐은 말한다.

"그는 나를 믿지 않았으며 이렇게 말했다. '그대는 예약하지 않은 것이다. 그렇지 않은가? 그대는 그저 예약하고 싶지 않았던 것이다. 그래서 전화로 했다고 말하는 것이다.'"

"무닌드라지, 나는 그럴 사람이 아닙니다. 나는 예약을 했습니다. 여기에 우리의 예약 번호가 있습니다."

스티븐은 계속해서 말한다.

"그는 '난 이것이 작동할 것 같지 않다.'라고 말했다. 내가 말했다. '작동할 겁니다. 저를 믿으세요. 우리는 이제 기차 예약을 했기 때문에 정말로 더 이상의 예약이 필요 없습니다.' 무닌드라의 호기심 이면에는 의심하는 마음이 있었다. 하지만 그것은 진리에 대한 의심이 아니라 일들이 특정한 방식으로 정말로 작동하는가에 대한 의심이었다. 계속 호기심을 불러일으키는 것이 그 의심이었다."

그들이 앰트랙 역에 도착했을 때 스티븐은 기차표 발매기로 가서 신용카드를 넣었고 표가 나왔다.

"무닌드라는 그 기계를 보더니 나를 바라보았고, 그런 다음 물었다. '사람은 어디 있는가?'"

"어떤 사람이요?"

"기차표를 주는 사람."

"표를 주는 사람은 없습니다. 표는 기계 안에 있습니다."

"그럼 돈을 받는 사람은 어디에 있지?"

"돈을 받는 사람은 없습니다. 돈은 보이지 않습니다."

"보이지 않는 돈이라고?"

스티븐은 계속해서 말한다.

"그는 나를 앉히고 말했다. '그대는 내게 이것을 설명해야 한다. 나는 그것이 어떻게 작동하는지 이해할 수 없다.' 그래서 나는 그에게 설명했다. 나는 기계에 플라스틱 조각을 넣었고, 메시지가 워싱턴 D. C.에 있는 이 기계에서 오클라호마 주 털사에 있는 아메리칸 익스프레스 카드 본부로 보내진다. 메시지는 말한다. '스티븐 슈와르츠의 신용카드, 기차표 두 장에 95달러.' 일단 그 메시지가 보내지면 또 다른 메시지가 기차표 두 장을 발매하라고 앰트랙 센터가 있는 뉴저지 주 뉴어크로 보내진다. 그리고 그 메시지가 워싱턴 D. C.의 이 기계로 돌아오면 두 장의 표가 나온다. 무닌드라는 너무도 놀라워하면서 계속해서 물었다. '어떻게 털사에 있는 사람들이 워싱턴 D. C.와 뉴어크에 있는 사람들이 하는 일을 동시에 알 수 있는가?' 그러더니 갑자기 그는 연관 지었다. '그것이 정확히 마음이 작용하는 방식이다. 이 모든 일들이 동시에 일어나지만 우리는 그것을 알지 못한다. 기억들, 길들여지는 것, 카르마, 시간과 공간을 뛰어넘어 일어나는 일들이. 그것은 모두 눈에 보이지 않는다. 하지만 진리는 그것을 보이게 만든다.'라고."

스티븐은 설명한다.

"그는 일들이 어떻게 작용하는지 어느 정도 직감으로 알 수 있었다. 그리고 직감으로 알 수 없는 것들에 대해선 매우 궁금해했다. 그때는 많은 질문을 던졌으며 대답들을 통합할 수 있게 되면 대단히 편안해했다. 미국에서의 기술문명의 경험은 분명히 콜카타에선 익숙하지 않은 것이었다. 그러나 우리가 기계로 기차표를 샀을 때 단지 문화 충격만이 아닌 어떤 것이 거기에 있었다. 그는 정말로 매료되었다. 그는 기계의 배후에서 많은 일이 일어나고 있다는 것을 이해했다. 그리고 그것이 무엇인가에 대해 정말로 궁금해했다. 지리적으로 멀리 떨어진 서로 다른 시스템들이 얼마나 빠르고 넓고 광대하게 소통하는가를 알았을 때, 그는 그것이 주는 가르침에 더없이 흥미로워했다."

꘯

비록 무닌드라가 탐구와 조사에 열정을 갖고, 그 결과로 지혜가 늘었다 해도 그의 통찰력이 헤아릴 수 없는 우주의 어떤 측면들이 있었다. 그는 방대한 지식의 저장고를 가졌으나 자신이 얼마나 많이 모르는가, 그리고 어쩌면 영원히 모를 수도 있다는 것에 대해 겸손함을 느꼈다. 그의 분별력만으로 파악할 수 없는 어떤 것들이 있었으며, 그것들에 대해 그는 커져 가는 경이감에 사로잡혔다. 어느 날 밤, 별들을 응시하면서 무닌드라는 오랜 소퍼에게 말했다.

"세상은 신비로 가득하다. 너무 많은 신비로. 우리가 알지 못하는 것이 너무나 많다."

마음챙김과 함께 살면서
진리에 대해 지혜롭게 조사하고 살피고 심사숙고할 때마다
깨달음의 요인인 '진리에 대한 조사와 확인'이
얻어지고 커진다.

—붓다 『맛지마 니까야(중간 길이의 경전)』

*

담마 위짜야*dhamma vichay*는 현상을 조사하는 것으로 깨달음의 중요한 요소이다. 사물들을 조사하고 검사하면 이해와 앎이 생기기 때문이다. 담마 위짜야는 몸과 마음에서 일어나는 것은 무엇이든지 그것을 실제 그대로 보는 태도이다. 좋은 것이든 나쁜 것이든 일어나는 모든 현상들은 정신적으로 왜곡시키지 않고 실제 그대로 보고 이해해야만 한다. 따라서 정신적인 문제들에 있어서 담마 위짜야는 통찰 지혜의 중요한 요소이다. 언제나 완전히 알아차리고 사물의 본성을 알기 위해서는 깨어 있는 시간 동안 '현명한 주의력'이 필요하다. 알아차림이 매우 중요하지만 이해나 통찰이 없다면 목표에 이를 수 없다.

15

나는 없다, 내 것도 없다

지혜와 분별력_빤냐

동일시되지 말라.

　　一무닌드라

　무닌드라에게 가치 있고 존경할 만한 많은 면들이 있었지만 수
행자들에게 가장 많은 자극을 준 것은 붓다가 가르친 진리에 대한
그의 방대한 지식이었다. 그레그 갤브레이스는 말한다.

　"무닌드라는 자신이 말하고 있는 것이 무엇인지 알았다. 그것이
내가 그를 스승 중의 스승이라고 부르는 이유이다."

　조지프 골드스타인은 말한다.

　"나는 무닌드라가 가진 지식의 깊이에 진심으로 감사드린다. 나
는 그가 했던 방식으로 체계적으로 공부하진 않았지만 그의 가르
침을 통해 빠알리 경전의 많은 부분들과 붓다의 가르침에 대한 철
학적 심리학적 분석들을 배웠다. 그리고 그를 통해 붓다가 가르친
진리에 대한 폭넓은 이해와 더없이 좋은 기초를 다질 수 있었다.
그는 명상 수행뿐 아니라 학문 측면에서도 뛰어난 교사였다. 그 두

부분이 그의 안에 잘 결합되어 있어서 나는 양쪽에 대해 깊은 감사를 느꼈다. 그것들이 얼마나 상호보완적인가를 알기 때문이다."

ᕱ

붓다가 가르친 진리에는 세 종류의 지혜가 있다. 수따마야 빤냐, 즉 '읽고 들어서 얻은 지혜'는 스승의 말에 귀 기울이고 붓다의 가르침과 그 밖의 여러 진리의 책들을 읽는 것에서 온 지혜이다. 찐따마야 빤냐, 즉 '생각과 사유함으로써 지적 분석을 통해 얻은 지혜'는 자신이 듣고 읽은 것에 대해 심사숙고하고 그것의 가치를 가늠하는 것에서 커진다. 마지막으로 바와나마야 빤냐, 즉 '직접적인 체험과 수행을 통해 얻은 지혜'는 명상 수행을 통해 직관적으로 일어난다.

붓다가 안 것을 배우겠다는 결의와 강한 호기심, 탐구 정신이 바탕이 되어 무닌드라는 이 세 가지 지혜 모두를 발달시켰다. 그는 고귀한 삶에 필수적인 지혜를 얻기 위한 여덟 가지 원인과 조건을 갖추었다. 첫째, 귀 기울여 듣고 애정과 존경으로 대할 수 있는 스승을 가졌다. 둘째, 어려운 부분을 이해하기 위해 스승에게 질문했다. 셋째, 명상 수행을 했다. 넷째, 계율을 지켰다. 왜냐하면 붓다가 이렇게 조언했기 때문이다.

'지혜는 도덕성에 의해 정화되고, 도덕성은 지혜에 의해 정화된다. 하나가 있는 곳에 다른 하나가 있다. 도덕적인 사람은 지혜를 가지고 있고, 지혜로운 사람은 도덕성을 가지고 있다. 도덕성과 지혜의 결합은 세상에서 가장 높은 것이라 불린다.'(『디가 니까야(긴 길이의 경전)』)

무닌드라는 또한 붓다가 가르친 진리를 배웠다. 다섯째, 그는 그것들을 기억했고 암송했고 시험했고 토론했다. 여섯째, '네 가지 노력'에서 끈질기고 열정적이었다. 아직 일어나지 않은 불건전한 상태를 방지하는 노력과 이미 일어난 불건전한 상태를 버리는 노력, 그리고 아직 일어나지 않은 건전한 상태를 일으키는 노력과 이미 일어난 건전한 상태를 유지하는 노력이 그것이다. 일곱째, 쓸모없는 수다나 잡담에 참여하지 않았으며, 무엇보다 진리에 대해 말하거나 고귀한 침묵을 지키는 것을 더 좋아했다. 여덟째, 다섯 가지 집합(오온五蘊)에 해당하는 물질적인 형태, 감정과 감각, 개념, 의지 작용, 인식 판단의 주체인 마음이 일어나고 사라지는 것을 계속해서 주시했다.

学자로서 무닌드라는 제자들뿐 아니라 다른 스승들에게도 중요한 기여를 했다. 기타 케디아의 설명에 따르면 그녀가 담마기리 명상 센터에서 어떤 의문이나 혼란스러운 마음을 품고 S. N. 고엔카의 거처에 찾아갈 때마다 고엔카는 비서에게 지시하곤 했다.

"가서 무닌드라를 모셔 오라."

사람들은 고엔카와 무닌드라가 함께 걷거나 앉아서 붓다의 가르침에 대해 토론하는 모습을 보곤 했다. 기타는 말한다.

"무닌드라는 오직 붓다가 가르친 진리에 대해서만 말하고 다른 무엇도 말하지 않았다. 그리고 가는 곳마다 모든 사람의 의문을 풀어 주었다. 사람들은 아주 많이 그에게 의지했다. 그가 매우 학식이 뛰어난 사람이라는 걸 알았기 때문이다."

샴 순다르 캇다리아도 그들 중 한 사람이었다. 샴이 자신의 경험을 전한다.

"나는 벵골어 문헌을 몇 가지 번역하고 있었다. 그때 고엔카가 내게, 무닌드라에게 가서 내가 한 작업을 보여 주라고 말했다. 무닌드라의 평가를 듣고 난 후에 자신의 의견을 말해 주려고 한 것이다."

그 첫 번째 만남 이후 샴은 빠알리어 대장경인 띠삐따까에 대해 이야기하기 위해 무닌드라의 방을 찾아가기 시작했다.

"내가 빠리얏띠(진리를 지적으로 이해하는 것. 교학)에 관련해 어떤 의문을 가질 때마다 그는 많은 조언과 설명을 해 주고 무엇을 읽어야 할지 말해 주었다. 내가 내놓는 어떤 질문에도 그는 즉각적으로 참고 문헌들을 일러 주었다. '그것은 이러이러한 삐따까(논장)와 저러저러한 가타(게송)에 들어 있다.'라고. 그가 모든 삐따까, 가타, 숫따(경)를 전부 다 외우고 아는 것은 무척 소중한 일이었다. 그의 방식은 매우 이론적이고 학문적이었으며, 이에 더하여 그 자신의 경험이 있었다. 이 두 가지가 결합해 그는 '진짜'가 되었다."

피터 마틴도 유사한 도움을 받았다.

"이따금 수행에 대한 것이 아니라 빠알리 경전에 대한 몇 가지 의문 사항이 있었다. 나는 수행과 관련된 빠알리어 구절들에 대해 더 많이 이해하려 노력하고 있었다. 참고 문헌에 대한 확신이 서지 않을 때마다 무닌드라가 도움을 주었다. '그렇다, 이것이 그다음에 나오는 내용이다.'라는 식으로. 그리고 나는 그에게 특정한 문장에 대해 묻곤 했다. '이것은 어떻게 번역해야 하며, 저것의 의미는 무엇입니까?' 그는 빠알리 경전을 단지 언어적인 번역 수준이 아닌 정말 깊은 수준까지 알았다. 무닌드라는 내가 의지할 수 있는 사람이었고, 내가 잘 알지는 못해도 아주 많이 신뢰했던 사람이다."

무닌드라의 진정한 지혜는 많은 이들의 내면에 신뢰를 불어넣었다. 그레고리 파이는 말한다.

"그는 공부와 이해의 측면에서 확실한 안내자였다. 예를 들어 당시 나는 『청정도론』를 읽었다. 하지만 무닌드라는 계속해서 조언했다. '이전 페이지로 돌아가서 다시 읽으라. 이 장을 읽으라. 그대가 좋아할 것이다. 그 장을 읽으라. 그 장은 그대에게 매우 유익할 것이다.' 그것은 최고의 자원을 발견한 것과 같았다. 그는 무슨 일이 일어나고 있는지 진짜로 아는 사람이었다. 그래서 나는 그에게 절대적이고 무조건적인 신뢰를 가졌다. 그를 나의 학문적 멘토로 여겼으며, 가르침들이 의미하는 바를 삶에서 구현한 사람으로 바라보았다. 그는 지적인 의미에서 진리의 스승일 뿐 아니라 나에게 어떻게 이 세상에 존재해야 하는가의 본보기가 되어 준 사람이다."

웨스 니스커(작가이며 불교 명상 지도자. 스피릿록 명상 센터 운영위원)는 덧붙인다.

"사람들이 무닌드라를 신뢰한 것은 그가 많은 정보와 역사, 전통을 안에 담고 있고 그것들을 훤히 알기 때문이었다. 또한 그 자신의 경험으로부터 말하고 있기 때문에 그를 믿었다. 그는 매우 교양 있고, 깊이와 품위와 다정함을 지닌 사람이었다."

스티븐 스미스도 동의한다.

"한 가지는 진리에 대한 그의 애정과 열정을 느끼고 자극받은 것이다. 다른 한 가지는 그것이 수행, 이론, 가르침, 그리고 빠알리 경전에 대한 이해가 어우러진 백과사전적 결합에 의해 뒷받침되었다는 것이다."

우노 스베딘은 말한다.

"그 심오한 지식을 통해 무닌드라는 매우 드물게도 학자의 역할과 경험자와 수행자의 역할을 결합했다. 이것은 현대인에게 매우 중요한 의미를 갖는다. 왜냐하면 직관적인 지혜 부분과 학문적인 부분을 두 개의 분리된 영역이 아닌 하나로 통합하는 방식을 통해 우리 자신을 더 정확히 인식할 수 있기 때문이다."

～

많은 제자들이 증언하듯이 무닌드라는 붓다의 가르침에 대해 긴 시간 동안, 몇몇에게는 지칠 정도로 오래 말할 수 있었다. 숀 호건은 무닌드라의 초기 서양인 제자들에 대해 말한다.

"우리는 그 당시 특별히 학문적인 소질을 갖고 있지 않았다. 솔직히 말해 학문적인 것은 우리의 관심을 끄는 것이 아니었다. 하지만 나는 무닌드라가 그것을 우리 중 몇 사람에게서 끌어냈다고 생각한다. 그가 가르치는 방식이 학문적인 것에 점점 흥미를 갖게 만들었으며, 우리의 마음이 더 쉽게 그것에 머물러 있게 했다. 단순히 어떤 것을 배웠다고 해서 가르치는 것이 아닌, 진정으로 경험한 사람의 강의를 듣는 것은 나로선 그저 놀라운 일이었다. 그는 자신이 가장 관심을 가진, 그리고 자신이 현재 살고 있는 어떤 것에 대해 말하고 있었다."

숀은 무닌드라가 제자들에게 준 선물은 3종 세트였다고 말한다. '명상에의 집중, 명상하는 것에서 오는 기쁨, 그리고 그것을 뒷받침해 주는 학문적 배경.' 예를 들어, 무닌드라가 연기론(사건과 사물의 의존적 발생에 대한 이론)에 대해 길게 말하는 것을 들은 후 숀은 명상 중에 경험한 것과 중요한 어휘들을 연결시켜 이해하는 지적 구조물을 갖게 되었다.

팻 마스터즈는 무닌드라가 '믿을 수 없을 정도로 지적이고 두뇌가 명석하다'는 사실을 발견했다. 팻은 무닌드라가 가진 '해박한 지식, 믿기 어려울 정도의 기억력, 그리고 참고 문헌을 골라내는 능력' 때문에 그를 존경하게 되었다. 몇몇 사람들에게는 무닌드라가 주로 명상 교사였던 반면에 팻은 그의 살아 있는 철학적 접근이 주목할 만하다는 것을 발견했다.

"그는 사람들이 붓다의 가르침과 그것에 대한 철학적 심리학적 해석들을 이해하는 것, 경전의 어떤 부분을 깊이 사색하는 것을 중요하게 여겼다. 단지 방석 위에 가부좌로 앉아 있거나 그저 좋은 행동만 하면 된다고 생각하는 것을 그는 경계했다. 지식의 참된 깊이를 갖는 것을 그는 중요하게 여겼다. 완전한 지적 몰입, 그것이 그가 가진 재능의 일부였다. 그는 완성된 학자였다. 강의할 때 그

는 늘 붓다가 말한 구절들로 돌아가 인용하곤 했다. 나는 그것이
나 자신이 깊어지고, 참고 문헌으로 돌아가 살펴보는 좋은 기회라
는 것을 발견했다."

자신의 경험과 학문에도 불구하고 무닌드라는 오만하지 않고
인정받기를 원하지 않았다. 데이비드 존슨은 무닌드라가 위대한
지식을 가진 사람이 얼마나 가식적이지 않을 수 있는지 보여 주는
본보기였다고 말한다.

"무닌드라가 너무도 다정하고 사랑스러운 남자로 다가왔기 때문
에 우리는 그의 진정한 앎과 깊은 지식에 불의의 습격을 당했다.
나는 그가 응당 받아야 할 존경을 받았다고는 생각하지 않는다."

마이클 스타인은 말한다.

"무닌드라는 조금도 잘난 체하지 않았다. 우리는 그가 많이 알고
있다는 것을 알았다. 그렇다고 그는 그 지식으로 우리의 머리를 치
지 않았다. 그는 그곳에 앉아서 우리의 이야기를 들었다. 나에게
문제가 있으면 그는 수행 안에서 부드러워지고 긴장을 푸는 방법
을 말해 주었다. 그는 붓다의 가르침에 대한 해석들에서 가져온 지
적이고 복잡한 내용들을 몇 번이고 계속해서 검토하곤 했다. 우리
가 질문을 하면 그는 모든 작은 차이까지 설명했다."

프레드 폰 알멘 역시 무닌드라가 자화자찬하지 않고 많은 것을
나눈 사람이었다고 묘사한다.

"당신이 어떤 것을 물으면 그는 가르쳐 주기 시작할 것이다. 당신이 운이 좋다면 당신의 질문은 해답을 얻거나, 그렇지 않으면 다른 것들에 대한 많은 이야기를 들을 것이다. 조지프 골드스타인은 그것을 '진리의 샤워'라고 불렀다. 어떤 의미에서 제자의 질문은 단지 방아쇠를 당기는 역할을 했고, 그러면 무닌드라는 계속, 계속 나아갔다. 그는 종종 마하시 사야도 전통에서의 통찰 명상의 단계들을 출발에서부터 깨달음의 첫 번째 단계까지, 그리고 거기서 좀 더 나아가는 수준까지 3일에 걸쳐 가르쳤다. 그럼에도 내가 그를 인정하고 학식과 깨달음이 말할 수 없이 뛰어난 사람이라는 것을 깨닫기까지는 조금 시간이 걸렸다. 처음 그를 만났을 때 작은 방에 앉아 허리에 한 장짜리 천을 두르고 모자를 쓴 그의 모습이 우습게 보였다. 매우 인상적인 사람으로는 다가오지 않았다. 이 남자의 에고에는 거물처럼 보이는 것이 전혀 없었다. 편안함과 거의 만져질 듯한 '에고 없음'을 느낄 수 있었다. 그것은 매우 가벼웠다."

데이비드 윙은 무닌드라가 자신의 존재로 가로막음 없이 지혜를 전했다고 말한다.

"내가 그에게서 배운 것은 붓다가 가르친 진리이다. 나는 그에 대해 배운 것이 아니다. 그는 스스로를 투명하게 만들었다. 그는 달을 가리켰고 나는 달을 보았다. 나는 그의 손가락을 보지 않았다."

담마루완 찬드라시리는 지혜를 이해하는 방법을 설명한다.

"나는 80세가 넘은 승려를 만났는데 그가 내게 말했다. '아들아, 너는 너의 좋은 점을 언제나 숨겨야 한다. 즉 과시하지 말아야 한다. 매우 적은 사람들만이 네 안에 있는 좋은 특성을 알아보고 깨달을 것이다. 만약 네가 너의 좋은 특성을 전시한다면, 즉 과시한다면, 넌 유명해질 것이고 사람들은 너를 좋아하게 될 것이다. 만약 네가 너의 좋은 점을 숨긴다면 때로 너는 오해받을 수 있다. 하지만 결국 중요한 것은 그것이며, 그것이 옳은 도리이다.' 동양의 위대한 사람들, 그들은 자신의 좋은 점을 전시하지 않는다. 우리는 그것에 귀 기울이고 그것을 봐야 한다. 무닌드라는 그런 사람이었다. 그는 유명인사가 아니었으며, 화려한 의상과 염주 같은 물건들을 갖지 않았다. 그는 결코 명성을 추구하지 않았다. 그가 얻은 것은 오로지 내면의 성장이다. 다른 사람들이 유명해졌을 때에도 그는 비판하지 않았다. 단지 우정과 화합을 지켰다."

스티븐 스미스는 동의한다.

"몇몇 위대한 스승들, 그들은 눈에 보이지 않는다. 나는 무닌드라가 완전히 깨달았다고 암시하는 것이 아니다. 그 자신도 인정했듯이 그는 여전히 깨닫기 위해 공부하고 있었다. 그러나 그의 길은 아무 존재도 되지 않는 것이었다."

꿈

무닌드라는 자신의 개인적인 정체성이나 성취에 집착하지 않음으로써 아나따, 즉 무아를 보여 주었다. 또한 제자들이 집착을 내려놓도록 격려했다. 무닌드라가 콜로라도 주 볼더에서 그랜드캐니언을 거쳐 애리조나 주로 갈 때 차로 태워다 준 제임스 채더돈(변호사)은 그런 충고를 기억한다.

"나에게 일어나고 있는 일에 대해 내가 무엇을 말했는지는 기억나지 않는다. 그가 말한 것은 이것이 전부였다. '단지 이것을 기억하라. 그것과 동일시되지 말라.' 이것이야말로 모든 가르침의 핵심이고 마음을 다스리는 데 가장 중요한 것이다. 그 이후로 그 가르침은 늘 나와 함께 있어 왔다. 동일시되지 말고, 습관처럼 된 동일시 과정을 알아차리라고 상기시키며. 그 가르침보다 더 깊은 것을 만나기는 어렵다. 만약 당신이 당신 주변에서 줄곧 일어나는 일들과 동일시되지 않는다면 당신의 삶은 훨씬 더 좋아질 것이다."

무닌드라는 기회가 있을 때마다 아나따의 주제로 돌아왔다. 재클린 슈와르츠 만델은 말한다.

"질의응답 시간에 누군가는 감정적 문제나 삶의 문제에 대해 마음이 많이 꼬여 있곤 했다. 그러면 무닌드라는 그 사람에게 완전히 마음을 열어놓고 빠알리 경전에 있는 업에 관한 이야기를 끄집어내어 긍정적인 씨앗을 심는 것이 어떻게 긍정적인 결과를 가져오는지 설명했다. 그의 초점은 존재의 자유에 있었다. 그렇기 때문에 매우 자연스럽게 그의 마음은 자신의 문제 안에 묶여 있는 존재가 밖으로 나오고, 움켜쥐고 있는 것을 놓아 버리고, '나'보다 오히려 '나 아닌 것'을 이해하는 더 넓은 관점으로 마음을 열도록 그 사람과 대화하는 방향으로 나아갔다."

※

단순히 무닌드라와 함께 있는 것만으로도 아나따, 즉 '무아'의 가르침을 반복해서 이해할 수 있었다. 때로는 유머를 곁들여. 카말라 마스터즈는 마우이 섬에서 있었던 배움을 이야기한다.

"무닌드라는 겉에 입은 긴 옷을 벗고 단지 가벼운 속옷만 입고 바다 속으로 들어갔다. 그 옷은 그의 다리를 더 많이 보여 주었다. 왜냐하면 그가 늘 입고 다니는 흰 겉옷은 길이가 길어서 다리를 완전히 감싸 발만 보여 주었기 때문이다. 나의 큰언니가 소리쳤다. '아, 당신은 다리가 있었군요!' 그러자 무닌드라는 말했다. '그렇군요, 다리가 있군요.' 큰언니에게는 그것이 재미있었지만, 정말로 그것은 아나따의 표현이었다."

몇 년 뒤 인도의 기차역에서 카말라는 그 메시지를 다시 알아차렸다.

"타는 듯이 더운 날이었다. 기차가 5시간 연착되었다. 휴게실도 없었다. 우리는 음식도 없었다. 역장은 선로를 계속해서 바꾸었다. 그래서 우리는 계속 일어나 이동해야만 했다. 나는 무닌드라가 어떻게 견딜지 걱정이 되었다. 매우 노쇠해 보였기 때문이다. 나는 그에게 괜찮은지 물었다. 그는 대답했다. '여기에 열기가 있지만 나는 뜨겁지 않다. 여기에 배고픔이 있지만 나는 배고프지 않다. 여기에 짜증이 있지만 나는 짜증 나지 않는다.' 그는 늘 비개인적인 말, 즉 아나따를 사용했다. 화, 배고픔, 고통, 걱정 혹은 피곤함이 온다. 그러나 우리는 그것과 동일시되지 않는다. '걱정은 내가 아니다.'라고. 그러나 만약 우리가 주의하지 않는다면, 만약 마음이 깨어 있지 않다면, 그 감정들은 우리가 건전하지 못한 카르마를 만들어 내는 행위를 하도록 촉발시킬 수 있다."

샤론 샐즈버그는 수행 초기에 무닌드라가 어떻게 그녀에게 아나 따를 가르쳤는지 회상한다.

"나는 마음속에 일어나는 몇 가지 생각들 때문에 몹시 괴로워했다. 무닌드라는 말했다. '왜 그대는 마음속의 그 생각들 때문에 그토록 혼란스러워하는가? 그대가 그것들을 초대했는가? 그대가 이 시간에 질투나 욕심 혹은 그 무엇으로든 마음을 채우고 싶다고 말했는가?' 그는 그 생각들이 내가 아니라는 것, 즉 아나따를 가리켜 보이고 있었다. 우리에게 오는 이 생각들은 우리가 통제하는 것이 아니라고."

집중수행을 통해 무닌드라는 아나따, 즉 무아를 완전히 이해했고, 여섯 감각의 문에 접촉하는 것이 어떻게 생각, 시각, 냄새, 소리, 맛, 촉감을 일으키는지, 그리고 우리가 어떻게 그것들을 '나'라는 개념으로 잘못 해석하는지 설명할 수 있게 되었다.

우리가 보는 것이 무엇이든 그것은 내가 아니다. 남자도 아니고 여자도 아니다. 눈에는 단지 색깔이 있다. 그것은 일어나고 사라진다. 그렇다면 누가 그 대상을 보고 있는가? 그 대상 안에는 보는 사람이 없다. 그러면 어떻게 그 대상이 보이는가? 특정한 원인들 때문이다. 그 원인들은 무엇인가? 눈이 그중 하나의 원인이다. 단, 눈은 이상 없이 온전해야 한다. 둘째, 대상이나 색깔이 눈

앞에 와야 하고, 눈의 망막에 비쳐야 한다. 셋째, 빛이 있어야 한다. 넷째, 주의, 즉 정신적 요소가 있어야 한다. 만약 이 네 가지 원인이 존재한다면, 그때 눈의 의식*eye-consciousness*(안식眼識)이라 불리는, 사물을 인식하는 기능이 일어난다. 만약 이것들 중 어느 한 가지 원인이라도 없다면 어떤 바라봄도 없을 것이다. 만약 눈이 장님이라면 볼 수 없다. 빛이 없다면 볼 수 없다. 주의를 집중하지 않으면 볼 수 없다. 그러나 그 원인들 중 어느 하나도 '나는 보는 자'라고 주장할 수 없다. 그것들은 단지 끊임없이 일어나고 사라질 뿐이다.

그것이 일어나자마자 우리는 말한다. '나는 보고 있다.' 사실 그대는 보고 있지 않다. 단지 '나는 보고 있다.'라고 그대가 생각할 뿐이다. 이것을 '조건화'라고 부른다. 우리의 마음은 조건화되어 있기 때문에 소리를 들을 때 우리는 '나는 듣고 있다.'라고 말한다. 그러나 그대의 귀 속에서 소리를 듣기 위해 기다리고 있는 듣는 자는 없다. 소리는 파동을 만들어내고 그것이 고막을 칠 때 그 영향으로 일어나는 것이 귀의 의식*ear-consciousness*(이식耳識)이다. 소리는 남자도 아니고 여자도 아니다. 그것은 단지 일어나서 사라지는 소리이다. 그러나 조건화된 우리는 말한다. '그 여자는 노래하고 있고 나는 듣고 있다.' 그러나 그대는 듣고 있는 것이 아니라 '나는 듣고 있다.'라고 생각하고 있는 것이다. 소리는 이미 들렸고 사라졌다. 그 소리를 듣고 있는 '나'는 없다. 그것은 관념의 세계이다. 붓다는 이것을 육체적인 차원, 마음의 차원에서 발견했다. 모든 것이 행위자 없이, 하는 자 없이 어떻게 일어나고 있는지를. 실제로는 텅 빈 현상이 계속 펼쳐지고 있는 것이다.

무닌드라는 행위자라는 동일시가 어떻게 둑카, 즉 괴로움과 불만족에 이르게 하는지 자세히 설명했다.

이 '나'는 깨달음의 길에서 가장 큰 장애물이다. 모든 욕심, 미움, 망상은 이 에고의 생각 때문에 온다. '나의 온 몸과 마음이 나다.' 혹은 '몸 안에 누군가가 있다.' 혹은 '마음 안에 변함없는 자아가 있다. 영혼이 존재한다. 모든 것을 통제하고 보고 있는 누군가가 있다.'라고 믿는 것이다. 그렇지 않으면 생각을 '나'로, 감정을 '나'로 동일시한다. '나'를 보존 유지하기 위해 모든 종류의 긴장, 모든 종류의 좌절, 모든 종류의 걱정이 일어난다. '이것이 나다.' '이것이 내 마음이다.' '이것이 내 몸이다.' '이것이 내 집이다.' '이것이 내 가족이다.' '이것이 내 나라이다.' 아득한 옛날부터 있어 온 자기 망상이다. 이것은 잘못된 관점이다. 이것은 닙바나, 즉 모든 속박에서 벗어난 대자유의 첫 번째 경험 때 버려진다. 모든 그릇된 관점이 말끔히 씻긴다. 이 스스로 창조한 환영의 에고에 대해 올바른 이해가 일어나자마자 다른 관계가 찾아온다. 친구 같고 형제 같은 느낌. 그것은 사람과 사람 사이에, 나라와 나라 사이에 조화와 화합을 가져온다. 작용하는 과정을 이해할 때 타인을 이해한다. 기본적인 문제는 같은 것이다. 기본적인 본성은 같다.

무닌드라는 또한 왜 우리가 '나'와 '나의 것'을 언급하는지 명확하게 설명했다. 그것들은 말의 편의를 위한 것이라고.

과학자들은 말한다. 태양은 동쪽에서 뜨고 서쪽에서 진다고. 그러나 태양은 결코 뜨지도 지지도 않는다. 그들은 이 사실을 알면서도 여전히 이해를 위해 이 용어를 사용한다. 뜨거나 지는 것, 동쪽 또는 서쪽, 그것들은 개념이다. 실제로는 동쪽도 없고 서쪽도 없다. 그러나 의사소통의 목적을 위해 그것은 필요하다.

정신적, 육체적 현상의 텅 빔 혹은 비개인성을 강조하기 위해 무닌드라는 붓다가 수행자 바히야에게 준 방법을 자주 인용했다.

'바히야여, 보이는 것을 보기만 하고, 들리는 것을 듣기만 하고, 느끼는 것을 느끼기만 하고, 인식하는 것을 인식하기만 한다면, 그대는 그것과 함께하지 않을 것이다. 그것과 함께하지 않을 때 거기에는 그대가 없다. 거기에 그대가 없을 때 그대에게는 이 세상도 없고 저 세상도 없고, 그 둘 사이의 어떤 세상도 없다. 이것이 고통의 소멸이다.'(『우다나(자설경)』)

래리 로젠버그는 할리우드 영화를 보기 위해 보스턴에 있는 영화관으로 무닌드라를 데려갔다. 무슨 영화였는지는 기억하지 못하지만, 보고 나서 무닌드라가 조금 실망한 얼굴로 말했다.

"나는 이 모든 호들갑을 이해하지 못하겠다. 왜 사람들은 이런 것들에 그토록 흥분하는가?"

래리가 그에게 물었다.

"무슨 뜻입니까, 무닌드라?"

무닌드라는 대답했다.

"내가 본 것은 모두 화면을 때리고 내려오는 빛이었다. 사람들은 어둠 속에 앉아서 지켜보고 있고, 단지 한 뭉치의 이미지들이 하나에서 다른 하나로 움직이고 있을 뿐이다."

래리는 깨달았다. 방금 무닌드라가 일어나고 있는 일에 대해 위빠사나식 설명을 했다는 것을. 그는 영화 주제에 전혀 사로잡히지 않고 화면을 주시한 것이다. 래리는 기억한다.

"그것은 문자 그대로 일어나고 있는 일에 대한 아주 날것의, 알몸 그대로의, 아무 꾸밈 없는 설명이었다."

두세 달 뒤 그들은 또 다른 영화를 보러 갔다. 2차 세계대전에 관한 영화였다. 비록 동맹국 병사들이 전략상 중요한 다리를 간신히 건너긴 했지만 양쪽 다 아주 많은 사상자가 발생했다. 이번에 그들이 영화관에서 나왔을 때 무닌드라는 얼굴에 다소 슬픈 표정이 나타났다. 래리가 그에게 물었다.

"무닌드라지, 무슨 일입니까?"

무닌드라는 대답했다.

"아, 그 사람들, 죽어가고 있는 그 모든 사람들!"

래리는 폭소를 터뜨리며 말했다.

"무닌드라지, 당신은 영화의 마음이 되셨군요! 누구도 죽지 않았어요. 우리가 처음 영화관에 갔을 때 당신이 말한 것이 완전히 옳았어요. 그런데 이제 당신은 할리우드 영화를 이해하시는군요."

그런 다음 두 사람은 함께 웃었다.

지혜는 무아(아나따)뿐만 아니라 존재의 다른 두 가지 특징인 무상함(아니짜)과 괴로움(둑카)에 대한 분명한 이해와 받아들임을 아우른다. 이갓뿌리에서 산책 중에 데이비드 브로디는 무닌드라가 덧없음에 대해 웃으며 하는 말을 들었다.

"모든 것은 무상하다. 심지어 내 치아도."

그러고 나서 그는 데이비드를 향해 한때 많은 치아를 가졌지만 지금은 그렇지 않은 입을 드러내 보이며 미소 지었다.

세월이 지나면서 무닌드라의 치아는 계속 상했다. 그는 충치를 치료하거나 이를 뽑아내는 것을 거부했다. 그는 조 디나르도에게 말했다.

"내가 치료를 거부하는 이유는 자연적으로 그것에 무슨 일이 일어나는지 보고 싶기 때문이다."

걱정이 된 조가 말했다.

"그러나 그냥 두면 모두 상할 텐데요."

무닌드라가 말했다.

"괜찮다."

조는 회상한다.

"그는 그것에 대해 진지했다. 쇠퇴하고 있는 몸이 그에게는 단지 또 다른 무상함의 경험이라고 느꼈으며, 그것에 흥미가 있었다. 그 결과, 만약 당신이 말년의 그를 보았다면 그의 치아가 끔찍하게 썩어 가고 있는 걸 보았을 것이다."

무닌드라는 한번은 이렇게 말했다.

"처음에 우리가 태어날 때도 치아가 없었다. 삶의 말년에도 이와 비슷하다."

죽음에 가까웠을 무렵, 그는 죽음을 만나기 위해 잘 준비되어 있었다. 죽음의 필연성을 이해하도록 도와준 것들을 잘 이용했기 때문이다.

※

어느 날, 로버트 프라이어와 데이비드 겔레스는 콜카타의 가족들 집에 있는 무닌드라를 방문했다. 그들은 방에 있는 사진첩을 넘겨보다가 죽어서 썩어 가고 있는 시신들 사진이 한 장씩 이어지는 것을 보았다. 데이비드는 놀라서 숨이 막혔으나 이내 그것들이 무상함에 대한 명상임을 깨달았다.

"그것은 무닌드라의 수행 도구였다. 그는 그것이 왜 중요한지에 대해 긴 설법을 하진 않았다. 단지 그것이 죽은 몸을 시각적으로 상기시키는 효과가 있으며, 사람들은 그것을 대면할 필요가 있다는 것 외에는."

카렌 설커가 보드가야의 강을 따라 걷다가 사람의 두개골을 발견했을 때 무닌드라는 "그 두개골에 대해 명상해야 한다. 그것을 통해 무상을 이해해야 한다."라고 말했다.

두개골이 도움이 되는 암시이긴 하지만, 그것 말고도 끊임없이 변화하는 존재의 본성에 대한 예는 도처에 있다. 우노 스베딘은 네덜란드의 북해를 바라보는 해변 모래언덕에 서 있을 때 무닌드라가 "무상함이여, 무상함이여!" 하고 반복해 말하던 것이 아직도 귀에 들린다.

"차가운 파도가 우리 바로 아래를 향해 밀려오는 것을 지켜보면서 우리는 먼 바다를 바라다보았다. 우리는 2차 세계대전 동안 나치가 세운 반파된 진지 위에 서 있었다. 이 방어 시설은 굉장히 강력했었지만 한 세기의 삼분의 일도 채 안 지났을 때 무닌드라와 나는 전혀 쓸모없게 된 요새의 잔해 위에 서 있었다. 나는 그가 혼자 무엇인가를 중얼거리는 것을 들었다. 바다에게, 모래 언덕에게, 그리고 아마도 우주에게. '무상함이여, 무상함이여. 왔던 것들은 모두 사라진다.' 하고 그는 말했다."

세상을 떠나기 몇 해 전, 무닌드라는 무상에 대한 가르침을 이런 식으로 표현했다.

나는 죽음을 신경 쓰지 않는다. 매 순간 우리는 죽어가고 있다. 모든 것은 무상하다. 누가 죽어가고 있는가? 거기 죽는 사람은 없다. 그것은 단지 하나의 과정일 뿐이다. 단지 자연의 법칙이다. 자연 속의 모든 것은 일어났다가 사라진다. 두려워할 것은 아무것도 없다. 죽음 안에서도 그대는 미소 지으며 갈 수 있다. 매 순간 우리는 죽어가고 있다. 일단 그대가 이것을 알면, 그때 그것은 단순하다.

매기 워드 맥거베이는 아버지가 갑자기 물에 빠져 돌아가셨을 때 이 지혜를 마음에 새겼다. 매기는 말한다.

"1분도 채 안 되어 나는 무상의 진리를 깨달았다. 무닌드라의 가르침에서 얻은 치유의 힘과 무상에 대한 앎으로 충만했기 때문이다. 인도에서 붓다가 가르친 진리를 접하기 전에 나는 가족 안에서 더 많은 상실의 고통을 겪었었다. 그리고 그것들 때문에 마음이 황폐해졌었다. 무척 힘이 들었다. 물론 아버지를 잃는 것은 슬프고 괴로운 일이었다. 그러나 무상의 진리를 깨닫는 것은 숨 쉬는 것만큼이나 자연스러웠다. 그것은 내가 슬픔의 모든 과정을 헤쳐 나가게 했고 그것을 긍정적인 경험으로 만들 수 있게 했다. 나는 '아, 무닌드라는 나에게 자아나 육체의 덧없음에 대해 가르치고 있어.'라고 생각하지 않았다. 그러나 그의 가르침은 내 삶 속에 아주 많이 스며들었다. 그 증거는, 나의 가장 힘든 시기에 붓다가 가르친 진리가 거의 즉각적으로 효과를 나타내기 시작했다는 것이다."

무닌드라는 붓다가 가르친 진리를 전하기 위해 다양한 방식들을 사용했다. 때로 그것은 짧은 농담을 사용하는 것처럼 단순했다. 테드 슬로빈(통찰 명상 협회 전직 부회장)이 붓다의 가르침이 담긴 책에 사인을 부탁했을 때 무닌드라는 이렇게 썼다.

'붓다는 오직 두 가지를 가르쳤다. 괴로움과 괴로움으로부터 해방되는 것.'

그런 다음 그 밑에 자신의 이름을 썼다.

또 다른 경우에는 고귀한 침묵을 지키고 아주 조금만 말하라는 붓다의 지시를 따랐다. 반떼 보디빨라는 1일 명상 코스에 참가하기 위해 콜카타의 마하보디 협회에 갔던 때를 기억한다.

"법문 시간에 누군가가 명상에 관해 질문을 했는데 무닌드라는 대답하지 않았다. 단지 미소를 지으며 그 사람에게 수행하라고만 말한 뒤 일어나서 밖으로 나갔다. 나는 그에게 그렇게 한 이유를 물었다. 그는 말했다. '침묵한 채로 있어야 하는 어떤 것들이 있다. 때로는 대답 없음이 그 질문에 대답하는 더 좋은 방식이다.' 이것은 내게 매우 실질적인 접근법이 되었다. 대답하는 대신 침묵해야 하는 때가 있다. 일단 대답하면 또 다른 질문을 계속 만들기 때문이다."

마르시아 로즈(뉴멕시코 주의 마운틴 허미티지 명상 센터 설립자)는 바라나시의 두 번째 방문에서 비슷한 경험을 했다. 그곳에서 마르시아는 혼자 여러 날을 지내며 화장터를 관찰했고, 더 깊은 방식으로 그 과정을 이해하고 싶었다. 그런 다음 자신의 경험을 토론하기 위해 무닌드라에게 갔다.

"나는 내가 본 것에 당황하지 않았다는 것에 스스로 놀랐다. 내가 그것에 대해 반응하지 않고 단지 그곳에 있었던 것이 나를 어리둥절하게 했다. 그래서 왜 그랬는지 이유를 알고 싶었다. 무닌드

라의 대답은 이것이었다. '수행을 계속하라, 그러면 알 것이다.' 그
것이 그가 말한 전부였다. 그 말 뒤에는 간결함과 다정함 속에 많
은 이해와 지혜가 있었다."

붓다가 가르친 진리에 대한 명확하고 확실한 이해가 무넌드라의
존재, 행동, 말을 통해 빛났다. 그는 자신이 알고 있는 것이 실체의
본질에 대한 진리임을 말하는 것을 부끄러워하지 않았다.

더 높이, 그리고 더 깊이 갈수록 모든 것이 괴로움이라는 것이
점점 더 분명해진다. 붓다는 '고통의 고귀한 진리'라고 말한다.
고통의 고귀한 진리란 무엇인가? 모든 존재가 고통을 겪고 있다.
보는 것이 고통이고, 듣는 것이 고통이며, 먹는 것이 고통이다. 그
대가 주의를 기울여 그것들에 가까이 갈 때, 그대가 그것들을 있
는 그대로 경험하고 바라볼 때, 그것들은 모두 쓸모가 없다. 모든
사람이 고통을 겪고 있다. 설령 충분한 돈과 음식과 권력과 지위
를 가졌을지라도. 그들은 모든 것을 가졌는데 여전히 괴로워하고
있다. 그들은 왜 고통을 겪는가? 매우 가깝고 소중한 것들과 헤
어져야만 한다. 불쾌하고 불편한 것들과 접촉해야만 한다. 그들
이 원하는 것이 충족되지 않는 것, 이것 역시 고통이다. 어머니에
게서 나올 때 그대는 울음과 함께 나온다. 누구도 늙기를 원하
지 않지만 태어난 자는 누구든 점점 늙어가고 괴로워하며 통증

을 느끼고 병에 걸릴 운명이다. 누구도 죽기를 원하지 않지만 죽음은 정해져 있다. 사는 것은 불확실하지만 죽는 것은 확실하다.

제자들이 자신들의 고통과 괴로움에 대해 말할 때 때때로 무닌드라의 반응은 놀라웠다. 데니스 틸은 말한다.

"사람들은 미친 생각과 감정에 사로잡힌다. 감정은 단지 휘저어진 마음 상태이다. 무닌드라는 그것을 바로 자르고 들어가며 말하곤 했다. 그것은 완전히 망상이라고. 무지로부터 우리가 우리 자신의 고통을 창조하고 있다고. 그는 그들에게 단지 걸으라고 말하곤 했다. 그는 걷는 명상의 중요성을 아주 많이 강조했다. 그는 그것이 치유에 많은 도움이 된다는 것을 발견했다. 자기 자신의 이야기에 너무 사로잡힌 나머지 앉아 있을 수 없는 사람들에게 무닌드라는 계속 걷기를 시켰다."

붓다가 가르친 진리에 대한 무닌드라의 강의는 멀리까지 영향을 미쳤다. 심지어 다른 종파와 수행법에 속한 제자들에게도. 데렉 리들러는 말한다.

"나를 매혹시킨 것 중 하나는 무닌드라의 명확성이었다. 나는 모임에 갔다가 그의 잘난 체하지 않는 태도에 깊이 이끌렸다. 무상과 고통에 대한 가르침들은 우리와는 다른 문화, 다른 시간대로부터 온 것이다. 그러나 무닌드라가 이 지혜를 너무도 훌륭하게 표현했기 때문에 그것을 나 자신의 경험에 연결시킬 수 있었다. 나는 생각했다. '이것은 나의 개인적인 차원에서도 의미가 통한다.' 또한 그의 설명은 완벽했다. 나는 학자로서의 그의 배경을 인정한다. 하지만 그것은 내가 가장 끌렸던 것이 아니었다. 내가 그에게서 받은 것, 내 마음속에 남은 것은 그러한 즉각적인 가르침들이었다."

티베트 불교에 헌신하는 수행자였지만 데렉은 그러한 상좌부 불교의 가르침의 중요성을 생각한다.

"위빠사나를 수행할 기회를 가진 것에 대한 감사의 마음이 내 안에 일어났다. 그것은 관념을 벗고 자리에 앉는 법을 배울 수 있게 도와주었다. 뇨슐 켄 린포체(서양의 불교 교사들을 비롯해 많은 젊은 라마승들의 스승)가 히나야나(소승불교)에 대해 소승적 견지가 아닌 근본적인 수단으로 말한 것을 나는 기억한다. 그리고 그것이 얼마나 중요한가에 대해. 그 근본이 없다면 불교는 언 호수 위에 아름다운 저택을 짓는 것과 같기 때문이다. 우리 모두는 안다. 호수가 녹을 때 어떤 일이 일어나는지."

20대 중반 이래로 참선 수행의 길을 걸어온 웬디 나카오(로스앤젤레스 젠 센터 선원장) 역시 무닌드라로부터 배웠다.

"그는 정신과 물질의 요소를 설명하기 시작했고 계속해서 믿을 수 없을 정도로 자세히 설명해 나갔다. 그는 분명 매우 지적인 사람이었다. 나는 그 순간 나 자신이 새로운 구도자라고 느꼈고, 갑자기 전에는 접해 보지 못한 전통의 모든 요소를 경험하는 것이 더할 수 없이 매력적으로 느껴졌다."

무닌드라의 지혜는 다른 사람들이 앎을 얻을 수 있도록 많은 문

들을 열었다. 대니얼 골먼은 심리학자로서의 그의 삶에 미친 무닌
드라의 기대하지 않았던 공헌을 기억한다.

"그는 나에게 마하시 사야도가 저술한 통찰의 단계에 대한 놀라
운 책을 주었다. 그것은 그 당시 위빠사나에 대해 영어로 써진 몇
안 되는 책 중 하나였다. 나는 그 내용에 무척 매혹당했다. 왜냐하
면 그것은 서양에선 본 적 없는, 자각 상태에 대해 잘 설명된 현상
학이었기 때문이다."

대니얼은 계속해서 말한다.

"무닌드라는 내가 연구 자료들을 찾을 수 있게 도와주었다. 그는
나에게 『청정도론』이라는 제목의 책에 대해 말했다. 델리를 여행하
던 중에 나는 운 좋게도 그 책을 구해 공부했다. 나는 그에게 가서
질문하곤 했고, 그는 내가 확실히 이해하지 못하는 부분을 명확해
지도록 도왔다. 그는 내가 이해 못하는 부분을 금방 알아차렸으며,
그의 생각과 가르침은 비상할 정도로 정확하고 명확했다. 그는 불
교 안에 매우 설득력 있고 탄탄한 심리학 체계가 있다는 것을 나
에게 보여 준 첫 번째 사람이었다. 그것은 충격적인 소식이었다. 왜
냐하면 나는 하버드대학원 심리학과 학생이었고 유럽과 미국 밖
에 어떤 심리학적 체계가 있다는 이야기를 들어 본 적이 없었기
때문이다. 그것은 나에게 중요한 지적 발견이었으며, 내가 추구해
왔고 어떤 면에서는 계속 추구할 그런 것이었다. 오늘날 나는 신경
과학자들이 불교 심리학의 방법론을 연구하는 마음생명협회(달라
이 라마를 비롯한 불교 수행자들과 저명한 과학자들이 참여해 실체의 본질
을 탐구하는 비영리 단체)에 관계하고 있다."

무닌드라는 경직되어 있지 않았다. 피터 스킬링은 말한다.

"그는 전혀 독단적이지 않았다. 그렇지 않았다면 나는 계속 그에게 가서 그토록 많은 질문을 하지 않았을 것이다."

크리스티나 펠드먼도 무닌드라에게 독단성이 없었음을 인정한다.

"그는 매우 독립적인 사람이었으며, 수행 기법의 순수성을 강조하기보다는 사람들에 대한 이해에 더 중점을 두었다. 그것은 내게 큰 영향을 미쳤다. 왜냐하면 중요한 것은 단지 수행법을 올바르게 터득하는 것이 아니었기 때문이다. 중요한 것은 우리가 그 기법을 통해 어떤 종류의 지혜를 발달시키는가이다. 무닌드라는 다양한 방식의 수행법에 열려 있었기 때문에 한 곡조로만 노래를 부르는 사람이 아니었다. 그 자신의 가르침과 수행을 통해 그는 다양한 방식과 기법을 끌어내는 능력을 발견했지만 결코 그것들을 지혜보다 우위에 두지 않았다. 그것은 매우 중요한 전달이었다. 왜냐하면 그 당시—그리고 실제로는 오늘날에도 여전히—동양의 사원들은 이용 가능한 다양한 수행법들에 대해 교육받지 못한 세대의 스승들에 의해 전해 내려온 한 가지 방법만을 갖고 있었기 때문이다. 스승으로서 무닌드라는 통찰 지혜와 자유에 이르는 것이 핵심이며, 수행 기법은 단지 그것에 기여하는 것임을 잊지 않았다."

이 특성 덕분에 무닌드라는 제자들의 진리 추구 여행을 잘 인도할 수 있었다. 스티븐 스미스는 말한다.

"무닌드라는 세세한 것들을 모두 알았다. 마치 마술사처럼 그것들을 모자 밖으로 꺼내곤 했다. 수행이 어디쯤 와 있는가에 따라 한 사람에게 어떤 특정한 방법이 왜 적당한지 순식간에 그토록 많은 방향에서 끌어와 그 즉시 이해하게 만들 수 있는 사람을 나는 결코 보지 못했다."

보드가야에서의 어느 날 밤, 무닌드라는 안티오크대학 학생들에게 붓다의 가르침에 관한 철학적 심리학적 해석을 강의했다. 이 프로그램에서 철학을 가르친 존 던(에모리대학 종교학과 종신 교수)은 미얀마 절 옥상에서의 일을 기억한다.

"무닌드라가 기본적으로 한 것은 빠알리 주석서들에 실린 마음의 많은 기능들과, 그것들이 명상 수행과 어떤 관계인지 매우 세세하게 파고든 일이었다. 나는 정말로 놀랐고 깊은 인상을 받았다. 그나마 조금이라도 아는 유일한 책은 『청정도론』이었지만, 생존하는 학자가 그토록 세세한 차원에서 파고들면서 그토록 훌륭한 방식으로 연결하는 걸 들어 본 적이 없었다. 명상 교사가 그토록 과학에 가까운 방식으로 여러 범주들을 사용하는 걸 본 적이 없었다."

존은 계속해서 말한다.

"물론 그의 태도와 고요함으로 미루어 그가 진지한 명상 수행가였다고 말할 수 있었다. 내 경험으로는 그는 결코 어떤 것에 의해서도 동요된 적이 없었다. 그러나 그때까지 나는 그의 학문의 깊이를 깨닫지 못했었다. 그는 문헌들을 공부하고 그것들에 대해 사색

했을 뿐 아니라 그것들을 자신의 개인적인 수행과 연결시켰다. 그가 나를 위해 한 것은 나의 학문적 공부와 나의 명상 수행 사이에 연결 다리를 만든 일이었다."

『락카나 숫따(특징 경)』(위대한 사람의 32가지 특징에 관한 가르침)에서 붓다는 개인의 지혜가 빛나는 것은 그 사람의 삶의 행위들을 통해서라고 말한다. 무닌드라의 분별력은 말과 행동을 통해 늘 눈에 보였다. 그리고 다른 사람들에게 유용했다. 레이먼드 리포프스키는 그것을 이렇게 말한다.

"진짜 스승들, 그들이 어디에 있든, 당신이 어떤 관점에서 그들과 함께 있든, 그 자체로 훌륭한 배움이다. 왜냐하면 그들은 그들의 지혜가 표현된 삶을 살고 있기 때문이다. 그렇지 않은가? 그래서 운이 따른다면 우리는 그곳에 있으면서 배움을 얻는다."

친구여, 지혜의 목적은 직접적인 앎이다.

그것의 목적은 충분한 이해이다.

그것의 목적은 놓아 버림이다.

—사리뿟따 『맛지마 니까야(중간 길이의 경전)』

*

빤냐*panna*는 '올바르게'의 뜻인 '빠*pa*'와 '알다'의 뜻인 '냐*na*'의 합성어로, 문자 그대로 '올바른 앎'이다. '꿰뚫어 아는 것'이기 때문에 지혜, 안목, 앎, 이해력, 통찰력으로 번역되며 산스크리트어로는 '프라즈나'이고 불교 용어로는 '반야'이다. 모하, 즉 어리석음의 반대가 빤냐이다. 빤냐가 있으면 모하를 더 잘 이해한다. 빤냐는 주관과 편견을 부수고, 대상을 왜곡하는 것을 중단하고 '있는 그대로의 대상'을 보는 것이다. 참된 성질로 사물을 보기 때문에 모든 대상에 빛을 비춘다. 책이나 다른 이에게서 들어서, 혹은 지적인 이해를 통해 지혜를 얻을 수도 있으나, 진정한 지혜는 명상 속에서 자신의 경험을 통해 얻은 앎이다. 빤냐는 특히 이 세상이 고통이고 괴로움임을 여실히 아는 것이다. 또한 현상계뿐 아니라 초월 영역을 포함한 모든 세계가 실체가 없다. 우리는 존재의 세 가지 속성인 무아, 무상함, 괴로움을 자기 관찰을 통해 직접적으로 경험한다. 실재에 대한 이 직접적인 경험을 통해 고통에서 벗어난다. 이것이 빤냐, 즉 통찰지이다.

16
모두 지나가는 쇼

평정_우뻬카

위빠사나의 끝은 행복이 아니라 평정이다.

　　－무닌드라

미국 시인 엘라 휠러 월콕스는 다음의 단순한 시로 평정심을 멋지게 압축했다.

즐거워하는 것은 매우 쉽다.
삶이 노래처럼 흘러갈 때는.
그러나 가치 있는 사람은
미소 짓는 사람이다.
모든 것이 크게 잘못되었을 때.

삶에서 일어나는 예기치 않고 원치 않는 상황들을 다루는 데 있어서 무닌드라는 제자들에게 감동을 주는 평정(우뻬카)의 본보기였다.

무닌드라는 자신의 몸을 정확하게 돌보았다. 그 결과 노년에도 쉽게 요가 자세를 취할 수 있었다. 개인위생에도 꼼꼼했다. 가능할 때마다 생명 에너지가 살아 있는 신선한 음식을 선호했다. 마음은 긍정적인 태도를 유지하고 얼굴은 미소 짓는 사람이었다. 그러나 그 역시 모든 인간 존재가 겪을 수밖에 없는 고통들을 겪었다. 배고픔, 목마름, 열, 추위, 피로, 슬픔, 근심 같은 육체적, 감정적 괴로움인 기본적인 아픔은 말할 것도 없고 병과 질환은 우리의 몸과 마음을 괴롭힌다. 쇠약해진 기운과 능력은 노화를 수반하며, 결국 죽음에 이르게 한다. 그리고 우리는 우리가 좋아하는 사람들을 잃는다. 무닌드라가 이 불가피한 조건들을 다루는 방식과 대부분의 사람들이 역경에 반응하는 방식의 차이는 무엇보다 수행의 결실인 '평정심'에 있었다.

2001년, 무닌드라와 함께 인도의 불교 성지를 순례하던 중에 카말라 마스터즈는 무닌드라가 사르나트에 있는 절의 주지인 오랜 친구를 다시는 볼 수 없을 것이라는 걸 알고 어떻게 행동하는가 보았다.

"두 사람 사이엔 손을 잡고 서로 연결되는 기쁨이 있었다. 차를 마신 후 그들은 함께 걸었다. 무닌드라는 눈물을 흘렸지만 차분했다. 두 어른은 서로에게 작별 인사를 했다. 무닌드라는 말했다. '우리가 사랑하는 사람들과 헤어질 때 슬픔이 있다. 원래 그런 것이다.' 그는 내적으로나 외적으로나 균형을 유지했다."

무닌드라와 함께 바라나시를 여행하던 중에 카말라는 이 균형을 직접 보고 경험했다. 그녀와 마일리 키에르가르드와 노를리아 아리야라트네는 해 지기 전 무닌드라와 함께 갠지스 강으로 가서 작은 나룻배를 탔다.

"우리가 강을 따라 내려가고 있을 때 오른쪽에 화장터가 나타났다. 불에 타는 시신과 울고 있는 가족들을 실제로 볼 수 있을 정도로 우리는 강기슭에 가까이 갔다. 나는 무닌드라와 함께 손을 잡고 그곳에 앉아 있었다. 그의 소원을 이루어 주며 갠지스 강에 나의 스승과 함께 있을 수 있어서 조용한 행복을 느꼈다. 시신이 타 들어가는 것을 보면서도 나의 스승과 연결된 아름다움과 강가에서 펼쳐지는 거친 삶들을 느낄 수 있었다. 나는 시신이 타는 것을 아무 감정 없이 보고 있었다. 그것은 특별한 것이 아니었다. 그때 태양이 떠올랐고, 그곳에 세상에서 가장 오래된 도시이며 끊임없이 분주한 노후된 도시 바라나시가 있었다. 그때를 되돌아볼 때, 아름다움과 슬픔을 간직하기 위해 얼마나 많은 평정이 필요했는지 곰곰이 생각하게 된다. 평정에 대해 이야기해야 할 때면 나는 그 그림이 마음에 떠오른다. 그것이 무닌드라에 대한 나의 기억이다. 그는 단지 주변의 모든 것을 보고 있었으며, 마음이 그 모든 것과 균형을 이루었다."

무닌드라는 종종 말했다.

"어떤 일이 일어나도 좋다. 나는 그것을 받아들인다."

현대인들에게 이것은 체념처럼 들리기 쉽다. 그러나 자신감으로 빛나는 그의 태도는 언제나 그 반대를 보여 주었다. 무엇이 일어나든 받아들이는 것은 결코 무닌드라를 운명론적인 신발 닦개(당하고도 가만히 있는 사람. 동네북)로 만들지 않았다. 그는 예정된 운명이나 결정론을 믿지 않았다. 다만 무엇이 일어나든 균형감을 갖고 맞이했다.

어느 해 겨울, 카테리나 모라이티스는 무닌드라와 함께 공부하기 위해 두 번째로 보드가야에 돌아왔다. 그곳의 미얀마 절에 도착했을 때 그녀는 무닌드라의 오른쪽 팔이 끓는 물 주전자에 데어 화상을 입은 것을 보았다. 그 절의 또 다른 노승은 다리 하나가 부러져 있었다. 카테리나는 그들에게 고통스럽지 않은지 물었다.

"그들은 둘 다 크고 평화로운 미소를 얼굴에 지어 보이며 거의 동시에 말했다. '둑카(고통과 불만족).' 혹시라도 내가 그 가르침을 잊어버렸을까 봐."

시바야 케인이 덧붙인다.

"무닌드라는 일어나는 거의 모든 일들에 대해 비교적 반응을 보이지 않았다. 그가 늘 말한 것 중 하나는 이것이었다. '모두 지나가는 쇼이다. 그것을 그저 지켜보라.' 그 표현은 내 삶의 일부가 되었다. 나는 그가 한 그 대사를 나 자신에게 수없이 사용한다. 그리고 물론 내가 그 말을 할 때면 어느 때고 그와 연결되어 있음을 느낀다. 일들은 일어날 것이고 나는 자연스럽게 말할 것이다. '아, 이것은 모두 지나가는 쇼이다.'라고."

에릭 쿠퍼스도 비슷한 구절을 마음에 담았다. 안티오크대학 불교 프로그램의 학생들은 1주일 동안 보드가야를 떠나 바라나시에 있었지만 에릭은 뒤에 남아 있었다. 에릭은 회상한다.

"나는 몸이 아팠고 정신적으로 무너져 있었다. 나는 가서 무닌드라를 만났다. 그에게 내 모든 인생 드라마와 내가 감정적으로 정신적으로 얼마나 힘든 시간을 보내고 있는지 이야기했다. 무닌드라는 이런 의미의 말을 했다. '이 모든 것들은 단지 거품이다. 그것들은 떠올랐다가 사라진다. 그대는 다만 그것들이 그 일을 하게 내버려 둘 필요가 있다.' 그 말이 정말로 도움이 되었고, 지금도 나는 그 말로 되돌아가곤 한다. 우리를 가르칠 때 무닌드라는 여러 번 그런 말을 했다. 그날 오후 일대일로 그와 만나 미얀마 절의 현관에 앉아서 나는 내가 갖고 있던 모든 두려움과 혼란을 쏟아 냈고, 그는 말했다. '그것들은 단지 에너지의 거품이다. 그것들이 그냥 오게 하라. 그것들을 풀어 줄 필요가 있다.' 그것은 정말로 도움이 되었다."

෴

때때로 어떤 것들은 오래가지 못하고 빠르게 사라진다. 또 다른 경우에는 그것들이 영원할 것처럼 보인다. 후자에 대해 마음의 평정을 갖는 것은 더 큰 도전이다. 노년이 되어 건강을 회복하고 유지하려고 애쓰면서 무닌드라는 그것을 반복해서 경험했다. 일흔 살 무렵 그는 탈장의 심한 고통을 달고 살다가 콜카타에서 수술을 받았다. 그를 진찰한 외과의사는 자신이 수술을 집도하겠다고 약속해 놓고 실제로는 인턴들에게 맡겼고, 그들의 부주의함 때문에 무닌드라는 큰 대가를 치렀다. 2년 동안 계속되는 감염을 견뎌야만 했다. 그 의사를 여러 차례 찾아갔지만 절개 부위에서 계속 고름이 스며 나왔다. 그 고통에 대해 들은 서양 제자들이 돈을 갹출해 그를 치료차 하와이로 데리고 갔다. 마우이 섬에서 카말라는 두 번째로 그의 몸을 절개할 의사를 주선했다. 의사는 처음 수술할 때 몸속에 남겨진 수술용 실을 10개나 넘게 발견했다. 그리고 감염된 부위를 깨끗이 닦아 냈다. 카말라는 무닌드라가 건강을 되찾을 때까지 한 달 이상 간호했다. 그 경험이 무척 고통스러웠지만 무닌드라는 말했다.

"나는 그것을 받아들여야만 했다. 나는 내 삶을 그런 식으로 살았다."

몇 년 뒤에는 대상포진이라는 몹시 고통스러운 병을 겪었다. 통증이 극심해 그는 실제로 자신이 죽어가고 있다고 생각했다. "끔찍한, 실로 끔찍한 통증이었다."라고 그는 말했다.

"이런 종류의 통증에는 약이 없다고 나는 들었다. 그것은 저절로 온다. 그리고 때가 되면 간다. 그러나 6개월 동안 나는 그것으로 고통받았다. 마음은 괜찮았다. 하지만 그곳에 통증이 있었다."

다시금 그는 말했다.

"나는 그것을 받아들였다. 나는 그것을 살았다."

그런 뒤 그는 덧붙였다.

"깨어 있는 주시는 훌륭한 약이다. 그래서 통증은 나에게 문제가 아니다. 고통은 위대한 스승이다. 나는 많은 것을 배웠다."

법문에서 무닌드라는 "두 종류의 고통이 있다. 육체적 고통과 정신적 고통이 그것이다."라고 설명하곤 했다. 하나는 피할 수 없는 현실이다. 다른 하나는 선택할 수 있다. 기후, 음식, 환경, 나이, 과거의 카르마 등 다양한 조건 때문에 몸은 온갖 종류의 불편함을 겪을 수 있다. 그러나 상황이 어떠하든 우리가 실체의 진리를 이해하는 한 마음은 흔들리지 않고, 영향받지 않고, 차분하게 남아 있을 수 있다. 일단 모든 것이 일시적이며, 서로 다른 현상들이 끊임없는 변화의 흐름 속에 있고, 그리고 그것들이 모두 비개인적이며 자연의 보편적인 힘이라는 것을 깨닫는다면, "그때 우리는 잘 살수 있고—심지어 고통을 즐기면서—잘 죽을 수 있다."라고 그는 말했다.

"이 자연의 법칙들을 이해하는 것은 큰 도움이 된다. 이 몸 전체가 자연의 일부이다."

대부분의 사람들이 속상해하는 몸의 변화에 대해서 무닌드라는 대체로 동요하지 않았으며, 그런 그의 모습에 제자들은 슬프면서도 깊은 인상을 받았다. 제임스와 제인 바라즈 부부는 캐나다 브리티시컬럼비아 주의 밴쿠버 섬에서 있었던 사건을 기억한다.

"그 무렵 무닌드라는 입 안에 2개의 치아가 남아 있었다. 윗니하나, 아랫니 하나. 우리가 식사를 하고 있는 동안 갑자기 이 하나가 부러졌고 그는 더 이상 어떤 것도 씹을 수가 없었다. 놀랍게도 그는 한 순간도 주저하지 않았다. 그는 단지 웃기 시작했다. '하하하, 무상, 아니짜.' 그것은 마치 캣 스티븐스(영국의 싱어송라이터)의 노래 '달그림자' 같았다. '만약 내가 입을 잃어버린다면, 남쪽과 북쪽의 모든 치아를 잃어버린다면······.' 그는 그저 이렇게 말하는 듯했다. '좋아, 이가 사라졌네.' 거기 고통과 불만족(둑카)은 전혀 없었다."

사라 쉐들러에게 무닌드라가 가르친 것은 그녀가 자라면서 배운 것과는 매우 큰 차이가 있었다.

"무닌드라는 그 무렵 치아를 모두 잃었다. 누군가가 그것에 대해 묻자 그는 완전히 활기에 차서 귀여운 미소를 지으며 말했다. '아, 나는 단지 내 몸이 쇠락해 가는 걸 지켜보고 있네.' 그는 그것에 대해 너무도 편안하고 평화로워 보였으며, 그저 모든 것을 정말로 재미있게 생각하는 듯했다. 나는 늙음에 대해 그런 관계를 맺는 사람을 한 번도 본 적이 없었다. 내 주변에는 모두 그 과정에 대한 너무 많은 긴장과 몸부림이 있었다. 특히 내가 자란 부자 동네에서는 모두가 보톡스를 맞든지 노화 과정에 맞서 싸우기 위해 이것저것을 했다. 늙음은 우리 사회에선 그다지 우아한 과정이 아니다. 여성들은 특히 그것으로 인해 많이 고통받는다. 그래서 이 남자가 그것을 완전히 받아들이는 모습을 보는 것은 그저 놀라움 그 자체였다."

또 다른 경우에 사라 쉐들러는 벌레들이 온 몸에 몰려들었을 때도 무닌드라가 전혀 동요하지 않는 것을 발견했다. 안티오크대학 프로그램이 끝나 일종의 작별 인사로 모든 학생이 마하보디 사원에서 명상을 하고 있었다. 사라는 말한다.

"그때 몇 가지 이유로 메뚜기들이 떼 지어 부화했고, 나는 그것들이 그의 흰 옷에 끌렸다고 생각한다. 무닌드라는 자신의 온 몸에 붙은 메뚜기들과 함께 조용히 앉아 그저 당연한 일로 받아들였다. '좋아, 이제 이 일이 일어나고 있군.' 하고. 그것도 너무나 고요하게. 그는 내가 만난, 진정한 평정심을 가진 첫 번째 본보기였다. 냉정한 무관심이 아닌 진정한 평정심을."

그 무렵, 스티븐과 헤이즐 스트레인지 부부는 인도 마디아프라데시주 중심부의 작은 마을 산치로 가기로 하고 무닌드라를 그 여행에 초대했다. 유네스코 세계문화유산으로 지정된 그곳에는 기원전 3세기에 세운 불탑들과 사원 유적들이 산재했다. 스티븐은 회상한다.

"무닌드라는 매우 열광적이 되어, 우리가 하게 될 이 여행에 대해 모두에게 말했다. 나는 기차표를 예약하려고 노력했지만 확정된 좌석을 구할 수가 없었다. 하지만 사람들은 나에게 장담했다. '잘 될 테니 걱정하지 마.' 그래서 그날 우리는 기차역으로 갔다. 그러나 검표원이 우리의 표를 보더니 '미안하지만 당신들은 기차를 탈 수 없소.' 하고 말하는 것이었다. 나는 너무나 당황했다. 왜냐하면 무닌드라에게 우리가 꼭 가게 될 거라고 이야기했기 때문이다. 우리 모두는 짐을 다 꾸려 떠날 준비를 하고 함께 역으로 내려와 있었다. 그런데 마지막 순간에 여행이 불가능하다는 것을 알게 된 것이다. 그러나 무닌드라는 그것에 대해 확실히 차분했다. 그는 그저 '괜찮다. 늘 있는 일이다.' 하고 말했다."

다음 날 스티븐은 몇 주 뒤에 출발할 수 있도록 확정된 좌석을 얻기 위해 뭄바이로 갔다. 이때는 모든 것이 원활하게 돌아갔고, 그것이 최선의 선택이었음이 판명되었다. 그들이 원래 여행하기로 계획했던 기간은 몹시 추운 시기로 밝혀졌다. 다음 달에는 날씨가 풀렸고 쾌적한 여행을 즐길 수 있었다. 그래서 그들은 모처럼 즐거운 경험을 했다. 스티븐이 배운 것은 이것이었다.

'일들은 일어난다. 그것들에 대해 고민할 이유가 없다.'

~

다른 여느 사람들과 마찬가지로 무닌드라도 선호하는 것이 있었다. 그는 처음에 산치에 안 가는 것보다는 가는 쪽을 선호했다. 그러나 언제 가는가에 대해선 집착하지 않았다. 데니스 틸은 회상한다.

"무닌드라는 어떤 것에 대해 지나친 집착을 보인 적이 전혀 없었다. 나는 그가 짜증 내는 것을 본 적이 없다. 깨달음의 단계에 이르렀다 해도 여전히 오래된 상카라(카르마로 형성된 것)와 자신의 늙은 몸을 살아야 한다고 그는 말하곤 했다. 깨달음에 이르렀다고 해서 자신의 모든 카르마나 어떤 것으로부터 자유로워지는 것은 아니다. 그것은 그렇지 않다고 그는 말하곤 했다. 그것이 무엇이든 우리는 그것과 함께 살아야만 한다."

그리고 그는 그렇게 했다. 반떼 비말라람시는 기억한다.

"무닌드라는 언제나 균형을 이루었다. 심지어 매우 힘든 상황에서도 그는 그 안에서 몇 가지 유머를 발견했다. 밀치고 떠미는 사람들 속에 있다고 해서 기운을 잃지 않았다. 그것은 그를 전혀 괴롭히지 못했다. 그는 분노와 불만족에 사로잡히는 대신 다양한 종류의 관점을 가지고 모든 것을 가볍게 대하는, 내가 만난 첫 번째 본보기였다. 그는 일들이 일어나기 시작하는 것을 바라보지만 그것들에 대해 지나치게 심각하지 않았다."

무닌드라는 누군가가 지나치게 심각해진 것을 느끼면 그에게 뒤로 물러나라고 주의를 주었다. 이타마르 소퍼는 무닌드라의 충고를 기억한다.

"한번은 방의 구석에 거미가 거미줄을 지었는데 그때 파리가 그 거미줄에 걸렸다. 거미가 파리를 거미줄로 휘감기 시작했다. 그것을 보면서 나는 마음속에 드라마를 엮기 시작했다. '아, 저것을 봐. 거미는 나쁜 카르마를 쌓고 있어. 삼사라(끝없이 반복되는 환생)에는 너무 많은 고통이 있어.' 저녁 산책을 하러 나갔을 때 나는 무닌드라에게 말했다. '그 파리에게 나는 많은 연민을 느껴요. 그리고 거미에게도 많은 연민을 느낍니다.' 그러자 그가 내게 말했다. '그것들을 다만 놓아두라. 모든 상황에 대해 다만 평정심을 가지라. 그것은 그대의 카르마가 아니다. 그것에 대해 그대가 할 수 있는 일은 많지 않다. 그대는 파리를 도울 수 있지만, 그렇게 되면 거미의 저녁 식사를 방해하는 것이 된다. 그대가 관여하는 것은 무엇이든 자연에 반하는 것이다. 그것을 평정심 안에서 다만 주시하라.' 그것은 매우 훌륭하고 단순한 가르침이었다. 더할 나위 없이 직접적이고 강력했다. 상황이 어떠하든 당신이 바꿀 수 없다는 것을 안다면, 단지 평정을 유지하라. 그렇지 않으면 너무 많은 감정이 밀려온다."

ᔍ

카말라 마스터즈는 무닌드라가 마우이 섬을 방문한 기간 중에 자신의 가정생활 안에서 이 교훈을 배웠다. 어느 날 그녀의 남편과 딸 사이에 다툼이 일었다. 날카로운 목소리와 문이 쾅 닫히는 소리에 카말라는 몹시 당황했다. 무닌드라가 팔을 뻗어 그녀의 팔에 차분하게 손을 얹었다. 그는 자비 어린 눈으로 그녀를 바라보며 말했다.

"법칙에 순응하라."

그 이후 카말라는 그 가르침에 늘 감사해했다. 그 순간에 어떤 일이 일어나든 그것에 저항하는 것보다 받아들이는 것은 망상(잘못된 판단이나 확신. 사고의 이상 현상)에 사로잡히지 않고 지혜를 키우는 수단이다. 카말라는 말한다.

"그 지혜로부터 우리는 그것이 어떻게 되어야 한다든가 혹은 그것이 어떻게 되었으면 좋겠다든가 하는 우리의 집착을 놓아 버릴 수 있다. 놓아 버리는 것은 무집착을, 혹은 이 경우에는 받아들임과 이해를 키우는 데 도움이 된다. 그때 우리는 명확한 판단을 가지고 자비의 행동을 할 수 있다."

일단 법칙에 순응하고 실제로 일어나는 일에 순응하자 카말라는 자신의 반응하는 마음과 혼란스러운 마음이 진정되는 것을 느꼈다. 아울러 평정심을 갖고 분명하고 보면서 아버지와 딸 사이에 평화가 찾아오도록 도울 수 있었다. 카말라는 말한다.

"또한 나는 더 깊은 이해를 갖고 상황을 볼 수 있게 되었다. 그들이 해결해야 할 두 사람만의 것이 있다는 것을. 그것은 내가 통제할 수 있는 성질의 것이 아니었다. 어떤 것이 완벽해지기를 바라는 나의 욕망, 혹은 그것이 얼마나 불완전한지에 대한 나의 혐오감은 관련된 사람들 모두에게 더 많은 고통과 혼란만 가져다줄 뿐이었다. 무닌드라는 그 후에 그 사건에 대해 많은 말을 하지 않았다. 나는 그가 우리를 판단하거나 비판할 수 있다고 상상했지만 그는 그렇게 하지 않았다. 그의 행동은 우리 집이 천국이 되거나 사원이 되기를 그가 기대하지 않았음을 보여 주었다."

또한 무닌드라를 통해 카말라는 마음챙김과 평정심이 서로를 지원하며 자신의 삶을 변화시킬 수 있음을 배웠다. 한번은 그녀가 왜 자신의 삶이 고난으로 가득 차 있는지 물었을 때 무닌드라는 대답했다.

이것은 법칙이다. 지금 일어나고 있는 것은 과거에 한 행동들의 결과이다. 그러나 이 순간에 그것에 어떻게 반응하는가에 따라 그대는 다른 미래를 창조할 수 있다. 행복한 미래를. 그 미래는 결국 이 현재의 순간이 될 것이다. 그리고 이 현재의 순간은 과거가 될 것이다. 이런 방식으로 그대의 삶이 과거와 현재와 미래에 더 많은 행복으로 둘러싸이게 되는 것이 가능하다. 만약 그대가 온 마음으로 주의를 기울인다면, 그대는 지혜를 갖고 어떻게 반응할지 선택할 수 있다. 만약 그대의 마음이 깨어 있지 않다면 그대의 삶은 조건반사적인 반응에 의해 운영될 것이다. 그것은 그대의 선택에 달린 일이다.

무닌드라가 명상 수행을 통해 평정심을 키우긴 했지만, 어떤 점에서는 인생 초기의 경험이 그에게 돌과 화살을 견디도록 훈련시켰다. 어렸을 때 그와 그의 형제들은 농촌에서 혜택을 누리며 살았으며 특히 학교에서 우수한 성적으로 칭찬받았다. 그러다가 그들의 아버지가 정식 승려 전 단계인 사미승이 되었다. 하지만 책임감 때문에 그는 절에 가서 살지 않고 계속 가족들과 함께 살았다. 그 결과 마을 사람들로부터 외면당하고 하룻밤 사이에 소년들은 특별한 지위를 잃었다. 셋 중에 가장 어렸던 고빈다 바루아는 지금도 그 힘들었던 고립 생활을 기억한다.

"우리는 마을의 어떤 활동에도 참여하는 것이 허락되지 않았다. 심지어 찾아오던 스님들도 우리 집에 들어오지 않았다. 동네 이발사는 우리의 이발을 해 주지 않았다. 도비 왈라(빨래하는 계급)는 우리의 옷을 빨아 주러 오지 않았다. 우리를 어떤 식으로든 돕는 것을 마을에서 금지시켰기 때문이다. 마을 사람들은 누구에게도 우리 식구와 어울리는 걸 허락하지 않았다."

하지만 무닌드라의 가족은 부끄러워하거나 숨지 않았다. 왜냐하면 그들은 아무것도 잘못한 일이 없다는 것을 알았기 때문이다. 그들은 배척을 견뎠다. 그리고 시간이 흐르자 마을 사람들은 배척을 중단했다.

담마루완 찬드라시리는 삶의 오르막과 내리막, 붓다가 세상의 여덟 가지 조건(로까 담마. 세상의 8품)이라 부른, 누구도 피할 수 없는 것, 즉 칭찬과 비난, 얻음과 잃음, 명예와 불명예, 행복과 불행을 다룬 무닌드라의 능력에 대해 이야기한다.

"무닌드라는 그것들 중 어떤 것에도 휩쓸리지 않았다. 칭찬을 받든 비난을 받든 같은 방식으로 반응했다. 그것은 그를 변화시키지 못했다. 얻음과 잃음, 나쁜 평판을 겪어도 그는 흔들림이 없었다. 사람들은 때때로 그에 대해 좋지 않은 말들을 했지만, 그래도 그는 많은 사람에게 늘 변함없는 친구, 깔야나미따, 즉 영적인 벗으로 남아 있었다. 보드가야에서 그는 인기가 많았다. 사람들은 그를 보기 위해 먼 곳에서 찾아왔으며 그의 제자가 되었다. 그러다가 갑자기 고엔카가 그 자리를 차지했지만 그것은 무닌드라에게 하나도 중요하지 않았다. 그는 오히려 사람들을 고엔카에게로 보냈다."

상황이 선물하는 것을 받아들이고 내려놓는 무닌드라의 이 유연성을 다른 사람들 역시 알아차렸다. 예를 들어, 그가 사람들과 함께 있는 것도 즐기고 혼자 있는 것도 즐기는 것을. 그레그 갤브레이스는 무닌드라가 많은 계획에 따라 사는 것이 아니라 하루하루를 살았음을 기억한다.

"모든 사람이 매우 많은 계획들과 야망을 가진 것처럼 보인다.

무닌드라의 경우는, 사람들이 그를 보러 오면 그들을 위해 시간을 냈고, 그것은 그것대로 좋았다. 만약 사람들이 오지 않으면 그는 자기 할 일을 했고 그것은 또 그것대로 좋았다. 그의 시나리오에 성공이나 실패는 없었다. 무닌드라와 함께 있는 것은 판단하지 않는 마음을 가진 사람과 함께 있는 것과 같았다. '나는 이것 또는 저것을 해야만 해.'라거나 '이것은 좋지 않아.'와 같은 것이 없는 사람과. 그는 깊은 평정심을 갖고 있었고, 그와 가까이 있는 것은 우리 안에서 평정심을 이끌어내는 데 도움이 되었다. 우리는 모든 것에 반응할 필요가 없다. 무닌드라가 말한 것처럼, 우리가 주의를 기울이고 상황에 반응해야 할 때가 있다. 그러나 다만 수동적인 알아차림으로 머물면서 모든 것에 반응할 필요가 없는 때도 있다. 무닌드라는 세상 속에 있지만 세상의 일들에 사로잡히지 않는 능력, 일어나는 일 그대로를 알아차리고 주의를 기울이는 능력을 가지고 있었다."

인생의 좋고 나쁨 앞에서 균형을 잃지 않는 무닌드라의 자세에 에릭 크누드 한센은 깊은 감명을 받았다.

"대부분의 존경받는 스승들은 상황이 좋지 않을 때도 기본적으로 마음의 평형을 잃지 않는다는 사실을 나는 지난 수년 사이에 발견했다. 무닌드라는 외부 세계에 그다지 많은 권한을 주지 않으면서 그저 마음의 균형을 유지하는 놀라운 능력을 지니고 있었다. 심지어 몇몇 사람들이 그의 인간적인 면을 이해할 수 없을 때조차 그는 그것에 감사해했다. 나는 그가 한 말의 핵심을 언제나 기억할 것이다. '나에 의해 진리를 판단하지 말라. 진리는 진리이다. 나는 단지 나일 뿐이다.'"

　정신적으로 더 많은 고통을 만들어 냄 없이 신체적인 병의 공격을 받아들인 것과 동일한 방식으로 무닌드라는 부정적으로 반응함 없이 언어적인 공격을 견뎠다. 그레그 갤브레이스는 반복해 말한다.

　"그는 일어나는 그대로 일들을 받아들였다."

　그리고 그러한 받아들임을 제자들에게 스며들게 할 수 있었다. 보드가야에서 무닌드라를 만나 불교 수행을 시작한 나이마 쉐아도 그중 한 사람이었다. 나이마는 일어나는 일 그대로를 받아들이는 법을 무닌드라와의 첫 번째 명상 수행에서 배웠다.

　"인도에는 많은 시끄러운 라디오와 전축들이 있다. 그리고 사람들은 길에서나 버스 안에서나 음악을 요란하게 꽝꽝 울려 댔다. 인도의 대중음악처럼 요란한 음악도 없다. 누군가가 무닌드에게 그 소음에 어떻게 대응해야 할지 물었다. 무닌드라는 특유의 다정한 미소를 지으며 우리에게 짧게 말했다. '그 음악을 들으라.' 아무것도 아닌 말처럼 들리지만, 무엇이 있든 반응하거나 판단하지 말고 단지 함께 있으라는 심오한 가르침이다. 그 당시 그것은 하나의 계시와 같았다."

　나이마는 계속 말한다.

　"그러고 나서 그는 말했다. 마음이 꽝꽝거리는 음악에 가 있을 때, 단지 주의를 호흡이나 몸으로 가져오라고. 어머니가 하나밖에 없는 자식에게 온화하게 하는 것처럼. 이것은 매우 중요하다. 꾸짖거나 판단하거나 비난하지 않고 부드러워지는 것, 그것이 수행을 단단하게 하고 똑바르게 한다. 그런 맥락에서 그의 간결하고 함축적인 가르침은 나의 삶 전체에 헤아릴 수 없이 많은 방식으로 영향을 미쳤다."

무닌드라는 나이마 쉐아를 위해 이 가르침을 보강했다. 2주 뒤, 또 다른 스승과 10일 동안 집중 수련을 하고 나서 나이마는 혼자 앉아 열심히 명상했다. 그녀는 말한다.

"나는 늘 많은 신체적 고통을 갖고 있었다. 상태가 너무 안 좋아져서 무닌드라에게 그것에 대해 이야기하러 갔다. 나는 그에게 내 상반신 전체가 시멘트로 둘러싸여 있는 것 같고 둘로 빠개지는 것 같으며 매시간 끔찍하게 고통스럽다고 말했다. 무닌드라는 미소를 지었다. 다시 그 특유의 다정한 미소를. 그리고 나에게 그것은 집중력을 키우는 데 매우 좋다고 말했다! 그 말이 번개처럼 나를 때렸다. 반응하거나 걱정하거나, 혹은 그 고통이 무엇일 거라는 어떤 개념을 입히지 말라는 것. 말하자면 감각을 협력자로 사용하라는 것이었다. 이것 역시 내가 언제나 소중히 여기는 위대한 가르침이 되었다."

사람들에게 육체적 고통을 다루는 법을 가르치는 것은 하나의 선물이 될 수 있다. 늙어 가면서 그것에서 도움을 얻을 수 있기 때문이다. 자라 노비코프는 인도에서 우연히 무닌드라를 처음 만났을 때 들었던 말을 아직도 기억한다.

"그는 나의 고통이나 쾌락 같은 감정을 주시하라는 가르침을 주었다. 마음속에 무엇이 일어나든 나는 평정심을 갖고 그것을 주시해야만 했다. 어떤 논평도 달지 말고, 내가 집중하지 못하거나 가만히 있지 못해도 나 자신에게 화를 내지 않으면서. 어느 날 나는 신체적 고통에 대해 불평했다. 오랜 시간 시멘트 바닥에 앉아 있는 것이 괴롭다고. 그러자 그가 내게 말했다. '설령 그대가 구름 위에 비스듬히 앉아 있을지라도 괴로움은 찾아올 것이다.' 그 말은 내게 정말로 중요했다. 우리는 무엇이 오든 받아들여야 한다. 모든 인간은 고통을 겪으며, 우리는 그것을 피할 수 없다. 하지만 무닌드라는 그것을 큰 미소와 함께 말했다. 그것이 그가 그것을 말한 방식이었다. 마치 농담하듯이. 무슨 일이 일어나든 그는 평화롭게 미소지으며 밝게 깨어 있었다."

꿈

사람들에게 평정심을 키우라고 가르치는 한편 무닌드라 자신도 그것을 완성하는 일을 결코 멈추지 않았다. 심각한 건강상 위기에 직면했을 때 그것은 그에게 큰 이점이 되었다. 앞에서 언급한 엉터리 수술과 대상포진이 그가 견뎌야 할 전부가 아니었다. 비비언 다스트에게 보낸 편지에 그는 자신이 콜카타에서 갑자기 기관지염과 열과 기침으로 심하게 앓았다고 적었다. 그래서 병원에 입원했고, 흉막염뿐 아니라 왼쪽 폐에 결핵 진단을 받았다. 치료를 받는 동안 완전히 휴식을 취할 필요가 있었다. 최소한 여섯 달 동안은 말을 덜해야 했다. 그는 비비언에게 썼다.

완전히 회복되는 데 얼마나 걸릴지 모른다. 나는 지금 80살이고, 이것은 현대 성인 남자의 평균 수명이다. 조만간 모든 사랑하는 사람들과 헤어져야 한다. 이것을 위해 우리는 늘 준비되어 있어야 한다. 이것은 자연의 법칙이다. 고통은 위대한 스승이다. 나는 평정심을 갖고 그것을 받아들인다. 마음의 반응 없이 일어나는 그대로를. 만약 내가 얼마간 더 살아 있고 모든 것이 잘 돌아간다면 나는 그대를 서양에서 한 번 더 볼 수 있을 것이다. 만약 그렇지 않다면 그대의 건강과 행복을 위해 온 마음으로 축복과 자애를 보낸다.

2002년, 무닌드라는 너무 노쇠해져서 걸음을 옮기는 데도 다른 사람의 도움이 필요했다. 그가 놀라운 방식으로 자신의 상태를 묘사한 것을 로버트 프라이어는 기억한다.

"사람들이 그에게 '어떠세요?' 하고 물으면 그는 말하곤 했다. '몸은 무척 늙었지만 정신은 아주 좋습니다.' 무닌드라는 끝까지 정신이 맑았다. 비록 병약했지만 현재의 순간에 존재했다. 그리고 그는 투덜대거나 불평하거나 성격이 나쁜 사람이 아니었다. 몸이 아플 때 우리는 그렇게 되기 쉽다. 나는 그것에 감명받았고 그 현존감에 감명받았다."

이듬해 무닌드라는 콜카타에 있는 가족의 집에만 머물렀다. 비록 몹시 아프고 허약해졌지만 여전히 사람들의 방문을 받아들였다. 사랑하는 스승을 볼 수 있는 마지막일지도 모른다는 걸 알고 사람들이 멀리서 찾아왔다. 카말라 마스터즈는 2003년 초에 도착했다. 그녀는 그의 침대 옆에 앉아 그가 일어나 앉을 수 있게 도왔던 일을 기억한다. 그는 움직이기가 무척 어려웠지만 그것을 매우 가볍게 받아들였다. 심지어 웃으면서 말했다.

"정신은 매우 뚜렷하지만 몸이 협력하고 있지 않다."

카말라는 말한다.

"그것은 나에게 위대한 가르침이었다. 법당에 앉아서는 결코 얻을 수 없는 너무도 아름다운 가르침 중 하나였다."

덴마크에서 날아온 우노 스베딘은 알아차렸다.

"극도로 쇠약한 상태임에도 불구하고 무닌드라는 진리에 대해 이야기하며 빛이 났다. 늘 그렇듯 그에게서 진정한 권위와 친절함과 깊이가 흘러나왔다. 그러나 매우 아팠고 대화가 끝나면 오랫동안 쉬어야 하는 대가를 치렀다. 그는 모든 면에서 우리에게 품위 있는 태도로 서서히 죽는 법, 그리고 실시간으로 발휘되는 평정심에 대한 가르침을 선물했다. 나는 어둠 속에서 길을 알려주는 등대처럼 무닌드라 같은 본보기가 필요하게 될 나중의 내 삶을 위해 이 가르침을 보관해 두었다."

2003년 10월 첫째 주에 로버트 프라이어가 무닌드라를 보러 왔다. 무닌드라가 너무 아파서 가르칠 수 없을 때 안티오크대학 불교 프로그램을 맡은 미얀마 출신의 명상 교사 우 흘라 뮌뜨, 보조 강사를 받은 펠프스 필리도 함께 왔다. 로버트는 그 가슴 아픈 마지막 방문을 설명한다.

"늘 그랬듯이 그의 가족은 자애롭고 따뜻하게 우리를 맞아 주었다. 그의 동생 고빈다가 말했다. '무닌드라는 이제 말조차 못하지만 괜찮으시면 안으로 들어오시지요.' 그래서 우리는 작은 구석방으로 들어갔다. 조용했고, 신선한 공기가 감돌았으며, 병상에는 작은 남자가 몸을 옆으로 하고 누워 있었다. 무닌드라는 너무 약해서 일어나 앉을 수도 없었지만 사람들이 그의 머리를 받쳐 주었다. 그가 눈을 뜨고 우리를 보았다. 서서히 그의 시야에서 우리가 또렷해지는 걸 볼 수 있었다. 그는 우리에게 말을 했고 의식이 매우 분명했다. 프로그램이 잘 되고 있다고 우리가 말하자 그는 활짝 미소를 지었다."

로버트는 계속해서 말한다.

"우리는 그에게 마하보디 사원이 수놓인 촐라(어깨에 메는 가방)를 선물했다. 그가 볼 수 있도록 우리가 그것을 옆으로 들어 올렸다. 그는 미소를 지으며 '너무 고맙습니다.' 하고 말했다. 우리는 그와 단지 10여 분 이야기를 했다. 그러고 나서 우리가 떠나기 전에 그는 우리에게 축복을 주었다. 늘 했던 것처럼. '그대가 행복하기를. 그대가 평화롭기를…….' 그 축원에는 평상시의 그의 따뜻함, 강렬한 에너지, 그리고 정신이 담겨 있었다. 그 축복이 깊게 박혔다. 내가 다시는 그를 볼 수 없으리라는 것이 분명했기 때문이다."

로버트는 덧붙인다.

"그것은 놀라운 가르침이었다. 왜냐하면 그는 말 그대로 임종 중에도 자애를 보내 주었기 때문이다. 그리고 그는 축복 속에 영원히 누워 있는 성자 같지 않았다. 그는 고통을 겪고 있는 한 사람의 인간이었다. 그의 몸은 그저 쇠약해져 가고 있었다. 그러나 그는 자신의 상태에 대해 불평하지 않았다. 그가 여전히 축복을 주기 위해 힘을 낼 수 있었던 것은 실로 감동적이었다."

무닌드라는 나날이 더 약해졌다. 어느 날 그는 조카 트리딥의 아내 드리티 바루아에게 말했다.

"내가 갈 시간이다. 나는 며칠 남지 않았다. 왜 그대들은 나를 위해 그토록 많은 약을 사고 있는가? 나는 괜찮을 것이다. 나를 위해 어떤 것도 하지 말라. 나에게 그렇게 많이 돈을 쓰지 말라."

그런 뒤 그는 자신의 몸에 더 이상 어떤 것도 섭취하기를 거부했다. 드리티는 그의 마지막 시간을 이야기한다.

"우리는 모두 함께 서 있었다. 수브라, 트리딥, 그리고 나의 시어머니. 우리는 그에게 음식을 좀 먹어 보라고 설득했다. 그는 단지 미소를 지으며 말했다. '아니, 아니, 난 어떤 것도 먹고 싶지 않다. 내게 오늘 강요하지 말라. 내일이면 괜찮을 것이다. 내일은 그대들이 말하는 대로 무엇이든 먹을 것이다.' 그래도 우리가 계속 권하자 그는 말했다. '좋다, 그럼 물을 조금 다오.' 그래서 우리가 물을 두 스푼 먹이자 그는 '이제 충분히 먹었다. 그대들이 원하는 것이 무엇이든 내일 그렇게 할 것이다.' 하고 말했다."

드리티는 말을 잇는다.

"새벽녘에 나는 화장실에 가려고 일어났다가 안을 들여다보았다. 나는 그가 물을 좀 마시고 싶다고 말하는 소리를 들었다. 그래서 여자 간병인이 그에게 물을 조금 주었다. 물을 마신 후 그가 간병인에게 물었다. '사람들이 앉아서 명상을 하고 있는가? 기도를 시작했는가?' 그것이 그가 한 마지막 말이었다. 그때가 새벽 5시경이었다."

가족이 명상 수행을 하고 있다는 것을 알기 위해 밤새 기다린 것이다. 2003년 10월 13일 무닌드라는 조용히 세상을 떠났다.

> 흙과 같은 마음 상태를 발달시켜라.
>
> 흙 위에 사람들은 깨끗한 것과 더러운 것,
>
> 똥과 오줌, 침, 고름, 피를 던지지만
>
> 흙은 고통받거나 거부하거나 혐오감을 느끼지 않는다.
>
> 그대가 흙처럼 성장하면 유쾌하거나 불쾌한 것들과 접촉해도
>
> 그대의 마음이 붙잡히거나
>
> 그것에 집착하지 않을 것이다.
>
> ─붓다 『맛지마 니까야(중간 길이의 경전)』

*

우뻬카*upekkha*는 '위'를 뜻하는 '우빠*upa*'와 '보는 것'을 뜻하는 '익카띠*ikkhati*'에서 온 말이다. 모든 것을 중립적이고 공정한 위치에서 바라본다는 의미다. 평정, 평온, 정신의 균형, 공정함, 중립 등으로 번역된다. 우뻬카는 고통과 쾌락, 칭찬과 비난으로부터 등거리에 있으며, 모든 조건화된 것들을 향한 끌림이나 혐오감이 잦아든 상태이다. 존재의 무상

461

한 속성에 대한 통찰은 흔들리지 않는 마음에 이르게 한다. 바다 깊은 곳에서 발견되는 고요처럼 우여곡절한 삶에 직면해도 흔들림이 없다.

섬유예술가이자 작가이며 위빠사나 명상 수행자인 미르카 크네스터는 이탈리아의 아드리아 해안에서 태어나 미국에서 성장하고 교육받았다. 그녀의 작업실과 집은 캘리포니아 북부 해변을 따라 위치해 있다. 그곳에서 그녀는 추상적이고 기하학적인 퀼트 작품을 창조한다. '단순한 우아함' 혹은 '우아한 단순함'에 대한 미적 선호가 분명하며, 영성과 예술 간의 관련성을 탐구한다. 이십 대부터 인도의 담마기리 명상 센터와 보드가야에서 S. N. 고엔카와 무닌드라에게 명상을 배웠으며, 그 후 안데스산맥, 블루리지산맥, 하와이에서 살았고 라틴아메리카 대부분과 유럽, 아시아, 남아프리카, 뉴질랜드 등을 종횡으로 움직였다. 이 책을 쓰기 위해 전 세계 200명의 사람들과 인터뷰했다. 그녀의 또 다른 저서 『몸의 지혜 발견하기*Discovering the Body's Wisdom*』는 독일, 포르투갈, 러시아, 중국에서 번역되었다.

시인이며 명상서적 번역가인 류시화는 매년 인도와 네팔을 여행하며 영적 성장에 도움을 주는 책을 소개해 왔다. 『성자가 된 청소부』『티벳 사자의 서』『달라이 라마의 행복론』『조화로운 삶』『마음을 열어주는 101가지 이야기』『삶으로 다시 떠오르기』『인생수업』『술 취한 코끼리 길들이기』 등을 번역하고, 잠언 시집 『지금 알고 있는 걸 그때도 알았더라면』『사랑하라 한번도 상처받지 않은 것처럼』과 하이쿠 모음집 『백만 광년의 고독 속에서 한 줄의 시를 읽다』『바쇼 하이쿠 선집』을 엮었다. 인도 여행기 『하늘 호수로 떠난 여행』『지구별 여행자』와 인디언 연설문집 『나는 왜 너가 아니고 나인가』를 썼다. 시집 『그대가 곁에 있어도 나는 그대가 그립다』『외눈박이 물고기의 사랑』『나의 상처는 돌 너의 상처는 꽃』을 발표했다. 등단 35년을 맞아 대표시선집 『그대가 곁에 있어도 나는 그대가 그립다』(열림원)을 출간했다.

마음에 대해 무닌드라에게 물어보라

2015년 9월 10일 1판 1쇄 인쇄
2015년 9월 21일 1판 1쇄 발행

지은이_ 미르카 크네스터
옮긴이_류시화
펴낸이_황재성 · 허혜순
책임편집_오하라
디자인_무소의뿔

펴낸곳_도서출판 연금술사
(04030) 서울시 마포구 동교로 136
신고번호 제2012-000255호
신고일자 2012년 3월 20일
전화 02-323-1762   팩스 02-323-1715
이메일 alchemistpub@naver.com
www.facebook.com/alchemistbooks
ISBN 979-11-86686-03-4   03840

국립중앙도서관 출판시도서목록(CIP)은
e-CIP 홈페이지(http://seoji.nl.go.kr)에서
이용하실 수 있습니다.
(CIP제어번호: CIP2015024674)